imaginist

想象另一种可能

理
想
国
imaginist

RONAN FARROW

[美] 罗南·法罗 著

尹楠 译

CATCH AND KILL

Lies, Spies, and a Conspiracy
to Protect Predators

保护猎艳者的
谎言、监视与阴谋

捕
杀

上海三联书店

著作权合同登记图字：09-2023-0272

图书在版编目（CIP）数据

捕杀 : 保护猎艳者的谎言、监视与阴谋 / (美) 罗
南·法罗 (Ronan Farrow) 著 ; 尹楠译 . -- 上海 : 上
海三联书店 , 2023.6

ISBN 978-7-5426-8083-9

Ⅰ . ①捕… Ⅱ . ①罗… ②尹… Ⅲ . ①新闻报道—作
品集—美国—现代 Ⅳ . ① I712.55

中国国家版本馆 CIP 数据核字 (2023) 第 080154 号

捕杀：保护猎艳者的谎言、监视与阴谋

[美] 罗南·法罗 著 尹楠 译

责任编辑 / 苗苏以

特约编辑 / 孔胜楠

封面设计 / 董茹嘉

内文制作 / 陈基胜

责任校对 / 张大伟

责任印制 / 姚　军

出版发行 / 上海三联书店

　　　　　（ 200030 ）上海市漕溪北路331号A座6楼

邮购电话 / 021-22895540

印　　刷 / 肥城新华印刷有限公司

版　　次 / 2023 年 6 月第 1 版

印　　次 / 2023 年 6 月第 1 次印刷

开　　本 / 1230mm×880mm　1/32

字　　数 / 328千字

印　　张 / 16.5

书　　号 / ISBN 978-7-5426-8083-9/ Ⅰ·1809

定　　价 / 72.00元

如发现印装质量问题，影响阅读，请与印刷厂联系：0538-3460929

献给乔纳森（Jonathan）

作者记

　　《捕杀》在长达 2 年的新闻报道基础上扩展成书。200 多个针对消息提供者的采访，数百页的合同、电子邮件和短信，以及几十小时的录音资料凝结成了这本书。它恪守《纽约客》的事实核查标准原则。

　　书中的所有对话都直接来源于当时的记录和录音。因为这本书讲述的是一个有关监视的故事，常常有第三方见证事态发展或秘密录音，我有时候能得到他们的证词和录音。而我自己在录音时也恪守法律和道德标准。

　　本书中的大多数消息提供者允许我使用其全名。但还有一部分人因为害怕被追究法律责任或人身安全受到威胁，无法授权我使用全名。如果遇到这种情况，我就沿用了采访过程中使用的化名。在《捕杀》出版前，我联系了书中出现的所有关键人物，使其有机会回应针对他们的任何指控。如果他们愿意回应，我就如实呈现。如果他们不愿回应，我就如实将现有公开声明收入书中。对于书中所引用的书面材料，我也如实呈现，包括其中的拼写和抄写错误等。

《捕杀》的创作时间从 2016 年年末跨越至 2019 年年初。其中包含对性暴力的描述，一些读者阅读时可能会感到不适或痛苦。

目 录

第二部　白鲸

第三部　间谍军团

第四部　沉睡者

序 曲

　　两个男人坐在纳吉斯餐馆的角落里，这家餐馆位于布鲁克林区羊头湾，混合着乌兹别克斯坦和俄罗斯风格。那是 2016 年年末，天气很冷。这个地方四处摆放着来自大草原的小摆件，以及描绘着农民生活场景的陶瓷制品——既能看见戴着传统俄罗斯式头巾的老奶奶，也能找到放羊的牧民。

　　其中一个男人是俄罗斯人，另一个则是乌克兰人，不过两人几乎毫无区别：他们都是已经解体的苏联的孩子。他俩看上去都在 35 岁左右。俄罗斯人罗曼·凯金（Roman Khaykin）身材瘦小，秃顶，长着一双黑眼睛和一个蒜头鼻，看上去一副气势汹汹的样子。他身上的其他部位则显得十分苍白：眉毛淡得几乎看不见，面上毫无血色，秃顶的头皮闪着亮光。他来自俄罗斯的基斯洛沃茨克市，这座城市的名字在俄语里的意思是"碳酸水城"。他用眼睛在屋里扫视了一圈，眼神充满怀疑。

乌克兰人伊戈尔·奥斯特洛夫斯基（Igor Ostrovskiy）个子高一些，也略微胖一些。他有一头不太听话的卷发。20 世纪 90 年代早期，他和家人一起逃到美国。他和凯金一样，总是在寻找一个合适的视角。他也同样好奇心重，爱管闲事。高中时期，他怀疑有几个同学在出售偷来的信用卡号码，他小心侦查，最终证明了自己的猜测，并协助执法部门阻止了这一犯罪行为。

　　凯金和奥斯特洛夫斯基用英语聊着天，口音很重，间或夹杂几句家乡习语，凯金偶尔会说"漂亮"＊，这个词源于"英俊"一词，但在口语中则是对才能或出色的工作的一种称赞。这两人从事的工作充满算计和监视。2011 年，奥斯特洛夫斯基需要找一份私家侦探的工作，他在网上搜索"俄罗斯私家侦探"，然后给凯金发了封邮件，请求给份工作。凯金很欣赏奥斯特洛夫斯基的胆识，于是开始雇用他做监视工作。后来，他俩对凯金的工作手段产生了分歧，最后分道扬镳。

　　烤肉端上来的时候，凯金正说着自从两人分开后，自己是如何不断挑战极限的。现在又来了一个新的影子客户：一家公司找他做分包商，但他不愿透露该公司的名字。他正在做一单大生意。"我正在做很酷的事情，"他说道，"有点黑暗的事情。"他也采用了一些新手段。他能搞到银行记录和未经授权的信用报告。他有办法获得手机的定位数据，用来跟踪毫不知情的目标。他透露了获取手机信息的价码：通常要几千美元，如果目标容

＊　原文为"krasavchik"，俄语为"красивая"。——译者注

易上当受骗，价钱就要便宜点，反之则要价更高一些。凯金还表示自己在一宗寻亲案里已经成功使用这一手段。

奥斯特洛夫斯基觉得凯金满嘴胡说八道。但是，奥斯特洛夫斯基需要工作。而凯金需要帮手为神秘的新客户服务。

两人告别前，奥斯特洛夫斯基又问了一遍电话追踪的事情。"这不违法吧？"他想知道这一点。

"这个嘛……"凯金支吾不答。

不远处的一面铺着瓷砖的墙上，挂着一只蓝白相间的邪恶的眼睛形状的装饰物，这只眼睛正目不转睛地盯着他俩。

第一部

毒谷

第 1 章

磁带

"你说明天不播是什么意思？"我的话在洛克菲勒广场 30 号 * 四楼空荡荡的新闻编辑室里回响，编辑室在康卡斯特大楼内，这里曾经是通用电气大楼，还曾是美国无线电公司大楼。电话另一端是我在美国全国广播公司（NBC）的制作人里奇·麦克休（Rich McHugh），他那边的背景音听上去像德累斯顿大轰炸 † 那么激烈，但实际上不过是一个有双胞胎家庭的日常伴奏音。"他们刚打来电话，他们——不，伊奇，你必须分享——杰基，求你别咬她——爸爸正在打电话——"

"可是，这是这一系列报道中最有力的故事，"我说道，"或许不是最好的电视节目，但却是最好的潜在故事——"

---

* 美国全国广播公司（NBC）总部所在地。——译者注
† "二战"期间由英国皇家空军和美国陆军航空队针对德国东部城市德累斯顿联合发动的一次大规模空袭行动。——译者注

"他们说我们得调换这部分的播出时间。简直是狗屁*。"他继续说道，漏掉了最后一个音节。（麦克休尝试说来源于意第绪语的词时就有这个习惯。他从来就说不好。）

我和麦克休正在策划系列调查性节目，如果想要连续播出，就需要进行节目编排。每个报道故事都很长，需要在新闻网的编辑室里耗上好几天时间。重新安排播放时间并非易事。于是我问道："调换到什么时候？"

这时，电话那头传来一声沉闷的撞击声和连续的尖叫声。他说道："我一会儿再打给你。"

麦克休曾在福克斯广播公司和美国微软全国广播公司（MSNBC）任职，近十年来一直为《早安美国》（*Good Morning America*）†节目工作，是个经验丰富的电视人。他长着一头姜黄色的头发，面色红润，胸膛宽厚，常穿各种各样的条纹工作衫。他说话直言不讳，言简意赅，能轻易戳穿公司官僚主义的那一套消极攻击的行话。最初是调查报道组负责人在前一年把我俩拉到一起工作，他曾说过："他看起来像个农民。其实，他说起话来也像个农民。你们俩在一起工作不会有什么大新闻。"

"那为什么要这么安排？"我问道。

"你俩能互相照应。"他耸耸肩，回应道。

麦克休似乎对此持怀疑态度。我不喜欢谈论我的家庭背景，

---

* 此处原文为来源于意第绪语的词"fakakt"，通常拼写为"fakakte"或"fakakta"。——译者注

† 美国广播公司（ABC）的一档晨间新闻节目，从 1975 年开播至今。——译者注

可是，大多数人都很清楚那些事：我的母亲是演员米娅·法罗（Mia Farrow），我的父亲是导演伍迪·艾伦（Woody Allen）。我的姐姐迪伦·法罗（Dylan Farrow）7岁时指控我的父亲性侵，然后他又跟我的另一个姐姐宋宜（Soon-Yi Previn）发生了性关系，最后还跟她结婚了，我的童年生活一直出现在各种小报上。当我以非常小的年龄去上大学时，当我以国务院低级别官员身份前往阿富汗和巴基斯坦工作时，还曾上过几次头条。2013年，我跟美国全国广播环球公司（NBCUniversal，以下简称"NBC环球"）开始了为期四年的合作，第一年，我在其有线新闻频道美国微软全国广播公司频道主持一档午间节目。我一直梦想着让这档节目变得严肃，并以事实为导向，这档节目的时间段并不算好，但我利用它报道录音形式的调查故事，我自己对最终的结果感到满意。一开始这档节目收到了一些负面评论，最后则收获了一些积极评论和忠实观众。这档节目的取消也没引起什么关注，但多年后，在聚会上遇到一些相熟的爱攀谈的人的时候，他们告诉我很喜欢这档节目，而且现在每天都还在看。而我则会回应他们："你能这么说真是太好了。"

后来，我转到广播电视网做了一名调查记者。在里奇·麦克休眼里，我只是一个无足轻重的年轻人，顶着一个著名的名字，想找点什么事做，因为我主持的电视节目结束了，但我的合同还没到期。这种怀疑其实是相互的，不过，我想要每个人都喜欢我，所以还是闭口不谈的好。

与制作人一起出差工作，意味着有很多时间会在飞机上和租来的车上待在一起。在头几次采访拍摄中，我们驱车行驶在高速路上时要么一言不发，要么就是我滔滔不绝地用自己那些事填补沉默空间，偶尔换来几句含糊不清的应答。

但我们这对搭档还是顺利开始为我的《今日秀》（Today Show）调查系列节目和《晚间新闻》（Nightly News）提供有分量的报道故事，而且勉强产生了一些相互信任。跟我在新闻行业认识的其他人一样，麦克休也十分聪明，还是个敏锐的脚本编辑。而且，我们都喜欢啃硬骨头。

跟麦克休打完电话，我在新闻编辑室的一台电视上看了一眼有线新闻的内容提要，然后给他发信息道："他们害怕性侵报道？"我们被要求重新安排的新闻，是关于大学针对校园性侵调查的失败。我们跟受害人和嫌疑人都谈过话，他们中有的人痛哭流涕，有的人会把脸藏在阴影中。这种报道通常会出现在早晨8点的新闻时段，主持人马特·劳尔（Matt Lauer）在播报时常常眉头紧锁，做出关切的表情，接着就会转到有关名人护肤的报道上。

麦克休回复道："是的。所有关于特朗普的事，然后就是性侵。"

* * *

2016年10月初，一个星期天的晚上。上周五，《华盛顿邮报》刊登了一篇标题严肃的文章——《特朗普2005年针对女性发表的极为下流的谈话录音曝光》[1]。与这篇文章一起出现的还有一段视频——那种会被警告"不宜工作时间观看"的视频。这是名人新闻节目《走进好莱坞》（Access Hollywood）捕捉到的一段独白，唐纳德·特朗普（Donald Trump）表示要通过"霸占阴道"俘获女性。"我的确想要跟她上床。她已经结婚了，"他还说道，"她现在有了假的大奶子以及其他假东西。"[2]

在视频中与特朗普对话的人是《走进好莱坞》的主持人比利·布什（Billy Bush）。布什身材矮小，头发浓密。把他和任何一个名人放在一起，他都能源源不断地说出一连串无伤大雅的红毯玩笑，这些玩笑很容易被抛在脑后，但有时又怪异得让人难以忘怀。"你觉得你的屁股怎么样？"他有一次问詹妮弗·洛佩兹（Jennifer Lopez）。当时洛佩兹面带不悦地回应道："你在开玩笑吗？你不是真要问我这个问题吧？"而他则欢快地答道："是的，我要问！"[3]

因此，在特朗普描述其"丰功伟绩"时，布什不停地窃笑着随声附和："是的！唐纳德赢了！"

《走进好莱坞》是 NBC 环球的节目。上周五《华盛顿邮报》曝光这件事后，NBC 各大平台在节目中竞相推出了自己的报道版本。《走进好莱坞》播放该视频时，删去了布什的一些比较尖刻的话。一些批评人士质问 NBC 的高管们是什么时候知道这盘录音带的存在的，以及是否故意隐瞒此事。[4]不同的泄密者提供了不同的故事时间线。[5]在给记者的"幕后"电话中，NBC 的一些高管表示，这则报道只是尚未完成的准备工作，还需要进一步的法律审核。(《华盛顿邮报》的一名撰稿人针对其中一通电话发表了尖锐的评论:"对于播放一段 11 年前录制的总统候选人的录音会引发的具体法律问题,这位高管显然毫无意识[6],而且当时那位总统候选人显然知道自己正在进行电视节目的录制。")NBC 环球的律师金·哈里斯(Kim Harris)和苏珊·韦纳(Susan Weiner)之前已经审过录音,并且同意播放,可是NBC 犹豫了,失去了一个最重要的选举故事。

与此同时,还有另一个问题:《今日秀》刚刚邀请比利·布什担任主持人。就在两个月前,他们刚刚播了一段名为"认识比利"的视频[7],他还在视频中演示了如何用热蜡去除胸毛。

我和麦克休花了好几周的时间编辑采访素材,并且从法律角度对其进行审核。但当我开始在社交媒体上宣传这个系列的时候,问题就突显了出来。一个观众在推特上发文:"快来看 #坐等看比利·布什道歉 #,罗南·法罗向他解释为何有必要道歉。"

一小时后,我给麦克休发消息:"他们当然要拿掉性侵部分,比利·布什一定会赶在我们的节目播出前就那段'霸占阴道'的对话道歉。"

比利·布什那天并没有道歉。第二天早上,我一边在 1A 演播室的侧厅等待,一边检查脚本,然后听见萨凡纳·格思里(Savannah Guthrie)宣布:"在对其在与唐纳德·特朗普的对话中扮演的角色展开进一步审查之前[8],NBC 新闻频道决定暂停《今日秀》第三时段主持人比利·布什的职务。"紧接着就是有关烹饪的报道,更多欢声笑语,以及我制作的关于大学校园滥用

"聪明药"阿得拉的报道——它被临时用来替代性侵报道。

* * *

《走进好莱坞》录音曝光几年前，针对喜剧演员比尔·科斯比（Bill Cosby）的性侵指控再度浮出水面。2016 年 7 月，福克斯新闻前主持人格蕾琴·卡尔森（Gretchen Carlson）控告福克斯新闻网负责人罗杰·艾尔斯（Roger Ailes）性骚扰。[9] 而在这份录音公开后不久，至少有 15 个城市的女性在属于特朗普的建筑前静坐示威和游行抗议，她们高呼女性解放，同时高举绘有嚎叫的猫或弓着身子的猫等与"阴道"相关的图案的标语牌，牌子上还写着"猫抓回去"*。[10] 4 名女性公开宣称，特朗普曾在未经其同意的情况下抚摸或亲吻她们，就像他对比利·布什所说的例行公事那样。而特朗普的竞选团队则指责她们是说谎精。评论员利兹·普兰克（Liz Plank）掀起了"# 女人不报告"风潮，请求解释女人遭受性骚扰后为什么不说出来。[11] 女演员罗丝·麦高恩（Rose McGowan）在推特上写道："一名刑事律师（女性）说，因为我在一部电影中拍过性爱戏，所以我永远赢不了电影公司老板。"她又补充道："因为这是好莱坞和媒体公开的秘密，他们在奉承强奸我的人时，就是在羞辱我。这个世界正需要一点该死的诚实。"[12]

---

* 特朗普在提到阴道时使用了"pussy"一词，这个词也有猫的意思。——译者注

第2章

上钩

自从历史上第一批电影公司成立以来，很少有电影公司高管像麦高恩提到的那位一样具有统治力或盛气凌人。哈维·韦恩斯坦（Harvey Weinstein）与人联合创建了制作与发行公司米拉麦克斯和韦恩斯坦公司，帮助重塑独立电影模式，参与了《性、谎言和录像带》（*Sex, Lies, and Videotape*）、《低俗小说》（*Pulp Fiction*）和《莎翁情史》（*Shakespeare in Love*）等影片的制作或发行。[1]他参与制作的电影获得了超过300项奥斯卡奖提名，而在电影史上，他在一年一度的奥斯卡颁奖典礼上收获的感谢致辞比上帝得到的还要多，也就仅次于史蒂文·斯皮尔伯格（Steven Spielberg）。有时候，他和上帝的差别甚至微乎其微：梅丽尔·斯特里普（Meryl Streep）就曾开玩笑地将韦恩斯坦比作上帝。[2]

韦恩斯坦身高超过1.8米，块头很大。脸长得有点歪，一只小眼睛习惯性斜视。他经常穿超大号 T 恤和下垂的牛仔裤，整个人看起来鼓鼓囊囊。韦恩斯坦的父亲是钻石切割师，他在纽约皇后区长大。十几岁的时候，他和弟弟鲍勃偷偷溜进艺术剧院看《四百击》（The 400 Blows）*，他们希望这会是一部"性爱电影"。[3] 虽然期望落空，他们却在无意中邂逅了弗朗索瓦·特吕弗（François Truffaut），并激发了对高雅电影的热爱。

韦恩斯坦后来选择就读纽约州立大学布法罗分校，部分原因就是因为这座城市有多家电影院。18 岁的时候，他和朋友柯基·伯格（Corky Burger）为学生报撰写专栏《光谱》（Spectrum），他们杜撰了一个名为"骗子丹尼"的角色，此人会威胁女人，迫使其就范。"'骗子丹尼'不接受'不'，"他们在专栏里写道，"命令心理贯穿他的行事方法，用外行人的话表达出来就是：'嘿，宝贝，我可能是你期待见到的最英俊、最令人兴奋的男人。如果你拒绝跟我跳舞，我可能就会把这瓶施密特砸在你的脑门上。'"[4]

韦恩斯坦从大学退学，开始与弟弟鲍勃和伯格一起创业，他们起初成立了哈维和柯基制作公司，专注于演唱会推广。但在他收购的一家布法罗的电影院里，韦恩斯坦还继续放映自己喜欢的独立电影和外国电影。他和鲍勃·韦恩斯坦（Bob Weinstein）最终成立了米拉麦克斯公司，这家公司以其父母米里亚姆和马克斯的名字命名，以购买小成本外国电影起家。事

---

* 法国导演弗朗索瓦·特吕弗执导的电影。——译者注

实证明，韦恩斯坦有把电影做成大事件的天赋。他们收获了许多奖项，其参与发行的《性、谎言和录像带》就出人意料地获得了戛纳电影节金棕榈奖。20世纪90年代早期，迪士尼收购了米拉麦克斯公司。韦恩斯坦在这之后近十年的时间里扮演着下金蛋的鹅的角色。而到了21世纪初，当韦恩斯坦与迪士尼的关系出现问题，两兄弟又创办了新公司韦恩斯坦公司，并迅速筹集到数亿美元的资金。[5]韦恩斯坦虽然没能迅速重现昔日辉煌，但还是凭借《国王的演讲》（*The King's Speech*）和《艺术家》（*The Artist*），分别在2010年和2011年连续获得奥斯卡最佳影片奖。在其事业上升过程中，他娶了女助理，然后离婚，后来又娶了一名有抱负的女演员，并开始让她演一些小角色。

韦恩斯坦以其恃强凌弱甚至是不齐威胁的行事风格闻名。他擅长虚张声势，以此恫吓人心，就像河豚遇到危险就让自己膨胀起来一样。他会面红耳赤地逼视对手或下属，与对方针锋相对。"有一天，我正坐在办公桌前，还以为地震了，"唐娜·吉利奥蒂（Donna Gigliotti）曾经向记者透露，她曾因《莎翁情史》一片与韦恩斯坦共享奥斯卡奖，"整面墙都在颤动。我不禁站起来。后来我才知道他把一个大理石烟灰缸砸到了墙上。"[6]除此之外还流传着一些故事，大多是关于他针对女性的黑暗暴力行为及其试图让受害者保持沉默的传言。每隔几年，总会有留意到这些传言的记者四处打探，看是否能借势煽风点火。

* * *

对于韦恩斯坦来说，2016 年总统大选前的几个月一如往常。他去参加了纽约市警察局前局长威廉·J. 布拉顿（William J.Bratton）的鸡尾酒会。[7] 他宣布与饶舌歌手 Jay-Z 达成影视合作意向，两人站在一起开怀大笑。[8] 他加强了与民主党政客的长期联系，一直以来，他都是民主党的主要筹款人。

那一整年，他都是希拉里·克林顿（Hillary Clinton）身边智囊团的一员。"我现在可能要告诉你一些你已经知道的事情，但你还是需要保守秘密。"他给希拉里的工作人员发邮件，透露伯尼·桑德斯（Bernie Sanders）针对拉丁裔和非洲裔美国选民的竞选信息。在另一条消息中，他发送了一篇批评桑德斯的专栏文章，并督促展开负面宣传："看了这篇文章，你就明白我昨天跟你讨论过的一切了。"希拉里的竞选经理则回应道："即将展开一些极具创意的活动。借你的点子，快马加鞭。"[9] 这一年年底，韦恩斯坦已经为希拉里筹集了数十万美元。[10]

就在那一年 10 月麦高恩在推特上发文的几天后，韦恩斯坦在纽约的圣詹姆斯剧院参加了一场为希拉里举办的奢华筹款活动，韦恩斯坦本人也参与了这场活动的筹办，而当天又为希拉里筹集到 200 万美元的竞选资金。歌手莎拉·巴莱勒斯（Sara Bareilles）坐在紫色的灯光下徐徐唱道："你的沉默对你而言毫无益处 / 你觉得有吗？ / 让你的话语发挥作用 / 你为什么不告诉他们真相？"这恰到好处的歌词简直不像真的，但事实的确如此。[11]

韦恩斯坦的影响力在前几年有所减弱，但仍足以赢得精英阶层的支持。随着秋天最新一季颁奖季拉开序幕，《好莱坞报道》的影评人斯蒂芬·加洛韦（Stephen Galloway）发表了一篇文章，标题为《打不死的哈维·韦恩斯坦：有很多理由支持他，尤其是现在》。[12]

*　*　*

大约在同一时间，韦恩斯坦给他的律师们发了一封邮件，其中包括大名鼎鼎的大卫·博伊斯（David Boies），他曾在2000年的总统大选争议问题中担任阿尔·戈尔（Al Gore）的代表律师，还曾在美国最高法院就婚姻平等展开辩护。[13]多年来，博伊斯一直担任韦恩斯坦的代表律师。那时他已经快80岁了，但仍然状态良好，爬满皱纹的脸也随着年龄的增加，变得和蔼可亲起来。"以色列的黑魔方（Black Cube）集团通过埃胡德·巴拉克（Ehud Barak）联系了我，"韦恩斯坦在邮件中写道，"他们是战略家，说你的公司用过他们。方便的时候给我回邮件。"[14]

巴拉克曾任以色列总理和国防部部长。他介绍给韦恩斯坦的黑魔方集团主要由摩萨德和其他以色列情报机构的前任官员们负责经营。这家公司在特拉维夫、伦敦和巴黎都设有分支机构，根据其官方介绍，该公司向客户提供"经过严格训练、在以色列精锐军事和政府情报部门有着丰富经验的"[15]特工人员。

就在那个月月末，博伊斯和黑魔方集团签订了一份保密协议，博伊斯的同事给对方电汇了10万美元，以便开展初期工作。在与这次任务相关的文件中，韦恩斯坦的身份常常被隐藏起来。他常被代称为"终端客户"或"X先生"。黑魔方的一名特工曾写道，如果直呼韦恩斯坦的名字，"他会暴跳如雷"。

韦恩斯坦似乎对这次任务很满意。在11月末的一次会议中，他催促黑魔方的人继续干下去。更多的钱被汇出去，该特工机构启动了被称为"2A阶段"和"2B阶段"的激进行动。

* * *

不久，记者本·华莱士（Ben Wallace）接到一通电话，来电显示的是一个他不认识的电话号码，该号码使用了英国国家代码。华莱士年近五十，戴着一副窄框眼镜，颇有点学者派头。几年前，他曾经出版过一本书，书名为《亿万富翁的醋味酒》（*The Billionaire's Vinegar*），讲述了世界上最昂贵的红酒的历史。近来，他一直在为《纽约杂志》撰稿，最近几周，他一直在找人打听有关韦恩斯坦的传言。

"你可以叫我安娜。"电话另一端的人操着一口散发着优雅欧洲味的英语说道。大学毕业后，华莱士曾在捷克和匈牙利生活过几年。他擅长辨别一些口音，但却听不出这是欧洲哪国的口音。他猜测她或许是德国人。

"我从一个朋友那儿拿到了你的电话号码。"那个女人继续说道，并坦言自己知道他正在写有关娱乐业的故事。华莱士试图想出是哪个朋友会牵这样的线。没多少人知道他的写作任务。

"我这有些东西对你可能很重要。"她继续道。可是，当华莱士要求她多提供一点信息时，她却变得支支吾吾起来。她表示自己掌握的信息很敏感。她要见他。他犹豫片刻。然后他想，这有什么危险呢？他正在寻找故事的突破点。她也许就是这个点。

接下来那个周一的早晨，华莱士坐在苏荷区的一家咖啡馆里，试图读懂那个神秘的女人。她看上去 35 岁左右，有一头长长的金发，深色的眼睛，高颧骨，鹰钩鼻。她穿着一双匡威查克鞋，戴着黄金首饰。安娜表示还不习惯透露自己的真实名字。她很害怕，挣扎着要不要挺身而出。华莱士在与其他知情人交流的时候也注意到这一点。于是他告诉她可以慢慢来。

没过多久，他们再次约定见面，她还是选择了苏荷区一家酒店的酒吧。华莱士来到酒吧的时候，她对他露出一个迷人的——甚至有点诱人的——笑容。她已经点了杯红酒。"我不会吃人，"她一边说，一边拍了拍身旁的椅子，"坐到我旁边来。"华莱士表示自己感冒了，只点了杯茶。他告诉她，如果要合作，他需要更多信息。听到这句话，安娜的情绪崩溃了，她的脸痛苦地扭曲起来。开始讲述与韦恩斯坦的故事时，她似乎在竭力忍住不落泪。她显然经历了一些与性有关的、令人不安的事情，但当涉及具体细节时，她表现得十分谨慎。在回答华莱士的所有问题之前，她想了解更多有关他的情况。她问他是什么原因促使他接受这项任务，以及想要达到什么样的效果。在他回答这些问题的时候，安娜探过身来，有意将手腕靠向他。

对华莱士来说，创作这个故事的过程变成了一段奇异而充满激情的经历。外界总会传来一些杂音，这是他所不习惯的。他收到了一些其他记者的消息，其中甚至包括为《卫报》撰稿的英国记者赛斯·弗里德曼（Seth Freedman），后者很快就与他取得联系，暗示自己听说了华莱士正在写什么的传言，表示想要帮忙。

第3章

丑闻

2016年11月的第一周，大选在即，《国家问询报》（*National Enquirer*）主编迪伦·霍华德（Dylan Howard）向一名员工下达了一个不同寻常的指令。"我得把所有东西从保险箱里拿出来，"他说道，"然后，我们得弄个碎纸机来。"霍华德来自澳大利亚东南部。他长着一张圆脸，一头蓬松的姜黄色头发，看起来有点像印第安毛孩玩偶。他戴着眼镜，镜片有可乐瓶底那么厚，系着花哨的领带。那天，他表现得惊慌失措。《华尔街日报》的人刚打电话到《国家问询报》，希望其回应有关霍华德和《国家问询报》母公司美国传媒公司（AMI）首席执行官大卫·佩克（David Pecker）的传言。传言称，美国传媒公司应唐纳德·特朗普的要求，承担了一项敏感任务，负责追查一条线索，找到后要令其消失，而非公之于众。[1]

这名员工打开保险箱，取出一沓文件，然后努力想要关上箱门。后来，当记者们谈论起这个保险箱的时候，就好像在谈论《夺宝奇兵》（*Indiana Jones*）中存放约柜的仓库一样，只不过这个"仓库"有点小，价钱很便宜，还很旧。它被放在一间办公室里，多年来，这间办公室一直属于这家周刊的资深执行主编巴里·莱文（Barry Levine）。这个保险箱的门很容易关不上。

他们试了好几次，并通过视频电话向这名员工的另一半求助，才把保险箱完全关上。那天晚些时候，另一名员工表示，当天清洁工收走的垃圾比平时多很多。从保险箱里拿出来的与特朗普相关的文件连同《国家问询报》的一些资料，全部化成了碎片。

2016 年 6 月，霍华德整理了一份美国传媒公司档案中积累的有关特朗普的丑闻清单，这份清单上的丑闻时间最早可以追溯至几十年前。大选结束后，特朗普的律师迈克尔·科恩（Michael Cohen）要求这家小报集团上交有关新总统的所有新闻材料。报社内部还因此产生了分歧：有些人开始意识到，交出所有资料可能造成法律问题，因此拒绝配合。尽管如此，霍华德和高级职员还是下令将尚未锁进那个小保险箱里的报道材料送到美国传媒公司总部，这些材料都是从佛罗里达的资料库里翻出来的陈年旧货。当这些报道材料送达时，先是被锁进一个小保险箱里，当围绕报社与总统的关系的讨论变得白热化的时候，它们又被锁进了人力资源主管丹尼尔·罗特施泰因（Daniel Rotstein）办公室的那个更大的保险箱。（一个熟悉这家公司的人故作惊讶地表示，《国家问询报》母公司的人力资源办公室原来并不是在脱衣舞酒吧里。）直到后来，一名一直持怀疑态度的员工开始焦虑不安，跑去检查保险箱，他们才发现出了问题：特朗普的丑闻清单与实际文件不符。其中一些资料不见了。霍华德开始对同事们发誓，坚称自己绝对没有销毁过任何文件，直到今天他还坚守这一誓言。

从某种意义上说，销毁文件这一行为符合《国家问询报》及其母公司多年来的行事作风。"我们总是游走在违法的边缘，"一名美国传媒公司的高级职员告诉我，"十分刺激。"非法获取医疗记录已成为一种标准手段。[2]《国家问询报》在各大医院都安插了眼线。其中一名线人曾将布兰妮·斯皮尔斯（Britney Spears）、法拉·福塞特（Farah Fawcett）等人的档案从加州大学洛杉矶分校医学中心偷走，最终这名线人受到重罪指控。

美国传媒公司常常卷入员工口中的"敲诈"事件，即通过不公布伤害性信息来换取情报或独家新闻。员工们还私下谈论美国传媒公司更为阴暗的运营手段，包括建立分包商网络，公司会通过一些意想不到的渠道向其支付报酬，以逃避审查，而这些人会亲自动手，行事风格激进。

然而，另一方面，美国传媒公司位于曼哈顿金融区的办公室里似乎正在发生一些新鲜事。佩克已经与唐纳德·特朗普相识几十年。总统选举结束后，一名记者对佩克说，对特朗普的批评并不等同于对美国传媒公司的批评，他回应道："对我来说就是一回事。那家伙是我的私人朋友。"[3]多年来，为了双方的利益，这两人一直互为同盟。佩克头发花白，留着一把大胡子。

他来自布朗克斯区，曾经是一名会计师，与权力人物十分亲近，可以享受特朗普的许多特权。"佩克曾搭过他的私人飞机。"马克辛·佩奇（Maxine Page）回忆道，她曾于2002年至2012年期间断断续续在美国传媒公司工作，曾担任过该公司旗下一家网站的责任编辑。霍华德也享受过特朗普的特权。在2017年总统就职典礼前夕，他兴奋地给朋友和同事发短信，并附上了自己参加这一庆典的照片。

对特朗普来说，这种关系催生的成果更为重要。另一名曾在《国家问询报》任职的编辑杰里·乔治（Jerry George）则推断，自己在该报工作的28年间，佩克至少毙掉了10个有关特朗普的全面报道，同时还阻止了更多潜在消息见报。[4]

当特朗普开始竞选总统时，他与佩克等人之间的联盟关系进一步深化和改变。《国家问询报》突然开始正式支持特朗普，它和美国传媒公司旗下的其他媒体大张旗鼓地刊登阿谀奉承的头条新闻。《环球报》的一期头条标题为《别惹唐纳德·特朗普！》。《国家问询报》则来了一期《特朗普将如何取胜！》。《国家问询报》一边爆料《候选人见不得光的秘密！》，一边如此描述特朗普："他的受欢迎程度和支持率比他自己承认的还要多！"[5]与此同时，它还大肆报道希拉里·克林顿所谓的背叛和日益糟糕的健康状况。他们放声高呼："反社会者希拉里·克林顿的秘密心理档案曝光！"以及"希拉里：腐败！种族主义者！罪犯！"感叹号使标题看起来像廉价的音乐标题。另一个大受欢迎的支线情节则是希拉里将不久于人世。（她在整个选举过程中恰到好处地保持着奄奄一息的状态，奇迹般地使小报的预测落空。）就在选民开始投票前，霍华德让同事们做了一堆封面给佩克，后者则将其转交给特朗普过目。

竞选期间，包括迈克尔·科恩在内的特朗普的合作伙伴都曾打电话给佩克和霍华德。关于特朗普在共和党初选中的竞争对手特德·克鲁兹（Ted Cruz）的一系列报道，则是由特朗普的另一名助手、政治顾问罗杰·斯通（Roger Stone）进行的栽赃嫁祸，他在这一系列报道中散布阴谋论，称克鲁兹的父亲与刺杀肯尼迪有着千丝万缕的联系。霍华德甚至还联系到疯狂的电台名人亚历克斯·琼斯（Alex Jones）[6]，随后上了琼斯的电台节目，而琼斯传播的阴谋论有效提升了特朗普的竞争力。美国传媒公司的员工还被告知，不仅要掐掉有损该公司所青睐的候选人形象的线报，还要找出信息源头，将其牢牢地锁在公司的保险箱里。"这他妈真是荒唐可笑，"其中一名员工后来向我抱怨道，"这成了《真理报》（Pravda）了。"

* * *

特朗普并不是霍华德和佩克发展的唯一盟友。2015 年，美国传媒公司与哈维·韦恩斯坦达成了一项制作协议。[7] 当时美国传媒公司的发行量持续下降，而这笔交易表面上看可以帮助该公司将其"雷达在线"（Radar Online）网站打造成一档电视节目。但实际上双方还有另一层面的合作。那一年，霍华德和韦恩斯坦走得很近。当一名模特向警察控诉韦恩斯坦非礼时，霍华德下令让其员工停止报道这件事，随后又考虑购买该模特故事的报道权，以换取其签署一份保密协议。当演员艾什莉·贾德（Ashley Judd）声称一名电影公司负责人对其进行了性骚扰，[8]她当时就差指名道姓说那人就是韦恩斯坦，美国传媒公司的记者们被要求追踪报道有关这名女演员进戒毒所的负面消息。霍华德的一名同事还记得，当麦高恩的指控浮出水面的时候，他说过："我想要那个婊子的丑闻。"

2016年年末，他们之间的关系变得更加密切。在一封电子邮件中，霍华德自豪地向韦恩斯坦转发了美国传媒公司一名分包商的最新作品：这是一段秘密录音，内容是一名女子在分包商诱导下发表了对麦高恩不利的言论。"我有些精彩的东西。"霍华德写道。那个女人"狠狠地攻击了罗丝"。

"这是个撒手锏，"韦恩斯坦回复道，"特别是还牵扯不到我身上。"

"不会牵扯到你，"霍华德写道，"我俩之间的对话是录了音的。"[9]霍华德在另一封电子邮件里以类似的方式发送了一份其他联系人的名单，"我们来讨论一下针对每个人接下来要做些什么。"他写道。

《国家问询报》就像一条阴沟，美国的许多肮脏流言最终都流入这个地方。当某个报道被放弃或在美国传媒公司高层友人的要求下被成功埋葬的时候，它们就会被保存在《国家问询报》的档案库中，一些员工称之为"绝杀档案"。随着与韦恩斯坦合作的加深，霍华德一直在仔细研究这个历史宝库。他的同事回忆起在那年秋天的某一天，他要求销毁一个与一名电视网主播有关的特定档案。

第 **4** 章

按钮

马特·劳尔双腿交叉地坐着：右膝搭在左膝上，身体略微前倾，使其右手可以搭在右膝上。即使是在闲聊，他看上去也像是可以毫不费力地随时插播广告。当我试图模仿劳尔放松而又泰然自若的坐姿时，我看上去就像一个瑜伽新手。

那是 2016 年 12 月，我们在洛克菲勒广场 30 号三楼劳尔的办公室里。他坐在那张镶着玻璃桌面的桌子后面，我坐在他对面的沙发上。周围的架子和书柜上摆放着数座艾美奖奖杯，十分显眼。劳尔通过自己的努力，从西弗吉尼亚州的地方电视台 [1] 晋升到现在的位置，成为网络电视台最杰出、最受欢迎的人物之一。劳尔的家在汉普顿富人区，NBC 不但每年付给他 2000 多万美元，还会安排直升机接送其上下班。 [2]

"的确是个好故事。"劳尔说的是我调查报道系列中最近的一个故事。他的头发梳理得十分服帖，很衬他的形象，但那<u>丛</u>

花白的胡子又有点减分。"那个泄漏的核电站,在哪里——"

"华盛顿州。"我说道。

"华盛顿州。没错。政府那家伙非常担心。"他摇了摇头,轻笑着说道。

这次的报道是关于汉福德核设施的问题,美国政府在那里掩埋了曼哈顿计划遗留下来的一些核废料,体积约相当于几个奥林匹克标准泳池。而工人们接触到这种废料的频率高得惊人。

"我们的节目需要更多这样的内容。"他说道。关于他对严肃调查报道的信仰,我们已经聊过很多次。"开了个好头。值得这么做,"他继续说道,"接下来还有什么?"

我瞥了一眼随身带来的那沓文件。"有一个关于陶氏和壳牌两家公司在加利福尼亚的农田播撒有毒化学物质的。"劳尔颇为欣赏地点了点头,戴上角质框架眼镜,转头看向电脑显示屏。镜片里反射出电子邮件滚动的画面。"还有一系列关于成瘾问题的报道,还有一个是关于说客阻挠卡车安全改革的,"我继续说道,"还有一个是关于好莱坞的性骚扰问题。"

他的目光又闪回到我身上。我不确定是哪个故事引起了他的注意。

"一系列发生在好莱坞的不为人知的故事,"我说道,"恋童癖、种族歧视、性骚扰……"

劳尔穿着一套剪裁考究的西服,上面有灰色的窗玻璃印花图案,打着一条海军蓝的条纹领带。他抚了抚领带,把注意力转回到我身上。"它们都是好故事。"他以品评的目光看着我说道。

"你未来几年有什么发展计划？"他接着问道。

距离 MSNBC 砍掉我的有线电视节目已经过去快两年了。近期的《纽约邮报》八卦版"第六页"（Page Six）的头条是《罗南·法罗从主播台走向格子间》。[3] 事实上，只不过是我的办公桌作为背景出现在了 MSNBC 的日间新闻报道中。镜头中，我正在泰姆隆·霍尔（Tamron Hall）后面打字，就坐在阿里·韦尔什（Ali Velshi）的电话后面。我为自己在《今日秀》的工作感到骄傲。但我一直在寻找一个合适的位置。我考虑了所有可能的机会，甚至包括广播电台的工作。那年秋天，我还跟天狼星 XM 卫星广播电台（Sirius XM）的人见了面。广播电台副主席梅丽莎·隆纳（Melissa Lonner）几年前曾在《今日秀》工作。为了表现出乐观的样子，我告诉她，我认为与有线电视相比，《今日秀》是一个更好的调查报道平台。"的确如此，"隆纳不自然地笑道，"我以前也喜欢那里。"然而事实是，我的未来充满了不确定性，而劳尔这次给我的机会对我来说意义重大。

我思考了一下他关于未来的提问，然后答道："我想在未来某个时候重新主持节目。"

"我知道，我知道，"他说道，"这是你认为你想做的事。"我张了张嘴刚想说些什么，他立即打断了我。"你在寻找一些东西。"说完他取下眼镜仔细端详起来，"也许你能找到它。可是，你要自己找出答案。你真正在乎的是什么？"他笑着说道，"下周的事让你兴奋不已？"

我本来要在他和其他主播休假过圣诞节时顶替他们的位置。

"是的！"我回应道。

"记住，你还是个新人。互动就是一切。写《橙色房间》（Orange Room）脚本的时候要为对话埋下伏笔。"《橙色房间》是《今日秀》的一个子栏目，在这一环节中会播放脸书帖子的幻灯片。"让脚本带有个人特色。如果受访者是我，你就要提到我的孩子。你应该知道我在说什么。"我草草记了点笔记，然后向他道谢，准备离开。

我走到门边的时候，他开玩笑似的说道："别让我失望。我会看的。"

"要关门吗？"我问道。

"我来就好。"他说道。只见他按了一下办公桌上的某个按钮，门就缓缓关上了。

* * *

不久之后，我给劳尔位于汉普顿的家寄了一本《青春期的烦"脑"：写给家长的青少年生存成长指南》（*The Teenage Brain: A Neuroscientist's Survival Guide to Raising Adolescents and Young Adults*）。而在做节目的时候，我认真听取他的意见。在《今日秀》现场，我感受着节日氛围，并努力传播这种欢乐气氛。我坐在 1A 演播室那张半圆形的沙发上，与其他代班主持一起谈笑风生，我的手也放在膝头，可是却一点也不像马特·劳尔。

一天早晨，我们用一组去年的未播放内容和花絮结束了节目。我们都已经看过这段视频：我们之前就已经播过一次，然后在某次与宗教无关的节日派对上又播了一次。开始视频播放时，演播室的灯光变暗，大多数团队成员要么溜之大吉，要么就在看手机，只有一名《今日秀》的资深员工牢牢地盯着显示器。她是我在电视圈遇到的工作最努力的人之一。她从地方新闻记者一步步爬升到现在的位置。

我对她说："一遍遍重复看这些内容，我可一点也不羡慕你的工作。"

"不，"她回应道，眼睛仍然盯着屏幕，"我爱这份工作。这是我梦寐以求的工作。"她眼中闪动的泪光让我大吃一惊。

* * *

在我与马特·劳尔聊过之后的几周，我又坐在了NBC新闻高管套房的角落里，对面是《今日秀》主管诺亚·奥本海姆（Noah Oppenheim）。那天，从他办公室一角望出去，洛克菲勒广场上空雨雾蒙蒙。我身旁是麦克休和杰基·莱文（Jackie Levin），后者是我们下一部调查迷你剧的高级制作人，就是我跟劳尔提过的关于好莱坞的调查报道。"那么，现在有些什么东西了？"奥本海姆问道，我向后靠在沙发上，准备向他汇报最新情况。

奥本海姆与劳尔一样支持难啃的新闻报道。刚受命负责《今日秀》的时候，在甚至连一张办公桌都还没有的情况下，他就跑来见我，告诉我不需要与节目的其他负责人打交道，只要跟他联系就行。他让我更频繁参与《今日秀》，还为我日渐野心勃勃的调查开绿灯。在我的主持生涯遭受挫折的时候，奥本海姆设法让我留在新闻网，继续做《今日秀》的系列报道。奥本海姆年近四十，和蔼可亲，仍有些孩子气，永远一副无精打采的模样，等着你先靠近他。他身上有一种我所缺乏而又很羡慕的品质，那就是：他看上去总是那么漫不经心，悠闲自在，酷酷的。他是个瘾君子，眼神却透着天真，似乎不可能变得成熟尖锐。我们会拿他的故事当笑料，他有一次吸得神志不清，把泰国外卖菜单上的菜点了个遍，而我们本来只是打算在家随便吃点东西。奥本海姆毕业于常春藤盟校，非常聪明。在 2000 年总统竞选初期的某一天，MSNBC 名嘴克里斯·马修斯（Chris Matthews）和他的执行制作人菲尔·格里芬（Phil Griffin）——他后来继续经营有线电视频道——在从新罕布什尔州回纽约的路上遇到了暴风雪，中途停留在哈佛。那天晚上，格里芬和一名同事发现了醉倒在角落的奥本海姆，他当时还只是个为《哈佛深红报》（*Harvard Crimson*）撰稿的大四学生。最后，他们提议让他做电视。"他们在哈佛广场停了下来，开始在酒吧里和一些本科女生聊天，"[4]奥本海姆后来告诉一名记者，"他们跟着这些女生去了在报社大楼举办的深夜派对，其中一个人拿起一份报纸，读了一篇我写的关于总统竞选的文章。"

那次偶遇最终让奥本海姆从保守的专家变成了 MSNBC 的制作人，后来又成了《今日秀》的高级制作人。但他总有更大的抱负。他与人合著了名为《知识分子修行》（*The Intellectual*

Devotional ）的系列心理自助图书（护封上写着："通过解释柏拉图的洞穴寓言，让你的朋友刮目相看，在鸡尾酒会上来点歌剧术语。"），还吹嘘说史蒂文·斯皮尔伯格把这些书作为节日礼物送人 [5]，"所以现在我可以开心地去死了"。2008 年，他离开新闻网，举家迁往圣莫尼卡，开始追求好莱坞事业。提到新闻事业，他表示："20 多岁的时候，我有过一段很棒的新闻工作经历，但我一直热爱电影行业，热爱电影和戏剧。"他曾在默多克家族女继承人伊丽莎白·默多克（Elisabeth Murdoch）的电视真人秀帝国短暂工作了一段时间，后来转而从事剧本创作。"我试着做了一段时间，"他谈到电视真人秀的时候说道，"然后变得焦躁不安，因为这并没有让我接近我的真爱：剧本化的戏剧。" [6]

　　奥本海姆在他的每段职业生涯中都获得了令人神往的提升。他的第一个剧本《第一夫人》（*Jackie*）讲述了从肯尼迪遇刺到举行葬礼这段时间的故事，是一个阴郁的传记剧本，他把它给了一家电影公司的高管，这人是他在哈佛读书时的朋友。他后来回忆道："一周都不到，我就和史蒂文·斯皮尔伯格一起坐在他在环球公司的办公室里了。"[7]这部电影里有很多无对白的长镜头，镜头中的女主角总是眼带泪痕地走来走去，我发现这部电影比较受影评人欢迎，普通观众对它则没有那么喜欢。"他写的那部电影叫什么来着？"我们一起去开会的时候麦克休问道。

　　"《第一夫人》。"

　　"哇。"

　　奥本海姆还与人合作，将讲述年轻人在世界末日结束后的冒险小说《移动迷宫》（*The Maze Runner*）改编成同名电影，大赚了一笔，但他参与改编的电影《分歧者》（*Divergent*）第三部却没赚到钱。

从奥本海姆离开洛克菲勒广场到他回归的这几年，《今日秀》面临很大挑战。主持人安·库里（Ann Curry）被解雇，她深受观众喜爱，却得不到马特·劳尔认可。收视率落后于竞争对手《早安美国》。NBC 的压力很大：《今日秀》每年的广告收入高达 5 亿美元。2015 年，NBC 把奥本海姆召回《今日秀》"救火"。

＊　＊　＊

2016 年 6 月，奥本海姆在我参与配音的系列节目《好莱坞阴暗面？》（"The Dark Side of Hollywood?"）中给我开了绿灯，当时我以晨间新闻节目的夸张方式为其配音，但在具体选题的操作上还是遇到了一些困难。我最早向高层提出的建议主要是针对未成年人性骚扰方面的报道，其中包括《大西洋月刊》（*The Atlantic*）集中针对导演布莱恩·辛格（Bryan Singer）的相关报道 [8]，而辛格本人一直否认相关指控，以及针对演员科里·费尔德曼（Corey Feldman）恋童癖的指控。与费尔德曼的采访已经敲定：《今日秀》负责演出合同的马特·齐默尔曼（Matt Zimmerman）已经与之达成协议，先让这位前童星唱一首歌，然后留下来接受我的采访。但是，后来齐默尔曼打电话告诉我，奥本海姆认为恋童癖这一报道角度"过于阴暗"，我们得放弃原定计划。

我提出的替代方案也行不通。高级制作人莱文跟我和麦克休讲了名人为独裁者表演的故事，他透露詹妮弗·洛佩兹以七位数的高价为土库曼斯坦极权主义领导人库尔班古力·别尔德穆哈梅多夫（Gurbanguly Berdymukhamedov）献上了一场现场演出，而以 NBC 与洛佩兹的关系，我们不可能做到这一点。对于我提出的关于好莱坞种族歧视的报道，甚至根本没人做出任何回应。奥本海姆最后轻笑着说："听着，可以这么说，我已经'觉醒'，只是，我觉得我们的观众并不想看威尔·史密斯（Will Smith）抱怨日子有多难过。"

网络电视是商业媒体。迎合观众口味已是司空见惯。你想制造话题，可是这些话题可能全都不值一提。我们把这部好莱坞系列片搁置了几个月，打算在今年年底重新推出，瞄准明年年初的奥斯卡颁奖季。

* * *

1 月，我们坐在奥本海姆的办公室里，讨论包括有关整容手术报道在内的更多潜在选题。我又重提了一个建议，大家似乎一直对这个选题念念不忘：关于好莱坞"选角沙发"的故事，演员在工作中被骚扰或被要求进行交易性性行为。我表示："我们一直在稳步推进中。"我已经开始和一些自称有故事的女演员交流。

"你应该关注一下罗丝·麦高恩，她发推文说了些有关电影公司高管的事情。"奥本海姆说道。

　　"我还没注意到这个。"我回应道。我拿出手机，打开一篇《综艺》（*Variety*）的文章。我翻看着这名女演员的推文。"她也许会说点什么，"我说道，"我会跟进看看。"

　　奥本海姆满怀希望地耸了耸肩。

第**5**章

坎大哈

几天后，哈维·韦恩斯坦在洛杉矶与黑魔方的特工人员见面。特工人员向他报告，他们的行动一直进展顺利[1]，已经盯上了双方商定的目标。韦恩斯坦的律师很快支付了2A阶段行动的尾款[2]，但一个多月来，2B阶段行动的账单他们却迟迟没有兑付。经过几次紧张的情报交换，他们才又付了一笔款，随之进入更激烈、风险性更高的行动阶段。

我们在NBC的报道也越来越紧张。1月期间，好莱坞系列报道逐渐成型。我已经开始报道有关操纵颁奖拉票活动的故事，同时还有一个与雇用相关的幕后性别歧视故事，以及另一个关于中国投资对美国电影影响的故事。

而有关性骚扰的报道则遭遇采访危机。原本准备接受采访的女演员们相继食言，而这种情况通常出现在一些著名公关人员介入之后。我们常常收到这样的电话答复："这不是我们想谈论的话题。"但这些电话沟通还是牵出了一些线索,哈维·韦恩斯坦的名字被再三提及。

制作人戴迪·尼克森(Dede Nickerson)来到洛克菲勒广场 30 号,就有关中国投资对美国电影影响的报道接受采访。我们坐在一间普通会议室里,里面用盆栽和彩灯稍加美化,这样的会议室你在《日界线》(*Datelines*)*节目里可能已经看过上百次。采访结束后,麦克休和工作人员收拾设备,尼克森大步走向最近的电梯间,我则紧随其后。

"我还想问一个问题,"我追着她问道,"我们正在做有关电影圈性骚扰的报道。你以前跟哈维·韦恩斯坦一起工作过,对吧?"

尼克森的笑容变得僵硬。

"对不起,"她说道,"我不能帮你。"

我们走到电梯前。

"没关系。如果你觉得我可以跟谁聊聊——"

"我还要赶飞机。"她说道。她走进电梯,停顿了一下,补充道:"小心点。"

* * *

几天后,在新闻编辑室旁边一间专门用来打私人电话的玻璃隔间里,我弓着身子趴在一张桌子上,给罗丝·麦高恩打电

---

* NBC 的一档王牌新闻节目。——译者注

话，我通过推特联系上的她。2010 年我们曾见过一次，当时我还在国务院工作。五角大楼的官员宣布她要来参观，并问我要不要一起吃午饭，他们好像要找一位能说会道的人，同时他们认为我擅长跟女演员打交道。当时麦高恩在美国劳军联合组织最近的一次演出中结识了这些官员。在相关照片中可以看到她的身影，背景是坎大哈机场[3]或喀布尔，霓虹闪烁，她穿着低领 T 恤、修身牛仔裤，长发随风飘动。她本人后来回忆道："我看起来就像风格化的炸弹。"[4]麦高恩塑造了一些极具魅力的银幕形象，在《玩尽末世纪》（*The Doom Generation*）、《风骚坏姊妹》（*Jawbreaker*）和《惊声尖叫》（*Scream*）等一系列早期电影中，她的表演机智灵活，充满尖刻的幽默感，使其成为独立电影的宠儿。但近年来，她出演的电影越来越少，越来越低俗化。我们见面的时候，她最新出演的电影是《恐怖星球》（*Planet Terror*），这是一部充满致敬意味的 B 级片，由她当时的男朋友罗伯特·罗德里格兹（Robert Rodriguez）执导，她在片中饰演装着机关枪假腿的脱衣舞女谢丽·达琳（Cherry Darling）。

2010 年的那次午餐聚会上，我和麦高恩相谈甚欢。我们相互引用《王牌播音员》（*Anchorman*）里的台词。她知道我成长在一个好莱坞家庭。她还谈到了表演，那些有趣的角色，以及最性感或备受欺凌的角色，而且大多数是这样的角色。她坦言对这一行及其对女性的狭隘看法感到厌倦。第二天，她给我发来电子邮件："将来无论我能做些什么，都会随时待命。请尽管开口问。"

*　*　*

2017 年，麦高恩接听了我从新闻编辑室打去的电话。她仍然心怀倦意。她告诉我，亚马逊新成立的电影和电视公司负责人罗伊·普莱斯（Roy Price）同意制作她创作的一档有关狂热崇拜的超现实节目。她预言了一场关于好莱坞及其他地方父权结构的战争。"没人报道希拉里的失败对女性意味着什么，"她说道，"针对女性的战争真实存在。这就是爆点。"她毫不畏惧地谈论着对韦恩斯坦的强奸指控，比她写的推文更具体。

"你愿意在镜头前曝光他吗？"我问道。

"我会考虑一下。"她说道。她正在写一本书，需要权衡在书中透露多少内容。但在此之前，她也乐于开始讲述这个故事。

麦高恩表示，媒体拒绝了她，她也拒绝了媒体。

"那为什么对我说？"我问道。

"因为你经历过，"她说道，"我看过你写的东西。"

大约一年前，《好莱坞报道》在一篇报道中对我的父亲伍迪·艾伦不吝溢美之词，而对于我姐姐迪伦对他的性侵指控则一笔带过。《好莱坞报道》当时因为这篇报道备受指责，杂志编辑贾妮思·闵（Janice Min）决定直面批评，让我写一篇文章，说明批评者是否有道理。

事实上，我人生中的大多数时候都在回避姐姐的指控事件，并非只是在公开场合。我不想被父母或是母亲和姐姐人生中以及我童年最糟糕的岁月影响。米娅·法罗是她所处的时代最优秀的演员之一，也是为孩子做出巨大牺牲的伟大母亲。然而，她的才华和名声却被她生命中的男人们消耗殆尽。我因此渴望自强自立，不论从事什么工作，都想要以我自己的工作而闻名。这使得我将童年发生的事情封存在琥珀、久远的小报报道和永恒的质疑中，它们一直悬而未决，也一直无法解决。

于是，我第一次决定就此事的细节采访我的姐姐。我查阅了法庭记录和其他能找到的文件。根据迪伦从 7 岁起就开始不停重复的描述，在我们位于康涅狄格州的家中，艾伦把她带到一个小房间里，用手指猥亵了她。她已经向心理治疗师控诉过艾伦对她的不当触摸。（这名受雇于艾伦的心理治疗师直到后来在法庭上才公开这段事实。）就在针对迪伦的性侵指控发生之前，一名保姆看到艾伦把脸放到迪伦的大腿上。当一名儿科医生最终向有关部门报告这一指控时，艾伦通过律师和分包商雇用了大量私家侦探，其中一名律师估计，私家侦探人数多达 10 人或更多。[5] 他们跟踪执法人员，寻找有关其酗酒或赌博的证据。康涅狄格州的检察官弗兰克·马科（Frank Maco）后来形容其为"扰乱调查人员的运动"，他的同事们说他因此十分紧张。马科放弃了起诉艾伦的努力，并将这一决定归结于不想让迪伦承受审判的伤害，并煞费苦心地表示，他曾有"合理理由"进行诉讼。

我告诉闵，我会写一篇评论文章。我并没有以姐姐故事的公正仲裁者自居，我只是关心她，想要保护她。我认为，她的指控属于可信的性侵指控，但好莱坞商业机构和更广泛的新闻媒体常常对这种指控视而不见。"这种沉默不仅仅是错误的，还很危险，"我写道，"它向受害者传达了一个信息，不值得承受站出来指控的痛苦。它还传达了这样的信息：作为社会整体的一员，我们是谁；我们会忽略什么；我们会忽略什么人；谁重要，谁不重要。"[6] 我希望这是我对这一事件的唯一声明。

"有人要求我说点什么。我照做了，"我这么对麦高恩说，想要以此结束这个话题，"一切到此为止。"

她挤出一个苦涩的笑容。"一切不会就这样结束。"

*　*　*

我不是唯一一个想要接近麦高恩的记者。曾给本·华莱士打电话表示愿意协助其报道的《卫报》撰稿人赛斯·弗里德曼，就一直在给麦高恩书的出版商哈珀·柯林斯出版集团（HarperCollins）发电子邮件。弗里德曼坚持不懈，反复表达对麦高恩的支持，想要说服后者接受采访。而当他终于跟麦高恩的作品经纪人莱西·林奇（Lacy Lynch）通上电话时，又对自己的报道情况含糊其词。他透露，他正跟一些记者在创作有关好莱坞的故事。他也不愿意透露是否有明确的出版方。但林奇告诉麦高恩，她觉得这个作者不是坏人，这看起来是个不错的机会。

在我和麦高恩谈话后不久，她就跟弗里德曼通了电话。他告诉她，他正在英国乡下自家的农场外面，所以要低声说话以免吵醒其他人。麦高恩问他："你想跟我聊什么？"

"我们想了解 2016 年到 2017 年左右好莱坞的一些情况。"

他坦言。他提到了麦高恩对唐纳德·特朗普的尖锐批评，暗示针对她的行动，可能会有"某种后续报道"。他似乎掌握了很多资源。他多次提到帮助其收集信息的其他匿名记者。

麦高恩经历过背叛和侮辱，因此通常十分警惕。但是，弗里德曼热情又坦率，甚至过于直白。他好几次提到了他的妻子及其日益壮大的家庭。麦高恩渐渐对其产生了好感，跟他聊起了她的人生故事，一度痛哭起来。随着她卸下心防，他的目标也更加明确。"显然，我们所说的一切都空口无凭，我找米拉麦克斯公司的人谈过，她们只是对我说'我签署了保密协议'，所以她们不能谈论发生在她们身上的任何事，但她们都迫切地表示：'×侵犯了我，或×让我的生活变成了地狱。'"

"我的书里有很多这方面的内容。"麦高恩说道。

弗里德曼似乎对她的书和她将在书里说些什么十分感兴趣。"你怎么说服出版商出版它的？"他问的是有关指控的内容。

"其实我有一份签名文件，"她说道，"性侵发生时签的文件。"

但他想知道，如果她说的太多会有什么后果。"跟我聊过的大多数好莱坞人都会说，我不能公开谈论这件事。"他说道。

"因为他们都太害怕了。"麦高恩回应道。

"如果他们真的透露了点什么，"弗里德曼继续说道，"他们就永远没有工作了，或是永远——"但他就此打住。麦高恩此时已谈兴大发，他们转入了下一个话题。

弗里德曼多次试图套出在她的书出版前，她想向哪家媒体爆料，以及她想对他们透露多少内容。"现在你想通过哪家媒体发布消息？"他问道。"你之所以不指名道姓，是不是因为如果你说出那个名字，就会惹祸上身，有人会报复你？"他又再次暗示了这么做的后果。

"我不知道。到时候就知道了。"麦高恩说道。

弗里德曼语气充满同情，听起来像站在她这一边。"那么，"他问道，"怎么才会让你放弃？"

第 **6** 章

欧陆式

"他们这么多年一直在为此斗争。"我说道。在我跟麦高恩通话一周后，我坐在1A演播室的主播台上，《今日秀》的摄影机正在拍摄。我刚刚结束一段关于安全倡导者与卡车运输行业相关人士之间的争端报道，双方争议的焦点在于是否需要在卡车拖车上安装侧护板，以防止其装运的汽车从上面滑下来。安全倡导者们认为这样做能救命，而相关卡车行业人士则认为这样做成本太高。"罗南，干得漂亮！"马特·劳尔说完这一句就迅速转到了下一段报道。"真的很不错。"在接下来的广告时间，他关掉直播设备又补充了一句，与此同时，制片助理纷纷涌上前来，把外套、手套和剧本递给他。"之后的互动环节也很好，大家都愿意开口说几句。"

"谢谢。"我说道。他凑近了一些。

"嘿，其他报道进展如何？"

我不知道他具体指的是哪些报道。"有一个关于加利福尼亚农场污染的大新闻，我觉得你会感兴趣。"

"当然，当然。"他附和道。接着是一阵沉默。

"我还会跟进之前提过的有关好莱坞奥斯卡奖的故事。"我试探地说了一句。

他微微皱了皱眉，随即又恢复了笑容。"很好。"他拍着我的背说道。他朝出口走去的时候回过头来补充道："你需要任何帮助，直接来找我，知道吗？"

我目送他走向冷飕飕的广场，当他穿过旋转门时，门外的粉丝纷纷尖叫起来。

* * *

2017年2月初，我和麦克休跟新闻网的法务和标准事务部门一起开会，他们仔细审查了即将播出的好莱坞报道的每一个细节。编辑监督的任务落在了NBC老将理查德·格林伯格（Richard Greenberg）的身上，他最近刚被任命为新闻网调查部门的临时负责人。格林伯格穿着皱巴巴的粗花呢上衣，戴着一副老花镜。他已经在NBC工作近17年，其中10年担任《日界线》节目的制作人，这个节目有更多需要标准事务部门审查的东西。他沉默寡言，有些官僚主义做派，但他又有着强烈的道德信仰。在他的《日界线》制作人博客中，他称性侵者为"性变态"和"怪物"。他曾与克里斯·汉森（Chris Hansen）合作推出过名为《抓住捕食者》（"To Catch a Predator"）的报道，讲述的是有关柬埔寨妓院的故事，他曾写道："当我晚上躺在床上睡不着的时候，常常会想起那些女孩们的脸，她们没有得到救助，而且还在被侵犯。"[1]负责审查我们这一系列报道的律师史蒂夫·钟（Steve Chung）毕业于哈佛大学法学院，做事非常认真。

2月的那周，我、麦克休和格林伯格一起坐在后者靠近四楼新闻编辑室的办公室里，简单梳理接下来一周的拍摄计划，包括一些需要暗中进行的拍摄主题，我在调查工作中经常遇到这种情况，格林伯格在制作《日界线》的一些报道时也经常这么做。他满意地点了点头。"这些你都跟钟律师说过了？"他问道。我已经跟他说过。接着，格林伯格转到他的电脑显示器前，打开浏览器。"我只是想再确认——"

只见他输入我父母和韦恩斯坦的名字。"好主意，"我说道，"我没想到这一点。"结果正如我们所料：与大多数电影公司负责人一样，韦恩斯坦也与我父母拍摄的电影有着千丝万缕的联系。20世纪90年代，他发行了伍迪·艾伦的几部电影，21世纪初有几部我母亲的电影。电影发行是一项相对独立的业务：我从没有从他们俩那里听过韦恩斯坦的名字。

"情况还行，"浏览了几篇文章后，格林伯格说道，"只是再确定一下没有什么我们不知道的把柄。显然没有。"

"除了我们的报道，不用在意别的。"我说道。我第一次见到韦恩斯坦的时候就喜欢上了他，那次是哥伦比亚广播公司（CBS）新闻主持人查理·罗斯（Charlie Rose）主持的一个活动。

*   *   *

几天后，我坐在圣莫尼卡一家酒店的客房中。受访人、资深营销主管丹尼斯·赖斯（Dennis Rice）大汗淋漓。摄影灯打出一片方形阴影，他整个人陷在其中。我们最初计划只聊一聊有关操纵颁奖拉票活动的话题。当我问到 20 世纪 90 年代和 21 世纪初他在韦恩斯坦的米拉麦克斯公司担任营销总裁的经历时，他开始紧张起来。"你没法想象，如果我说了些什么会让我的处境多么艰难。"他告诉我。但赖斯意识到，这是在一些重要的事情上提供帮助的良机，于是同意回来在难熬的灯光下继续接受采访。

"如果有什么需要处理的麻烦事，不用担心钱的问题。"提起在米拉麦克斯公司的经历时他说道。

"什么样的麻烦事？"我问道。

"霸凌、身体伤害、性骚扰。"

他透露，他曾亲眼看见他的老板"不当接触"年轻女性，并且很后悔当时只是袖手旁观。"她们都得到了钱，"提及那些女人时他说道，"有人威胁她们不要小题大做，不然她们的事业就毁了。"他还表示，他知道一些具体的报复事件，当摄像机停止转动时，他环顾四周，说道："去找罗姗娜·阿奎特（Rosanna Arquette）。"这名女演员因主演《不顾一切寻找苏珊》（*Desperately Seeking Susan*）成名。在韦恩斯坦负责发行的电影《低俗小说》中，她扮演了一个毒贩的妻子，全身打了很多洞，角色虽然不起眼，却令人难忘。"我不知道，"赖斯抹着额上的汗珠说道，"也许她会说点什么。"

回看录像的时候，我倒回到有关韦恩斯坦的部分，再次点击播放。

"他周围所有人看到这种事情发生时，"我问道，"有人站出来表示反对吗？"

"没有。"他说道。

*　*　*

那天晚上以及接下来的几天时间里，我都在不停地打电话。我正在收集一份女性名单，她们通常是女演员和模特，也有制作人或助理，据传她们都曾投诉过韦恩斯坦。一些名字反复出现，比如麦高恩和意大利女演员、导演艾莎·阿基多（Asia Argento）。

我打给了尼克森，就是之前不愿谈起韦恩斯坦的那个制作人。

"我对这个行业里女性的遭遇已经感到厌倦。我想帮忙，真的想，"她说道，"我看到了一些事情。可他们付了钱给我，我签了一纸协议。"

"你看到了什么？"

短暂的沉默后，她开口道："他不能控制他自己。他就是那样的人。他就是捕食者。"

"你能说你目睹过？"

"能。"

她也同意出镜。她坐在位于恩西诺的房子里,隐没在阴影中,她独自回忆着与赖斯描述的模式惊人相似的捕食模式。

"我想这种事情一直在发生,不断地试探,"她在采访中说道,"不是做一次就收手。不是就在一段时间内有这癖好。这是对女性持续的猎艳行为,不论她们同意还是不同意。"她表示虽然看起来很荒谬,但这几乎已经融入了这家公司的企业文化中。事实上,公司给开工资的人中就有一个皮条客式的人,他的工作职责就是为老板拉皮条。

"大家都知道他——用你的话说——在'捕食'女性吗?"我问道。

"当然,"她回应道,"每个人都知道。"

"提醒一下,这则报道正变成相当严肃的针对 HW 的报道,"我给奥本海姆发信息道,"两个高管在镜头前都提到了他,但其中一个要求我不要播出他提到这个名字时的画面。"我指的是赖斯。奥本海姆回道:"我能想象,大家都被报复吓坏了。"

* * *

我又联系了更多人,赖斯和尼克森的指控进一步得到证实。我同时也在寻求韦恩斯坦的辩词。但我找到的那些听起来都很空洞。尼克森还提到了一个制作人,她认为这个人也是受害者。我最后终于在澳大利亚找到了她,她在那里开始了新的生活。

当她告诉我，对于韦恩斯坦她无话可说的时候，她的声音里透出紧张和悲伤，让我觉得我把她置于了异常艰难的境地。

与《莎翁情史》制作人唐娜·吉利奥蒂的谈话也几乎陷入一样的困境。

"我是不是听说了什么？也许吧。但我是不是看到了什么？"她问道。

"你听说了什么？"

回应我的是一声愤怒的叹息，好像这个问题十分可笑。

"那个男人不是什么圣人。相信我，我和他之间可没什么情分。但他所犯的罪并不比这个行业里其他一百万个男人的所作所为更糟糕。"

"你是说没什么值得写的？"

"我是说，"吉利奥蒂说道，"你还是花时间去干点别的吧。你知道吧，其他人已经查过了。他们全都一无所获。"

我不知道。但我很快就捕捉到其他媒体人调查此事的蛛丝马迹。两年前，《纽约杂志》记者詹妮弗·西尼尔（Jennifer Senior）曾发推文道："总有那么一天，所有害怕说出哈维·韦恩斯坦事情的女人都将不得不手拉着手，纵身一跃。"[2] 她后来又写道："这是个可耻的公开秘密。"她的推文引发一些博主的关注和评论，但后来都销声匿迹了。我给她发消息，想要跟她谈谈。"我当时不是在报道这件事，"她告诉我，"我的工作搭档大卫·卡尔（David Carr）在《纽约杂志》时曾做过一次关于他的专题报道[3]，收获了许多关于他的爆料，足以证明他是多么禽兽不如。"

卡尔是随笔作家和媒体记者，已经在 2015 年去世，他对西尼尔讲述了韦恩斯坦猥亵、骚扰女性的传言，但一直因证据不足而未能发表相关文章。"很多人一直想要挖掘内情。"西尼尔对我说道，同时还祝我好运，感觉像是在鼓励堂吉诃德与风车大战一样。

我又给与卡尔关系密切的其他人打电话，得到了另一些信息：他在专注于这个报道的过程中变得疑神疑鬼。他的遗孀吉尔·鲁尼·卡尔（Jill Rooney Carr）告诉我，她的丈夫认为有人在监视他，但他并不知道那些人是谁。"他觉得有人在跟踪他。"她回忆道。除了这些，卡尔把所有秘密都带进了坟墓。

结束对赖斯和尼克森的采访后，我遇到了一个朋友，她曾是 NBC 环球一名知名高管的助理，她给了我另一些潜在知情人的联系方式。"我的问题是，"她给我发消息道，"《今日秀》会播这样的内容？这对他们来说好像负担太大。"

"节目新主管诺亚会支持的。"我回复道。

* * *

接下来那一周的 2 月 14 日早晨，矮胖的乌克兰人伊戈尔·奥斯特洛夫斯基端坐在曼哈顿中城一家酒店大堂，他曾与秃头的俄罗斯人罗曼·凯金在纳吉斯餐馆见过面。凯金派他到这里来执行神秘新客户的任务。奥斯特洛夫斯基假装全神贯注地看着手机，其实正小心翼翼地拍下一个身着风衣、头发灰白的中年男人与一个西装革履的高个黑发男人握手的画面。随后，他跟着这两个男人到了酒店餐厅，找了一张靠近他们的桌子坐了下来。

过去几天里，他一直穿梭在豪华酒店的大堂和餐厅，监视那位客户派来的特工人员之间的会面，留意他们的一举一动。奥斯特洛夫斯基的任务是"反监视"：他要确保客户的特工人员不被跟踪。

那天在酒店餐厅里，奥斯特洛夫斯基发了一张监视照片给凯金，然后点了一份欧陆式早餐。美食是执行任务的额外福利。"好好享用，"他的老板说道，"吃得开心。"果汁和面包端上桌的时候，奥斯特洛夫斯基正努力偷听隔壁桌的对话。那两个人说话都带着口音，他听不太清。也许是东欧口音。他隐隐约约听到一些遥远的地名：塞浦路斯，卢森堡的一家银行，还有俄罗斯的什么人。

奥斯特洛夫斯基大部分时间都在追踪假装瘸腿骗取劳工补偿金的人，或是努力捉住违反婚前协议出轨的配偶。而这次新任务中监视的对象完全不同，他们是西装革履的特工，其中一些似乎还有军方背景。他刷着这些人的照片，想知道自己正在监视谁，又是谁在让他监视他们。

第7章

幻觉

当网上传出诺亚·奥本海姆升任 NBC 新闻主席的消息时，我正坐在一辆车里，穿越西好莱坞，直奔下一个拍摄地点。他当时正跟他的老板安迪·拉克（Andy Lack）一起负责好几个项目，安迪同时管理着 NBC 新闻和 MSNBC，而他们手上的项目都不容有失。他们的首要任务是：在 NBC 给福克斯新闻前主播梅根·凯利（Megyn Kelly）安排一个职位。网上有几篇正面报道重点描写了奥本海姆常春藤盟校的光鲜背景及其编剧生涯，以及他在竞争激烈的电视圈的迅速崛起。奥本海姆和拉克的前任都是女性。奥本海姆的前任是德博拉·特纳斯（Deborah Turness），有媒体形容她是"趾高气扬的摇滚小妞"[1]，这一说法略带性别歧视色彩，但据我所知，这只是因为她有时候会选择穿裤子，而不是裙子。被拉克取而代之的帕特里夏·菲利-克鲁谢尔（Patricia Fili-Krushel）是一个拥有人力资源和日间电视节目制作背景的主管。现在整个指挥系统全是男性，全是白人：诺亚·奥本海姆，他的头儿安迪·拉克，他的头儿、NBC 环球首席执行官史蒂夫·伯克（Steve Burke）及其母公司首席执行官布莱恩·罗伯茨（Brian Roberts）。"我很高兴看到这个消息。祝贺你，我的朋友！"我给奥本海姆发信息道，有一点拍马屁的意思，但也的确是真情流露。"哈——谢谢。"他回道。

我翻了翻通讯录，找到姐姐迪伦的名字，然后拨通了她的电话，这是几个月来我第一次给她打电话。"我正要去做一个采访，"我告诉她，"准备采访一个知名演员。她指控一个非常有权势的人犯了非常严重的罪行。"

在家庭照片上，比我大两岁半的迪伦常常躲在我后面：我们穿着好奇纸尿裤坐在客厅难看的棕色沙发上；在我第一次幼儿园演出前，她穿着兔子连体衣，用指关节敲我的脑袋；各种旅游景点打卡照，我们在照片里不仅开怀大笑，还常常抱在一起。

我很惊讶她会接电话，她经常不把手机带身上。我们谈心的时候，她曾承认手机铃声会让她心跳加速。如果电话另一头传来的是男人的声音，对她来说更是一种挑战。她从没做过需要频繁打电话的工作。迪伦是个颇具天赋的作家和视觉艺术家。她尽量将其工作植根于远离这个世界的世界。小时候我们就创造出一个精致的幻想王国，王国的居民是锡制的龙和仙女。幻想仍然是她逃避的出口。她创作了大量细节丰富的小说和表现遥远的风景的画作。这些作品都被她放在抽屉里。当我建议她整理一份作品集或提交一份手稿时，她就会僵住，变得充满戒心。

在我们 2 月的这次通话中,她沉默了片刻。"你想让我给你点建议?"她终于问道。她针对伍迪·艾伦的指控,以及关于我当时是否及时认可了她的指控的疑问,让我们之间出现了隔阂,这是童年照片上不曾有过的。

"是的,我想让你给我点建议。"我说道。

"好吧,这是最糟糕的部分。顾虑重重。等待和盘托出。但一旦你开始说话,事情就变得容易多了。"说到这里,她叹了口气,"告诉她要坚强。这个过程就像撕掉创可贴。"我对她说了声谢谢。然后又是一阵沉默。"如果你听懂了,"她说道,"就不要轻易放弃,好吗?"

* * *

罗丝·麦高恩住在典型电影明星风格的房子里:在好莱坞山上高高的柏树林中,藏着一堆 20 世纪中期的棕褐色现代盒子。房子外侧有宽大的露台,露台上安装着热水浴缸,躺在里面就能俯瞰整个洛杉矶。房子里面的陈设看上去好像是为了转售而特意打造的:没有家庭照片,只有艺术品。前门旁边有一个废弃的圆顶礼帽形状的霓虹灯招牌,上面写着:"赛马会:女士入口"。往里走,在通往客厅的楼梯顶端,挂着一幅画,画中一个女人被关在一个笼子里,强烈的光线吞没了这幅画。在客厅的白砖壁炉旁,放着麦高恩在电影《恐怖星球》所扮演的角色的青铜模型,重点是那条机关枪腿。

坐在我对面的女人不是我 7 年前见过的那个人。麦高恩看起来很疲惫,神情很紧张。她穿着一件宽松的米色毛衣,化了一点淡妆。她剃了个军人风格的短发。她几乎放弃了表演,转而投身音乐怀抱,有时也进行一些超现实主义表演艺术的拍摄。她尝试过当导演,拍摄的短片《黎明》(Dawn)曾在 2014 年的圣丹斯电影节上放映过。影片讲述的故事大约发生在 1961 年,两个年轻男人把一个性格压抑的少女引诱到一个僻静的地方,先用石头砸她的脑袋,然后开枪把她打死了。

麦高恩的童年十分不幸。她所生活的意大利乡村宗教氛围浓厚 [2],女人们都很严厉,男人们都很残忍。她后来跟我说,她 4 岁的时候,有个人连招呼都不打一声就切掉了她手指上的一个疣,她吓得不敢动弹,手指直冒血。在少女时代,她有一段时间无家可归。当她在好莱坞取得成功时,她以为自己已经不会再经历被剥削的生活。她告诉我,在 1997 年的圣丹斯电影节期间,她对一个跟拍她的摄制组说过:"我想,我的生活终于变得轻松一点了。"可就在这之后不久,她就遭到了韦恩斯坦的侵犯。

我们坐在客厅,随着摄影机的转动,她开始讲述她的经纪人如何帮她安排了那次面谈,以及面谈地点是如何突然从酒店餐厅转移到酒店套房,也就是在那次面谈中发生了她所说的性侵犯。她回忆起和那个男人一开始一小时的时间里聊的都是些公事,她当时以为他只是她的老板,他还表扬了她在他曾经制作的影片《惊声尖叫》和正在拍摄的另一部影片《幻觉》(Phantoms)中的表演。然后,她又回忆起至今想起仍令她战栗的部分。"就在面谈快结束的时候,事情就开始变味了,"她说道,"一切发生得非常快,但同时也非常慢。我想任何一个经历过类似事情的人都会说……就突然之间,你的生活来了个90度大转弯,转到了另一个方向。这——这对你整个人来说就是个巨大的打击。你的大脑试图跟上正在发生的事情。突然之间,你身上的衣服就全没了。"说到这里,麦高恩努力保持镇静。"我哭起来。我不知道发生了什么。"她回忆道,"我太渺小。这个人太强大。我的胜算太小了。"

"这是性侵犯吗?"我问道。

"是的。"她简单答道。

"这是强奸吗?"

"是的。"

麦高恩说她联系过刑事律师,考虑控告对方。律师却让她闭嘴。"我拍过性爱戏,"她回忆起律师的话,"没人会相信我。"麦高恩决定不起诉,转而达成经济和解,签字放弃了起诉韦恩斯坦的权利。"我非常痛苦,"她说道,"当时我觉得10万美元是很大一笔钱,因为我还小。"但从对方的角度来看,那就是"认罪"。

麦高恩曝光了一个由助理、经理人和行业权力掮客组成的体系,她愤怒地指责这些人为帮凶。她说,在她走进面谈现场以及后来出来时,工作人员都转开了目光。"他们没有看着我,"她说道,"他们都低着头,这些男人。他们不愿跟我对视。"她还记得就在事情发生后,当时一起合作拍摄《幻觉》的男演员本·阿弗莱克（Ben Affleck）发现她明显有些心神不宁，而在听说她从哪里出来后，他说了句："该死的，我跟他说过别再这么干了。"

麦高恩认为这件事之后，她被"列入了黑名单"。"我几乎再也没拍过电影。我本来前途一片光明。这之后，我拍了另一部电影，可是，这部电影的发行权卖给了他。"她指的是《恐怖星球》。

对于经历过这种事情的受害者来说，阴影挥之不去。而如果作恶者还有很高的知名度，那么还有不可避免的额外的副作用。"我打开报纸，"麦高恩向我诉说道，"就能看到格温妮丝·帕特洛（Gwyneth Paltrow）把（一座）小金人递给他。"他简直"无处不在"。接着，为了电影宣传，麦高恩还得跟他一起经历红毯仪式和媒体招待会，她不得不面带笑容地跟他一起摆拍。"我又再次魂不附体，"她说道，"我在自己脸上贴上了一张笑脸。"这是她在指控性侵后第一次见到他，她忍不住吐在了垃圾桶里。

麦高恩还没有在镜头前说出韦恩斯坦的名字。她还在鼓足勇气，做好准备。不过，她在采访中一遍遍提到他，敦促观众"把线索串联起来"。

"哈维·韦恩斯坦强奸了你吗？"我问道。整个屋子静得连一根针掉在地上的声音都能听见。麦高恩停顿片刻。

"我一直不喜欢这个名字，"她说道，"这个名字让我难以启齿。"

而在镜头外，她已经对我说过他的名字。她表示，在一定程度上，她关心的是要确保自己能找到一家新闻机构愿意在其陷入法律危机的时候持续报道这件事。我坦白告诉她：这在NBC 将经历棘手的法律程序。我需要保证她透露给我的每个细节都无懈可击。

"律师看过这个了吗？"她说道。

"哦，他们会看到的。"我勉强笑着回应道。

"让他们看看它，"她看着摄像机说道，眼里噙满了泪水，"不要只看资料。我希望他们也足够勇敢。要知道，这样的事情也会发生在他们的女儿、母亲和姐妹身上。"

第 **8** 章

枪

"罗丝的采访，太震惊了。"我给奥本海姆发消息。

"哇！"他回道。

"感觉就像引爆了一颗炸弹。另外还有两个米拉麦克斯公司的主管出镜，说看出些性骚扰的蛛丝马迹。这件事要是上了法庭就有意思了。"

"哇哦，"他回复道，"这还用说。"

结束对好莱坞故事的拍摄后，我和麦克休分别与调查组组长格林伯格和钟律师打了电话。在此之前，我已经与麦高恩管理团队中的两个人聊过，麦高恩结束与韦恩斯坦的见面后，立即向他俩控诉了韦恩斯坦的行为。如果说她在撒谎，那么从1997 年的那一天开始，她就一直没说过真话。

"她听起来的确有点……反复无常。"格林伯格说道。

这天天气晴朗，我和麦克休已经回到圣莫尼卡的同一家酒店，正为采访一位华人制作人做着准备。"这就是为什么我们要准备这么多确凿的证据，"我告诉格林伯格，"她说要给我们她跟韦恩斯坦的合同——"

"要小心点。"格林伯格说道。

"什么意思？"麦克休问道。

"我不知道我们还会接触到合同，"格林伯格答道，"如果要移交合同什么的，我们就得谨慎一点。"

麦克休看上去有点沮丧。"我们应该这么做，"他说道，"这可是大新闻，爆炸性的。"

"我只是觉得时机还不成熟。"格林伯格回应道。这些报道一周后就要播出，正好赶在奥斯卡之前。

"我想我有办法让其他女人开口说些什么，这样就赶得上播出。"我说道。

"不要急于求成，"格林伯格继续说道，"现在可以先报道其他事情，而你可以继续在这里深入调查。"我跟圈子里负责处理法律事务的那帮人相处得十分融洽。或许可以说，我仅凭着一腔热血在捍卫我的报道。但我自己就是律师，还很欣赏为《晚间新闻》这样的节目制作新闻时的那种略显过时的小心翼翼的方式。NBC 向来推崇事实真相，虽然它的发展已经从广播时代、无线电视时代、有线电视时代跨越到了互联网时代，但无论是半个世纪前它仍是三大电视网其中一员的时候，还是在现在这个支离破碎、难以驾驭的时代，它所推崇的这一价值观从未改变。只要我们能利用这段时间强化报道内容，我并不介意推迟播出。

于是我回应道："好，我们会慢慢来。"

* * *

报道像墨迹一样迅速扩散。在结束对麦高恩采访的第二天，我们在《好莱坞报道》的办公室接受了该杂志负责奖项新闻的记者斯科特·范伯格（Scott Feinberg）的采访。这次采访中也不可避免地提到了哈维·韦恩斯坦：他可谓是现代奥斯卡颁奖拉票活动的创始人。韦恩斯坦像打游击战一样安排这些颁奖拉票活动。米拉麦克斯公司的一名宣传人员曾代写过一篇评论文章，夸赞公司制作的电影《纽约黑帮》（Gangs of New York），将其与罗伯特·怀斯（Robert Wise）的作品相提并论，而这位执导了《音乐之声》（The Sound of Music）的老导演当时已88岁高龄。韦恩斯坦还精心策划了针对竞争对手《美丽心灵》（A Beautiful Mind）的诽谤活动，在媒体发表了声称该片男主人公数学家约翰·纳什（John Nash）是同性恋的文章（眼看这招没奏效，又发文诬蔑纳什反犹太人）。而当年《低俗小说》在奥斯卡最佳影片奖项的角逐中输给《阿甘正传》（Forrest Gump）时，他就曾公开威胁说要到该片导演罗伯特·泽米吉斯（Robert Zemeckis）家的草坪上，"对他施以古代酷刑"。[1]

离开《好莱坞报道》办公室时，我遇到了新任编辑马特·贝罗尼（Matt Belloni）。他的前任贾妮思·闵曾说服我写过一篇评论，呼吁加强对性侵犯指控的报道，我之前还听说她多年来一直在追查针对韦恩斯坦的指控。我问贝罗尼调查是否有任何结果，他摇了摇头，答道："没人愿意说点什么。"

但对提出指控的其他女性有所了解的业内人士，他的确有一些想法。他建议我联系加文·勃劳恩（Gavin Polone），这个人之前曾做过经纪人和艺人经理，《综艺》杂志曾形容他是"呼风唤雨的星探"。[2] 他后来成为一名成功的制作人，在业内以极具煽动力著称。2014 年，他为《好莱坞报道》撰写了一篇名为《比尔·科斯比与好莱坞的报酬、强奸和保密文化》的专栏文章。他在文章中提到了一系列针对一名电影公司老板的指控，他没有透露这个人的姓名，只说他"利用其权力和金钱来封口"。他还指责记者们逃避报道，因为他们"害怕被起诉，更害怕失去广告收入"。[3] 文章发表后，似乎没人做出任何回应。

勃劳恩偶尔在我的 MSNBC 节目中担任评论员。那天晚些时候，我给他打了电话。"这些事情需要曝光。"他对我说。他已经听说了不少针对韦恩斯坦的指控。其中一些直接出自原告之口，另一些则是间接得知的。"最恶劣的是安娜贝拉·莎拉（Annabella Sciorra）的故事，简直是这些故事中的极品，"他说道，"这不是性骚扰，这是强奸。"我让他问问那些跟他讲这些故事的女性是否愿意跟我谈谈。他答应会帮我问问。

"还有一件事，"在我跟他道谢后，他又补充道，"你要小心。这个家伙，还有保护他的人。他们之间有很深的利害关系。"

"我现在就很小心。"

"你没明白。我是说做好准备，以防万一。我是说准备一把枪。"

我大笑起来。他没有笑。

*　　*　　*

当事人都很害怕，许多人拒绝跟我谈话。但还是有一些人愿意尝试。我联系到一名英国女演员的经纪人，麦高恩和其他一些人都曾透露这名女演员也许有苦要诉。"我们开始合作后，她就把那件事从头到尾跟我说了一遍，"这名经纪人跟我说，"在拍摄过程中，他掏出了他的阴茎，绕着一张桌子追着她跑。他扑倒她，把她压住，但她还是逃走了。"我问他，这名女演员是否愿意谈谈这件事。经纪人答道："她当时很乐意谈这件事，我看没什么不可以。"一天后，他给我回了电话，把她的电话号码和电子邮件地址给了我：她很乐意接受采访。

一名曾跟罗姗娜·阿奎特一起工作的经纪人也立即得到了消息。"对她来说是很难开口的话题，"这名经纪人说道，"但我知道她很关心这个问题。我相信她会说点什么。"

我已经通过推特联系上安娜贝拉·莎拉。我告诉她会聊一些敏感话题。她似乎有些担心，有一点点防备。但我们还是约好了通话时间。

我还在追查唯一一宗进入刑事司法程序的针对韦恩斯坦的指控。2015 年 3 月，曾跻身意大利小姐决赛的菲律宾裔意大利模特安布拉·巴蒂拉娜·古铁雷斯（Ambra Battilana Gutierrez）

在韦恩斯坦位于翠贝卡大酒店的办公室与其会谈后，直接去警察局报案称自己遭到猥亵。纽约执法部门也将韦恩斯坦带去问话。各路小报也开始大肆报道。

然后奇怪的事情发生了：有关韦恩斯坦的内容被有关古铁雷斯的负面报道取而代之。小报纷纷报道，2010 年，作为意大利小姐的候选佳丽，年轻的古铁雷斯参加了时任意大利总理的西尔维奥·贝卢斯科尼（Silvio Berlusconi）组织的性派对，而贝卢斯科尼被指控在派对上召妓。[4]这些报道声称古铁雷斯本人就是妓女，在意大利与多名"糖爹"有染。指控事件发生后的第二天，《每日邮报》就报道称，古铁雷斯之前参演了韦恩斯坦制作的百老汇音乐剧《寻找梦幻岛》（Finding Neverland）。随后，八卦媒体"第六页"又爆出她曾要求得到一个电影角色。古铁雷斯出面澄清了这些报道，表示从没做过什么妓女，而她之所以去贝卢斯科尼的派对是出于职业要求，并且在感觉到派对明显变味时，就离开了，而且，她也没要求过什么电影角色。但她澄清的内容都被当成补救之词被登了出来，或是根本就没被登出来。古铁雷斯的曝光照片也风格突变：媒体整天刊登的都是她身着内衣和比基尼的照片。八卦小报似乎在逐渐暗示她是个捕食者，运用其独有的女性诡计诱骗韦恩斯坦。然后，突然之间，所有指控都消失了。安布拉·古铁雷斯也消失了。

但古铁雷斯代表律师的名字被公开报道过，而想要电话联系律师并不难。"我无权谈论那件事。"他告诉我。"没关系。"我回应道。我在法学院花了足够的工夫苦读，而且因为在现实生活中遇到过有关保密协议的问题，我也花了足够多的精力去弄清楚它是怎么一回事。于是我又问道："不过，你能传个口信吗？"

古铁雷斯几乎立刻就给我发来信息。"你好，我的律师说你想联系我。你想问些什么？"她写道。

"我是 NBC 新闻的记者，我在为我正在做的《今日秀》报道找素材。我想在电话里能说得更清楚，如果你不介意的话。"我回复道。

"能不能稍微再说明白一点，'我正在做的'是什么东西？"她又发来信息。

我立即意识到，安布拉·古铁雷斯并不傻。

"它涉及另一个人——也可能是几个人——提出的指控，或许跟你之前提出的指控有点像，就是 2015 年纽约警察局展开调查的那次。如果我能跟你谈谈，对其他提出指控的人来说可能大有好处。"

她同意第二天见面。

见古铁雷斯之前，我开始逐个给与这件案子有关的人打电话。我在地方检察官办公室的一个联络人打电话给我，说那里的工作人员认为古铁雷斯可以信赖。"有一些……关于她过去的事情。"这个联系人说道。

"什么样的事情？"

"我不能说。但这里没人相信她撒了谎。而且我听说我们有一些证据。"

"什么证据？"

"我也不是很清楚。"

"你能查一下吗？"

"当然。这件事一结束我就辞职。"

第 **9** 章

小黄人

我到达格拉梅西酒馆的时候，古铁雷斯已经坐在靠里的一个角落，她全身绷得直直的，一动不动。"我总是早到。"她说道。我对她的认识还远远不够。我发现，她条理清晰，很有头脑。古铁雷斯出生在意大利都灵。在她的成长过程中，一直目睹意大利裔父亲殴打菲律宾裔母亲，她形容她的父亲"既是天使又是魔鬼"。古铁雷斯如果想阻止父亲家暴，她自己也会挨打。在青少年时期，她成了守护者，给予母亲支持，并让弟弟远离暴力。她漂亮得有点不真实，就像动漫中的人物：身材异常纤细，眼睛大得出奇。那天在酒馆里，她显得有点紧张。"我想帮忙，"她说话的时候有意大利口音，而且略微颤抖，"只是我的处境有点困难。"直到我说另一个女人已经在镜头前控诉韦恩斯坦，而且有更多人考虑这么做之后，她才开始讲述自己的故事。

2015 年 3 月，古铁雷斯的模特经纪人邀请她参加无线电城音乐厅的一个招待会，这次招待会是为韦恩斯坦制作的演出节目《纽约春景》(New York Spring Spectacular)而举办的。和往常一样，韦恩斯坦大力号召业界朋友支持这次演出。他跟NBC环球首席执行官史蒂夫·伯克谈了谈，后者同意提供大受欢迎的《小黄人》(Minions)系列的角色服装供其使用。在招待会上，韦恩斯坦毫不掩饰地从房间的另一头盯着古铁雷斯看。他走到她身旁，跟她打招呼，多次对她和她的经纪人说她长得像女演员米拉·库尼斯(Mila Kunis)。招待会结束后，古铁雷斯所属的模特经纪公司给她发邮件，说韦恩斯坦想尽快与她进行一次商务会谈。

第二天傍晚，古铁雷斯带着她的模特作品集来到韦恩斯坦位于翠贝卡大酒店的办公室。她和韦恩斯坦一起坐在沙发上看她的作品集，他开始盯着她的胸部，问它们是不是真的。古铁雷斯说韦恩斯坦随后朝她扑过来，摸她的胸，还不顾她的反抗想要把手搭在她的裙子上。最后他收了手，告诉她，他的助理会给她当天晚上《寻找梦幻岛》的票。他表示会在演出时见到她。

古铁雷斯当时只有22岁。"因为过去遭受过创伤，"她向我诉说道，"所以我把被人触摸这件事看得很严重。"她记得与韦恩斯坦见面后，全身不由自主地颤抖，还在一间盥洗室前停了下来，失声痛哭。后来，她拦了一辆出租车去经纪人的办公室，在办公室里又忍不住大哭起来。然后，她和经纪人一起去了最近的警察局。她还记得在警察局里，对着几个警察说出韦恩斯坦的名字时，其中一个说了句："又是他？"

当天晚上，她没有去看演出，为此韦恩斯坦生气地给她打了电话。她接电话的时候身旁正坐着警察局特别受害者部门的探员，他们监听了电话，并决定将计就计：让古铁雷斯佯装同意第二天去看演出，然后与韦恩斯坦见面。他们会在她身上安装窃听器，趁机套取供词。

　　"这个决定当然让人害怕，"她说道，"我一整晚都没睡好。"任何一个人冒着这样的风险去揭露一些重大事件时，免不了要在利己和利他之间权衡再三。在某些情况下，两者其实是一致的。但这一次，几乎无利可言。在法律和职业两方面，古铁雷斯都将面临灭顶之灾。她只想阻止韦恩斯坦再做出这种事。"每个人都说这个家伙能彻底封杀我，"她说道，"而我愿意为此冒险，因为这个家伙不应该再对任何人做这种事。"

　　第二天，古铁雷斯在翠贝卡大酒店的丘奇酒吧跟韦恩斯坦见面，那间酒吧陈设豪华，蓝色的墙上印着金色的星星和云朵。一队便衣警察监视着他们的一举一动。韦恩斯坦毫不掩饰地恭维她。他一直不停地夸她漂亮。他告诉她，如果愿意跟他交朋友，就可以帮她接到表演的活儿，他同时还说出了好几个知名女演员的名字，并且表示为她们做过同样的事情。古铁雷斯的口音显然需要改善，而他也表示可以安排相关课程。

　　韦恩斯坦中途去了趟厕所，回来后就突然催促古铁雷斯一起去他的顶层套房。他说想洗个澡。古铁雷斯害怕他又会对自己动手动脚，或是发现自己身上的窃听器，于是便拒绝了他的要求。但他没有就这么算了，而是多次试图把她带上楼。第一次，她采用了警察教的招数，故意把外套落在原处，然后坚持下楼去拿。第二次，一个便衣警察假扮成娱乐新闻网站 TMZ 的摄影师，缠着韦恩斯坦问这问那，惹得他向酒店工作人员投诉。古铁雷斯一心想逃离魔爪，却一直逃不掉。最后，韦恩斯坦还是把她带上楼，朝他的房间走去。这时候，便衣警察无法再尾随其后。雪上加霜的是，她的电话这时也正好没电了。她一直按照警察的指示，把电话放在包里，同时录音以备后用。

韦恩斯坦的火气越来越大，命令她进入房间。古铁雷斯十分害怕，不停哀求，想要离开。就在两人纠缠拉扯的过程中，韦恩斯坦承认前一天对她动手动脚：这份完整的供词就在如此戏剧性的情境下被录了下来。古铁雷斯一直苦苦哀求，而他最后竟然大发善心，带她一起下了楼。警察则不再隐藏身份，径直来到韦恩斯坦面前，表示想找他问话。

韦恩斯坦本有可能面临三级性侵犯的指控，这是一项轻罪，最高可判处三个月监禁。"我们有很多证据，"古铁雷斯告诉我，"所有人都对我说：'恭喜，我们阻止了一头野兽。'"可是突然之间，八卦小报就开始刊登有关古铁雷斯过去可能是妓女的消息。曼哈顿地区检察官小赛勒斯·万斯（Cyrus Vance Jr.）的办公室也开始提出相同的观点。万斯的性犯罪小组负责人玛莎·巴什福德（Martha Bashford）对古铁雷斯展开讯问，据两名执法人员透露，巴什福德盘问了她有关贝卢斯科尼及其个人性生活史方面的情况，言语间透露出不寻常的敌意。这位地方检察官的新闻办公室人员后来对《纽约时报》表示，这是一次"正常的、典型的讯问"，目的在于为以后的交叉盘问做准备。然而，执法部门内部人士不同意这种说法。"他们对待她的方式就好像他们是韦恩斯坦的辩护律师一样。"其中一个人曾这么对我说。"这太诡异了，"古铁雷斯回忆起那场讯问，"我当时的反应是：'这之间有什么联系？我不理解。看证据就行了。'"

2015 年 4 月 10 日，古铁雷斯向警察指控韦恩斯坦两周后，地方检察官办公室宣布，他们不会起诉韦恩斯坦。[1]地方检察官办公室发表了一份简短声明："我们的性犯罪小组从一开始就认真对待这起案件，并进行了彻底的调查。我们对现有证据进行了分析，并与双方进行了多次面谈，最终决定刑事指控不成立。"

这一结果大大刺激了纽约警察局，警察局特别受害者部门为此针对曼哈顿最近十起类似的猥亵或强行非礼指控进行了内部审查。"他们掌握的证据还不足我们掌握的四分之一。"另一名执法部门内部人士提到其他案件时表示。"那些案子里没有特意安排的见面，只有几通被监听的通话记录，"这名内部人士还透露，"但却有人因此被逮捕。"公众从来没有听说过万斯拥有确凿证据证明那些人的罪行。

执法部门的工作人员私下议论纷纷，认为地方检察官办公室的表现很奇怪。万斯的工作人员一直定期收到有关古铁雷斯过去的新消息，但却从没透露过消息来源。一名工作人员跟我形容说，发生的一切有点像韦恩斯坦亲自潜入了万斯的办公室。

＊　＊　＊

古铁雷斯事件发生时，韦恩斯坦的法律团队极具政治影响力。纽约市前市长鲁道夫·朱利安尼（Rudolph Giuliani）也密切参与其中。"安布拉的事情发生后，鲁迪总是出现在他的办公室，"韦恩斯坦公司的一名雇员回忆道，"他那时还很理智。"朱利安尼在古铁雷斯的案子上花了很多时间，但后来在账单问题上双方起了争执。账单问题一直是韦恩斯坦生意往来中的主要问题。

韦恩斯坦法律团队的几名成员都曾为万斯的竞选活动捐款。其中一名律师埃尔肯·阿布拉莫维茨（Elkan Abramowitz）曾是雇用过万斯的公司的合伙人，从 2008 年开始，他已经为万斯的竞选活动捐了 26,450 美元。[2] 我认得阿布拉莫维茨这个名字。当我姐姐一再重申伍迪·艾伦对她实施了性侵犯时，艾伦派阿布拉莫维茨去上各种早间节目，而他则在节目中面带微笑地否认这些指控。那段历史让我对阿布拉莫维茨的观感变得不再那么个人化。在阿布拉莫维茨和许多其他律师看来，这种事与受害者是谁无关，这不过是家庭纠纷。

大卫·博伊斯也参与了古铁雷斯的案子，同时也与曼哈顿地区检察官保持着密切联系。他是万斯的长期捐赠人。在万斯决定不起诉后的几个月里，他给万斯捐赠了 1 万美元的连任竞选资金。[3]

　　　　　　　　　* 　* 　*

　　在地方检察官做出不起诉的决定后，古铁雷斯开始动摇，然后又开始担心自己的未来。"我睡不着觉，吃不下饭。"她对我描述当时的情况。当韦恩斯坦依靠八卦小报关系，把古铁雷斯抹黑成骗子的时候，她觉得历史在重演。她认为，之所以会出现她在意大利曾做过妓女的传闻，是因为她曾在贝卢斯科尼腐败案中做过证。她说贝卢斯科尼利用其权力诬蔑她。"他们说我是热衷于性派对的女孩，说我跟很多糖爹有染"。她说道，"熟悉我的人都知道这些事情完全是造谣。"荡妇羞辱似乎是一种全球通用的语言。几名八卦小报编辑后来告诉我，他们对于自己对古铁雷斯的报道感到后悔，觉得这无疑暴露了韦恩斯坦在其行业内的交易关系。

　　韦恩斯坦还特别利用了他与《国家问询报》的佩克和霍华德的关系。韦恩斯坦的员工回忆起当时他跟佩克之间的电话往来更加频繁。霍华德命令员工停止报道有关古铁雷斯指控的新闻，然后还询问了能否花钱买下她的消息，就此令其销声匿迹。最后《国家问询报》还刊登了一篇文章，声称古铁雷斯公开兜售自己的故事，不过他们显然是以自己对古铁雷斯的恳求为基础写出了这篇文章。

　　好像"仅仅因为我是内衣模特或别的什么，我就必须是错的那一方，"古铁雷斯说道，"一直有人对我说：'或许是因为你的穿着打扮。'"（她当时是穿着职业装去见韦恩斯坦，因为天气寒冷，她还穿着厚厚的裤袜。）她的名声一落千丈。"我的工作有赖于我的形象，而我的形象全被毁了。"她说道。再也没人找她试镜。狗仔队守在她的公寓外。她的弟弟从意大利打来电话，说记者在他工作时上门找他。

当古铁雷斯的律师力劝她接受和解方案的时候，她一开始是拒绝的。但她的决心渐渐开始动摇。"我不想让我的家人再跟着受折磨，"她说道，"我已经 22 岁了。我明白如果他可以这样操控媒体，那么我就没法跟他斗。"2015 年 4 月 20 日上午，古铁雷斯坐在曼哈顿中城一家律师事务所的办公室里，面前放着一沓法律协议和一支钢笔。作为获得 100 万美元的交换条件，她同意绝不再公开谈论韦恩斯坦或设法指控他。"我甚至不太清楚这些纸有什么用，"她坦言道，"我真的弄不明白。我的英语很糟糕。协议上的所有字都太难理解了。我猜就算是现在，我也不能真正理解所有条款。"当古铁雷斯拿起笔时，在朱利安尼的律所任职的韦恩斯坦的律师丹尼尔·S. 康诺利（Daniel S. Connolly）明显颤抖起来。她对我说："我看到他在颤抖，我意识到这件事有多么重要。但我又想，我要养活我妈妈和弟弟，我还想到这件事如何摧毁了我的生活，我就签了。"

"签字的那一瞬间，我真的觉得做错了。"她清楚人们会因为她收了钱而对她横加指责。她继续说道："很多人都无法感同身受，他们不会站在我的角度看问题。"签完协议后，古铁雷斯变得郁郁寡欢，并且患上了饮食失调的毛病。最后，她的弟弟来了美国，他很担心她。"他知道我的情况很糟糕。"她回忆道。

他带她回到意大利，然后又去了菲律宾，想要"重新开始"。她对我说："我彻底被毁了。"

第 10 章

妈妈

时隔两年，古铁雷斯回忆这件事时还是闭上了眼。"你还有那份协议吗？"我问道。她睁开眼，盯着我。"我向你保证，"我说道，"我今天在这里听到的事情，只会用你觉得舒服的方式来使用。即使这意味着我要放弃整个报道。"她拿起一个白色的苹果手机，开始翻找起来。稍后，她把手机推给我，让我读那份价值百万美元的保密协议。

那份协议有整整 18 页。文件最后有古铁雷斯和韦恩斯坦的签名。参与起草协议的律师一定对其执行效力确信无疑，从未考虑过它会被公之于众。协议要求销毁所有韦恩斯坦承认猥亵的录音拷贝。古铁雷斯同意把她的手机和其他可能包含证据的设备交给克罗尔公司，这是一家受雇于韦恩斯坦的私人安保公司。她还同意交出个人电子邮件账户的密码，以及其他可能被用来藏匿拷贝的数字通信方式的密码。"韦恩斯坦的保密协议可能是我几十年来见过的防范最严密的同类协议。"古铁雷斯的一名代表律师后来对我说。协议后面还附有一份由古铁雷斯事先签署的誓词，一旦她违反协议，他们就会把这份誓词公之于众。这份誓词宣称，韦恩斯坦在录音中承认的行为从未发生过。

我随身携带着笔记本，之前一直在上面快速记笔记，这时我停下笔，也不再看那份协议。"安布拉，录音带全都销毁了吗？"

古铁雷斯双手抱膝，看着笔记本和手机。

* * *

过了一会儿，我快步走出餐馆，一边朝地铁站走去，一边给里奇·麦克休打电话。我把整件事告诉了他。"这是真的，"我说道，"有他承认猥亵的录音。"

我给诺亚·奥本海姆发短信。"告诉你一下，我现在正跟五名指控哈维·韦恩斯坦的女性联系。我刚见了一个模特，她在纽约警察局 2015 年的一次调查行动中充当诱饵，录下了证据。她要给我放录音。她想公开这件事，可是她接受了保密协议，她还给我看了那份协议。那是合法文件。有哈维·韦恩斯坦的签名，给了她 100 万美元。"过了几个小时，他回复短信，只问了一句："谁当你的制作人？"然后就再也没回其他信息了。

回到洛克菲勒广场 30 号的办公大楼，在四楼理查德·格林伯格的办公室里，我和麦克休跟他面对面坐着。"这可是个大新闻。"格林伯格向后靠在办公椅上说道。

"我觉得，这是惊天动地的大事，"麦克休说道，"他承认了罪行。"

格林伯格转向显示器。

"让我们看看……"他一边说，一边在谷歌中输入古铁雷斯的名字，然后切换到图片搜索。他浏览了几张古铁雷斯穿着内衣性感摆拍的照片，然后说道："不算太糟。"

"我们就要拿到重要证据了，"我着急地说道，"她说她会把录音放给我听。"

"哇，拭目以待。"格林伯格说道。

"还有协议。"麦克休补充道。

"这部分有些复杂，"格林伯格说道，"我们不能让她违反协议。"

"我们不会让她做任何事。"我回应道。

那天下午晚些时候，我给 NBC 的钟律师打了电话。"理论上来说，别人可以说我们诱使她违反了协议。但这种民事侵权行为很诡异。对于如何证明它，有许多相互矛盾的说法。有人说，你需要证明，被告的唯一目的是违反协议，这显然不是你的目的，"他说道，"我想里奇只是比较小心谨慎。"

* * *

我一下午给乔纳森打了好几个电话，但直到日落时分我离开洛克菲勒广场的时候才打通电话。"6 个电话！"他说道，"我以为出了什么大事！"他正结束一个会议。"5 个！"我纠正道。我们是在他辞去总统演讲撰稿人的工作后不久认识的。我们在一起的那些年里，他没干什么正经事，只创作了一部短命的情景喜剧，以及经常玩推特。几个月前，他和朋友们在西海岸创办了一家专注于播客的媒体公司。这家公司的发展速度远超预期。他来纽约的次数越来越少，每次逗留的时间也越来越短。

"我在退房。"他说道。

"忙你的。"我答道。我等了大约 30 秒，叫道："乔纳森！"

"对不起！忘了你还在线。"这种情况发生的概率比你想的要多。这些天来，我们的关系几乎就是没完没了的电话。偶尔，他会试图打断我，忘记了我不是一个播客。

我的电话传来一连串提示音。我低头看到了二三十条照片墙的消息提醒。它们全都来自一个没有显示头像的账户。一条又一条都是同一个信息："我正在看着你，我正在看着你，我正在看着你。"我把它们全都划掉。收到奇怪的信息是电视人需要承受的职业风险。

"疯子们爱我。"我对乔纳森说道，并把那些消息念给他听。

"他认为他爱你，但等他跟你约会后他就会明白了。"

"什么意思？"

"意思是我爱你。"

"是这个意思吗？"

"我正在写婚礼上的誓言。在月球上。穿着重力靴。"

这是个有历史的笑话。乔纳森的妈妈想抱孙子，而且不想等到建立月球基地的时代。

"又要说这个？"我附和道。

"给 NBC 的人看看那些威胁信息。认真对待这件事。"

＊　＊　＊

在与古铁雷斯的第一次见面后，我又跟地区检察官办公室的同一个联络人进行了接触。"录音的事很奇怪，"联络人说道，"在案件卷宗中有提到。但我不认为我们有录音材料。"这似乎不太可能。地区检察官办公室应该要按照标准程序保留所有证据，以备重新展开调查。我还是向对方道了谢，以为这只是因为调查得还不够彻底。

在我们的第一次谈话过了一周后，我再次跟古铁雷斯见面，这次我们约在联合广场的一家地下面馆。她是直接从试镜现场带着妆发赶过来的。我们好像在洗发水广告现场进行采访。她谈到了贝卢斯科尼的腐败媒体帝国，以及她是如何全力协助揭露其丑恶面目的。我们每次谈话时，她似乎都话里有话，像是在为下一次见面做准备。

当天早些时候，她给我发了一张旧苹果笔记本电脑的照片，说她把电脑的充电线弄丢了。我找到一根这台旧笔记本电脑能用的充电线，我们谈话的时候，这台电脑就放在旁边的椅子上充电。我不时紧张地看它一眼。最后我终于忍不住故作淡定地问她，电脑是不是充好电了。餐馆很吵，于是我们起身离开，转去街角的一家巴诺书店。她再次打开笔记本电脑。她从左看到右，浏览了一堆文件夹、过去的模特照片和看起来没什么威胁的文档。

"在我按规定上交我的所有电话和电脑之前，"她一边更仔细地查看硬盘，一边说道，"我给自己的所有邮箱发了备份文件。"她已经同意把所有账户密码告诉克罗尔公司的人，知道他们会找到任何她没有透露的信息。但为了争取短暂的时间，她告诉他们想不起一个账户的密码了。然后，趁克罗尔公司的人挨个清除其他账户资料的时候，她登录了那个原本需要恢复密码的账户，把音频资料转发到一个临时"转寄"邮箱，再删除了发件记录。最后，她把文件下载到了这台旧笔记本电脑上，并把它塞到了壁橱后面。"我不知道这招行不行得通，"她说道，"这就像——"说到这里，她深吸一口气，屏住呼吸，就好像在面对最坏的一幕。但克罗尔公司的人没有敲壁橱，笔记本电脑就躺在那里吃了两年的灰，一直也没充电。

古铁雷斯在屏幕上找到了一个名为"妈妈"的文件夹。文件夹里有三个音频文件，名字分别是妈妈1、妈妈2和妈妈3：当时她正处于警方监控保护下，而她的手机不停提醒电池电量不足，她不得不手忙脚乱地录下这些音频。她递给我一副耳机，我终于听到了这些录音。一切尽在其中：有关事业发展的承诺，他帮助过的其他女演员名单，韦恩斯坦与假扮成TMZ网站摄影师的警察的纠缠过程。从录音中可以明显听出古铁雷斯的惊恐。"我不想去。"她站在他房间外的走廊上说道。这时，韦恩斯坦的语气已经变得咄咄逼人，而她拒绝再往前走。"我想离开，"她又说道，"我想下楼。"她一度问他为什么前一天要摸她的胸部。

"哦，拜托，是我不对，先进来吧，"韦恩斯坦回应道，"我经常干这种事。快点，拜托。"

"你经常干这种事？"古铁雷斯难以置信地问道。

"是的，"韦恩斯坦答道，然后又补了一句，"我不会再这么干了。"

两个人又在走廊上拉扯了大约两分钟，他终于同意返回酒吧。

韦恩斯坦又是甜言蜜语，又是威胁恫吓，就是不能接受被拒绝。但最重要的是，证据确凿，不容争辩。他不仅承认了罪行，还招认了自己的一贯做派："我经常干这种事。"

"安布拉，"我摘下耳机说道，"我们得公开这件事。"

我从口袋里掏出一个U盘，从台面上滑给她。

"我不能命令你做什么，"我说道，"一切取决于你自己。"

"我知道。"她回应道。她闭上眼，似乎挣扎了片刻后说道："我会公开，但不是现在。"

第 11 章

布鲁姆

我还约了别人喝一杯，那人是我在 MSNBC 时的顶头上司菲尔·格里芬的前助理，但与古铁雷斯的第二次见面耽误了点时间。"这是我迄今为止接触过的最重要的报道，"我给她发信息，"如果我迟到了，完全是因为我别无选择。"除了新闻报道，我的最大爱好就是戏剧和迟到。

"不用担心，希望你一切顺利。"她宽容地回复道。

当我来到我们约定见面的那家法国小酒馆时，我还在道歉。当我问她格里芬最近怎么样时，她说我的问题很有意思，因为他也找她问过我的近况。

格里芬给了我进 NBC 的机会。他是个极具天赋的制作人，他从美国有线电视新闻网（CNN）干起，然后是《今日秀》和《晚间新闻》。在 CNN 的时候，他主要负责体育报道。他对棒球充满热情，常常滔滔不绝地发表对棒球的看法，对于我的不解则表现得很宽容。他说起过为纽约大都会队工作是他的毕生梦想，而你会觉得，他大多数时候只是在开玩笑。在执掌 MSNBC 期间，他见证过这家有线电视频道的巅峰时刻，也经历过残酷的低谷期。格里芬是梅西百货一名高管的儿子，在纽约和托莱多郊区的富人区长大。[1]他身材匀称，有些秃顶，容易激动，看上去无忧无虑，可以随心所欲。

在我的节目被取消后的两年里，我们之间的联系仅限于友好的办公室会面。我在想，这名前助理是否只是出于礼貌才提到格里芬也问过我的近况，如果他真的问过，又是为了什么想起关心我。

* * *

去年秋天，罗丝·麦高恩在推特上发布了相关信息之后不久，哈维·韦恩斯坦就一直给他的律师博伊斯打电话。但直到第二年春天，韦恩斯坦才提到 NBC。

"我听说他们在做一个报道。"韦恩斯坦说道。他想知道博伊斯是否听说了些什么。博伊斯表示他没听说过相关消息。没过几天，韦恩斯坦又给他打电话，重复之前的问题。

在与博伊斯的第二次通话过程中，韦恩斯坦似乎对这位律师的回答很不满意。"我认识 NBC 的人，"韦恩斯坦提醒博伊斯，"我会查出来的。"

多年来，韦恩斯坦始终不敢掉以轻心，不断给他的律师打电话，说新闻媒体一直想追踪报道那些麻烦事。但这一次情况有所不同：他开始告诉身边的人，他正直接从 NBC 获得消息。很快，他就开始打听 NBC 具体掌握了多少消息，以及相关报道记者的名字。

*   *   *

接下来的几周，我一直在联合广场的巴诺书店与古铁雷斯见面。她说她会跟我和格林伯格以及 NBC 法务部门的人见面，给他们放录音、看保密协议。可是，她仍然在纠结是否真的要交出这些证据。

一次见面结束后，我犹豫再三，又给姐姐迪伦打了电话。"所以，你又需要我的建议了。"她略带调侃地说道。

我跟她解释了一下目前的情况：有知情人、录音和协议。和我交谈过的每个人都是潜在的告密者，都可能把相关信息透露给韦恩斯坦。如果我要把这个故事完整拼凑起来，就得对他本人进行调查报道，收集他对此事的说辞。但就目前情况而言，我很容易受到攻击，知情人透露的有关韦恩斯坦的行事手段让我紧张不安。"我应该向谁求助？"我问她，"我应该相信谁？"

她思考了一会儿，回道："你应该给丽莎·布鲁姆（Lisa Bloom）打个电话。"

丽莎·布鲁姆是个经常出现在电视上的律师，但她似乎不仅利用这个平台来捍卫自己客户的权益，也会通过它来捍卫与有钱有势的人斗争的性暴力受害者的权利。为了给我姐姐辩护，她写了很多文章，发表了很多演讲，很少有律师能这么做。有一次她给我发信息写道："你、你的姐姐和妈妈在这场风暴中没有丢掉优雅气度和尊严，给予了其他性侵犯受害者力量。最起码我能为你们做的就是让大家都知道迪伦是可以信任的。"[2]

布鲁姆经常以比尔·奥莱利（Bill O'Reilly）和比尔·科斯比的原告律师身份上我的节目。"有钱有势的人享有特权。我在工作中每天都能看到这一点，"她在一段有关科斯比的节目中说道，"我代理过很多富有的成功的捕食者的受害人。他们做的第一件事就是攻击受害人，试图从她的生活中挖出任何令其难堪的事情。"她见证了"女性如何被抹黑，或是遭受被抹黑的威胁"。[3]

接通电话后，我提出不把我们的谈话录下来。她否决了这个提议。"请录下来。"她说道。她的声音略显沙哑，让人感到温暖。"大多数时候，我都想发表评论，你知道的。"

"谢谢，"我回应道，"我还是很欣赏你的这份自信。"

"当然。"她说道。

"我知道我们不受什么律师–客户权限限制，但同为律师，我信任你。如果我问你一个有点敏感的话题，你能保证在事情曝光之前不告诉任何人吗？"

"当然。"她答道。

我说我正在进行一个涉及重大保密协议的报道，问她对这些协议的强制效力了解多少。她说这些协议通常威力巨大：对于违约行为，它们所规定的违约金数额通常让人难以接受，还会有一些可以秘密执行的仲裁条款，让当事人不用上法庭。（奇怪的是，古铁雷斯签订的严格的保密协议里却没有这样的仲裁条款。）

福克斯新闻等机构最近拒绝执行背负着性骚扰投诉的前雇员签署的保密协议。布鲁姆表示，这完全取决于谁在执行协议。

"罗南，如果我知道这是关于谁的报道，或许才能帮得上忙。"她一字一句地说道。

"你能向我保证会对此守口如瓶吗？"

"我向你保证。"她说道。

"是关于哈维·韦恩斯坦的报道。"

说出这个名字时，我正站在我的公寓里，望着窗外一堵镶嵌着许多仓库式窗户的墙。透过其中一个窗户，可以看到一家芭蕾舞工作室的一角。身着紧身连衣裙的背影在窗框中时隐时现。

"如果事情发展到那一步，我会去找他求证，"我继续说道，"但与此同时，对这些女性来说，不要让事情再度被他的人操控很重要。"

又是一阵沉默。然后丽莎·布鲁姆开口说道："我完全理解。"

古铁雷斯和麦高恩都说过她们需要律师。作为记者，我不得不与知情人法律方面的事情保持距离。我告诉她俩，我不能提供法律建议，也不能直接推荐律师。但我可以向她们提供法律领域专家的公开信息。我向布鲁姆打听了一些律师的信息，这些律师都经手过涉及保密协议的官司。麦高恩后来联系了其中一名律师。

　　　　　　*　*　*

　　哈维·韦恩斯坦给人打电话的标准方法是，对着他办公室外接待室里的助理们喊对方的名字。与博伊斯在电话里讨论了一番关于 NBC 的问题后，他很快就喊出了两个新名字："现在给我接安迪·拉克，还有菲尔·格里芬。"

　　韦恩斯坦接通与拉克的电话后，后者简短地寒暄了几句。但韦恩斯坦听起来很焦虑，迅速进入正题。"嘿，"他说道，"你的人罗南正在弄一个关于我的报道。关于 20 世纪 90 年代的一些事情。"

　　拉克对我的名字似乎只有点模糊的印象。他建议韦恩斯坦试试联系我在 MSNBC 时的老板格里芬。说到这里，韦恩斯坦开始讨论自己的清白和整个报道有多荒唐。

　　"安迪，那可是 20 世纪 90 年代。你知道的吧？我有跟一两个不应该出现在我身边的助理出去鬼混过吗？我有跟其中一两个上过床吗？当然。"

　　拉克对此未予置评。

　　"那可是 20 世纪 90 年代的事，安迪。"韦恩斯坦重复道。对于韦恩斯坦来说，这似乎是开脱罪责的重点。然后，他以略带威胁的口吻说道："这种事我们都做过。"

　　短暂的沉默后，安迪·拉克开口说道："哈维，别再说了。我们会去弄清情况。"

＊　　＊　　＊

晚上，布鲁姆再次打来电话。我正在回家路上，刚出地铁站。"怎么样？"她问道，"我一直惦记着这件事。我其实跟大卫·博伊斯有点交情。而且，其实跟哈维也有点熟。"

"你没把这件事跟他们任何一个说，对吧？"我问布鲁姆。

"当然没有！我只是在想，也许我可以帮你们牵个线。"

"丽莎，这件事非常敏感，而且现在也为时过早。我答应你，时机成熟时，我会联系他。现在拜托什么都别跟他说。你答应过我的。"

"我只是觉得可以考虑看看。"她说道。

"如果事情有进展，我会告诉你的。"我回应道。

这时我正走到使徒圣保罗教堂前，这座堡垒似的哥特式复兴教堂离我的公寓很近。我抬头看了看，然后匆匆走出它的阴影。

"如果你需要帮忙，随时可以找我，知道吗？"布鲁姆继续说道，"任何事都可以。"

第 12 章

风趣

同一周的一天，我和麦克休坐在格林伯格的办公室里，向他汇报与古铁雷斯谈话的最新进展。我告诉他，她提出与我们的法务部门见面，要把证据拿给他们看。我提议道："在她打退堂鼓之前，我们安排一下这次见面吧。"

格林伯格表示不会参加这次见面。他说我们需要拿到录音材料，而不仅仅是让她给我们播放。我同意他的观点，同时表示只差一点就可以让古铁雷斯把录音材料给我们了，安排她跟NBC 的人见面可能有助于说服她。格林伯格再次表达了对看保密协议可能会带来麻烦的担忧。"你需要通过合法手段来运作这一切。"他说道。说这话时，他一直在摆弄桌子上的一支笔。

就在我提醒他我为报道所做的每一步都是合法的时候，他的电话响了。他看到来电显示，停下了手里的动作。

"是哈维·韦恩斯坦，"格林伯格说道，"他今天早些时候已经来过电话。"我和麦克休面面相觑。我们之前并不知道还有这么一回事。格林伯格接着说道："韦恩斯坦一直在追问调查报道的细节。他一开始奉承了一番，说他是我的粉丝，是新闻网的粉丝。然后，他就开始赤裸裸地威胁。"

"他还提到他聘请了一些律师。"格林伯格说道。

他快速翻阅了面前的一些笔记。

"大卫·博伊斯？"我问道。

"他提到了博伊斯，但还有其他人。找到了，查尔斯·哈德（Charles Harder）。"这个哈德极具战斗力，在最近一桩由亿万富翁彼得·蒂尔（Peter Thiel）提供资金支持的侵犯隐私案中，他成功说服有关方面关闭了八卦新闻网站高客网（Gawker）。[1]

"当然，我告诉他我们不能讨论有关调查报道的细节，"格林伯格继续说道，"我们按规矩办事。让他想给谁打电话就给谁打好了。"

* * *

我们的报道陷入了僵局。古铁雷斯还在考虑是否交出录音带。罗姗娜·阿奎特的经纪人不再回我的电话。这名英国女演员证实了她的经纪人跟我说的故事，然后临阵退缩，保持沉默。艾什莉·贾德针对某电影公司主管的评论与麦高恩和古铁雷斯的说法遥相呼应——她与这名主管的见面地点从酒店餐厅转移到了酒店房间，他还要求她观看他洗澡——但她还没有对我的询问做出回应。

那年 3 月的一个下午，我找到了一个空出来准备翻修的安静的小隔间，给安娜贝拉·莎拉打了个电话。在之前的几周里，有人跟我说她可能有故事要说。莎拉的父母是意大利人，她在布鲁克林区长大。她在电影《推动摇篮的手》（*The Hand That Rocks the Cradle*）中崭露头角，后来凭借在剧集《黑道家族》（*The Sopranos*）中的客串表演获得了艾美奖提名。她以扮演冷硬的角色而闻名，但在电话里，她的声音很低，听起来有点疲惫。"收到你的消息真是太奇怪了，"她说的是我在推特上给她发的消息，正是这条消息促成了这次通话，"我不清楚这具体是怎么回事。但我是 MSNBC 的观众，所以我很乐意跟你聊聊。"

我告诉她，我正在做一个有关哈维·韦恩斯坦性骚扰指控的报道，已经有两个人暗示她对此可能能说些什么。

"哦，那个，"她轻笑一声说道，"真奇怪，我之前听说过这件事。谁跟你说我能说点什么的？"

我跟她说，在没有获得当事人许可的情况下，我不能把消息来源透露给她。"如果你真的知道点什么，就能帮到很多人。"我说道，"哪怕你只能匿名说点什么。"

在电话的另一头，莎拉正待在位于布鲁克林的家的客厅里，望着窗外的东河。她犹豫了一会儿才说道："不。什么都没发生。"她又轻笑了一下，说道："我不知道。我猜可能因为我正好不是他喜欢的类型。"我向她表示感谢，告诉她如果想起了任何事，都可以给我打电话。"我希望我能帮上忙，"她回应道，"抱歉。"

* * *

4月初，我坐在桌前，看着刚收到的一条消息："嘿……我是马修·希尔特兹克（Matthew Hiltzik），有个简单的问题想问你。"希尔特兹克是一名出色的公关。对于新闻人来说，他是个可靠的选择，多年来，他一直负责凯蒂·库里克（Katie Couric）的公关工作。几年前，当我陷入铺天盖地的关于我和我家人的八卦消息的绝望中时，我在MSNBC的建议下请他为我解决问题，而他当时表现得很有同情心。希尔特兹克是左右逢源的公关高手。他与克林顿和特朗普两家人的关系都十分密切。伊万卡·特朗普（Ivanka Trump）是他公司的客户，而他的两个跟班霍普·希克斯（Hope Hicks）和乔什·拉斐尔（Josh Raffel）也在特朗普的白宫谋得了一席之地。

希尔特兹克很快打来电话。"嘿，最近怎么样？"他语气轻快地问道。听筒中传来喧哗的声音，他好像正从某个派对中走出来。"我在参加一个活动，"他解释道，"希拉里的演讲。"

希尔特兹克从不会无缘无故地打来电话。我并不清楚目前的情况。"在拍几个节目，"我告诉他，"还要赶着写完一本书。"我晚上一直在疯狂地赶工一本书，主题是关于外交在美国对外政策中地位的下降，这本书我已经酝酿了很长时间。

"听起来你的其他报道似乎往后放了放，"希尔特兹克说道，"我刚说了，希拉里在这里，哈维也在这里，我跟他们合作了很多年。"

我一句话也没有说。

"事实上，他刚走进来，"希尔特兹克继续说道，"他问我：'这个叫罗南的家伙是谁？他在问有关我的问题？他是在调查我吗？'"

"你在代表他说话？"我问道。

"不完全是。我们认识很久了。他知道我认识你，我说过我会给他帮点忙。我跟他说：'嘿，别着急，哈维，罗南是个好小伙。'我说我会找你聊一聊。"

"我调查了很多线索，我真的不能跟你聊任何一个，除非我准备好报道了。"

"是为 NBC 做的报道？"希尔特兹克问道。

"我说——我可是 NBC 的调查记者。"

"是关于罗丝·麦高恩的？"他追问道，"因为他说他能澄清这档子事。"我谨慎地选择措辞，告诉他我一直欢迎各种消息。他那边隐约传来一阵喧闹声。"他很风趣，"希尔特兹克继续说道，"他正在说各种各样——"说到这里他刻意停顿了一下，"有趣的事情。"

两小时后，希尔特兹克给我发来短信："他有点滑稽。给你提个醒。他让我再给你打电话。"接着，希尔特兹克的电话又来了，谈到韦恩斯坦，他说，"他并不是时刻都反应正常"，而且，"他很激动。他有些心烦意乱"。

"听你这么说，我很抱歉。"我说道。

"有时候人们会咄咄逼人，想通过暗示有内幕来整他。他说这样的事情经常发生，而结果总是证明这些都不是真的，或者不像人们想的那么真。"他提到《纽约客》和《纽约杂志》也在追踪报道这件事。其中一个记者"刚给哈维圈子里的每个人都打了电话。他被吓坏了"。韦恩斯坦"对这件事更敏感了"。

"'敏感'是指什么？"我问道。

"他年纪大了。他比以前更平和了些。我觉得他不会立即采取行动，但——"

"采取行动？"我重复道。

"呃，他不傻。他会要做点什么。你看，你还有书要写，对吧？所以，这件事对你来说是次要的。"他说道。我看了眼我在整个通话过程中做的记录。但我看到这句话时，不觉挑起了眉：希尔特兹克泄露了一个不起眼却很有用的线索。

这时，希尔特兹克那边响起了掌声。"你在参加什么活动？"我问道。

希尔特兹克解释说，希拉里·克林顿刚在休息室跟她的老朋友和竞选资金募集人韦恩斯坦聊了一会儿，现在她正走上台发表题为《全球女性》（"Women in the World"）的演讲。

* * *

我立即给格林伯格发了条关于希尔特兹克的短信。第二天，格林伯格就打来电话。他一开始先跟我闲扯了几句有关外交政策这本书的事，这不过是聊正事之前的客套话。然后，他说道：

"顺便说一下，我今天见了诺亚，不过我们谈了很多事情，并不只是为了你的事见面，但他的确问到了你最上心的报道。"他轻笑了一下，"我跟他说我听到了风声，但不知道真有动静。我们并没有确凿证据。我对他说：'诺亚，如果你现在问我，我只能说我不认为我们有确凿证据。'"

我提醒他，我听过韦恩斯坦承认性骚扰的录音，也见过他在一份涉及百万美元的保密协议上的签名。我还追问是否可以安排古铁雷斯与我们的律师见面。"这不会出现在新闻报道里。我认为这件事不用这么着急，"格林伯格回应道，"我觉得我们现在需要缓一缓。"

"'缓一缓'是什么意思？"我问道。

"你知道的，就是——就是让它退居次席。"格林伯格说道。我心想："又是这句话。""罗南，你现在手头上有那么多前景光明的活儿。你有很多报道在筹备中，这一系列做得很好。你没必要抓住这个不放。"

过了一会儿，我和麦克休通了电话。他跟我一样充满疑惑。"感觉有人给他们打过电话，"他说道，"你从希尔特兹克和哈维那听说的事情，现在又是这个，这看起来不像是巧合。"

"我敢肯定他们接到了什么电话，我相信他们能经得起考验。诺亚会支持的。"

"呃，我们的顶头上司不想让你继续报道。你得决定是否还要继续。"

"我们要让他们看到更多证据，他们会改变主意的。"我说道。

但是，当麦克休告诉格林伯格，为了继续有关韦恩斯坦的报道，他需要空出一下午的时间打几个电话时，格林伯格只是说："我认为这件事可以等一等。"情况变得有点像《第二十二条军规》（*Catch-22*）里那样。我们需要更多证据，但是，继续公开收集证据突然成了一件麻烦事。"如果我们需要拍更多采访内容该怎么办？"麦克休问道。

* * *

"我们的情况非常好。"创新精英文化经纪公司（Creative Artists Agency，简称 CAA）的艾伦·伯格（Alan Berger）说道。圣安地列斯断层可能会裂开，洛杉矶可能会滑入太平洋，但经纪人仍然会四处奔走，安慰客户一切都很好。"你关于监狱的《晚间新闻》报道，哇！"伯格继续说道。他说话时带有长岛地区口音，声音听起来像长辈，让人感觉很温暖。他在业内以作风稳健著称。

"你知道的，今年秋天你的合同就要到期了。"

"我知道。"我说道。说这话时我正待在我的公寓里。街对面的芭蕾舞工作室里，有人正在擦地板。随着韦恩斯坦报道的深入，其他的一些报道和工作都受到了影响。那本有关外交政策的书我已经几次错过最后交稿期限，以致我的出版商最后选择放弃，就在这周取消了合同。

"他们愿意看到你待在那儿，"伯格提到 NBC，"诺亚喜欢你。每个人都看到了你的重要性。"

"嗯，我正在做一些报道，它们会让情况变得有点——"

"有点什么，罗南？"

"我不能跟你说太多，艾伦。如果有什么奇怪的事情，让我知道就行。"

"罗南，你这是在折磨我，"伯格笑着说道，"继续做你现在正在做的事就好。别惹怒任何人。"

第 **13** 章

小弟

　　我翻阅与希尔特兹克通话时的笔记，目光停留在他对《纽约杂志》和《纽约客》的评论上。在《纽约杂志》工作时，卡尔曾追踪过这件事，他一直怀疑自己受到监视和恐吓，但那已经是 2000 年左右的事情。希尔特兹克对于韦恩斯坦敏感程度的说明表明，最近有其他人尝试过调查此事。

　　我又给曾经与卡尔一起工作过的作家詹妮弗·西尼尔发了条信息。"你能找出《纽约杂志》还有其他人在做我们讨论过的那则报道吗？时间上可能比大卫更晚一些。"我问道，"我最近听说了这样的情况。"

　　"你说的没错，"她回复道，"看看我的电子邮件。但在目前情况下，我不愿说是谁。"看来，这次尝试的结果不尽如人意。我请她给那位神秘的撰稿人传个话。

　　而在《纽约客》这边，肯·奥莱塔（Ken Auletta）曾在 2002

年对韦恩斯坦做过报道，奥莱塔以擅长对商业和媒体高管进行全面分析评价而闻名。他的那篇名为《美女和野兽》的文章并没有明确提到性捕食，但强调了韦恩斯坦的残暴。奥莱塔认为韦恩斯坦"非常粗俗，甚至十分危险"。文中有一段令人费解的过激的文字，暗示了这篇报道背后还藏着更多东西。奥莱塔指出，韦恩斯坦的商业伙伴"感觉'被强奸了'——这是那些与他打交道的人经常提到的一个词"。[1] 我给在《纽约客》工作的一个熟人发了条信息，向对方要奥莱塔的电子邮箱。

*   *   *

奥莱塔已经 75 岁高龄。他在科尼岛长大，母亲是犹太人，父亲是意大利人。他的言谈举止散发着优雅而古老的气质。他是个小心谨慎、经验丰富的记者。我在离调查新闻编辑室不远的一间空办公室里给他打了电话，他在电话里对我说："当然，跟我们能发表的相比，背后还有更多东西。"早在 2002 年，奥莱塔就曾追查过韦恩斯坦性骚扰女性的指控，甚至在一次公开发表的采访中追问过相关指控的情况。当时两人坐在韦恩斯坦位于翠贝卡大酒店的办公室里。韦恩斯坦站了起来，脸涨得通红，对奥莱塔吼道："你他妈的是想让我的妻子跟我离婚吗？"奥莱塔也站了起来，"做好准备要揍他一顿"。可是韦恩斯坦突然收起怒火，跌坐在椅子上，开始啜泣。"他基本上是在对我说：'瞧，我并不总是那么守规矩，但我爱我的妻子。'"韦恩斯坦并没有否认那些指控。

奥莱塔没能得到麦高恩那样的公开的声明，也没能挖到像古铁雷斯的录音带和合同那样的铁证。但他曾跟泽尔达·珀金斯（Zelda Perkins）谈过话，后者是米拉麦克斯公司在伦敦的两名前雇员之一，她们曾与韦恩斯坦就性骚扰问题达成和解。尽管她很害怕公开谈论此事，但奥莱塔还是利用珀金斯的账户作为筹码，迫使韦恩斯坦承认与她和伦敦的另一名雇员达成了某种形式的和解。韦恩斯坦甚至还向《纽约客》出示了交易中使用的作废支票，以证明这笔交易并没有通过米拉麦克斯的母公司迪士尼，而是借用韦恩斯坦弟弟鲍勃的一个私人账户进行的。

但这些支票是私下给他看的。当韦恩斯坦两兄弟和大卫·博伊斯一起与奥莱塔以及《纽约客》的编辑大卫·雷姆尼克（David Remnick）见面时，后者本希望韦恩斯坦能提供更多信息，使相关报道可以成文发表，但韦恩斯坦并没有这么做。他只是极力否认，并且差点大发雷霆。

虽然时隔多年，奥莱塔的沮丧之情仍然溢于言表。他就像个调查凶杀案的侦探，被未结案的案子折磨得夜不能寐。"我心里有个结。"他告诉我。他在那次报道结束时说道："我开始相信他是个捕食者，一个连环强奸犯，并把曝光他的丑行视为为民服务。"这么多年来，他两次试图重提旧案，最近一次就在古铁雷斯事件发生后。但这两次他都无功而返。他对我说："如果你能做到我没做到的事情，请坚持下去。"

*　*　*

罗丝·麦高恩一直和我们保持着联系，催促我们多拍摄一些她的内容。从她那里我们得知，她正在寻求更多支持。麦高恩的作品经纪人莱西·林奇也转达了其他人的声援，她曾经转达过同样对此事颇为关注的《卫报》前撰稿人赛斯·弗里德曼的相关问询。我与奥莱塔谈话的那天，还收到了一封来自鲁本资本合作伙伴公司的电子邮件，这是一家总部位于伦敦的财富管理公司，希望麦高恩能参与一个名为"焦点女性"的慈善项目。[2] 该公司计划在年底举办一场晚宴活动，希望麦高恩能出席并发表主题演讲："对于罗丝·麦高恩女士在倡导女性权利方面的贡献，我们十分关注，我们深信，她为之努力奋斗的理想与我们的新计划希望达成的目标十分契合。"

"我觉得这听起来很棒，"林奇给麦高恩发信息说道，"我想给他们打电话，了解更多情况。"

鲁本资本合作伙伴公司的电子邮件的落款是戴安娜·菲利普（Diana Filip）[3]，她是这家公司可持续责任投资部的副主管。

*　*　*

第二天早上，一封电子邮件出现在哈维·韦恩斯坦的谷歌私人邮箱中，几个月后我辗转得知了邮件内容。"RF（罗南·法罗）信息，"邮件主题写着，"享有法律特权。"

"哈维，"邮件中写道，"以下是我目前收集到的有关罗南·法罗的信息的简单概述。"[4]发件人还随信附上了若干证明文件。邮件中有一部分标题为"法罗目前的关注对象"，其中列出了一些我已经找到的控告人，还有一些则是我还没找到的。这封电子邮件还指出，在我们对麦高恩进行采访前后，我和麦克休在社交媒体上关注了她的一些合作伙伴，这有点"出乎意料"，并猜测我已经让她说了些什么。发件人还提到，我是丽莎·布鲁姆的"粉丝"，看起来似乎在评估她跟我接触到了哪种程度。邮件中还透露了我试图联系贾德、莎拉和阿奎特，并分析了她们开口说些什么的可能性。发件人将这些女性发表的任何有关性暴力的公开言论都标上了警告记号。

邮件中还有一段标题为"法罗的关系"，详细罗列了一份可能向我提供便利或信息的同事名单。曾经和我一同出过镜的一些调查记者的名字赫然在列，包括辛西娅·麦克法登（Cynthia McFadden）和斯蒂芬妮·高斯克（Stephanie Gosk）等。但名单上也有一些公众不那么熟悉的同事，比如一名 NBC 的实习生，他的办公桌就在我的旁边。

邮件中有关个人隐私的部分似乎在努力寻找我的软肋。发件人提到"家庭闹剧"，说这是由"他的姐姐迪伦·法罗指控他们的父亲伍迪·艾伦强奸"而引发的。我多年来一直试图逃避的话题现在又要来折磨我了。

这封邮件的发件人是萨拉·内斯（Sara Ness），她是一家名为 PSOPS 公司的私家侦探。杰克·帕拉迪诺（Jack Palladino）

和桑德拉·萨瑟兰（Sandra Sutherland）夫妻俩经营着这家公司。《人物》杂志曾发表过有关这对夫妻的一篇珍贵报道，文中将这对夫妻比作经典侦探喜剧片《瘦人》（*The Thin Man*）中的侦探夫妻尼克·查尔斯（Nick Charles）和诺拉·查尔斯（Nora Charles）[5]，不过现实中的这对可没有电影中的那对那么光彩照人。据《华盛顿邮报》报道，在1992年总统竞选期间，比尔·克林顿（Bill Clinton）雇用帕拉迪诺来"抹黑那些声称与这位阿肯色州州长有染的女性"。[6] 20世纪90年代末，帕拉迪诺获得了"总统小弟*"的绰号。[7]他说他从未触犯过法律。但是，他也骄傲地宣称："我直接挑战极限。"[8]

就在4月的那一天，内斯向韦恩斯坦写道："杰克在国外，但我一直向他汇报调查的最新进展，并将在本周跟他讨论你和我昨天讨论过的问题及潜在对策。"她还承诺即将完成一份更完整、更正式的调查报告。这表明了两件事：一是这次的调查是更详细的调查的补充材料，涉及的人员远不止帕拉迪诺公司的人；另一个是这份调查报告只是个开始。

* * *

我和里奇·麦克休不断提出对韦恩斯坦的事做进一步报道的想法，格林伯格则不断告诉我们把重心放在其他事情上。格

---

* 此处"小弟"的原文为"dick"，即阴茎的意思。——译者注

林伯格是我们的老板。我们之间的对话逐渐变得尴尬起来。但在跟奥莱塔通话之后，情况更加清楚，与之前的那些人相比，我们获得了更多的确凿证据，这是一个被埋藏了几十年的故事。

"我们该怎么办？"我问麦克休。我们躲在新闻编辑室的角落里窃窃私语。

"我不知道，"他答道，"我想，如果你去找格林伯格——他已经告诉过你把这件事放一放……"

"他没有命令我们停下来，"我略显疲倦地说道，"他说我们可以再碰面讨论这件事。"

"好吧。"麦克休怀疑地说道。

"但或许我们应该在下次见面前尽可能收集更多证据。"我退一步说道。

"我也这么认为，"他说道，"我们抓紧干吧。"

我们都同意加强报道。我们会带着无懈可击的证据再去见格林伯格，请求他谅解我们的行为，而不是许可。我们可以悄悄地打电话。但对于如何在不与格林伯格发生冲突的情况下继续录像采访，我们俩持不同意见。

*　*　*

第二天，麦克休把我叫到他的电脑前。"我们可以拍三四个故事？"我们手头上还有关于药物成瘾问题的一些报道，以及一个关于陶氏化学和壳牌两家公司在加利福尼亚的农田里播撒有毒化学物质的报道。"你觉得你能在拍摄这些新闻的间隙安排有关韦恩斯坦的采访吗？"他问道。

"嗯，可以。但不管怎样，它们都会被标记为有关韦恩斯坦的采访。"我说道。

"不一定，"他说道，"我们总是会在现有行程中突然增加一些采访。我们可以给它们安上任何名目。"

我们能做的隐瞒工作有限，任何新的采访主旨都会在详细的费用报告中暴露。但我们可以避免引起领导层对这一问题的关注。

麦克休在电脑上点击了NBC服务器上的一个网络驱动器。他浏览了一遍包含我们的报道的目录列表。然后他把有关韦恩斯坦的文件从一个名为"媒体大亨"的文件夹中剪切出来，放到了另一个文件夹中。我对着屏幕笑起来。他选择的那个文件夹名为"毒谷"，是以加利福尼亚的废料事件命名的。

第二部

白鲸

第 14 章

菜鸟

翠贝卡烧烤店，靠近厨房的一张桌子旁坐着几个男人，这是哈维·韦恩斯坦常坐的桌子。这一天是 4 月 24 日。这几个人中有韦恩斯坦、《国家问询报》的迪伦·霍华德和一名黑魔方的特工。那名特工看上去很年轻，一头黑发，说话有很重的口音。

兰尼·戴维斯（Lanny Davis）走了进来，四处打量一番。当时戴维斯已经 70 多岁，他身材瘦削，头发花白，眼睛下面挂着两个眼袋。他在泽西市长大，父亲是牙医，母亲是牙科诊所的经理。在耶鲁大学法学院读书的时候，戴维斯先后跟希拉里·罗德姆（Hillary Rodham）和比尔·克林顿成为朋友。他经历过一次失败的国会竞选，还做过几年律师，后来他把这段大学友谊发展成了职业客户关系，成为克林顿夫妇最忠实的辩护人 [1]，为其化解各种丑闻和政治危机。

后来，戴维斯就财路大开 [2]，他曾接过一笔 100 万美元的大单，让他为赤道几内亚侵犯人权问题进行游说工作，还曾以每月 10 万美元佣金帮助洗白科特迪瓦一场明显被操控的选举。如果一名乘客失踪了，并在你的游艇甲板上留下了血迹，或是总统批评你的足球队队名有种族主义含义，有戴维斯在就不用怕。后来我试图联系戴维斯，我问乔纳森："谁会有兰尼·戴维斯的电话号码？"他答道："我不知道，波尔布特*？"

韦恩斯坦是在希拉里·克林顿的一场纪念活动上认识戴维斯的，他知道这位危机公关人才很熟悉针对比尔·克林顿不端性行为的指控，于是就在那年春天，把戴维斯招致麾下。

那天早上，在翠贝卡烧烤店，戴维斯表示，如果韦恩斯坦想保持律师-委托人特权，就不能在黑魔方特工面前说话。"我不能在非律师人员面前发言，"戴维斯说道，"如果我出庭，必须说明房间里是否还有其他人。"

韦恩斯坦似乎被这番话激怒了。

"哦，是的，你可以，"他说道，"如果他为我工作，你就能保持特权。"这是对法律过于简单的解读。但韦恩斯坦坚持己见，而戴维斯选择让步。

韦恩斯坦开始大声痛诉。他说麦高恩疯了，还是个谎话精。他想要抹黑所有他认为无理取闹的女人们。

"我的建议是，不要这么做，"戴维斯告诉韦恩斯坦，"哪怕你认为你是对的。"

---

* 柬埔寨前红色高棉领导人。——译者注

韦恩斯坦开始咆哮起来："为什么？为什么？为什么？为什么？"

"因为这看起来很低级。"戴维斯说道。

迪伦·霍华德在一旁默不作声，他经常这么做。但黑魔方的人没有保持沉默。就在翠贝卡烧烤店的会谈结束几个小时后，黑魔方的总监和首席财务官阿维·亚努斯（Avi Yanus）博士给韦恩斯坦在博伊斯-席勒 & 弗莱克斯纳律师事务所（Boies Schiller Flexner LLP）的律师们发了一封邮件，称这次会议"富有成效"。他表示，韦恩斯坦已经同意以他的名义将黑魔方的行动延长 10 周。他还随信附上了一张发票。他在邮件中写道："我们将一如既往地尽力为你们提供颠覆性的情报，以期成功实现我们的所有主要目标。"[3]

* * *

我翻看了奥莱塔之前对韦恩斯坦的相关报道，想要找到关于伦敦那两桩和解案的消息来源，为此我打了一个又一个电话。第一次跟《莎翁情史》的制作人唐娜·吉利奥蒂通话时，她没说什么，这让我十分泄气。但当我再次跟她打电话时，她透露了更多信息。"有一些文件，"她说道，"虽然他从没承认有罪，但却支付了一大笔钱。你需要找到那些文件。但受害人绝不会被允许保留它们。"我问她说的是不是有关伦敦两名女性的控诉文件。"如果你找到了它们，"她说道，"也许我能说点什么。在此之前，我恐怕什么都不能说。"不过，她还是告诉了我同一时期在米拉麦克斯伦敦公司工作的几名前雇员的名字，说他们或许能帮上忙。

我向她表示感谢。她却并不是很乐观。"没什么能阻止哈维，"她对我说，"他会毁掉这次报道。"

*　*　*

名流们匆匆从运动型多功能车里走出来，在大雨中纷纷低下头，走进《时代》杂志一年一度的"百大最具影响力人物"榜单揭晓的庆祝晚宴现场。我的名字没有在那个榜单上。但我也被雨浇透了。

"我浑身湿透了，"我一边说，一边走进时代华纳中心，"我好像在演《唐人街》(Chinatown)。"

我妈妈耸耸肩。"总少不了雨水。这是传统。"

电视新闻人物很重视这场活动。我尴尬地跟他们寒暄了一路。梅根·凯利光彩照人，魅力四射，跟她聊天会让你觉得受宠若惊，她提到了即将在 NBC 播出的她的节目。我向她表示祝贺，然后对"推特事件"表示歉意。我很快意识到自己失言了。凯利离开福克斯新闻频道的时候，网络上流传着许多关于她针对有色人种说的一些蠢话或恶毒的话的视频合集，至于到底是蠢话还是恶语就要看回答你这个问题的是什么人了。"推特事件"则是我曾经表示她的一则评论是种族主义言论。可以清楚地看到凯利的脖子上暴起了一条青筋。"在我的职业生涯中，我也像你一样犯过很多错，"她勉强笑道，"你还算是菜鸟记者。"

我浑身湿漉漉地大步走开，想找间盥洗室或一杯喝的，或是任何其他东西，只要不是跟人交谈就好，结果我找到了安迪·拉克。我们握手时，他看向我的眼神就像在扫描什么东西。拉克头发花白，平易近人，但面带笑容地看人时总带着点审视的味道。他快 70 岁了，工作四平八稳，为人八面玲珑。和奥本海姆一样，他也曾想追梦好莱坞。他曾在波士顿大学学习表演，毕业后，参演过百老汇戏剧《审讯》（*Inquest*），这是一部演绎朱利叶斯·罗森堡（Julius Rosenberg）和艾瑟尔·罗森堡（Ethel Rosenberg）故事的戏剧，后来他还参与过几部商业剧的演出。[4] "他很迷人，魅力四射，"一个跟拉克关系很近的人后来跟我说，"他的戏剧背景让他拥有独一无二的创意。"20 世纪 80 年代，他还在 CBS 新闻工作，当时的标志性成就是《西 57 街》（*West 57th*）节目，这是一档前卫时尚的新闻杂志类节目，颠覆了以往同类节目的传统形象。20 世纪 90 年代，他第一次入主 NBC 新闻担任主管[5]，当时 NBC 新闻内部比较混乱，收视率不断下降，而他成功扭转了这一颓势。后来，他又先后在索尼音乐和彭博电视台工作。2015 年，NBC 又请他回来主持大局。

拉克仍然探究地看着我。

"罗南。"我快速说道。

"是的，"他终于开口说道，就好像从幽深的水底捞出了什么重物，"是你，当然。"

他说奥本海姆经常提起我。我感谢他对调查报道的支持。然后我找了点私人话题。我哥哥最近刚买下拉克在纽约布朗克斯维尔的房子。

"你留下了一个巨大的保险箱，他们到现在还没有钻开。"我说道。

拉克大笑起来。"没错。那儿是有个旧的保险箱。"他说那个保险箱在他入住之前就有了，他也从没打开过。说完他耸了耸肩。"有时候，最好还是顺其自然。"

* * *

房间里的人开始变少，客人们纷纷走去旁边的圆形剧场用餐。我找到我妈妈，我们朝人群的方向走去。这时，奥本海姆走了过来。"那是诺亚，"我低声对妈妈说道，"跟他说你喜欢《第一夫人》。"

"可是我不喜欢《第一夫人》。"她说道。

我狠狠地瞪了她一眼。

他们互相打了招呼，然后，奥本海姆把我拉到一旁。

"哈维也在这儿，"他说道，"他用餐时跟我坐在一起。"

我盯着他。我一直向他汇报这次报道的每一个细节。"你知道的，我听过他承认性侵的录音。"我说道。

奥本海姆举起双手，做出自卫的姿势。"我相信你！"他说道。

"这不是相不相信……"我压低声音说道，"你知道的，别跟他提起任何事。"

"当然不会。"他说道。

过了一会儿，我看到奥本海姆站在圆形剧场入口处，跟一个身穿宽松黑色燕尾服的大块头说话。哈维·韦恩斯坦刚动过膝盖手术，还在恢复中，手里拄着一根拐杖。

*　　*　　*

5月的第一周，黑魔方给韦恩斯坦打了电话，汇报了一些积极的新情况。"我们告知客户，经过我们的努力，我们计划下周在洛杉矶开一次会，我们相信，这次会议能让我们获得一些高质量的情报和确凿的证据。"[6] 黑魔方的总监亚努斯在给韦恩斯坦在博伊斯-席勒律师事务所的律师们的电子邮件中写道。这个项目进行到了新阶段，需要注入新的资金。几天后的5月12日，在大卫·博伊斯的儿子克里斯托弗·博伊斯（Christopher Boies）和律师事务所的一名合伙人的监督下，他们又汇了5万美元给黑魔方。

在此之前的几天里，罗丝·麦高恩的经纪人林奇安排了麦高恩和鲁本资本合作伙伴公司的戴安娜·菲利普直接联系，后者主动邀请麦高恩参加"焦点女性"活动。

"罗丝，很高兴能联系到你。"菲利普写道。

"能跟你联系，我也很高兴。"麦高恩回复道。

就在博伊斯-席勒的最新一笔汇款到达黑魔方账户的那天，

菲利普和麦高恩终于见面了，她们见面的地点是比弗利山庄半岛酒店的丽宫餐厅，那是一家色彩柔和的地中海式餐厅。菲利普颧骨很高，鼻梁也很高，一头金棕色的头发。她的口音很优雅，麦高恩听不出她是哪里人。麦高恩对陌生人都保持着一定的警惕。但是，菲利普似乎知道她的一切，而且还很理解她。女演员终于放松了警惕，不过只是放松了一点点。

第 15 章

阻力

詹妮弗·西尼尔兑现了她的承诺,把我介绍给了本·华莱士。华莱士是《纽约杂志》的撰稿人,他最近就曾尝试报道韦恩斯坦的事情。5月的一个下午,我离开洛克菲勒广场时,给他打了个电话。华莱士告诉我,他的报道工作令人气馁。令人费解的是,他得到的任何消息似乎都有人实时汇报给韦恩斯坦。"每个人都是双面间谍。"华莱士对我说。

这种情况在几个提供了相关消息的知情人身上尤其明显。他怀疑那个安娜就隐瞒了什么,这个欧洲女人告诉他自己知道些有关韦恩斯坦的事情。她提的一些问题感觉有些不对劲。安娜不仅想知道他还联系过多少其他知情人,而且想知道他们都是谁。而她提供的信息远不如她想知道的信息。有时候,她还会迫使他说一些带有偏见的话。在酒店的酒吧里,当她终于失控,讲述关于韦恩斯坦的故事时,她的语气也十分温和,基本是在泛泛而谈。她说她和韦恩斯坦有过一段情，但结局非常糟糕。她想要报复。她说这些的时候就像在演肥皂剧。当她在他面前晃动手腕时，华莱士怀疑她可能在秘密录音。他告诉安娜，他很同情她的遭遇，但这种两相情愿的风流韵事是韦恩斯坦的私事。然后，他就离开了酒吧，此后也不再接她的电话。

当华莱士收到来自赛斯·弗里德曼的电子邮件时，他也有同样的感觉，弗里德曼曾是《卫报》的撰稿人，曾表示想帮忙。弗里德曼在邮件里表示他"正与一群国际记者合作，进行一个有关电影产业的大型报道，让人们了解好莱坞和其他电影之都的现代文化"。他声称"遇到了很多我们无法写进稿子里的东西，但可能对你有用。如果你感兴趣，我很乐意跟你分享"。[1] 但在跟弗里德曼聊过几次之后，华莱士并没有从他那里得到任何有意义的信息。"他在套我的话，想知道我听到了什么，知道了什么。"华莱士回忆道。华莱士对这个人也表示怀疑，于是也切断了跟他的联系。

韦恩斯坦的工作伙伴开始给《纽约杂志》打电话，有时候含糊地威胁说要公开一些有关华莱士的个人信息。韦恩斯坦要求他的法律团队、克罗尔公司的调查人员和杂志社相关人员见一面。华莱士认为，他这么做的目的是想"公开一堆诋毁那些女人和我的资料"。杂志方面拒绝了这次会面。2017 年 1 月，在调查了三个月后，华莱士和他的编辑亚当·莫斯（Adam Moss）决定收手。"在某种程度上，"华莱士告诉我，"杂志无法承受无限期地浪费时间。"

这段经历显然让他紧张不安。当韦恩斯坦和他的团队开始给《纽约杂志》打电话，透露出对他的调查情况了如指掌时，华莱士买了一台碎纸机，销毁了他的笔记。"我比以前更多疑了，"他告诉我，"这次调查中遇到的阻力和干扰，超过了以往任何一次调查。"

华莱士没有查到任何消息来源，也没有找到任何关键文件或录音。但他收集了一份提出指控的女性名单。他飞快地说出了几个我听说过的名字，其中就包括艾莎·阿基多，韦恩斯坦的好几个前同事都曾建议我去找这名意大利女演员。还有几个知情人有条件地透露了一些情况，她们说自己知道全部事情，但是要求匿名，其中包括一名韦恩斯坦公司的前助理，她曾受到韦恩斯坦骚扰，并向公司人力资源部门投诉过。

"求求你，"我说道，"问问她愿不愿意跟我说点什么。"

* * *

透过分隔调查室和四楼工作室的玻璃，我有时能瞥见自己的倒影。那年春天，我胖了一点，洛杉矶的拍摄工作也让我黑了一些。我和麦克休以及我们的调查系列节目成果喜人。我们获得了一些普通人从未听说过的电视新闻奖项，以及媒体报道机构热情洋溢的评论。当时负责 NBC 新闻传讯部的马克·科恩布劳（Mark Kornblau），曾跟我同一时间在国务院工作。在我从 MSNBC 转到新闻网期间，我们曾一起喝过咖啡，在此后的接触中，他一直很支持我的工作。科恩布劳和他的团队鼓励真实的报道，会放一些消息给媒体或是允许我这么做。

这种情绪似乎也传递到其他人身上。一个名叫大卫·科沃（David Corvo）的 NBC 老将在大厅拦住我。科沃是《日界线》的执行制作人。他身材矮小，一脸大胡子，充满活力，从 20 世纪 90 年代中期开始就在 NBC 工作。他跟拉克走得很近。"让我们联手吧，"科沃说道，"你做的正是我们想报道的那种故事。"

*　*　*

傍晚时分，剧院区的巴西-巴西餐厅十分安静，我和安布拉·古铁雷斯面对面坐着。过去一个月，我一直尝试找到另一种方法来获得那些录音。警方知情人告诉我，他们相信古铁雷斯。尽管地方检察官决定不起诉韦恩斯坦，他们仍然确信自己已经掌握了起诉他所需的证据。可是，与他们的接触并没有让我更靠近那些录音。

对于古铁雷斯，我试遍了所有可能的方法，希望她能把手头的录音给我。我趁她去洗手间的时候偷用她的电脑怎么样？不行，她表示。她可能会付出很大代价。她担心她的弟弟。"我必须把他从菲律宾接到这里来。"她说道。古铁雷斯的语气越来越不安。

就在我们这次见面的前一天晚上，乔纳森还提出了另一个可以为双方找到合理的推托之词的伪装建议。

"你录下她的那段录音怎么样。假装拿着麦克风对着扬声器。你有了新东西。而她也从没有给过你任何东西。"

"这样做有什么用？"

"就好像删掉了一步，你们并没有传递文件。算了吧。这有点傻。"

"等等，这可能是个好主意。"

"这主意非常好。"

我大笑。

而且，我也没有更好的主意。在餐厅里，我靠近古铁雷斯，最后苦苦哀求。"没有任何电子文件记录。不会用到任何闪存盘。我的文件不是来自你的硬盘。"

她深吸一口气。我坐回原位，看着她，心想这一招绝不会管用。

"也许吧。"她说道。她从包里拿出一台旧的苹果笔记本电脑。"好吧，或许可以试一试。"

我感觉到肾上腺素一阵飙升。我们都知道这层包住火的纸很薄。她是在冒险。

我对她表示谢意。她点点头，打开笔记本电脑，我掏出我的手机。

"等等，"她突然说道，"还有个问题。"

这台旧苹果笔记本电脑的扬声器有问题。我又靠近她，快速说道："安布拉，如果我去找一个外置音箱，等我回来的时候，你还会在这里吗？"

她四下打量了一下，给了我一个不确定的表情。

"只要给我 20 分钟。"我说道。

我飞速跑出餐厅，冲进熙熙攘攘的西 46 街。应该去哪儿？百老汇大街那些卖"我爱纽约"帽子的旅游纪念品小店可能会卖电子产品，可是我不知道到底应该去哪儿。我掏出电话，搜索到最近的大型电子商店。这家店比较远，但确定会有我想要的东西。我从剧院前的拥挤人潮中挤出去，走到拐角处，疯狂地向迎面驶来的出租车挥手。

当我跌跌撞撞走进商店的时候，已经汗流浃背。我匆忙搭上自动扶梯，在一个货架前停下来，架子上好像摆着几千个音箱。

"嗨，需要帮忙吗？"一个店员问道。

"我需要一个音箱。"我气喘吁吁地说道。

"好的，先生，我们有你需要的东西，"他热切地说道，"我们有蓝牙音箱、无线音箱、USB 音箱。你需要可以跟 Alexa 联动的音箱吗？这个还有 LED 显示灯。"我像个疯子一样盯着他。15 分钟后，我跑回餐厅，手里拿着 4 个不同的高价音箱，丁零当啷撞在一起。古铁雷斯还在原处。她露出一个紧张的微笑。

在餐厅后面的花园里，我拆开一个音箱盒子。幸好旧苹果笔记本电脑上的蓝牙还能用。我们达成一致意见，她只播放三个录音文件的中间部分：如果我的录音中出现断点，就会暴露出这来源于她的手机备份文件，而不是来自警察的完整录音档案。她深吸一口气，说道："我希望其他女孩能得到正义。"我们挤在笔记本电脑前。她按下播放键：一个惊恐万分的女人挣扎着逃离酒店套房，一个粗暴的男人完全不理这个女人的拒绝。"快点进来，"我听到他又说了一遍，"我经常干这种事。"我录下了这一段。

* * *

我需要一些建议。第二天，我来到汤姆·布罗考（Tom Brokaw）位于洛克菲勒广场 30 号五楼的办公室，敲开办公室门。我刚来 NBC 工作的那几个月，有一天我在大楼地下大厅的一家咖啡店排队买咖啡时，布罗考主动跟我打招呼。他说他看过我的节目。他觉得我正在尝试做的东西有点新意。

"谢谢，先生，"我回应道，"你的话对我来说意义重大。"

"叫我汤姆就好，"他说道，"在这里我们不是校长和学生会主席。"

他总是接受我的邀请，经常跟我一起出现在镜头前，他的评论总是很有说服力，有理有据。

布罗考当时已经 70 多岁。几年前，他被诊断出患有血癌。5 月的那一天，他拉着我在办公室里来回走动，给我看与他相伴了 50 多年的妻子梅瑞迪斯的照片，还跟我讲了一些好莱坞往事。

"所以，我能为你做些什么呢？"他最后问道。

我告诉他我正在报道一个有些敏感的故事，我觉得这个报道没有得到应有的重视。我提到格林伯格"缓一缓"的说法。

"我知道诺亚会支持它，"我说道，"我只是担心，报道过程中会有些干扰。"

"嗯，你必须坚持你的立场，罗南，"他说道，"如果你退缩，你的信誉就会受损。"我笑起来。布罗考认为在将整个报道呈现给上级之前，我应该尽可能加强所有线索。他说等我做到这一点，他会给安迪·拉克和诺亚·奥本海姆打电话。

"顺便问一句，这是关于谁的报道？"他最后又问道。

我犹豫了片刻才告诉他是关于韦恩斯坦的。房间里的热络气氛迅速冷却。"我知道了，"他说道，"呃，罗南，我必须得说，哈维·韦恩斯坦是我的朋友。"

布罗考告诉我，他在为一部有关退伍军人的纪录片征求意见时，认识了韦恩斯坦。韦恩斯坦对他很好。

"妈的，"我心想，"有谁不是这个家伙的朋友吗？"

"我想我仍然可以信任你吧。"我对布罗考说道。

"你可以。"他说道。他把我送出办公室，看起来很不安。

* * *

当我走出布罗考办公室的时候，电话响了。来电话的是丽莎·布鲁姆。"嘿！"她热情地打招呼，然后开始说她代理的一个模特是色情报复的受害者。"我们应该见面聊一聊，"布鲁姆说道，"我可以安排你采访她。"

"没问题。"我心不在焉地答道。

"问一下，你还在忙那个有关保密协议的事吗？"

布鲁姆曾说过，她认识韦恩斯坦和他的团队，当然，她也很在乎自己的名声，不讨厌新闻发布会，但我觉得她身上有我可以信任的道德品质。而且，她是个律师。尊重对彼此的信任是我们的职业基础。

　　"是的。"我迟疑了一下答道。

　　"那就是有所进展。"她说道。

　　"我——我还在跟进。"

　　"你看到过什么保密协议吗？"

　　我又迟疑了一下。"我了解一些具体的协议，是的。"

　　"你跟几个女人聊过？你能告诉我都有谁吗？"她问道，"如果你能告诉我这些，我也许能帮你收集点信息。"

　　"我不能告诉你具体联系人，"我说道，"但我能说有一些人，而且人数还在增加。如果你有什么建议能帮我获得她们的信任，我非常欢迎。"

　　"当然。"她说道。

　　挂了电话，我看了看手机，发现上次那个神秘人又给我发来照片墙消息。这次，神秘人在消息最后附上了一张手枪图片。其中一条消息这样写道："有时候，你不得不伤害你所爱的人。"我截屏保留了几张图片，并做了备注，看看可以找 NBC 的谁谈谈安全问题。

第 16 章
F.O.H.

我的电话再次响起，这次是好消息。《纽约杂志》的本·华莱士有新进展。他之前没能说服公开露面的那位前助理愿意跟我聊聊。

接下来的那一周，也就是 5 月的最后几天里，我走进了比弗利山庄一家酒店的大堂。我之前没有去查这个知情人长什么样，但我很快认出了她。她身材苗条，一头金发，引人注目。她紧张地咧了咧嘴。"嘿！"她说道，"我是埃米莉。"

埃米莉·内斯特（Emily Nestor）大约 20 多岁，拥有佩珀代因大学的法学和商学学位。她在一家科技类创业公司工作，但她好像正在寻找一些更有意义的工作。她谈到想从事教育工作，可能想做跟贫困儿童相关的工作。几年前，她还想在电影行业一展身手，梦想着或许有一天能经营一家电影公司。可是，一段临时助理的经历动摇了她对这个行业的信心。她担心那种习以为常的随便的骚扰已成为某种约定俗成的规则。而在她汇报这种事后所得到的回应，更是让她心灰意冷。

我告诉了她我调查到的事情：提到了麦高恩和古铁雷斯，还有录音，以及越来越多愿意出镜的高管们。我也坦言这么做有一定风险。

虽然内斯特表示会考虑参与，但她看起来还是很害怕。她害怕报复。但我看得出来，她想说些什么的意愿还是十分强烈，应该不会轻易退缩。

几天后，她确定接受采访。她答应出镜，但要求匿名，而且一开始要在暗处接受采访，然后根据具体情况看是否能进一步深入采访。她也有证据：为韦恩斯坦工作近30年的高管欧文·赖特（Irwin Reiter）发的信息，他不仅确认了性骚扰事件，还暗示这是公司内部捕食模式的一部分。第三个女人，以及更多确凿的证据：这似乎就是我们一直在等待的临门一脚。

"一旦我们把这个给他看，"我告诉麦克休，"诺亚一定会让它播出来。他一定会的。"

此时，纽约移动影像博物馆正在举办一场晚宴，纽约的媒体精英们齐聚一堂，为莱斯特·霍尔特（Lester Holt）和亚马逊影业的负责人罗伊·普莱斯颁奖。演员杰弗里·塔伯（Jeffrey Tambor）向普莱斯举杯致意，他正在出演亚马逊影业的剧集《透明家庭》（Transparent）。诺亚·奥本海姆为霍尔特颁奖，称赞他毫无畏惧地进行了一些艰难的报道。然后，他回到NBC那一桌，坐到了《日界线》制作人大卫·科沃身旁。而在不远处亚马逊影业那一桌，哈维·韦恩斯坦正在鼓掌喝彩。[1]

*　*　*

没过多久，我、内斯特和麦克休一起坐在一家酒店的房间里，从房间里可以俯瞰圣莫尼卡闪闪发光的码头。在我们和老板谈话之前，我们还在偷偷摸摸地进行拍摄工作，确保整个报道无懈可击。我们趁着去加利福尼亚州中央谷地报道污染事件的间隙，对内斯特进行了采访。

背景灯亮起，她的脸深深陷入阴影中，内斯特说如果韦恩斯坦看到这段报道，应该会有一场来自他的"个人复仇"。2014年12月，25岁的内斯特在洛杉矶的韦恩斯坦公司做临时前台助理。她的个人条件远远超过这份工作的要求，她接受这份工作只是为了近距离了解娱乐业。内斯特说，第一天上班时，两个同事告诉她，她的身材是韦恩斯坦喜欢的"那一型"。当韦恩斯坦来到办公室时，对她的外貌做了一番评价，称她为"漂亮姑娘"。他问她多大了，然后把他的助理们打发出去，让她写下了她的电话号码。

当天晚上，韦恩斯坦就邀请她喝一杯。内斯特编了个理由拒绝。但韦恩斯坦坚持请她喝一杯，于是她建议第二天一早一起喝咖啡，心里想着他应该不会答应。没想到他让她第二天早上去半岛酒店喝咖啡，那是他最喜欢去的地方。当时，对于韦恩斯坦的一些所作所为，娱乐业的朋友和公司的同事都曾警告过她。"当时我把自己打扮得非常土。"她回忆道。

见面后，韦恩斯坦就向她提供事业上的帮助，然后开始吹嘘他跟其他女人的性关系，其中不乏著名女演员。"他说：'你看，我们会玩得很开心。'"内斯特回忆道，"'我可以让你去我的伦敦公司，你可以在那儿工作，你可以当我的女朋友。'"她拒绝了。他提出握她的手，她又拒绝了。她回忆起韦恩斯坦当时的反应："哦，女孩们总是说'不'。你知道的，'不，不'。然后她们会喝一两杯啤酒，接着就对我投怀送抱。"内斯特形容韦恩斯坦当时的语气"异常骄傲"，韦恩斯坦还补充说"他从来不会做比尔·科斯比那样的事"。她猜他是在说，他从没给女人下过药。内斯特用了"教科书式的性骚扰"来形容韦恩斯坦的行为。她表示自己至少拒绝过十几次韦恩斯坦的追求。"'不'对他来说并不代表'不'。"她说道。

在两人第一次单独见面期间，韦恩斯坦多次打断两人的谈话，冲着手机那头《今日秀》的管理人员怒吼，因为他们取消了对艾米·亚当斯（Amy Adams）的采访，她是韦恩斯坦的电影《大眼睛》（*Big Eyes*）的主演，她拒绝回答有关当时黑客针对索尼高管展开攻击的问题。之后，韦恩斯坦让内斯特密切关注新闻，他信誓旦旦地说相关报道会偏向他，针对 NBC。那天晚些时候，果然出现了一些批评 NBC 在这场纷争中所扮演的角色的新闻。韦恩斯坦还特意来到内斯特的办公桌前，确保她看到了这些新闻。

韦恩斯坦穷凶极恶地威胁新闻机构的行为让内斯特感到不

安。她回忆道："我非常害怕他。我知道他的人脉有多广。如果我惹火了他，我就永远不可能在这个行业里立足了。"尽管如此，她还是把见面的事告诉了一个朋友，后者随即把这件事告诉了人力资源部门。公司管理人员就此事找内斯特谈了话，但在他们告诉她将会把她告诉他们的所有事都告诉韦恩斯坦之后，就没再采取任何进一步的行动。后来，不停地有韦恩斯坦公司的员工向我透露，韦恩斯坦公司的人力资源部就是个摆设，任何投诉到那里都会被彻底埋葬。

欧文·赖特是韦恩斯坦公司负责会计和财务报告的执行副总裁，他通过领英联系上内斯特。赖特对她写道："我们将严肃对待这件事，我个人对于你第一天上班就遇到这种事感到抱歉。如果还有这种不必要的邀请事件，请让我们知道。"[2] 2016 年年底，就在总统大选前夕，他又联系内斯特，写道："特朗普的那些事情让我想起了你。"他认为内斯特遭遇的事情是韦恩斯坦众多不当行为中的一部分。"就在你的事情发生三周前，我才因为虐待女性的事和他大吵一架。我甚至因为这些事给他发过一封电子邮件，结果他给我贴上了性警察的标签，"他写道，"我和他为了你的事吵得不可开交。我告诉他如果你是我的女儿，他不会就这么轻易脱身。"[3]内斯特给我看了这些信息，最终还允许我发表它们。

内斯特在临时工作结束后就离开了韦恩斯坦的公司，她感到十分痛苦。"因为这件事，我才决定不进娱乐业。"她告诉我。在她身后，太阳正从码头缓缓落下。"世界就是这样运转的吗？"

她想知道，"那个男人就这样逃脱惩罚吗？"

* * *

我和麦克休连轴转地采访了毒理学家、地方官员和中央谷地接触过有毒废物的居民，与此同时，愿意与我们聊一聊的米拉麦克斯和韦恩斯坦公司的知情人越来越多。在西好莱坞的一家酒吧，我与一名曾与韦恩斯坦关系密切的前雇员见了一面。她表示韦恩斯坦的捕食行为已经与他的职业生涯融为一体。他会让她参加他跟年轻女性的初次见面，很多情况下，见面时间已经从白天变成了晚上，地点则从酒店大堂转移到了酒店房间。她坦言，韦恩斯坦的行为十分无耻。在一次与一名模特见面时，他要求我"告诉她他是个多么好的男朋友人选"。她说，如果她拒绝参与他与这些女性的见面活动，韦恩斯坦有时候会大发雷霆。有一次，他们坐在一辆豪华轿车里，他打开车门，又砰地关上，一遍遍重复这样的行为，他的脸涨得通红，面容狰狞，大吼道："去你妈的！你得给我打掩护！"

韦恩斯坦还让助理追踪这些女性的行踪。这名前雇员把所有这些文件都保存在她手机的同一个文件夹里，并给这个文件夹取名为"F.O.H."，意思就是"哈维的朋友们"。"很长一段时间以来，他一直在有计划地做这种事。"她告诉我。

她拿出苹果手机，打开几年前在笔记应用程序上草草记下的句子。据她说，这是韦恩斯坦在一次大喊大叫后轻声对他自己说的话。当时的情况让她很不安，于是她掏出手机一字一句地敲下了这份备忘录："我做过的一些事情没人知道。"

这名前雇员让我去采访其他几个人。从 6 月到 7 月，她们陆续出现在镜头前。"哈维会和很多有野心的女演员和模特进行这类见面活动。"一名叫阿比·埃克斯（Abby Ex）的前高管告诉我，当我们在比弗利山庄的酒店房间里采访她时，她把脸藏在阴影里。"他把见面安排在深夜，通常在酒店的酒吧或房间里。而且，为了让这些女人感觉更舒服，一开始他会让一名女性主管或助理一起参加。"她说她拒绝了韦恩斯坦让她参加此类见面的要求，但她目睹过其中一些见面过程，亲眼见证了各种各样的身体和语言虐待行为。

埃克斯告诉我，她的律师提醒她，如果她违反了雇用合同中的保密协议，可能需要赔偿数十万美元。但是，她表示："我认为这么做比遵守保密协议更重要。"

* * *

采访结束后，我回到乔纳森的住处，坐在餐桌旁，仔细阅读笔记。他穿着一件科学主题的 T 恤，上面印着一个宇航员图像。

"你吃过了吗？"他问道。

"没有。"我答道，眼睛仍然盯着屏幕。

"我们去吃点健康食品或垃圾食品吧。"

"我不能去。"我说道。我突然想到，我们已经有一段时间没有一起做过任何事情了。我摘下眼镜，揉了揉眼睛。"对不起。我现在有很多事情要处理。"

他在我旁边坐下。"嗯，现在我们的对话都是关于性骚扰的。这是个大新闻。"

这时我的手机响了。这是条短信通知。回复"是"可以接收天气预警。我疑惑地盯着这条短信。这里是洛杉矶，这里没有什么天气一说。

"你在发短信！"乔纳森说道，"希望他值得你这么做！希望他值得你对这一切说再见！"

"当然。"我说道，然后消掉了这条短信通知。

第 **17** 章

666

正如哈维·韦恩斯坦的前雇员们对我说的那样，他联系了黑魔方。6 月 6 日，黑魔方的特工们在纽约与韦恩斯坦以及他在博伊斯−席勒律师事务所的律师们见了面，向后者提供了一些令人兴奋的新消息。这次会面结束后，黑魔方总监亚努斯向克里斯托弗·博伊斯汇报了一些情况。"今天很高兴能与您和您的委托人见面，并向你们呈上我们的最终报告。"亚努斯写道，"我们已经成功实现了项目目标，并满足了所有三条成功收费条款……其中最重要的是确定了针对委托人的负面宣传的幕后人员的身份。"他还附上了一张 60 万美元的发票。[1]韦恩斯坦与黑魔方的合同规定，如果韦恩斯坦在诉讼中或媒体上使用了黑魔方的劳动成果，或是黑魔方"成功阻止了针对韦恩斯坦的负面宣传"，或是其特工找出了这场负面宣传活动"幕后的个人或组织"，前者就需要向后者支付亚努斯所谓的"成果费"。

一周后，亚努斯再次联系博伊斯。"早上好，克里斯，我想知道你是否可以告诉我们最新付款情况。"[2]亚努斯没有得到回复。6月18日，韦恩斯坦在伦敦与黑魔方的人见面，会后亚努斯立即给博伊斯发了一封略带抱怨的电子邮件，在邮件中他这么描述了这次见面："我们又评估了一遍我们的调查结果，并讨论未来可以采取哪些行动来支持你的委托人的案子，他再次对我们的工作给予了高度评价。"[3]

可是当韦恩斯坦迟迟不付款时，他与黑魔方的关系紧张起来。亚努斯会打来电话，轻声细语地说："你还没付钱给我们。"心情好的时候，韦恩斯坦会假装不知情，让韦恩斯坦公司的法律总顾问跟他通话。"我不知道这个情况，"他会冲着公司律师大叫，"让他们付钱！"但大多数时候，韦恩斯坦只会对着黑魔方的人大喊大叫："我为什么要付钱给你们？这些是你们应该做的！"

6月下旬，事态紧急。韦恩斯坦质疑黑魔方的工作违法，为他今后的路埋下了隐患。虽然亚努斯手下负责具体事务的项目经理在一份总结邮件中进行了说明，他还是坚持认为他们的行动"没有彻底解决他的问题"。[4]韦恩斯坦提醒黑魔方："其他情报公司也参与了解决这场危机事件，黑魔方只是其中之一。"

最后，在7月初，博伊斯和黑魔方签署了一份修订协议。韦恩斯坦同意支付19万美元的和解费，以消除成果费带来的不快。黑魔方还接受了一项新任务，工作时间持续到当年11月，这次的任务更有针对性。

在黑魔方内部，那名项目经理私下承认"在某些问题上人手不足"。在与韦恩斯坦讨价还价的过程中，他们承诺要做更多事情。他们仍然有能力解决问题。他们只是需要更有攻击性一点。

＊　＊　＊

每次我和麦克休向 NBC 的老板们老实交代，我们还在关注韦恩斯坦的报道时，就会有人警告我们在其他报道上没有取得什么成效。不久，麦克休就被指派去与其他记者一起开展新工作。NBC 的律师史蒂夫·钟打来电话，说他要离开公司。"你会得到法务团队其他人的关照。"他说道。钟曾动摇格林伯格对于浏览保密协议的犹豫态度，至少让他知道了判例法中存在灰色地带，可能会允许新闻机构这么做。

有迹象表明，有人可能会抢在我们前面报道这件事。在我最后一次绝望地尝试联系艾什莉·贾德时，我给《纽约时报》专栏作家尼古拉斯·克里斯托弗（Nicholas Kristof）打了电话，他曾制作过一部关于我和贾德的纪录片。我非常尊重克里斯托弗，他总是写一些有关棘手的人权问题的文章。我想，如果说谁有机会能说服贾德的话，这个人一定是他。

当我告诉他我正在报道贾德关心的女性权利和人权问题的故事时，他立刻说："这个故事的主角，他的名字开头的字母是不是 H ？"我回答是，克里斯托弗沉默了一会儿，然后缓慢地回应道："我无权随意继续这次对话。"接着他很快挂断了电话。

我和麦克休认为唯一可能的解释就是《纽约时报》也在进行相关报道。我很高兴知道我们并不是孤军奋战，但同时也渴望继续前进。当我们把这一情况告诉格林伯格的时候，他似乎也很高兴，但他高兴的原因却与我们有所不同。"有时候，"他说道，"最好让别人先行一步。"

* * *

我们察觉到，部分报道可能无法继续下去。几个月来，罗丝·麦高恩一直全力配合我们的报道。自从我们开始采访以来，她曾给我们发过这样的消息："我可以给你更多信息"和"这次需要特别在晚上进行。或者是在早上留出比较长的时间。我觉得你得来拍更多东西"。

但是到了7月，她似乎开始失去耐心。她告诉我："我考虑了一下，决定不再继续参与NBC的报道。"我心头一紧。她并不是报道中提到的唯一一名女性，但对她的采访却十分重要。我请她在做最后决定之前先听听我的最新发现。她同意再见我一面。

我又一次长途跋涉去了她在好莱坞山的家。她穿着一件T恤来开门，脸上也没有化妆。她看上去有点疲惫。我们在厨房坐下，她煮了点咖啡。麦高恩告诉我，她已经开始为直言不讳付出代价。她说她对亚马逊影业的负责人普莱斯说韦恩斯坦强奸了她。不久之后，他们就中止了与她的合同。

与此同时，她怀疑有人跟踪她。她不知道该相信谁。我问她身边有没有朋友和家人。麦高恩耸了耸肩。她说她得到了一些支持。她和女性权利项目的财富经理戴安娜·菲利普走得很近。她还得到了其他一些记者的支持，其中包括《卫报》前撰稿人弗里德曼。

　　麦高恩告诉我，她已经开始怀疑 NBC，对于 NBC 推迟报道感到不安，还担心——说到这的时候她停顿了一下——她听说的关于那里的人的事情。我问她说这话是什么意思，她只是摇了摇头说道："我只是不想上早间新闻。"我表示那不是我的计划，我也为《晚间新闻》做报道，这类报道任何时间段的新闻都会播，不是只会在早上播。

　　我告诉麦高恩，NBC 有很多优秀的人，比如奥本海姆，他曾经当过编剧，不会被传统网络新闻的规矩束缚住。但我也表示要让他看所有东西，尽可能给他看到最有力的素材，所以，我需要。我还把我们现在掌握的情况告诉了她。我说我认识了一些跟韦恩斯坦发生过故事的人——不仅仅是谣言或影射——她们也愿意发声，而她们之所以同意这么做，部分原因就是因为知道她会站出来。听了这些,她的眼里噙满了泪水。"那么长时间以来，我一直感到很孤独。"她说道。

　　麦高恩说她想了很多，还写了几首歌。她和我第一次见面，就因为我们写的歌而结缘。那天在她家，我们分别试唱了几首歌。她在唱《孤独的房子》（"Lonely House"）这首歌时，闭上了眼，聆听自己的歌唱：

我代表一些人

无能为力的女人

吓坏了的男人

打败那头野兽

看着他下沉

麦高恩恢复了勇气。她说我们可以播出采访。她表示会再次出镜，更明确地说出韦恩斯坦的名字。在此之前，她主动给NBC的法务部门打了电话，向他们表明她在采访中提到了他的名字。

几分钟后，我给奥本海姆的助理打电话。我告诉她，我的报道取得了一些突破，我会连夜乘飞机回去，第二天就要去见他。无论他什么时候有时间，我都要见他。

"我们做到了，"麦克休说道，"时间紧迫。"

*   *   *

回到纽约的第二天早上，我沿着螺旋楼梯下到美国银行的地下室。那里有个罕见的老式金库，金库门是圆形的，门上装着几个门闩，里面有一条走廊，走廊两侧存放着一个个保险箱。一名银行经理抽出一个浅金属盒，盒子的编号是"666"。

我们盯着这个数字看了一会儿。

"你知道吗，"他说道，"我要另找一个盒子。"

在一个看上去没那么邪乎的盒子里，我放进一份写有几十个知情人名字的名单、与她们的对话记录，还有记录着捕食模式和善后手段的文件。我还把一个闪存盘放了进去，里面存着警方诱捕的音频。我在最上面留了张便条，我真的心力交瘁，实在不确定这是一种妄想行为，还是确有必要，不管怎样，便条上写着：

> 如果你正在读这张便条，那是因为我无法亲自公开这些信息。这里面是可以将连环捕食者绳之以法的报道的行动方案。许多试图报道这一事件的记者都受到了恐吓和威胁。我已经接到第三方的恐吓电话。NBC 新闻的诺亚·奥本海姆应该要看到相关的视频片段。万一我有什么不测，请务必公开这些。

第 18 章

魁地奇

诺亚·奥本海姆似乎不知道该说什么。我给了他一份打印好的报道内容列表。"哇,"他说道,"我得好好消化一下。"那一天是 7 月 12 日。奥本海姆办公室的窗外,阳光洒在洛克菲勒广场上。我解释说我们有许多确凿证据和可靠的消息来源。其中一些人甚至认识奥本海姆。出镜的前高管阿比·埃克斯曾招募他为瑞安·雷诺兹(Ryan Reynolds)主演的电影《幻体:续命游戏》(Self/less)充当匿名编剧。

"我们要把这些拿给格林伯格看,走正常流程,"我快速说道,"我只是想让你也了解一下情况。"

他又翻开最上面那一页,看了看下面的那一页。"我当然会听里奇的,但是——"他把那张纸放在腿上,叹了口气,"我们必须做出一些决定。"

"决定?"我说道。

"比方说，这么做真的值得吗？"

他坐在米色沙发上。在他旁边的墙上，一排屏幕闪烁着，一个个新闻条飞速滚动。不远处摆着一个画框，里面镶着一幅双联画，这幅画是用棕色和绿色荧彩马克笔画的一场魁地奇比赛，上面有奥本海姆 8 岁儿子的签名。

"这是个大新闻，"我说道，"一个声名显赫的家伙，在录音里承认严重行为不当。"

"呃，首先，"他说道，"我不知道这是不是犯罪。"

"这是轻罪，"我说道，"有可能会在牢里待上几个月。"

"好，好，"他说道，"可是，我们得想清楚这有没有新闻价值。"
我盯着他。

"你看，"他说道，"你知道哈维·韦恩斯坦是谁。我知道哈维·韦恩斯坦是谁。可是，我是业内人士。我不知道普通美国人知不知道他是谁。"

"罗杰·艾尔斯 * 并不是什么家喻户晓的人物，"我指出，"韦恩斯坦比他有名多了。而且这是有计划的犯罪，你知道的，比艾尔斯的事情严重得多。"

"我知道，"他说道，"我只是说我们要向律师证明这么做是值得的。如果我们这么做了，会有很多麻烦。"想想华莱士妄想狂似的回忆，我知道他说的没错。

---

* 罗杰·艾尔斯（Roger Ailes，1940—2017），美国福克斯新闻创始人之一、前董事长，共和党幕后操盘手，2016 年 7 月因卷入性骚扰案件离职。——译者注

走出他办公室的时候，我向他道了谢，并说道："如果我发生'意外'……"

他敲着我给他的资料笑起来。"我保证会公开这些。"

"谢谢。哦，别忘了写《幻体2》。"

"我不知道，"他面无表情地说道，"这件事过后我可能需要思考一下今后的职业道路。"

那天下午，我又收到了一连串奇怪的照片墙消息，又是一张枪的图片。我给奥本海姆的助理安娜发了条短信。"嘿，我不想惊动诺亚，"我写道，"但是，NBC有什么可靠的安保人员可以跟我聊聊吗？"我正在处理一些"跟踪事件"。事态"比平常的情况更加棘手"。

她告诉我她会跟进这件事。

* * *

几小时后，我接到公关马修·希尔特兹克的电话。"只是想找人聊聊，"他轻快地说道，"在通讯录里看到了你。"自从上次通话之后，希尔特兹克给我发过几次短信，提议一起吃个饭，还问了问我的近况。他对我的热情异乎寻常。那天在电话里，我告诉他我还在赶书的交稿期限，同时也在忙着NBC的几个报道。

"你还在做哈维的报道？"

我望向不远处的直播间。装饰着孔雀标志的玻璃后面，一名午间新闻主持人正默念着新闻标题。"我正在忙好几个报道。"

我重复道。

"好吧！"他的声音中流露出一丝笑意，"只要你有需要，我随时准备为你提供相关信息。我觉得你开始忙其他事情真的非常好。"

* * *

那天晚上回到家，我的心里有点不安。在电梯里，有点孩子气的邻居跟我打招呼的时候把我吓了一跳，管理员总是说他跟我长得有点像。过了一会儿，乔纳森从西海岸的一家美国银行打来电话，他正在那里办理一些手续，办完后他就会成为我刚塞满文件的保险箱的共同所有者。"不要弄丢钥匙。"我叮嘱他。就在我们通话的时候，传来"叮"的一声轻响：又一条关于最新天气的自动更新消息。我消掉了这条消息。

我刚上床就收到了丽莎·布鲁姆的短信。"嘿，罗南，你还在报道有关保密协议的事吗？我处理的卡戴珊案遇到了新问题［你可能听说了我代理了布莱克·希纳（Blac Chyna），卡戴珊家族提出了保密协议的问题］。我明天要去纽约参加《观点》（"The View"）节目。周四或周五一起喝杯咖啡或吃顿午餐？"[1]

我把手机扔到一旁，迟迟无法入睡。

　　　　　　＊　　＊　　＊

　　我和麦克休约定早上 8:30 去见格林伯格。麦克休来的时候，我正疲惫不堪地坐在工位上。

　　"你看上去很糟糕。"他说道。

　　"谢谢，也很高兴见到你。"

　　几分钟后，我们来到格林伯格逼仄的办公室。"你们有很多料。"他一边说，一边翻看着打印好的内容列表，跟我前一天给奥本海姆看的一模一样。然后他抬头问道："我能听听录音吗？"

　　我把手机放到他面前的桌子上，点击播放，我们再次听到韦恩斯坦说他经常干这种事。

　　格林伯格的嘴角扯出一个坚定的微笑。"去他的，让他告去吧，"播放结束的时候，他说道，"这个一播出，他就完蛋了。"

　　我们告诉他，我们将继续对来自韦恩斯坦公司的知情人做一些拍摄采访，还会为网站写采访脚本和报道文章。格林伯格看起来还有些兴奋，他让我们准备好与法务部的会议。我和麦克休离开格林伯格办公室的时候内心充满胜利的喜悦。

　　随后，奥本海姆的助理安娜跟进了跟踪者的事情。她给我发短信道："我把这件事交给了人力资源部，他们会为公司的人处理这种事。不幸的是，这种事经常发生，比你想得更频繁。"人力资源部让我联系托马斯·麦克法登（Thomas McFadden），他满头银发，以前是警察。"这种情况非常典型，"他翻看着我的手机说道，"我见过无数次。"

"毫不怀疑。"我说道。

"我们会展开调查，"他说道，"大多数情况下，我们会找出谁在骚扰你，也许我们会给他们打个电话，他们就会收手。极少数情况下，我们也会给执法部门的朋友打电话求助。"

"谢谢，"我说道，"我觉得除了这些疯子，还有别的情况。奇怪的垃圾短信，感觉就像——"

"就像有人在跟踪你？"

我大笑。"嗯……"我说道。

他向后一靠，似乎在思考这个问题。然后他同情地看向我，说道："你的压力很大。把这些交给我，你好好休息一会儿吧。"

* * *

那个月，麦高恩和她的新朋友、鲁本资本合作伙伴公司的戴安娜·菲利普电子邮件和电话往来不断。无论麦高恩在哪里，菲利普似乎也会在那里。在我和奥本海姆见面几天后，她们就在纽约的半岛酒店聚了一次。在菲利普温声细语的询问下，麦高恩把自己努力想要将强奸一事公之于众的事情和盘托出。她甚至透露她一直在与 NBC 新闻的一名记者交流此事。菲利普一直紧挨着她坐着，聚精会神地聆听，脸上露出同情的表情。

同一天，萨拉·内斯又给哈维·韦恩斯坦发了封电子邮件，她是位于旧金山的杰克·帕拉迪诺公司的调查员。她在邮件里附上了一份更详细的报告。[2] 这份报告长达 15 页，调查员们详尽追溯了我这几个月以来的行踪，找出了我的许多线人的信息。他们得出结论，我已经联系过安娜贝拉·莎拉，"HW曾确认"她是"潜在的不利消息来源"。

相关记者名单也扩大了：报告中提到《好莱坞报道》爱惹事的记者金·马斯特斯（Kim Masters），以及尼古拉斯·克里斯托弗和本·华莱士。报告中还提到，华莱士"可能给了法罗一些指点"。他们还有了新的关注对象：《纽约时报》的记者朱迪·坎特（Jodi Kantor）。

报告中提到了韦恩斯坦手下的几名双面特工，她们都曾跟我谈过话，然后把我的动向汇报给了他。澳大利亚那名语气紧张的制作人就是其中之一。她已经"提醒HW注意法罗的联系人，"报告中写道，"没有向法罗提供任何HW的负面信息。"

此外，报告中还更加隐晦地提到了一些合作者。报告中仅用"LB"指代了某个人，这个人也为韦恩斯坦收集相关信息，并曾至少与控告人咨询过的一名律师私下交流过。

"调查仍在继续。"报告总结道。

* * *

我们不断遇到各种知情人，他们有的会扰乱我们的线索，有的会向韦恩斯坦汇报情况。不过，我们也找到更多愿意站出来对抗他的人。韦恩斯坦去伦敦出差的时候，曾有一名兼职助理，她告诉我他曾对她性骚扰，而她一开始认为不值得冒遭受报复的风险把事情说出来。在保持沉默 20 年之后，当听到韦恩斯坦的工作伙伴开始用"十分野蛮"来形容她时，她更加恐惧了。"这让人非常不安，"她告诉我，"他好像阴魂不散。"但矛盾的是，正是这些闲话让她想要提供帮助。"我不想说，"她说道，"但是听到他的消息，让我很生气。我气他仍然认为可以让人保持沉默。"

这名兼职助理也认识曾找奥莱塔谈过话的泽尔达·珀金斯，还知道珀金斯和另一名同事一起就性骚扰达成了和解。卡特里娜·沃尔夫（Katrina Wolfe）曾经是米拉麦克斯公司的一名助理，后来升任主管，她也知道这件事。就在那个月，沃尔夫出现在镜头前，脸藏在阴影里。"在米拉麦克斯公司工作时，我直接接触过公司的两名女员工，她们指控哈维·韦恩斯坦性侵犯，后来这件事和解了。"沃尔夫告诉我。这不是道听途说：她直接目睹了交易策划和执行的过程。

1998 年的一个晚上，韦恩斯坦冲进办公室，寻找米拉麦克斯公司的律师史蒂夫·胡滕斯基（Steve Hutensky），韦恩斯坦的下属们都称后者为"上层清洁工"。这两个男人凑在一起聊了45 分钟，周围的员工都能听到韦恩斯坦焦虑的声音。后来，胡滕斯基命令助理们找出两名女雇员的人事档案，其中就包括珀金斯，她当时是《莎翁情史》制作人唐娜·吉利奥蒂的助理。

在接下来的几天及其后的几周里，韦恩斯坦疯狂地给他的顾问们打电话，包括纽约精英律师赫布·沃奇特尔（Herb Wachtell）。[我攻读法律系的时候，同系学生们都梦想着暑期去沃奇特尔的律师事务所做助理。当他的事务所拒绝我的申请时，我像当时其他法律系学生一样大受打击。我后来勉强去了戴维斯·波尔克（Davis Polk）的律师事务所，就像追着救护车跑的人或格罗弗·克利夫兰（Grover Cleveland）总统一样。] 沃奇特尔和胡滕斯基为韦恩斯坦找了名英国律师，胡滕斯基要求找"英国最好的刑事辩护律师"，然后韦恩斯坦坐上协和式超音速飞机，亲自飞去伦敦处理这个问题。

而我将伦敦和解一事公之于众的可能性越来越大。

＊　＊　＊

采访的圈子不断扩大。结束对沃尔夫的采访几天后，我又对韦恩斯坦公司的一名前助理兼制作人进行了一次采访。他明确表示，20 世纪 90 年代以后，仍不断有受害者投诉韦恩斯坦性骚扰。最近几年，他的任务就是带年轻女人去参加所谓的"蜜罐"会议，这是公司其他前雇员给取的名字。他表示一些女人似乎"不知道那些会议的性质"，而且"明显十分害怕"。

他有时也会为这类会议的后果感到困扰。"你看到女人们走出房间，然后，突然就要开始善后，我不想用'善后'这个词，更愿意说确保她们觉得自己因为之前发生的事情得到了职业上的回报或补偿，"他回忆道，"那些女人看起来都吓坏了。"他认为韦恩斯坦就是在"捕食"，而且"凌驾于适用于我们大多数人的法律之上，而法律本应该适用于我们所有人"。

我们在比弗利山庄的四季酒店进行采访，我、麦克休和一个叫让-伯纳德·鲁塔加拉玛（Jean-Bernard Rutagarama）的自由摄影师挤在一个小房间里，身旁放着摄影灯、三脚架和摄像机。

*   *   *

同一个月，黑魔方发布了最新版本的名单。一名项目经理在黑魔方位于伦敦的办公室审阅了这份名单，这间办公室位于罗普梅克街的一栋玻璃塔楼内，占据了半层楼，从熙熙攘攘的街道上可以隐约看到办公室里特工们的身影。随后，这名项目经理将这份名单转发给了分散在世界各地的其他联系人。

这份名单中的许多名字都曾出现在杰克·帕拉迪诺的公司提供的报告中，而且针对某些特殊人物，还使用了相同的代号。但黑魔方的调查更加深入。现在，那些证实了麦高恩、内斯特或古铁雷斯故事真实性的间接线人也成了他们的目标。

随着夏天渐渐远去，名单也越来越长，重点部分先是用黄色重点标示，后来又改用红色，以示情况紧急。其中的一些名字被列入了单独的简介文件中。在四季酒店进行采访后不久，一份名为"JB 鲁塔加拉玛"的文件出现在那些文件中。副标题解释道，"相关性：与罗南·法罗和里奇·麦克休合作进行 HW 报道的摄影师"。[3] 这份简介中记录了鲁塔加拉玛在卢旺达的成长经历，并探讨了"接近他的方法"。它的格式很独特，标题用的是蓝色斜体新罗马字体，英语拼写得好像被误用的第二语言。

黑魔方的项目经理把这份名单和鲁塔加拉玛的简介一起发给了《卫报》前撰稿人赛斯·弗里德曼。

第 **19** 章

线圈本

那年 7 月，我给奥莱塔打了通电话，告诉他我掌握了更多有关伦敦和解事情的相关信息。我问他是否还能给我一些其他可以支持我的报道的东西。让我大吃一惊的是，他回答说"的确有"。他把他的所有记者手记、打印的文件和磁带都给了纽约公共图书馆。这些东西暂时不对公众开放。但他说我可以看一看。

奥莱塔的资料都收藏在大厅一侧的珍本图书和手稿阅览室里。这个阅览室光线昏暗，里面有密封的玻璃架子，阅读灯照亮了一排排低矮的桌子。图书馆用 60 多个大纸箱装着奥莱塔的资料。我和麦克休做了登记，一名图书管理员把这些箱子搬了出来。

我和麦克休分别抱起一个箱子，开始仔细查看里面的东西。奥莱塔调查到的东西没我们多。但他已经抓住了这个谜题的关键部分。看到 15 年前的笔记就记录了如此相似的信息，我们内心产生了一种奇怪的感觉。甚至早在那时，奥莱塔就遇到过其他记者放弃相关报道的情况。在一页笔记上，他用蓝色的笔草草写道："大卫·卡尔：相信存在性骚扰。"

* * *

在奥莱塔的线圈本记者手记中，我发现了一些线索，它们引导我找到了其他线索，而这些线索跟我印象中韦恩斯坦和伦敦两名助理之间发生的事情接上了头。

20 世纪 90 年代后期，珀金斯开始担任吉利奥蒂的助理。实际上，她大部分时间都在为韦恩斯坦办事。"从我第一次跟哈维单独相处开始，"她后来告诉我，"我必须面对他要么只穿内裤，要么全裸出现在我面前的情况。"[1]他试图把她拉上床。珀金斯身材娇小，一头金发，看上去比实际年龄小。但她个性尖锐，即使在那种情况下也敢大胆反抗。韦恩斯坦从没因身体优势占到便宜。然而，接连不断的骚扰让她疲于应付。很快，他又换了方法折磨她。和许多韦恩斯坦的前雇员一样，她发现自己成了他跟有抱负的女演员和模特之间的"皮条客"。"我们必须带女孩们来见他，"她说道，"虽然我一开始没意识到，但我就是那个'蜜罐'。"韦恩斯坦会指使她买避孕套，并在他跟年轻女人们结束见面后清理酒店房间。

1998 年，珀金斯获准为自己雇一名助理，她希望这样能让自己与韦恩斯坦保持一定距离。她警告这份工作的候选人，韦恩斯坦会在身体上占便宜。她甚至拒绝了那些"外表非常有吸引力"的申请人，"因为我知道他绝不会放过她们。他永远不会罢手"。最后，她选择了一个"非常聪明的"牛津毕业生，而即使过了几十年，这名牛津大学高才生仍然害怕遭到报复，不敢公开自己的名字。

1998 年 9 月威尼斯电影节期间，这名助理在怡东酒店第一次和韦恩斯坦单独待在酒店房间里，她颤抖地哭诉他对她实施了性侵犯。珀金斯打断了韦恩斯坦与一名知名导演在酒店露台的午餐会议，当面质问他。"他站在那里，一遍遍撒谎，"珀金斯回忆道，"我说：'哈维，你在撒谎。'他就说：'我没有撒谎，我以我孩子的性命发誓。'"

珀金斯说那名助理"非常惊恐，精神严重受创"，她太害怕了，不敢报警。当时她们身处威尼斯的丽都岛，这也增加了报警的难度。"我不知道应该去找谁，"珀金斯回忆道，"酒店的保安？"

珀金斯尽其所能确保新助理在剩下的旅程中远离韦恩斯坦。回到英国后，她把这件事告诉了吉利奥蒂，后者向她推荐了一名职业律师。最后，她和那名助理发表声明，表示将从米拉麦克斯公司辞职，并将采取法律行动。

正如沃尔夫向我描述的那样，米拉麦克斯公司在她们离开后疯狂召开各种会议。韦恩斯坦和其他高管们不停地给珀金斯和那名新助理打电话。辞职的当天晚上，珀金斯就接到了他们的 17 个电话，他们表现得"越来越绝望"。在发给她的信息中，韦恩斯坦时而苦苦哀求，时而恐吓威胁。"求求你，求求你，求

求你，求求你，求求你，求求你给我打电话。我在哀求你。"他在一条短信中写道。

珀金斯和助理从伦敦的西蒙斯–缪尔黑德＆伯顿律师事务所（Simons Muirhead & Burton）聘请了律师。珀金斯最初拒绝接受所谓的"血钱"，并打听了去警察局报案或向米拉麦克斯母公司迪士尼投诉的相关情况。但律师们似乎只想让她签和解保密协议，排除了任何其他解决方案。最后，她和新助理接受了25万英镑的和解金，这笔钱将由两人平分。韦恩斯坦的弟弟鲍勃给代理两人的律师事务所开了支票，没有走迪士尼的账，同时也让哈维远离了这场纷争。

在持续四天令人筋疲力尽的谈判过程中，珀金斯成功争取到在合同中加入一些条款，她希望这样做能改变韦恩斯坦的行为。协议规定将指派包括一名律师在内的三名"顾问"，对米拉麦克斯公司内部的性骚扰指控做出回应。米拉麦克斯公司有义务提供证据，证明韦恩斯坦接受为期三年或"其治疗师认为所必需的时间"的心理咨询。协议还规定，如果在接下来的两年内再出现需要和解的性骚扰行为，米拉麦克斯公司要向迪士尼报告韦恩斯坦的行为，并解雇他。

米拉麦克斯公司进行了人力资源改革，但并没有执行协议的其他规定。珀金斯坚持争取了几个月，然后就放弃了。"我心力交瘁。我遭到了羞辱。我不能再在英国继续从事这个行业的工作，因为关于这件事的流言满天飞，我不可能再获得业内工作。"她回忆道。最后，她移居中美洲。她受够了。"金钱和权力起了作用，法律制度也助了一臂之力，"她最后对我说道，"归根到底，哈维·韦恩斯坦之所以能一直这么做，是因为他被允许这么做，这是我们的错。形成这种文化，是我们的错。"

奥莱塔并没有掌握故事的全部细节，但他已经掌握其核心。我看着他悉心整理的笔记，有那么一瞬间，那些满是灰尘的箱子和里面藏着的年代久远的秘密深深地触动了我。我真想相信即使这么多年来饱受打击，新闻仍然没有死。

* * *

当我完成了电视脚本和为 NBC 新闻网站撰写的 6000 字报道时，往昔的报道之魂似乎凝聚了起来。7 月底，我终于给《好莱坞报道》的前编辑贾妮思·闵打了电话。她坚信这个故事是真的，但对于它是不是会有所突破则心存疑虑。闵从《美国周刊》跳槽到《好莱坞报道》，不过她最开始是纽约报纸《特派记者》（*Reporter Dispatch*）报道犯罪事件的记者。"我们都知道这是真的，"她对我说，"但我们从没有完成过报道。大家都太害怕了，不敢开口。"她还答应帮我联系金·马斯特斯，闵还在《好莱坞报道》工作时，她曾想要报道这件事。

"这是不可能完成的报道，"那天我们挂断电话前闵说道，"这是新闻界的白鲸。"

"白鲸，"那天晚些时候，麦克休发短信说道，"真是个好标题。"

人们总是用资深媒体记者来形容马斯特斯，她开玩笑说这是在委婉地说她老。她曾是《华盛顿邮报》的特约撰稿人，还曾是《名利场》《时代》和《时尚先生》的撰稿人。她告诉我，她"永远"能听到有关韦恩斯坦的传言。几年前，她有一次甚至当面质问过他。

"你为什么要写这些关于我的狗屁东西？"他对她咆哮道，当时他正在比弗利山庄的半岛酒店吃午餐，"你为什么说我欺负人？"

"嗯，哈维，"马斯特斯回忆起自己当时这么对他说，"我听说你强奸女人。"

"有时候你会跟不是你妻子的女人上床，大家对这种事的看法有分歧，你只需要写张支票就可以解决问题。"韦恩斯坦冷静地回应道。公关希尔特兹克那天也在场。马斯特斯回忆说他当时看起来很震惊。他后来否认自己听见她提到强奸。

这件事已经过去许多年，时移世易，马斯特斯的话也不能完全令人信服。几个月前，她着手撰写一篇有关针对罗伊·普莱斯性骚扰指控的报道，普莱斯是亚马逊影业的高管，就是他取消了与麦高恩的合作，而类似指控一直纠缠着麦高恩。但马斯特斯工作了7年的《好莱坞报道》却把她写这篇报道的事传了出去。那年夏天，她还想努力挽救这篇报道，先后向新闻网站 BuzzFeed 和"每日野兽"（The Daily Beast）求助。[2] 普莱斯则聘请了查尔斯·哈德处理相关问题，韦恩斯坦也曾聘用这位弄垮高客网的律师。"总有一天，"马斯特斯疲惫地对我说道，"大坝终将决堤。"

* * *

  我又去找肯·奥莱塔，问他是否愿意接受采访。对我们来说，让一名从事相关报道的纸媒记者出镜是常规操作。而对他来说，这样的旧事重提则意味着迈出非同寻常的一步。但是，当我告诉他我们目前掌握了包括韦恩斯坦的认罪录音等资料时，他表示愿意为我们破例出镜。我们冒着倾盆大雨来到奥莱塔位于长岛的家，把我们的设备拖进他家。他确认他看到了伦敦和解协议的相关证据，并和我们得出了相同的结论，韦恩斯坦经常用钱让女性保持沉默。奥莱塔还谈到在过去几十年里，他一直幻想着继续相关报道。他表示报道这件事很重要，"或许能阻止他再这么干"。

  奥莱塔不由自主地看向镜头。

  "告诉安迪·拉克，他是我的朋友，他应该播出这个报道。他会的。"

  "好的。"我说道。

  "如果手握相关证据的 NBC 都不支持这个报道，那就是丑闻。"我们的摄影师紧张地跟麦克休交换了一下眼神。我告诉奥莱塔，我相信 NBC 会支持这个报道。"嗯，你最好快点，"他回应道，"如果《纽约时报》也在做这个——"

  "我知道。"我说道。然后我俩都望向窗外的暴风雨。

＊　＊　＊

同一天，戴安娜·菲利普又联系了罗丝·麦高恩。"我回家了，只是想再次感谢你让我度过一个美好的夜晚！"她写道，"跟你见面，共同度过一段时光，总是让我很愉快 :）我衷心希望我很快又能过来，希望下次我们有更多时间待在一起！"

接着她直奔主题："我在想罗南·法罗这个人，你在我们见面时提到他。我还是忘不了他。他看起来真是个令人钦佩的好人。我读到一些关于他的东西，对他的工作印象深刻，虽然他的家庭关系有点问题……我在想，像他这样的人可能会成为我们项目中有趣且有价值的一员（不是单独针对大会而言，而是针对2018年的年度活动而言），因为他是个支持女性的男性，"菲利普继续写道，"你能为我们彼此介绍一下，看看有没有机会跟他合作吗？"[3]

第 **20** 章

崇拜

我们在 7 月下旬写出的脚本内容丰富又实用，其中包括录音带内容，提到了古铁雷斯以及与她的合作，还有麦高恩的出镜、录音采访、对内斯特不露脸的采访，同时配上了来自欧文·赖特发给她的消息图片，记录了韦恩斯坦的行为如何被视为公司内部的持续性问题。脚本里还包含了我们发现的两宗伦敦和解案信息，附有许多双方谈判的一手资料，以及鲍勃·韦恩斯坦开出的支票。我们还提到有四名出镜的前雇员的录音片段。

同一时间，麦克休还在无意中发现了其他线索。麦克休经常玩冰球，偶尔会带着从冰球场上得来的神秘伤，一瘸一拐地走进办公室。在一次玩冰球的时候，他遇到了一个电影界的朋友，这个朋友向他透露，韦恩斯坦在艾滋病研究基金会（amfAR）董事会中所扮演的角色正遭到越来越多的质疑。董事会的其他成员怀疑韦恩斯坦滥用了本应用于该慈善机构的资金。韦恩斯坦则试图让他们签署保密协议。

"感觉可以做第二波报道，"麦克休发短信说道，"但也许值得我们深入挖掘一下？"

"我会悄悄追查，"我回复道，"不想引发任何可能对第一波报道产生不利影响的事情。"

麦克休把他对脚本的意见发给了我，他写道："是时候让你、我、里奇*和法务部门的人坐下来好好聊一聊了，看看新闻网的真正意图。"

"是的。"我回复道。

"我们的团队非常棒，"他补充道，"不是因为我们工作做得好，而是因为我敢肯定，我们会挫败那些试图抹黑或诋毁我们的人的阴谋。"我们都不知道麦克休的名字——甚至是我们团队其他人的名字——当时已经随着一份份档案悄悄地四处扩散。

随着我们完成相关报道，我们两个都觉得某种攻击正在悄然袭来。我们只是不知道他们会采取什么方式。"他会失去很多东西，必然会奋起反击，"麦克休指出，"我们将面临一场恶战。"

* * *

7月最后一周的一天，我和麦克休、格林伯格以及 NBC 新闻的法律总顾问苏珊·韦纳坐在格林伯格的办公室里，一起翻

---

* 此处指理查德·格林伯格。——译者注

阅脚本和项目列表。之前我和韦纳就一些特别棘手或可能引发诉讼的调查进行过合作。我发现她是个好律师，直觉十分敏锐。她一直支持我的报道，哪怕我选择了容易引起争议的韩国末日崇拜这样的主题。她已经在 NBC 工作 20 多年，在此之前，她曾担任纽约大都会运输署的副法律总顾问。她身材瘦削，脸色苍白，有一头蓬松的卷发。那天在办公室里，她透过眼镜向外看去，嘟起嘴唇说道："你们有很多资料。"

"你能把录音放给她听吗？"格林伯格毫不掩饰地兴奋地说道。他已经看过脚本，并且很喜欢。当天早些时候我们跟他开过一次会，在关于是否保留超过标准脚本长度的现有脚本的争论中，麦克休占据了上风，他比较看重网络播放。《今日秀》和《晚间新闻》播出的较短版本很容易剪成更短版本传播。

录音播放接近尾声，韦纳紧张的脸上露出一丝微笑。

"哇！"她惊叹道。

"消息提供者会跟你见面，或者你从法律角度想见任何人都可以，她们将向你展示韦恩斯坦签字的合同。"我说道。

我问她，根据她目前所见的资料，是否存在任何明显的法律问题，她表示没有。"我认为我们下一步需要听取各方意见。"她说道。麦克休如释重负地看了我一眼。新闻部门的首席律师和播放标准部门的资深人士格林伯格都希望继续推进报道。格林伯格朝韦纳点了点头，说道："在我们采取行动之前，我想先让诺亚知道。"

*　*　*

那天晚些时候，我和格林伯格、韦纳和麦克休一起来到奥本海姆的办公室，格林伯格仍然很兴奋，好不容易才忍住满脸笑意。奥本海姆翻了翻脚本、写好的报道和要素列表。他越发皱紧了眉头。

"这只是草稿，"我说道，"我们会弄得更紧凑。"

"好的。"他平淡地说道。

"我们认为你应该听听录音。"格林伯格说道。他似乎没有料到奥本海姆会表现得如此缺乏兴趣。"录音很有料。"

奥本海姆点了点头。他仍埋头看着脚本，没有跟我们进行眼神交流。格林伯格朝我点头示意。我按下播放键，把手机拿了出来。

"不要，"录音中传来安布拉·古铁雷斯的声音，她的声音中充满了恐惧，"我不舒服。"

"我经常干这种事。"哈维·韦恩斯坦再次说道。

奥本海姆更深地陷入椅子里，无精打采地缩成一团。

录音播放完后，办公室内有一阵安静得令人昏昏欲睡。奥本海姆显然意识到我们在等他说点什么，他发出一个声音，语气介于疲倦的叹息和冷漠的"嗯"之间,同时做了个耸肩的动作。"我想说……"他终于吐出一句话，"我不知道这能证明什么。"

"他承认猥亵了她。"我说道。

"他想要摆脱她。人们想要摆脱这样一个女孩的时候，会说各种类似的话。"

我盯着他。格林伯格和韦纳也盯着他。

"听着，"他略显不耐地说道，"我并不是说这没用，但我仍然不确定这可以成为新闻。"

"一个名人在录音里承认了严重的不当行为，"我说道，"我们跟五起不当行为事件的多名当事人有联系，其中两名女性愿意公开自己的名字，有很多前雇员告诉我们这早已形成某种行为模式，我们还有他签字的涉及百万美元的和解协议——"

他朝我摆了摆手。"我不知道我们是否能公开协议。"他说道。我和麦克休对视一眼。我们无法理解为什么一家经常报道受协议保护的国家安全和商业相关信息的新闻机构，会突然如此维护有关性骚扰的和解协议。

"我们当然不是只能依靠这些协议，"我说道，"但这种协议是有新闻价值的。看看福克斯的报道——"

"这不是福克斯，"他说道，"我还是不认为《今日秀》的观众知道哈维·韦恩斯坦是谁。"说完他又看向脚本资料。"除此之外，我们在哪里播放它呢？这个报道看起来很长。"

"我们之前已经在《今日秀》播放过 7 分钟的片段。我能把它剪辑到这个长度。"

"梅根的节目也许适合，但现在已经没有了。"他说道，似乎不想再继续这一话题。梅根·凯利刚刚结束了在周日晚间播出的一档新闻杂志节目的短暂主持工作。

"我们可以把它放到网上。"麦克休建议道。

我点头附和道："文字版也能放到网上。"

奥本海姆转头看向格林伯格："你怎么想？"

格林伯格答道："我们想联系哈维·韦恩斯坦，让他说点什么。"奥本海姆又看向韦纳。她点头说道："我觉得我们可以给他打这个电话。"

奥本海姆转而看向面前的脚本。

"不，不，不。"他说道。他尴尬地笑起来。"我们不能给哈维打电话。我要把这个拿给安迪看看。"

他拿着脚本站起来。这次会议到此结束。

"谢谢。我觉得不论我们把它放在哪个平台，都会是个大新闻。"奥本海姆把我送出办公室的时候，我兴奋地说道。

最后，麦克休诧异地看了我一眼。我们都无法理解奥本海姆的这种反应。

* * *

这一年的头几个月，乌克兰私家侦探奥斯特洛夫斯基一直忙于常规项目：花 4 小时追踪出轨的配偶，或是花 6 小时跟踪一位紧张母亲的十几岁的任性儿子。作为回报，秃头俄罗斯人凯金会按照每小时 35 美元的约定向他支付酬劳，同时承担相关开销。但随着夏天的到来，凯金开始分配给他一些不太一样的任务。这些任务让奥斯特洛夫斯基踌躇不前。它们又逼得他犯了问问题的毛病。

7 月 27 日，天还未亮，奥斯特洛夫斯基开始了下一项任务。当他到达一个看起来像是住宅区的地方时，发现凯金的银色尼桑探路者停在那里。他和凯金商量好分头行动，奥斯特洛夫斯基负责盯着目标人物的家，凯金随时准备跟踪目标人物去工作地点。

关于这些新任务，凯金并没有说太多。他刚发给奥斯特洛夫斯基几张截图，都是来自客户的某种档案资料。这些截图中包含地址、电话号码、出生日期和其他个人信息。他们辨认出其中有配偶及其他家庭成员的信息。奥斯特洛夫斯基一开始以为他们在调查有关监护权纠纷的案子，但在夏天进入尾声的时候，这一解释越来越不合理。

奥斯特洛夫斯基一边蹲下身子监视目标动静，一边快速浏览截图。截图中信息的格式和从伦敦罗普梅克街传出的文件一模一样，标题都使用的蓝色斜体新罗马字体，英文都很蹩脚。他看着这些细节，一种奇怪的感觉浮上心头。他不习惯跟踪记者。

第 21 章

污点

与奥本海姆见面后不久,在一个闷热的早晨,我穿过散发着浓浓汗味的人群,经过阿斯特广场倾斜的立方体雕塑,朝东村走去。我已经给麦高恩发过短信,她同意跟我见面。在她入住的爱彼迎公寓里,她直接穿着睡衣迎接我,她的眼睛下面还各贴着一块半月形的硅胶垫。她指了指可笑的房间,墙壁被刷成了公主粉色,到处都是毛茸茸的枕头。"我没做这种装饰。"她面无表情地说道。她面容憔悴,十分紧张,甚至比我们上次见面时更紧张。我告诉她,我们掌握了更有力的资料,但她的现身说法很重要。我想接受她的建议,拍更多片子,并且由她向 NBC 的律师们提出韦恩斯坦的名字。

"我不相信 NBC。"她说道。

"他们一直——"说到这里我停顿了一下,"很小心谨慎。但是我知道他们都是好人,会如实进行报道。"

她深吸一口气，似乎想要坚定信心。"好吧，"她说道，"我做。"

她同意几天后进行后续采访。她得先去坦帕湾动漫展接替瓦尔·基尔默（Val Kilmer）。"那一定很有意思。"我一边说，一边走回热气蒸腾的室外。她回应道："不，没什么意思。"

* * *

我回到自助餐厅继续工作，这时我的电话响了。来电人是格林伯格。

"好消息，"我说道，"我跟罗丝聊了聊，而且——"

"你能过来说吗？"他问道。

在他那间小办公室里，格林伯格听我兴奋地汇报了跟麦高恩联系的最新进展。

"我知道你一直在追进度。"他说道。在跟奥本海姆见面后的两天里，我曾三次来到格林伯格的办公室，问他有没有拉克的回信。

格林伯格深吸一口气，好像要面对什么难题一样。"NBC 环球正在审查这个报道。"他最后几个字的发音有些奇怪，好像在引用一段外语歌词。"十分感谢，罗伯托先生。"*

"NBC 环球，"我说道，"不是 NBC 新闻。"

"事件升级了。我不清楚是不是还要给史蒂夫·伯克或布莱

---

* 原文为意大利文，是皇后乐队歌曲《罗伯托先生》中的一句歌词。——译者注

恩·罗伯茨过目，"他提到了 NBC 环球及其母公司康卡斯特的两位首席执行官，"但这些材料正在接受法律评估。"格林伯格有点坐立不安，在桌子底下抖着腿。"也许之前有一次，我们播猛料之前，我看到过高层的评估报告。但这种情况十分罕见。"

"他们评估的依据是什么？"没人要求我们提供额外的材料或录音。

"我不知道。"他茫然地答道。

NBC 环球进行法律评估，意味着 NBC 环球的法律总顾问金·哈里斯在负责此事，前年她曾跟韦纳一起负责"猫抓回去"录音事件。几年前，哈里斯还将我招进了戴维斯·波尔克的公司做暑期实习律师。

"我很高兴把资料发给金，"我建议道，"我可以把录音放给她听。"

"我的天哪，不！"格林伯格尴尬地说道，好像我提议和他的祖父母一起狂欢一样，"不，不，不！让我们——我们就尊重这个流程，保持一定距离。我会确保苏珊把他们需要的东西都给他们。"

我不知道我们为什么要跟我们自己的律师"保持一定距离"，但我还是说道："好吧，如果可以，我想尽可能多地了解情况。我也会向你汇报对罗丝的采访进展。"

他似乎退缩了一下。"我们应该暂停所有报道。"

"里奇，让罗丝坚持下去实在太难了。现在我们从她那里得到了更多消息，你想让我跑去对她说取消后续采访吗？"

"没有取消，"他说道，"只是暂停。"

"采访日期已经定好了。我会取消。"

我问他我们要"暂停"多久。

"我——我估计这件事快不了，"他说道，"我是说，我不知道他们的流程是什么。但这可能不是几天就能搞定的。"

"里奇，我认为在母公司进行公司评估的时候，没人愿意当那个下命令取消千辛万苦得来的报道的人。"

"我们会因为各种各样的理由取消一些事情。公司以外的人没必要知道为什么。"

"里奇，如果你把对我说过的话告诉他们，那么这个报道遭遇了什么就变得很重要了。"我指的是他说的"去他的，让他告去吧"，以及他要去找韦恩斯坦发表评论的决定。我难以相信那时的他和现在的他是同一个人。

"这是史蒂夫·伯克的决定，也是安迪的决定。"他回应道。他将目光从我身上移开，继续说道："我说了什么不重要。"当里奇·格林伯格说他在乎新闻报道时，我相信他。如果没有这些插曲，我相信他会支持报道，让我们继续对麦高恩的采访。但是，他的好几个同事说过，他会回避难以处理的冲突。一名资深记者后来告诉我："只要他不在前面冲锋陷阵，就真的是很棒的人。他可不想因为你的调查报道而惹祸上身。"几乎没有哪个报道会像这个这样让人抓狂。我记得那天在格林伯格的办公室里，他看起来是多么渺小——在他为之奉献了 17 年岁月的机构，对于哪些能做、哪些不能做，他就如此坦然地接受了。

我怒火中烧，告诉他："听着，肯·奥莱塔刚对着镜头在说，安迪·拉克，如果你不报道这件事，就会成为一个污点。"

格林伯格瞪大了眼睛，问道："我们有这个？脚本里有这个？"

我看着他，疑惑地说道："文字记录里有。"

"把这个发给我。"他说道。

* * *

当我走出洛克菲勒广场 30 号的后门，夏日的炎热扑面而来，我给麦克休发短信，讨论该怎么办。公司高层似乎没兴趣听什么录音或了解报道的全部情况。唯一能了解公司评估情况的人是韦纳，她是新闻部门的首席律师，直接向哈里斯汇报工作，格林伯格并没有阻止我们联系她。跟格林伯格的谈话一结束，我就开始给她打电话。接电话的助理让我不要贸然登门拜访。连续打了几个小时的电话后，韦纳给我发来一封邮件，说她很忙，然后就到了周末休息时间。

接下来怎么处理对麦高恩的采访还是个难题。"我们要采访罗丝。我们不取消。"麦克休发短信说道。我们都知道，推迟采访可能意味着完全失去采访机会。另一方面，新闻网内部对这次报道的支持本来就越来越不牢固，如果不听格林伯格的命令取消采访，情况可能更加岌岌可危。

由于法务部门的人不接我们的电话，我开始想应该向谁求助。回到公寓，我决定冒险给汤姆·布罗考打个电话。"汤姆，我只能依靠你曾经的承诺了，"我说道，"就是关于不要跟当事人说我们讨论过的那个报道。"

"我向你保证。"布罗考说道。

我把公司目前的决定告诉了他，还给他看了一遍采访和证据清单。

"这么做不对。"他说道。他告诉我，他会联系新闻网的管理层。"你需要跟安迪谈谈。你得给他放录音。"

我按照格林伯格的要求，把有关奥莱塔的那段文字记录发给了他，其中包括奥莱塔说如果不重点报道这个故事，将是一个污点的话。然后，我把它转发给了奥本海姆。

＊　＊　＊

几小时后，我的电话响了。

"我收到了你的邮件，"奥本海姆说道，"所以，"——他像故意要强调什么的少年一样，拖长了这个词的发音——"我希望，看在我们两年半的关系或其他什么的份儿上，你知道你可以信任我，我会正确处理这件事。这并不是说'安迪不想做这个'，或'我不想做这个'。如果我们能确定他是——用你的话说，是'捕食者'的话——"

"澄清一下，这不是我的话。这一说法来自我们掌握的他公司的内部文件和知情人。"

"好的，好的，"他说道，"我知道了。如果我们能确定他是，随便是什么，我们当然想把它公开。我们只是需要，呃，进行一下压力测试，金会负责这件事，并告诉我们可以放心说什么，什么能让我们在法庭上站住脚，我知道你好像16岁就认识金了。"

我告诉他，只要报道不被中断，怎么做都行。我还跟他提到我们跟麦高恩约好的采访。

"你不能这么做，罗南，"他回应道，"如果金认为侵权干涉或诱导违反合同有可能给我们带来大麻烦，我们不能在她做出最后判断前匆忙进行采访。"

"事情不应该这么办，"我告诉他，"我们可以先拍摄，然后再进行评估。直接把它播出来会给我们惹来官司。"

"我不知道，"他申辩道，"我不是律师。如果他们说这是侵权干涉，我就得听他们的。"

"我是律师，诺亚。这并不是真正的理由。如果我们拒绝与那些违反合同的知情人谈话，我们一半的政治报道都无法进行。"这是事实：几乎没有确凿的案例支持这一观点，即在这种情况下，秉持善意的新闻机构可能会承担重大责任。

"好吧，如果我们接受了金·哈里斯的法律建议而不是你的，请原谅我。"他尖刻地说道。

我在思考如何既让他明白我是团队中的一员，又能强调其中的利害关系。"我觉得这件事迟早会曝光，"我说道，"问题在于，我们是否要揣着已有的证据袖手旁观。"

电话里一段长时间的沉默。"你最好小心点，"他最后说道，"因为我知道你不是在威胁谁，但其他人可能会认为你在威胁要公开这件事。"我明白他的意思，但他的用词却让我觉得奇怪。我们不正是在从事公开报道的事业吗？

"但就是这样，"我说道，"我觉得肯·奥莱塔正在威胁我们。我认为就是因为这个原因，里奇才让我把他说的那段话发给他。这也是我转发给你的原因。很多人知道我们有这个。"

"嗯，"他说道，"我们不是要'袖手旁观'，我们正在认真评估它。"

他的语气缓和了一点，尝试着换种说法。"罗南，你知道的，我支持了你那么多年，我们做了一系列可能给我们惹来官司的报道，但我们仍然坚持报道。"

"我相信你会正确处理这件事，"我说道，"只是出现了一些奇怪的信号。"

"我们只是想在能护它周全之前，按一下暂停键，"他说道，"我只要求这一点。"在某种程度上，我觉得"暂停""护周全"这类委婉用词十分荒谬可笑。取消采访就是取消采访。我的脑海中闪过"双倍不好"*这个词。但我需要奥本海姆的支持，这样才可能完成这次的报道。

我看向窗外。街对面的灯已经熄灭，芭蕾舞工作室陷入阴影中。"我很高兴你打来电话，"我说道，"我相信你。"

"坚持住，"他说道，"只是有一阵不能再继续报道而已。"

---

* 原文为"doubleplusungood"，出自乔治·奥威尔的小说《1984》。——译者注

第22章

探路者

"我们保持沉默是对的。"麦克休发短信说道。我们决定尽力督促奥本海姆。"我会休息一下,打点电话什么的,但让NBC的团队随时待命。你说到点子上了。"但是,对于继续采访麦高恩,还是遵从命令取消采访,我们仍然举棋不定。

"诺亚说了别做采访吗?"麦克休又问道。

"是的。"

"进退两难。"

"我很想冒着失去她的风险,把采访往后推,"我回复道,"只是为了避免和诺亚发生冲突。我能直接征求格林伯格的意见吗?"

"不那么确定了。"他回复道。

我们开始面对现实,我们可能不得不跟麦高恩重新约采访时间。"我不确定再采访一次罗丝对我们的报道是否至关重要。

但 NBC 在某种程度上会支持我们，"麦克休写道，"我在想，也许可以把采访改在洛杉矶，给我们多争取一点时间？"

我深吸一口气，拨通了麦高恩的电话。"我们在考虑再晚点做采访，"我试探地说道，"我们回到你的地方，在洛杉矶做更长时间的采访。"

她的声音从电话那头传来，听上去很小。"我不确定能不能这么做，"她说道，"我正面临很大压力。"

"只要——只要坚持住，"我说道，"求你了。看在其他知情人的份儿上。我向你保证，只要多等一会儿。"

"我知道 NBC 不会认真对待这件事。"

"他们在认真对待这件事。我在认真对待这件事。"

"我说了可以给律师打电话。"

"他们——我们会做这件事，他们只是在评估一些东西。"我说道。她什么也没说。"如果你只能在周二接受采访，那就周二，"我快速说道，"别担心。"

她表示我们可以考虑其他时间，但我能听出她声音里掺杂了一丝不安。

几分钟后，乔纳森从洛杉矶打来电话，生气地提出质疑。他认为我应该无视格林伯格的命令，直接给金·哈里斯打电话。他对奥本海姆提出的法律论据表示怀疑。对于任何一个对"侵权干涉"这个术语一知半解的外行来说，可能在 CBS 新闻母公司使用似是而非的理由阻止该台播放烟草相关报道时听说过这个词。那天，麦克休和乔纳森举了同一个例子。"公司里有任何人没看过《惊爆内幕》(*The Insider*)这部电影吗？"乔纳森愤怒地问道。

* * *

第二天早上，我给金·哈里斯的办公室打了好几次电话，然后她给我发了一封邮件。哈里斯说她这几天一直在旅行，我们或许可以在下周见一面。但这对麦高恩的采访来说太迟了。我不得不恳求她："取消采访可能意味着我们再也没有这样的采访机会。"我主动提出可以向哈里斯做简要介绍，让她来定位我的采访，就像我之前像钟律师做的那样。然后我又给韦纳打电话，给她留了语音信息，重复了相同的建议。"苏珊，目前情况下，我不希望我们取消报道。我知道你们俩都度假去了，但是请一定要回复我。"

我挂断电话，格林伯格示意我去他的办公室。他对我说："那个，我给哈维回了电话。"

"你说什么？"我问道。

"我告诉他，法务部门正在审查报道，现在没有任何报道行动。"他还说韦恩斯坦之前跟他说，想给 NBC 的法务部门写信，格林伯格让他去找苏珊·韦纳。他又补充道："他可能会指责你在谈话中诽谤他。"

我不禁笑起来。格林伯格仍然一脸严肃。"显然，我一直非常小心，除了问一些中立性的问题之外，尽量不使用诋毁他的语言，"我说道，"我会坚持我所说的或所写的任何话。"

"小心点。"格林伯格说道。

我问他是否有关于麦高恩采访的任何消息，他说法务部门还在评估是否能继续采访。我想到了麦高恩岌岌可危的坚持，以及听到我想取消采访时的惊讶。

不久之后，消息传来。我的恳求奏效了。法务部门允许我在下周进行采访。但是我们已经要为我们的犹豫不决付出代价。他们做出决定之后，麦高恩却发短信对我说："我不能参与拍摄，或是出现在你的节目中。非常抱歉。我遇到了法律问题，没人能帮助我。"

随后的几个小时里，我一直试图让她回心转意，但没有用。"我无能为力，"她最后说道，"我不能发声。"麦高恩似乎越来越心烦意乱。在接下来的几周里，她的律师会跟进发出警告信。

我走进格林伯格的办公室，即时将麦高恩的事告诉了他。"我要让她回心转意。"我说道。他想了一会儿，然后耸耸肩说道："老实说，如果她不出现在脚本里，我就不会那么紧张了。她听起来总有那么一点——嗯，你知道的。"

"埃米莉·内斯特就快要被说服出镜了。我可以去找她。"

"等等。"他说道。

"就是打电话给已经联系过的知情人。"

"让我们从现在开始按规矩办事。现在不能进行任何新报道。"他说出的话跟奥本海姆一样。

* * *

下班回到家，我的电话响了：又是一条让我选择天气预警的消息。我划掉它。电话又响起：这次是老同学的电话。我闭上眼。"我不能出去，艾琳。"我说道。艾琳·菲茨杰拉德（Erin Fitzgerald）从事高端咨询工作，重复解释对她并不起作用。

"大家好久没见过你了，有 6 个月了吧，"她说道，电话那头隐约传来其他人谈笑的声音，"你怎么样？"

"你知道的。在做一个大新闻。"

"管它是什么。"

"是的。"我说道。

"今晚你要来。"她不会接受别人的拒绝。我和她以及另外一个朋友坐在布鲁克林一个拥挤的屋顶，看向这座城市，我突然意识到，这个夏天我几乎没有离开过我的公寓。"我正在做的报道让我觉得自己好像正在拆散一座座人际关系的桥梁。"我说道。她耸耸肩说道："到这来！"她把我拉到栏杆边。我们摆出姿势拍照，身后是闪闪发光的曼哈顿夜空。

第二天，奥斯特洛夫斯基开始例行检查我、我的朋友和亲戚的社交媒体账号。他在照片墙上看到我和一个漂亮女孩在曼哈顿的夜空下拍的照片，他盯着照片看了看，感觉松了一口气。我终究还在城里。

那时，他和凯金已经开始执行最新任务，但还没有取得什么进展。他们花了好几个小时跟踪《纽约时报》的那名女记者，拍了几张她在地铁上的照片，然后在她走进《纽约时报》大楼后就停止了跟踪。客户的注意力很快转移到电视记者身上，这头的情况似乎还不稳定。

但事实表明，这也是个挑战。一天早上，奥斯特洛夫斯基和凯金看到我上了《今日秀》，他俩就如何最好地利用这个机会产生了分歧。

"嘿，他上了那个节目。"奥斯特洛夫斯基说道。

"有必要采取行动吗？看看我们能不能把他弄出来。"凯金回应道。

奥斯特洛夫斯基思考了一会儿。这件事让他不舒服。"洛克菲勒中心可是非常热闹的地方，"他指出，"我们不能开车去那里。我们没有足够的人守住所有入口和出口。"

不久之后，炎热的 7 月让位给更加炎热的 8 月，我早晨出门，从停在我家对面的一辆银色尼桑探路者旁走过。后来我才记起坐在里面的两个男人：一个身材瘦削，秃顶；另一个体格魁梧，有一头乌黑的卷发。

* * *

整个春天和夏天，关于性骚扰和虐待的头条新闻不断增加：关于福克斯新闻的新一轮报道，还有更多针对特朗普总统审查的报道。我开始实地调查那些支持我报道性别歧视的女权活动人士。就在奥斯特洛夫斯基和凯金讨论是否能在洛克菲勒广场安装窃听器的时候，我收到了一封邮件，内容是关于一家财富管理公司运作的女性倡议项目的。发件人希望能在接下来的一周跟我见面。我看了一眼邮件就继续做别的事情了，没有回复。鲁本资本合作伙伴公司的戴安娜·菲利普写道："作为一名男性，你致力于倡导性别平等的行动让我印象深刻，我相信你会为我们的活动增添光彩。"[1]

第 23 章

坎迪

8月的第一周，我来到哈里斯的办公室，她的办公室位于办公楼高层，光线十分充足。我到达她办公室的时候，我妈妈给我打来电话，我没有接听，给她发短信说："要去见母公司的律师。祝我好运。"我是越级联系哈里斯的，在我们俩的往来邮件中，她并没有抄送任何人。但过了几分钟，柏林伯格就到了，韦纳紧随其后。

房间里的两个女人有着本质的不同，几乎是天差地别。韦纳沉默内敛，有官僚主义作风，哈里斯则魅力四射。她毕业于最好的常青藤联盟院校，具备获得最大声望的条件。奥巴马执政时期，她曾在白宫任职，并且是一家顶级公司的合伙人。她比房间里的其他老员工升得更快，没那么热衷于冠冕堂皇那一套。她的五官很大气，显得和蔼可亲，脸上总是挂着微笑。哈里斯是那种最厉害的律师，十分老练，你根本看不出她会出什么招。

她拿出一份脚本，快速浏览了几处有关用词的简单注释，然后说道："我也认为我们有侵权干涉的风险。"我保持镇静。我并不想和公司的法律总顾问讨论判例法，但我知道这就是一派胡言。

不过，和哈里斯谈一谈，总的来说还是让人放心的。从法律角度来看，她的意见与新闻部的编辑决定不同，并不是让我们停止报道。她希望看到另一版脚本，加上我们讨论过的修改内容。

*　　*　　*

我和麦克休在韦恩斯坦的报道上投入了更多时间，日夜不停，我同时还想办法保住了我的那本有关外交政策的书，为它找到了一家新的出版商。所有在世的国务卿都同意为这个项目发声，我一边忙于韦恩斯坦的报道，一边还得挤出时间采访这些国务卿。希拉里·克林顿之前就知道这本书的存在，我在国务院为她工作时跟她提过，她很早就热情地答应接受采访。"谢谢你的来信，我的朋友。我很高兴收到你的来信，也很高兴知道你即将完成这本书。"[1] 7 月的时候她给我写了封信。压花信笺上印着卷曲的装饰艺术字体，有点像《纽约客》头条标题或是游戏《生化奇兵》（*BioShock*）的布景。这封信看上去很温馨，不是那种用来赢取威斯康星州选票的东西。我给她打了几次电话、发了几封邮件之后，终于约定在那个月确定采访时间，赶在希拉里为其最新的回忆录展开宣传之旅之前。

与哈里斯见面的那天下午，当我冒着倾盆大雨冲进我所在大楼的前门时，希拉里的宣传人员尼克·梅里尔（Nick Merrill）给我打来了电话。我们简单地讨论了一下我的书，然后他说道："顺便说一句，我们知道你在做什么大新闻。"

我在大楼大厅的椅子上坐下，回应道："嗯，尼克，我在某段时间里可能同时在做很多新闻。"

"你知道我在说什么。"他说道。

"我真的什么都不能说。"

"好吧，你知道就好，我们都关心这件事。"

我感觉到有雨水顺着我的脖子淌下来。"我能问问谁告诉你的吗？"我问道。

"也许私下找个时间，喝一杯，聊一聊，"他答道，"这么说吧，大家都在谈论这件事。"

我把话题转回对希拉里的采访时，他说她"目前真的在忙于新书的宣传"。我说这就是我们把采访安排在宣传活动开始之前的原因。"就像我说的，"他重复道，好像没听到刚说的话，"真的很忙。"接下来的几周时间里，每次当我尝试敲定采访时间的时候，都会得到简短的回应，说"她突然又没空了""她的脚受伤了""她太累了"。但与此同时，希拉里却又是最容易被采访到的政界人物之一。

后来，梅里尔反复表示，希拉里的突然沉默纯属巧合。不管原因是什么，这都不是好兆头，另一个螺丝钉在松动，我生活中的关系网正在收缩的另一个信号。每次我们向老板们汇报更多报道的相关情况，有关报道的传言似乎就传得更远，我们实在很难忽视这一点。我和麦克休都很担心如何才能保护我们的采访对象。

"如果有人把这件事透露给了希拉里，哈维又会收到什么消息呢？"麦克休好奇道。

"他妈的，"我说道，"你不会认为他们会——"

"我不知道，"他说道，"这就是问题所在。"

随着报道所承受的压力越来越大，我和麦克休之间的分歧也越来越大。我们的交流变得简单扼要。跟哈里斯的那次见面后，他很生气没有叫上他一起，觉得我背叛了他。"只是奇怪你最后一个人去了。"他说道。我解释说，我一直努力想促成一次一对一的开诚布公的对话，我不知道格林伯格也会去。"我只是不想让他们孤立我们。"麦克休警惕地说道。

* * *

8月初的一天，我下班回到家，发现大楼管理员从公寓楼下的遮阳棚下向我走来。他身材矮胖，下巴比较方，头发花白。他看起来有些气恼。

"你认识今天外面那些人吗？"他说话时有阿尔巴尼亚口音。

"什么人？"我问道。

"嗯，两个家伙。坐在车里。在车里抽烟。一直都在。"

我朝大街上左右打量了一下。街上几乎空无一人。"你为什么认为他们是来找我的？"

他转了转眼球。"罗南。总是你。你搬进来，地址印得到处都是，现在我不得安宁了。"

我告诉他，我确定那只是 TMZ 的家伙没事找事。"如果他们再来，我会给他们送咖啡，让他们离开。"我说道。他摇摇头，怀疑地看着我。

* * *

显然，如果 NBC 需要，我们可以做更多报道。"我知道你一直在考虑走最后一步，在采访中露脸，"内部评估还在进行的时候，我给内斯特打了个电话，"我不想强迫你这么做，但你这么做很重要。"

"我正在申请工作。我不确定该怎么做。"她说道。

"如果我认为你出不出镜没关系，就不会这么说了。"

她思考了一会儿。"如果真的那么重要，我愿意，"她说道，"我会照做。"

虽然我们的老板释放出奇怪的信号，我和麦克休还是继续工作。他协助上网查资料，在格林伯格经过时点开其他浏览窗口。我给韦恩斯坦在世界各地的前雇员打电话，经常忙到深夜。我需要能让报道突飞猛进的重要突破口。

＊　　＊　　＊

一天早上，我离开家的时候发现外面有什么东西，突然停下脚步：一辆银色尼桑探路者，我确信之前在同一个地方见过这辆车。这栋公寓的其他住户也在陆续出门。看上去有点像我的那个邻居，经过时朝我微笑着打招呼。我站在原地，觉得很荒谬。我提醒自己，这两个家伙有无数理由每周在哥伦布圆环附近停几次车。但我还是认为，在家工作会更隐蔽，于是转身朝楼上走去。

刚过正午，格林伯格的电话就来了。

"脚本怎么样？"他问道。我已经根据哈里斯的具体要求重新修改了脚本。

"完全没问题，"我说道，"当然，我们会继续处理知情人的任何相关来电。"

"法务部门给我打了电话，他们希望你暂停报道。"他说道。

"又来了。"我心想。

"为什么？"我问道，"我以为既然他们已经给我们开了绿灯，让我们继续对罗丝——"

"不，我们被叫停了。你的书怎么样？采访顺利吗？"

格林伯格从没有对我的书表示过任何兴趣。我们聊了几分钟有关康多莉扎·赖斯（Condoleezza Rice）的话题，然后我说道："里奇，关于停止报道——"

"我得走了，"他打断我的话，"我要飞去看我爸爸。我这个周末都在他那儿。我们下周再聊。"

说完他就挂了电话。

"格林伯格打来电话,"我给麦克休发短信说道,"法务部门希望我们停止给任何知情人打电话。所以,小心点。"

"哦,他妈的,"他回复道,"为什么?"

这完全没道理。劝阻我们是一回事,可无论从新闻角度还是法律角度,都没有理由命令我们停止报道。我又拨通了格林伯格的电话。

"里奇,抱歉,又来打扰你,我只是需要弄清楚一些事情。法务部门到底说了些什么?为什么?"

"我不知道,我不是律师。我现在真的得走了,我得赶飞机。"他快速说道。他似乎为了缓和气氛,又补充了一句:"对不起,伙计。"

我还想说些什么,他就挂断了电话。这通电话只持续了37秒。

我在公寓里来回走动。我给哈里斯的办公室打电话,说情况紧急,但并没有得到回音。我的电话响起:鲁本资本合作伙伴公司的戴安娜·菲利普又给我发来一条短信,恳求我见面聊聊有关性别问题的事情。

那天下午,我离开公寓,慢慢走向公寓楼前门,就是我看到那辆车的地方。这次什么都没有。"你看起来就像个大傻瓜。"我心想。但我已经开始采取预防措施。我正在用手写的方式记下敏感信息。我在把新文件放进保险箱。最后,我还咨询了约翰·泰伊(John Tye)的意见,他曾是政府监视活动的吹哨人,他创立了一家名为"吹哨人援助"的非营利性法律事务所。他设置了一下我的 iPod Touch，只安装了一个加密的消息应用程序，通过一个用现金购买的匿名无线网络热点连接上网。它的号码是用假名登记的。我的假名是"坎迪"。

"哦，拜托！"我难以置信地说道。

"名字不是我选的。"泰伊严肃地说道。

"我听起来像一个漂亮的中西部女孩，不应该搬到洛杉矶来。"

"名字不是我选的。"

第 24 章

暂停

"我一直在等这个电话。"电话里传来一口地道的英式英语。艾莉·卡诺萨（Ally Canosa）从 2010 年开始为韦恩斯坦工作，她很快证实，她已经注意到蜜罐会议模式。她还说了更多："我遭到了哈维·韦恩斯坦的性侵，反复多次。"我冒了个险，亮出了我的底牌，告诉卡诺萨我都掌握了哪些资料。

"哦，上帝啊，"她说道，情绪明显开始崩溃，"终于要曝光了。"

当我问她是否愿意出镜时，她的声音听起来很害怕，但并没有拒绝。"我想帮忙，"她说道，"我们聊聊吧。"她同意在洛杉矶跟我见面。那个周末她刚好有空。如果有知情人给你爆了这样的料，你得抓住不放。

我开始订机票，不料又被迫暂停。事情发生在周四的下午。为了能赶上周末跟卡诺萨见面，我得马上飞过去。但是格林伯格又发布了最新命令，要求停止报道，这一次借助了法务部门的力量。

麦克休再次建议先斩后奏，然后请求谅解，而不是先恳求他们的许可。"如果你不向任何人解释目前的情况：你约定了这次见面，你这个周末就能见到她，跟她谈话，也许还能说服她接受采访。如果你告诉他们这些，就会让那些在这件事上比我们强大得多的人有机会发号施令。"但是，如果我们真的一意孤行，而不是像那年春天那样悄悄低调行事，似乎又有点过头了。我给韦纳打电话，告诉她这次采访的重要性。然后我又发了封邮件，请求允许我继续报道。

没人回复我的邮件。"他们可能在讨论，"麦克休给我发短信道，"想要假装忘记这件事。"

我等了一天，然后订了去洛杉矶的机票。

* * *

第二天一早又下雨，阴沉沉的天空飘着毛毛细雨。我把没叠好的衣服扔进行李箱的时候，麦克休从办公室打来了电话。"你是不是说过格林伯格昨天要搭飞机？"麦克休问道。他压低了声音说话。

"是的，"我说道，"他着急动身。"

"有意思，"他说道，"因为他就在这里。"

"也许他的航班取消了。"

"也许吧。"

我正把行李放进汽车后备箱的时候，格林伯格给我打来电话。然后他发来短信："尽快给我回电话。"

　　"嗨，"我说道，"我正在去机场的路上。"

　　"什么？"他说道。他的声音听起来有点魂不守舍。"我得让苏珊也参与进来。"然后苏珊加入通话，小心翼翼地缓慢说道："我们已经讨论了你关于周末见面的邮件。公司将暂停所有报道以及与知情人的联系。"

　　"与知情人的所有联系？"我难以置信地问道。现在这场对话变得有些沉重，我们好像并不只是在彼此交谈，同时在某种程度上，也是在向有一天可能会审视我们决定的人群证明自己。我内心生出这样的想法，然后又觉得这可能是一种自我膨胀的想法。但这让我产生一种奇怪的权威感，想迫使他们说出弦外之音。

　　"我不明白，"我继续说道，"有人在任何时候对我的报道或我的行为提出过任何问题吗？"

　　"不，没有。"格林伯格答道。

　　"这个女人主动提出讨论被知名人士性侵的严重指控，这件事的新闻价值有任何需要质疑的吗？"

　　"这个，嗯——这个超出了我的职权范围。"他无奈说道。

　　"好吧。那这个命令从哪来的？法务部门的命令？"我问道。

　　随之而来的是无尽的沉默。

　　"这不是——"韦纳正要开口。

　　"你应该知道，诺亚直接下的命令。"格林伯格说道。

"所以，法务部门并没有决定，我应该停止报道？"

"诺亚做的决定，认为我们应该暂停报道以及联系知情人。"

"没人清楚说明为什么在充分听取法务部门意见、小心行事的前提下，允许继续报道会让我们处于危险之中。他有清楚说明任何原因吗？"

"呃，如果我——如果我必须猜测，从我的立场来说，"韦纳结结巴巴地说道，"我想说，在继续任何新行动之前，人们可能需要审视一下我们，呃，我们现在拥有的东西。"她好不容易组织起这段话，就好像在读一块新出土的楔形文字板上的字。

"这不是什么新行动，"说到跟卡诺萨的见面，我坚持己见，"这是计划好的事。"

电话震动起来——麦克休打来的。我拒接了电话，发了一条短信："正在跟格林伯格和韦纳谈话。"

"我应该参加吗？"他回复道，感觉像要参加救援行动。

"也许可以露个面。"我写道。

"根据诺亚的意思，我们认为你不应该与任何知情人见面。"格林伯格说道。

麦克休发来短信，说格林伯格朝他摆手示意不让进他的办公室。救援失败。

"我不能阻止知情人联系我。"我告诉格林伯格。

"我们理解这一点。"他说道。

我没说是否会遵守命令取消这次见面，而是表示"如果"我跟卡诺萨有任何联系，会让他们知道后者都告诉了我些什么。

我以前从未有过这样的经历：假装不联系知情人，假装不愿收到他们的回复。

"我想她很可能会同意出镜，"我说道，"如果她愿意，我将强烈反对继续暂停报道。"

"我们——我们必须要征求诺亚的意见。"格林伯格说道。

我放下电话，感觉十分迷茫。我给乔纳森打电话。

"这太疯狂了。"他说道。

"我认为我不能冒险又取消另一个采访。"我说道。

"你和里奇·麦克休应该给对方写备忘录了。详细记录所有这些，实时发送。他们说的都可以作为该死的罪证。"

我从车窗向外望去，看到肯尼迪机场外拥挤不堪的车流。"这对你们俩来说是好事，"乔纳森说道，"只要你们继续，只要你们继续报道。"

"说起来容易，"我对他说道，"我把他们惹毛了。照这样下去，我很快就会失业。"

"谁在乎？看看都发生了些什么事！这些打电话的人都不想惹祸上身，因为这事儿明显不妙！就像反向版的《东方快车谋杀案》（*Murder on the Orient Express*）。每个人都想杀死它，但又没人想捅这一刀！"

* * *

此时在洛克菲勒广场 30 号，麦克休仍逗留在格林伯格办公室门口，再次敲响办公室的门。

"怎么回事？"麦克休说道。

"我们还在确认我们掌握了什么资料，法务部门也还在评估资料，但诺亚要求我们暂停报道。"格林伯格告诉他。

"我不明白。"麦克休说道。

格林伯格在电话里没有给我任何解释，他也没有对麦克休做任何解释。他一口气说出了韦恩斯坦的律师名单——查尔斯·哈德、大卫·博伊斯，以及兰尼·戴维斯，麦克休以前从不知道最后一个人与韦恩斯坦有关。"我们并不是害怕他们中的任何一个，"格林伯格补充道，"但目前你们必须停止任何有关此事的电话联系。"和我一样，麦克休也说他无法阻止别人打来电话，然后就结束了对话。

* * *

我到达肯尼迪机场的时候，卡诺萨打来电话。她的声音听起来很紧张。"你还来吗？"她问道。我不由得停下脚步，焦急的旅客拖着沉重的行李从我身边经过。对她说不，听从老板的命令，维护与格林伯格和奥本海姆的关系是多么容易的事。

"罗南？"她又问道。

"是的，"我回应她，"我正赶过去。"

我在飞机上对脚本进行了最后润色，就我叙述中的某个用词或对某段原声摘要的编辑，跟麦克休交换了意见。即使把内容压缩到法务部门评估和批准的范围之内，这次的报道仍然具有爆炸性。"我经常干这种事。"韦恩斯坦说着把手伸向古铁雷斯的胸部，后者惊慌失措，想要逃跑。"NBC新闻独家获得了纽约警方卧底行动期间收集的录音。"我写道。脚本中提到了古铁雷斯的名字，详细讲述了她的故事，最后还有一段总结："NBC新闻采访了另外四位曾为韦恩斯坦工作过的女性，她们都声称遭受了不当性行为……这些指控的时间可以追溯到20世纪90年代末。"内斯特的采访也包含在其中，赖特提供的信息证实了她的说法，脚本中还包含了高管们的录音片段，这些是有关不当性行为的第一手资料。

我在脚本里加了一个备注，希望能让NBC的老板们注意到卡诺萨：

里奇：

请查收附件中的脚本，我根据金和苏珊担心的问题以及你后来的建议，进行了非常精确的修改。

请注意，另外一名前助理提出了亲身经历的可信的性侵犯指控，并声称有跟我们的报道相关的书面证据。她已经表示愿意参与报道，正在决定以何种身份参与进来。

罗南

将这封邮件发给格林伯格和韦纳之后，我感到坐立不安。我按下座椅上的按钮，测试了几次座椅靠背的极限。我感觉我们好像站在原地不动，而外面的世界却在加速运转。我在飞机上的时候，《赫芬顿邮报》报道了福克斯新闻主持人埃里克·博林（Eric Bolling）向同事发送下流短信的新闻。[1] 报道全篇使用了匿名消息来源——我们的任何脚本中都没有这么做过。当天下午，《好莱坞报道》宣布，因"对公共话语和社会文化启蒙做出的贡献"，哈维·韦恩斯坦将获得洛杉矶新闻俱乐部首届诚实人奖（Truthteller Award）。[2]

第 25 章

庞迪特

我在日落大道东头的一家餐馆见到了艾莉·卡诺萨。她坐得笔直，身上的每一块肌肉都紧绷着。就像韦恩斯坦故事中的许多当事人一样，在大多数情况下，她的美貌都会引人注目，但这只是在好莱坞工作的一个标准而已。

卡诺萨不确定该怎么办。作为为韦恩斯坦工作的条件，她签署了一份保密协议。她还在努力成为一名制作人，害怕遭到报复。韦恩斯坦可能会让她失业。除此之外，她还表现出任何性暴力幸存者都会有的犹疑态度。她强迫自己的伤口结痂，学会继续前行。她没有把这件事告诉她的父亲或男朋友。"我不想再受折磨。你能理解吗？"她对我说道。有一次，她鼓起勇气向心理治疗师提起了这件事。"我在一部韦恩斯坦参与的电影的首映式上见她，"卡诺萨说道，"我发现她是哈维的一部电影的制作人。"

在 10 年前的很长一段时间里，卡诺萨经常见到韦恩斯坦，当时她在会员制俱乐部苏荷之家（Soho House）的西好莱坞分店担任活动策划人。她为韦恩斯坦公司组织了一次活动，他发现了她，盯着她看，然后递给她一张名片。一开始，韦恩斯坦几乎是在跟踪卡诺萨，一次又一次地要求见面。当她因为"吓坏了"，没有回应的时候，他强迫她做出回应，借口讨论另一项活动，通过苏荷之家安排两人正式见面。

在蒙太奇酒店，两人的午间会谈转移到了酒店套房，韦恩斯坦先是熟练地对她的职业发展做了一番承诺，然后开始性暗示，向她展开攻势。"你应该当演员，"她记得他这么说，"你有一张漂亮的脸蛋。"当他问道"你不打算亲亲我吗？"，她表示拒绝，仓皇离开了房间。

她一直尽力想忽视他，但他坚持不放手，她担心如果拒绝他，可能会影响自己的职业生涯。她同意再次见面。他们在酒店餐厅吃晚餐的时候，餐厅播放了伊娃·卡西迪（Eva Cassidy）演唱的《秋天的落叶》（"Autumn Leaves"）。卡诺萨谈到了卡西迪的人生故事，韦恩斯坦提议由卡诺萨参与协助拍摄一部关于这位女歌手的传记电影。晚餐结束后，他抓住她的手臂，将她抵在餐厅外面台阶的栏杆上，狠狠地吻了她。她吓坏了。

但事后韦恩斯坦"极力表示歉意"。"我们可以只做朋友，"她记得当时他对她说，"我真的很想跟你一起拍这部电影。"他给自己的一位资深制作人打了电话，他们很快就跟版权所有者安排了见面，并就剧本事宜交换了意见。

"我给我爸妈打了电话，对他们惊叹道：'哦，我的天哪。你们不会相信刚发生了什么。我给哈维·韦恩斯坦说了个想法，他就想让我帮他把它拍成电影，'"她回忆道，"太幼稚了。哦，光是说起这件事就很难堪。但当时我满脑子想的都是'这就是我想要的一切'。"

卡诺萨花了点时间才说完这些事。餐馆的见面结束后，她表示如果我们在比较私密的地方见面感觉会更舒服，然后我们就来到乔纳森在西好莱坞的住所。这只是一个开始，很快就会有越来越多心慌意乱的当事人踏进他的家门。当卡诺萨在乔纳森家继续讲述她的故事时，我妈妈送给乔纳森的黄金贵宾犬庞迪特就蜷缩在她身旁。

他们在一起工作的第一年，卡诺萨曾多次无视韦恩斯坦的示爱行为。在一次有关卡西迪电影的会议上，他漫不经心地对她说，他得去酒店房间拿点东西。"当时大约是下午3点，所以，我没有多想。"她说道。但他们到达酒店房间时，他告诉她他要洗个澡。"你愿意跟我一起洗澡吗？"他问道。

"不。"卡诺萨答道。

"只是跟我一起洗个澡。我甚至都不需要——我不想和你上床。我只想你跟我一起洗个澡。"

"不。"她再次回应道，然后走进客厅。韦恩斯坦在浴室里大声宣布，无论如何他都要自慰，然后也不管浴室门还敞开着，就自顾自地动起手来，她则迅速移开了目光。随后，她不安地离开了韦恩斯坦的酒店房间。

还有一次，韦恩斯坦开会时落下了一件夹克，叮嘱她别扔掉那件夹克。她在夹克口袋里发现了一包注射器，搜索后得知那是治疗勃起功能障碍用的。他在开会前就为上床做好准备的行为让她大为震惊。

　　那时她正忙于韦恩斯坦制作的电影，她的职业生涯一直以他为中心。他们之间建立起真正的友谊，即使这种友谊因为双方权力的不平等和韦恩斯坦的非分之想有所扭曲。那年夏天，在一次与同事共进工作晚餐的时候，他为迪士尼将要出售米拉麦克斯公司而落泪。他又一次要求她去他的酒店房间。当她拒绝时，他就朝她咆哮道："我哭的时候别他妈的拒绝我。"她心软答应了，那一晚什么也没发生。他只是不停抽泣。"我从没快乐过，"她记得他这么说，"你是我最好的朋友之一。你这么忠诚。"她希望这段友谊宣言意味着他清楚她的界限。但她错了。

　　"后来，"说到这里她开始哭泣，"他强奸了我。"第一次是在一家酒店开完另一次会之后。当时他们在讨论卡西迪的项目，他说剧本里的一个场景让他想起了一部经典电影，然后让她到他的房间去看一个电影片段。在这之前，韦恩斯坦已经多次为他的求爱行为道歉，而他毕竟还是她的老板。"我当时觉得，我能处理好这种情况。"她说道。韦恩斯坦酒店房间里唯一一台电视在卧室里。她坐在床上看电影片段，感觉不太舒服。"他开始动手动脚，我对他说'不要'。他接着动手动脚，我对他说'不要'。"她回忆道。韦恩斯坦开始生气，变得咄咄逼人。"别他妈装傻！"她记得他说了这么一句。他起身去了洗手间，几分钟后他回来时，身上只穿了件浴袍。然后，他把她推倒在床上。"我一直说不要，他强压到我身上，"她叙述道，"我并没有大喊大叫。但我的行为明确表明：'我不想这么做。'而他全身的重量都压在了我身上。"

卡诺萨还在思考当时她是不是可以做出不一样的反应。"当时我脑子里反抗的力量好像不够强大。"最后，她不再说不要。"我只是麻木地躺在那里。我没有哭。我只是盯着天花板。"直到他离开后，她才开始抽泣，而且无法停下来。韦恩斯坦没有采取保护措施。几个月前，他告诉过她他做了输精管结扎手术。但她害怕他可能会把性病传染给她。她想把这件事告诉男朋友，但又实在难以启齿。"现在回想起来，如果可以的话，我会拽着一边挣扎一边尖叫的自己直奔警察局。"

当她停止叙述的时候，庞迪特跳了起来，想要舔卡诺萨的脸，看上去十分担心。她笑起来，因为紧张气氛被打破而松了口气。"这是我见过的最可爱的狗。"她说道。

卡诺萨继续为韦恩斯坦工作。"我的处境很脆弱，我需要这份工作。"她告诉我。后来，她失去了在另一家制片公司的工作，就跟韦恩斯坦公司签订了正式合同，为电影《艺术家》和《铁娘子》（The Iron Lady）策划颁奖活动。

韦恩斯坦的不当行为仍在继续。有一次，他命令她陪他去看整骨医生，当时他的坐骨神经痛加重，需要脱光衣服接受治疗，而他命令她一直待在病房里。还有一次，他同样遭受坐骨神经痛折磨，于是要求她按摩他的大腿。她记得当她拒绝时，他朝她怒吼道："他妈的怎么了？你为什么不按？为什么？"

"因为我觉得不舒服，"她对他说道，"我是你的员工。"

"看在他妈的份儿上，艾莉！"他叫道，"看在他妈的份儿上，你可以按摩我的大腿！"

"我不会这么做。"

"那就他妈的滚出去！去你妈的！他妈的！他妈的！他妈的！"

在她忙于拍摄奈飞剧集《马可·波罗》(*Marco Polo*)的时候，韦恩斯坦来到马来西亚探班，给她造成巨大伤害。在一次为导演和制作人举办的晚宴上，他当着她的同事的面要求她去他的酒店房间。当她试图回到自己房间时，他的助理们开始对她进行短信轰炸："哈维想见你，哈维想见你。"有时候，当她躲避他的尝试失败时，会遭受更多攻击。后来的法庭文件对此进行了详细说明："通过强迫及（或）原告由于身体上的无助而无法同意的方式，与原告发生口交或肛交。"

卡诺萨身边的种种迹象表明，她不是唯一的受害者。那次探班《马可·波罗》的时候，韦恩斯坦还去一名女演员的化妆间待了15分钟，"那之后的一周时间里，这名女演员就像行尸走肉一样"。卡诺萨觉得有义务做些什么，但是，韦恩斯坦表现出的报复心让她感到害怕。"我很多次看到有人的生命受到威胁，或是他们的妻子受到威胁，或是他们的名誉受到威胁。"她摇着头说道。

我想对卡诺萨坦白这次报道的不确定性，以及她的参与对这次报道的未来的重要性。我对她说，决定权在她手上，我所能做的就是告诉她，我真心实意地相信，把这些事说出来能改变很多人，那年夏天我说过很多次这样的话。谈话结束的时候，她几乎就要答应接受采访。

第 26 章

男孩

傍晚时分，哈维·韦恩斯坦位于格林尼治街的办公室里的影子也被夕阳拉长了，这时电话响起。"能帮我接哈维吗？"纽约州前州长乔治·帕塔基（George Pataki）问道。一名助理接通了电话。"嗨，哈维，是我，乔治。我只是想让你知道，罗南·法罗还在做那个报道。"

"我听说的情况可不是这样。"哈维说道。

帕塔基坚称有几名女性正跟我聊相关事情。"他做好了继续的准备。节目预计在——"

"什么时候？"韦恩斯坦问道，"预计什么时候播出？"

"两三周内。"帕塔基答道。

韦恩斯坦与纽约政坛关系十分紧密。从 1999 年到 2017 年夏天，他和他的公司至少给 13 名纽约政客或其政治行动委员会捐过款。他已经搭建起关系网，主要是与民主党人往来，但偶尔也会与帕塔基这样的共和党人接触。他对参议员柯尔斯滕·吉利布兰德（Kirsten Gillibrand）、总检察长埃里克·施奈德曼（Eric Schneiderman）和州长安德鲁·科莫（Andrew Cuomo）都很慷慨。[1]

与希拉里·克林顿一样，韦恩斯坦和帕塔基也认为竞选捐款有助于增进友谊。这位前州长经常被拍到出席这位电影大亨的活动。帕塔基的女儿艾莉森·帕塔基（Allison Pataki）是个历史小说家，而韦恩斯坦大力推动了她的事业发展。就在帕塔基打这通电话的一年前，韦恩斯坦为她举办了一场新书派对。[2]而在这之前一年，她的丈夫不幸中风，韦恩斯坦则帮她找了一些医学专家。艾莉森·帕塔基的作品经纪人莱西·林奇也代理麦高恩。这个夏天结束的时候，林奇的名字开始出现在韦恩斯坦的电子邮件和电话名单上。

韦恩斯坦不停地给博伊斯打电话询问 NBC 的问题。在与拉克聊过之后，他继续联系 NBC 的高管，并自信满满地告诉身边人，这个报道完了。但没过多久，他又给博伊斯打了一通电话，这次听上去有点不自信。"我觉得 NBC 还在进行这个报道，"他的语气听起来有点生气，"我要把这件事彻底搞清楚。"

接到帕塔基的电话后，韦恩斯坦又给菲尔·格里芬、安迪·拉克和诺亚·奥本海姆分别打了电话。他经常给他们打电话——"给我接菲尔，给我接安迪，给我接诺亚"——助理们都戏称他们为"三巨头"。那年 8 月，韦恩斯坦逐渐将注意力转向奥本海姆。但作为他早期重点关注对象的格里芬也继续受到重点关注，韦恩斯坦曾对手下人说他最了解格里芬。

*　*　*

格里芬是个乐天派，这为其增加了些许人格魅力。但这也可能会让同事感到不适。他脾气暴躁，会像水手那样骂人。他休息时喜欢酗酒，这给他带来了坏名声。在 20 世纪 90 年代，他曾担任《晚间新闻》的高级制作人，收工后常常去市中心的赫尔利酒吧喝酒。一天晚上，几杯下肚之后，他对一起喝酒的三个女制作人说想去时代广场。

"我想去看看时代广场的灯光！我喜欢看那儿的灯光！"其中一个女制作人回忆道。

格里芬后来把喝酒的地方换到了时代广场的一家酒店。随后这群人跟跟跄跄地来到第八大道，格里芬怂恿这几个女人跟他一起去看脱衣舞表演。其中两个女制作人不自在地交换了一下眼神。他让她们放轻松。他们走进表演场地，楼上有一圈漆黑的隔间，突然一扇窗户被打开，一个女人走了出来，她身上除了一双高跟鞋，其他什么也没穿，她蹲在他们面前，让格里芬给钱继续表演。

格里芬看向身旁的女人们，眼神中有"一丝愧意"，后来其中一个女制作人回忆道。他对脱衣舞娘说了句"不用，谢谢"。窗户关上，大家尴尬地走出去，互相道别。对那些女制作人来说，这场意外很恶心，但也没什么大不了：她们在这个行业中都遇到过这样的男性行为。

四名同事表示，大家都知道格里芬喜欢在工作邮件里发表下流或粗鲁的言论。电视名人玛丽亚·曼努诺斯（Maria Menounos）曾因为泳装出问题，导致下体私处被偷拍，这件事发生后我曾参加过一次会议，格里芬在会上一边挥动一张印有她的放大版偷拍照的报纸，一边幸灾乐祸地笑起来。"你们想看看吗？"他使劲喘着气说道，"不错，不错。"与此同时，坐在旁边沙发上的一名女同事翻了个白眼。

格里芬似乎纯粹把新闻报道当作一门生意，他对新闻的热情完全比不上他对体育的热情。当大家热衷于报道党派分歧时，他就把镜头转向党派分歧；当党派分歧不流行时，他又第一个转向纯新闻报道。当你跟他就相关新闻报道展开严肃讨论时，他会眯着眼看着你，一脸困惑的表情。

* * *

但是，当商业利益受到威胁时，格里芬会变得斗志昂扬。有一次，我和其他人联合主持了一场名为"全球公民节"的慈善音乐会，这是一场盛大的、严肃的、粗制滥造的现场援助活动，我对这场音乐会的头号表演嘉宾无疑乐队（No Doubt）进行了采访。虽然当年美国的反疫苗运动有不少追随者，同时还遭遇麻疹大暴发，活动的目标之一仍然是推广疫苗接种。我问乐队主唱格温·史蒂芬妮（Gwen Stefani）她的孩子有没有接种疫苗，以及她对反疫苗运动的看法。她表示她支持疫苗接种，并建议大家找医生咨询相关情况。这并不是什么重要采访。但是当我回到洛克菲勒广场，开始编辑处理采访素材时，我接到了MSNBC负责这场演唱会的制作人的电话。

"史蒂芬妮的人看过了文字稿，他们希望做点改动。"她说道。

"谁把文字稿给了他们？"

"我——我不知道。"

我的电子邮箱里收到一份修改过的稿子，同时还有一份史蒂芬妮的录音片段，这段录音经过了重新编排和剪辑，听起来她对疫苗的态度模棱两可。我告诉制作人我不会播修改过的东西。

我很快就被召到格里芬的办公室，办公室里还有他的一名团队成员。"他妈的怎么了？"他气恼地问道。

我看着面前的脚本。

"菲尔，我不会编辑原声录音，改变他们的意思。"

"为什么不？！"他说道，就好像听到了从没听过的最疯狂的话。

"这不道德？"我说道，语气不像是在声明，更像是一种提醒，希望格里芬的反问只是种夸张手法，他会停止这种想法。跟我想的正相反，他靠在椅子上，用一种"主啊，请赐予我力量"的眼神看向他的同事。

她尝试用更温和的语气说服我。"我们都知道你很在乎——"说到这儿她犹豫了一下，似乎在努力寻找恰当的表达方式——

"新闻的真实性，可是，这并不是什么敏感的政治事件。"

"不过是吹捧之词！"格里芬插话道，"拜托。他妈的怎么了？"

"真的有孩子因为这个问题死了。她是个名人。什么时候开始我们得把采访文字稿给这栋大楼以外的人看了？"

"我们不知道怎么会发生这种事——"他的同事再次开口。

"谁在乎？"格里芬不耐烦地打断她，"如果我们不编辑这些东西，你知道会有什么后果吗？史蒂芬妮威胁说要退出表演！她的经纪人亲口说的。"

"谁编辑了这些呢？"

格里芬没有回答这个问题。"重点在于，她要退出，赞助商也会退出，台里很生气……"格里芬经常说，电视网与全球公民节的合作是吸引企业赞助商的诱饵。我们要连续几周播放联合利华或卡特彼勒的品牌广告。

"我们就别播了呗。"我说道。

"必须播。"格里芬说道。

"为什么？"

"这是与赞助商和她的团队合作的条件之一——"

"我们一直这么做，"他的同事说道，他指的是新闻集团的行政指挥链，"其他人不像你在乎这些。"

格里芬说他会告诉我他对另一个试图播出有关网络中立的强硬报道的主播说过的话，所谓网络中立，是指互联网供应商不应该对互联网上不同类型的数据收取不同费用，我们的母公司正在游说反对这一原则。格里芬回想起自己对那名主播说："如果你想为公共电视网工作，拥有完全的自由，一年挣 10 万，请便。如果你想和我争论底线问题，我很乐意向媒体公开你的工资。"

我不想干了。我给汤姆·布罗考打电话，他说我在任何情况下都不能播放经过欺骗性编辑的录音片段，还警告我不要毁掉自己的信誉，他后来在有关韦恩斯坦的报道中也给过我相同的警告。然后我又给萨凡纳·格思里打电话，她擅长直来直去。"不播这段采访怎么样？"她建议道。

"可采访占了大部分内容。"我说道。

"直接找点其他内容播。"

事后看来，这个建议简单明了——不要播欺骗性部分，也不要为了一个歌手的后台采访牺牲自己。我需要慢慢学习如何正确地斗争。最后，我坐在主播台前，播放了与无疑乐队的 5 分钟闲谈片段。我既没感觉良好，也没感觉糟糕。

*　*　*

两年后，韦恩斯坦继续给高管三巨头打电话，他打给了格里芬。

"我以为事情都结束了。"韦恩斯坦说道。

"哈维，确实结束了。"格里芬回应道。

"你得让你的男孩守规矩。"他说道，听起来有点生气。

"哈维，"格里芬辩解道，"他没向我们报备。"后来，格里芬否认曾经承诺这个报道被毙了。

韦恩斯坦办公室的多名员工表示，韦恩斯坦至少给 NBC 三巨头打过 15 次电话，这只是其中一次。夏末，在打了这么多次电话后，韦恩斯坦再度春风得意起来。韦恩斯坦告诉他的一名法律顾问，他已经和新闻网的高管谈过："他们告诉我，他们不会报道这件事。"

第 27 章

圣坛

一开始，从 NBC 环球高管那里传来的似乎都是好消息。8 月初，格林伯格打电话说法务部批准了删节版脚本。他从编辑的角度补充了一句："我的看法是，里面的一切都值得报道。"

"所以我们才征求意见，进行编辑。"我说道。

"值得报道不代表可以播出。现在得看诺亚和安迪的了。"

"如果法务部批准了，你又认为它值得报道——"

"他们的级别比我高，"他说道，"有些问题可能与是否值得报道无关。他们可能会担心是否适合在电视上播这个。你看，你这个故事是绝佳的纸媒素材，非常适合《名利场》。"

"我——什么？"我只能说出这么几个字。

"你看，这个故事非常适合《名利场》。"他重复道。

后来，我和麦克休坐在一间会议室里，苦苦思考着这句话。"他或许是对的，"他沉重地说道，"你也许应该把它留着，带到别的地方去。"

"里奇，你很清楚，如果我这么做，你就完了。"他把这个故事做成了一篇电视报道。截至现在，我们已经进行了 8 次摄像采访。如果采纳格林伯格轻率的提议，所有这些努力就白费了。即使我想把它带去别的地方，有可能吗？这些素材属于 NBC 环球和康卡斯特公司。

"我们在这里拍摄，"我坚决地说道，"由你制作。"

麦克休说道："好。"他的语气并不是很确定。

* * *

那天雨下个不停。我的收件箱里塞满了与韦恩斯坦的报道无关的邮件。女权项目投资人戴安娜·菲利普又发来一封邮件，这次是通过我在创新精英文化经纪公司的经纪人发的。与报道相关的消息更容易引发焦虑。其中一封电子邮件来自奥莱塔，内容很直接：

> 罗南
> 哈维的情况？
> 肯

我径直走出办公大楼，坐上 D 线地铁。虽然下雨，车上人却并不多。我看到了什么东西，或者以为自己看到了什么，然后呆住了。在车厢的另一头,有个人跟我坐在同一侧,从侧面看去能看到他的光头,我发誓我在那辆尼桑车里见过他。我还能辨认出那张同样苍白的脸和上翘的鼻子。我不太确定。此刻我最理智的想法是"你发现了一些情况"。但当地铁停下来时,我感到很不舒服,提前溜下了车。我挤进拥挤的站台,回头看了看。

地铁站外,纽约呈现出梦幻般的景象,街道、建筑和人都笼罩在雨雾中。我走得很快,在一家西维斯药店逗留了一会儿,我扫视着周围,看是否有从地铁车厢或站台跟出来的人。我走出药店的时候,天色已经暗下来。我来到公寓附近那间熟悉的堡垒一样的教堂,迅速走上台阶,穿过一道道门。潮湿的衬衫并没有粘在身上,雨水沿着我的背部、胸膛和手臂滚落下来。中殿比我从外面预想得小。富丽堂皇的彩色玻璃窗下隐约可见一座圣坛。我站到圣坛前,感觉很不自在。圣坛旁边镶嵌着一块大理石印章,上面刻着一本书和一把剑,这两样东西的下面是一幅地图:圣保罗的纹章。上面还刻着拉丁文"Praedicator Veritatis in Vniverso Mundo",我后来搜索翻译才知道这句话的大意是:"向全世界宣扬真理的传道者"。

"我们一直看你。"我身旁响起一个口音浓重的声音,我的身体猛地一震。说话的是一位黑发老妇人。她旁边是一个年纪小点的女人。她们似乎被我的反应吓了一跳。"我们一直看你,"她又说了一遍,"从一开始。你的节目。我女儿是你的超级粉丝。"

"哦,"我说道,"谢谢。"然后我才回过神来,努力挤出一个微笑，还开了一个有关低收视率的笑话："除了你们和我妈妈，再也没别人看了。"

$$* \quad * \quad *$$

我回到家时，我在创新精英文化经纪公司的经纪人伯格打来电话。"罗南，"他声音低沉地说道，"你怎么样？"

"我很好。"我说道。

"你比很好还好，你太棒了。"他说道。然后他更沉静了一点，迅速说道，"听着，我不清楚这个大事件的细节——"

"诺亚提过什么吗？"我问道。伯格是我们俩的经纪人，跟奥本海姆关系更近。

"罗南，我什么都不知道。"他说道。他提醒我快要续约了。"我只想说，如果这给你带来麻烦，优先处理能解决的问题。"

$$* \quad * \quad *$$

我咬了一下嘴唇，然后拨通了我姐姐的电话。

"报道怎么样？"她问道。

"老实说，我不知道。"

"你不是有他承认性侵的录音吗？"

"是的。"我说道。

"那么——"

"我一直在坚持。我不知道我还能坚持多久。"

"所以你要放弃了。"

"没那么简单。在解决这个问题的同时，我可能得优先处理别的事情。"

"我知道别人不再站在你这一边是什么滋味。"她平静地说道。我们沉默了很久才挂断电话。

打完这通电话已经天黑了。我看了看手机，发现奥本海姆给我发了短信："我们明天聊聊。什么时间方便？"我走到笔记本电脑前，打开一个 word 文档。"其他报道"，我打出这几个字，然后敲了几次删除键，把"其他"换成"即将进行的"。我复制、粘贴上我们正在拍摄的两个报道的要点，一个是关于医疗保健整合的，另一个是关于阿片类药物依赖婴儿的，以及奥本海姆之前喜欢的一些报道，包括脸书在瑞典吕勒奥市永冻土深处建服务器群的"维基旅行纪录片"（Vicey travelogue）。"它看起来就像邦德电影中的反派老巢。"我这样描述这个服务器农场，同时还写了一些其他无关痛痒的电视文本。吕勒奥是瑞典最繁忙的港口之一，也是该国钢铁工业中心，但我对此一无所知。我想象的是一个宽广、凛冽、空旷的地方，那里的人呼吸自如，你可以在那儿看到极光。

在洛克菲勒广场 30 号，麦克休走进电梯，转头发现韦纳就站在他身旁，她朝他笑了一下。可是当他跟她打招呼时，她却畏缩起来，低下头看着自己的脚。

第 28 章

孔雀

在洛克菲勒广场 30 号工作的这些年，三楼新闻主管办公室外等候室的家具布置几经变化。那年 8 月，等候区摆着一把矮椅和一张小桌子，桌子上放着几本几个月前的旧杂志，起到装饰房间的作用。其中有一本《时代》杂志，漆黑的封面上印着几个血红大字："真理死了吗？"这是在向 20 世纪 60 年代的一期经典《时代》封面致敬，那期封面上写着："上帝死了吗？"不过，这次的效果没那么好。这是个不可能完成的任务：虽然大胆地调整了字距，但"真理"不像"上帝"那样适合这个问题。我看着这个封面，然后走到奥本海姆的助理安娜身旁，闲聊了几句。"我猜你们正在做什么大事。"她说道，然后朝我露出一个心照不宣的承诺保密的微笑。

我走进奥本海姆的办公室，他没有像往常一样站起来或挪到沙发上坐着。他看起来有点紧张。"你现在有什么想法？"我问道。我手里握着打印出来的备选新闻选题单。伯格也许是对的。我也许可以放下手头上的可怕报道，改变方向，重新聚焦其他报道。奥本海姆在座位上挪动了一下身体。"嗯，"他拿起一份脚本说道，"我们有一些匿名消息来源。"

"我们正准备重点报道一个女人，我们会拍她的脸，会听到她的声音。"我说道，我指的是古铁雷斯。

他的呼吸声听起来带了些怒气。"我不知道她的可信度有多高。我的意思是，他的律师们会说，他们是在公共场所，实际上什么也没发生——"

"可是他承认以前发生过一些事情，一些很严重的事情，而且很具体。"

"我们已经讨论过了，他想摆脱她。无论如何，你在这里写了"——他翻到脚本相关部分——"她的可信度有问题。"

"不，"我说道，"我们有可靠的消息来源，来自地方检察官办公室的人说她可信。"

"这份获得批准的脚本上这么写的！"他说道。

"诺亚，我写的脚本。我们正在公开她的经历。可是地方检察官，警察——"

"地方检察官不会同意的！他会说她是个妓女——"

"好，那我们就公开所有东西。我们让公众听一听，然后做出判断。"

他摇了摇头，再次看向脚本。

"这——这东西有多真，说真的？"他问道，我们每次谈话他都会提到这一点。

* * *

就在我们谈话的时候，我想起了一年前总统大选期间的一次对话。在 NBC 的自助餐厅，我和奥本海姆坐在一起，我面前摆着一杯绿色果汁。他倾身靠近我，显得比平时更八卦，他说 NBC 新闻的女人们上报称特朗普的一名竞选官员在竞选过程中骚扰了她们。"这可是个大新闻！"我当时说道。

"我们不能报道，"奥本海姆耸耸肩回应道，"反正她们也不想这么做。"

"当然有办法可以在不违反保密协议的情况下记录这件事。"

"这是不可能的。"他告诉我，那语气仿佛在说"这就是生活"，当时我十分佩服他的冷静和自信——以至我没有对这件事或是他关于性骚扰的更广泛的看法进行深入思考。

在任职《哈佛深红报》专栏撰稿人期间，奥本海姆曾自封为密探。他会伪装成热情的参与者，参加各种女权主义团体的聚会，然后在《哈佛深红报》上发表热情洋溢的专栏文章，痛斥这些团体一派胡言。虽然专栏撰稿人并不总是自己起标题，但奥本海姆的文章曾有过这样的标题：《阅读"阴蒂笔记"》（"Reading 'Clit Notes'"）[1] 和《跨性别者滑天下之大稽》（"Transgender Absurd"）[2]，而这些标题准确地反映了文章的内容。"毫无疑问，我最富激情的对手是有组织的女权主义团体的成员，"他写道，

"她们言辞之尖酸刻薄无人能及。当然，她们的虚伪也无人能及。显然，将所有的不幸归咎于男权社会实在是轻而易举的事，用厌恶女性的指责来压制对手也很容易，但要真正拒绝自己与上述男权社会英俊的男人们寻欢作乐的乐趣，就不那么容易了。我永远不会忘记那个重要的夜晚，那天晚上我遇到了一个著名女性组织的领导人，当时她正从坡斯廉俱乐部的前厅走出来，"——那是一家男性社交俱乐部——"政治教条主义似乎可以信手拈来，只要它不影响周六晚上的个人计划。"[3]

在参加完拉德克利夫学院与主要本科学院合并的相关会议后，年轻的诺亚·奥本海姆曾写道："为什么女性会议比其他人的会议更应该得到保护空间？"[4]拉德克利夫学院之前是哈佛的一所女子学院。奥本海姆还曾在一篇描述哈佛的单一性别俱乐部昔日美好时光的专栏文章中辩称："致愤怒的女权主义者：单一性别组织没有错。男人和女人一样，需要拥抱自己。我们需要一个地方来自由支配我们的低级本能，让我们放弃任何假装满足女性情感需求的表面修饰。"他还补充道："受到这种俱乐部环境威胁的女性应该寻求更温和的生活。但是，女性显然喜欢受制于男人，喜欢被男人灌酒，被男人捕食。她们感到被需要，而不是被贬低。"[5]

* * *

许多年过去了，诺亚·奥本海姆成熟起来。但在2017年的那一天，当我看着他目光下移看向脚本的时候，我觉得他在这个报道受到批评时表现出来的脆弱，一部分是出于一种真诚的信念：这不是什么大不了的事，某个在苏荷和戛纳闻名的好莱坞恶霸越界了而已。

"梅根·凯利做了有关科技界女性的报道，我们的沙发上坐满了女人——"他对我说。

"如果你想表达你真心想要更多人证，那就直说，"我说道，"我们能很快准备好更多东西。"

他好像没听到我说的话。"她在阴影里。"他说道。

"她会露正脸。她说如果我们需要，她会照做。"

他使劲咽了口唾沫，扯出个微笑。"嗯，我不知道，"他说道，"这取决于她要说什么。"

"我们知道她要说什么。她有证据。她有来自公司高管的信息。"

"呃，我不知道我们是不是想要这个，我不知道——"

"我说过，还有第三名女性指控强奸。诺亚，她快要答应出镜了。如果你的意思是我们需要更多人证，我会找到更多人。"

"等一下，我不知道我们做这些之前是否需要得到法务部门确认。"他看起来有点沮丧，他原本以为事情会更容易解决。他的脸色变得苍白，泛着狡黠的光，就像他听录音时那样。

"这就是问题所在，诺亚，"我说道，"每次我们想得到更多，你们就会驳回。"

我的话好像激怒了他。"这些都不重要，"他说道，"我们有个更大的问题。"他把一张打印好的纸拍在桌上，然后向后靠去。

我拿起那张纸。那是 20 世纪 90 年代早期《洛杉矶时报》的一篇文章，说的是韦恩斯坦同意发行伍迪·艾伦的电影。

"哈维说你牵涉巨大的利益冲突。"奥本海姆说道。

我抬起头。"哈维说？"

奥本海姆的目光又移到一旁。"你知道的，"他说道，"哈维告诉了里奇·格林伯格。我从没跟哈维说过话。"

"但我们都知道，"我疑惑地说道，"格林伯格、麦克休和我搜索发现他跟我父母都合作过，他跟好莱坞的所有人合作过。"

"他在伍迪·艾伦遭人唾弃的时候跟他合作！"他提高声音说道。

"很多发行商都跟他合作过。"

"这不重要。这不是重点，重点是你姐姐遭到了性侵。去年你在《好莱坞报道》写了有关好莱坞性侵的报道，才引来了这盆脏水。"

"你在说什么？"我问道，"家庭成员遭受性侵的人不能报道性侵问题？"

他摇了摇头。"不，"他说道，"这直接关系到你的核心计划！"

"你觉得我在谋划什么，诺亚？"我又产生了跟格林伯格谈话时的感觉——我必须单刀直入，因为这是挖出藏在他愿意暗示和愿意说的话之间的东西的唯一方法。

"当然不是！"奥本海姆说道，"但我了解你。这不是问题的关键，关键在于公众的看法，大家会认为'我让刚成为性侵斗士的罗南·法罗憎恨他的父亲——'"

"这不是什么斗争，这是项任务。你派给我的任务！"

"我不记得了，"他说道，"我觉得我不会这么做。"

"这是事实。这件事不是我主动提出的，我也没有单独进行报道。你的整个新闻团队都在做这件事。"我把打印稿推回给他。"我们都清楚他会想办法抹黑我，"我继续说道，"如果这就是他的撒手锏，老实说，我松了口气，你也应该松口气。"

"如果他找到的是你在浴室或其他地方做爱的视频，我会更开心。"他激动地说道。我们之间的友情本可以让我对这个同性恋笑话翻个白眼或哈哈一笑，但现在情况不同了，他现在只是我的老板和新闻网负责人，我为此感到气恼。

"疯了！"乔纳森后来因此发了一通火，"他那么认真地摆出那篇文章，真是疯了。他不是认真的。这不是真正的反对。这可真他妈的虚伪。"后来，我咨询过的每一个记者——奥莱塔，甚至是布罗考——都说不存在什么利益冲突，这不是个问题。奥本海姆口中的记者是关注某一话题的人，而不是与某个特定人物有冲突的记者。即使这样，我还是告诉他，我非常愿意披露整件事。

奥本海姆的脸上闪过一丝近乎恳求的表情。"我并没有说证据不够多。这是篇不可思议的"——他竭力搜寻结尾的话——"一篇不可思议的《纽约杂志》报道。你清楚你想把它送去《纽约杂志》，听从上帝的旨意。听从上帝的旨意吧。"说完他举起双手做了个投降的动作。

我看着他，好像这一刻他疯了一样，然后我问道："诺亚，这个报道被毙了吗？"他又看向脚本。从他的肩膀上方望过去，我看到了具有历史意义的洛克菲勒广场的装饰风格建筑。

　　我想到了我姐姐。五年前，她第一次告诉家人，她想重启对伍迪·艾伦的性侵指控。当时我们站在康涅狄格州家中的视听室，手里拿着一堆褪色的录像带。

　　"我不明白你为什么就不能继续好好生活。"我对她说道。

　　"你可以选择这样！"她说道，"我不行！"

　　"我们都花了几十年的时间试图把这件事抛在脑后。我现在正努力做一些严肃的东西，大家都在为此努力。而你想要——想要彻底重置时钟。"

　　"这跟你无关，"她说道，"你难道没看到吗？"

　　"不，这跟你有关。你很聪明，有才华，你还有很多其他事可做。"我说道。

　　"可是我不能。因为过去一直没过去。"她说完哭了起来。

　　"你不需要这样做。如果你这么做就是在摧毁你的生活。"

　　"去你的。"她说道。

　　"我支持你，但你得放手。"

＊　　＊　　＊

　　奥本海姆抬起头。"我可以站回你们这一边。但现在，我们不能播这个。"

我脑海中响起艾伦·伯格沙哑的声音。"优先处理能解决的问题。"我不知道自己是否能说"好",然后把注意力转向其他事情,着眼于未来。事后看来,结果不言而喻。但当时,你不知道一则报道会有多重要。你不知道你据理力争是因为你是对的,还是因为你骄傲自负,渴望获胜,不想坐实其他人的想法——你还年轻,经验不足,没法控制好自己。

我看着放在膝头的选题表。我把它抓得太紧,它皱成一团,而且被汗浸湿了。"看起来就像邦德电影中的反派老巢"这些字偷偷看向我。在我视野之外,曙光闪动。

奥本海姆在打量我。他说在 NBC 新闻的羽翼之下,不能再进行任何工作。他说:"我不能再让你接触任何消息来源。"

我想起电视灯光下的麦高恩说"我希望他们也足够勇敢",内斯特在阴影中追问"世界就是这样运转的吗",古铁雷斯听韦恩斯坦说"我经常干这种事",安娜贝拉·莎拉对我说"抱歉"。

我凝视着奥本海姆。"不!"我说道。

他看上去有些不高兴。

"什么?"

"不,"我又说了一遍,"我不会照你说的做。停止接触消息来源。"我把手里的纸捏成一团。"很多女性冒了很大的风险说出这一切,她们现在仍然冒着很大的风险——"

"这就是问题所在,"他提高音量说道,"你关心过头了。"

我思考了一下是否真的是这样。奥莱塔曾说过,他对这个报道有一种"痴迷"。我猜我也是这样。但我同时追问过这些消息来源。我抱持着怀疑的态度，随时准备追随事实真相，不论它们会把我带往何处。我很想征求一下韦恩斯坦的意见，但不被允许。

"好。我关注这件事，"我说道，"我也关心任何进展。我们有证据，诺亚。如果有机会在这种事再次发生在其他人身上之前曝光它，我就没法收手。"我想让我的话听起来铿锵有力，但我能听到自己的声音在颤抖。"如果要我走人，这是你的新闻机构，你说了算，"我继续说道，"但你得告诉我。"

"我没让你走人。"他说道，但他再次看向了别处。一段长时间的沉默过后，他朝我淡淡一笑说道："这可真有趣。希望我们能回到加利福尼亚的毒水事件上，行吗？"

"行，"我说道，"我猜也是这样。"我站起来向他道谢。

我走出诺亚·奥本海姆的办公室，走进电梯间，途中经过巨大的NBC多彩标识——一只孔雀在说："NBC现在有颜色了。你能看到彩色的NBC。难道不觉得很神奇？"的确如此。当真如此。我穿过《今日秀》新闻编辑室的格子间，爬上四楼，我嘴里泛着酸，因为紧握拳头，指甲嵌进皮肤，掌心满是红红的指甲印。

第三部

间谍军团

第 29 章

一团糟

"听从上帝的旨意吧。"奥本海姆是这么说的。说的就是《纽约杂志》。(只有在曼哈顿的媒体圈,"天堂"才意味着一本平庸的双周刊。)可是采访还被锁定在 NBC 的服务器上,我们怎么才能听从上帝的旨意呢?我示意麦克休来到一间空办公室,把刚刚跟奥本海姆的谈话内容告诉了他。"这就是这个家伙能继续逃脱惩罚的原因,"麦克休说道,"他们和韦恩斯坦的律师商量出了结果,没有告诉我们,等着把我们钉死。"他继续补充道,话语中夹杂着许多隐喻说法。"他们努力想让我们停止报道。所以没人特别关注我们最近采访的受害者。"我看向他,点了点头。这就是最后的结果。"都是废话,"他说道,"这家公司发生了什么。这可是个大新闻。"

"所有的报道,"我疲倦地说道,"他们拥有一切。"

他凝视着我。

"跟我来。"

回到我们的格子间，麦克休扫视了一下四周，然后倾身打开了一个办公桌抽屉。

"看，"他从一堆音视频设备中摸出一盘银色的长方形带子，"你有采访资料。"他从桌子上拖过一个 USB 硬盘，硬盘的一角用黑色记号笔写着"毒谷"两个字。

"里奇……"我说道。

他耸耸肩。"以防万一。"

我笑起来。"他们会开除你。"

"实话实说，这件事过后我们俩的工作都保不住了。"

我靠近他，做出拥抱的样子，他挥手让我走开。"好啦，好啦。别让他们把这个给埋了。"

* * *

几分钟后，我快步走向银行的保险箱。我不想给奥本海姆机会重新考虑他自己的提议，让我把报道带到其他地方去。但应该给谁打电话呢？我看了看手机，看到奥莱塔前一天的邮件。如果说有哪家媒体清楚与韦恩斯坦作对的挑战性有多大，那就是《纽约客》。我拨通了奥莱塔的电话。

"他们不播？有你手上的东西都不播？有录音？"他问道，"太荒谬了。"他说他要先打几个电话，然后再找我。

跟奥本海姆见面后，我就一直试图联系乔纳森。"给我打电话，"我给他发消息，然后又碎碎念道，"我正在经历人生中最重要的一件事，而你却没有陪在我身边。我正在做一些重要决定，正在没有你的情况下做这些决定，感觉糟透了。我为你冲锋陷阵，你却不给我回报。"

他终于打来电话，十分生气。

"我没法在开会的时候回应你的短信轰炸，这太可笑了。"他说道。

"我要应付的事情太多了，"我说道，"我觉得自己孤立无援。"

"你不是一个人。"

"来陪我吧。"

"你知道我不能这么做。我们要在这里开一家公司，而你几乎对此毫不关心。"

"我身边发生了很多奇怪的事情，"我说道，"我觉得我快疯了。"我们都怒气冲冲地挂断了电话。那时我已经进入地下金库。我把硬盘放进保险箱，看着它滑回原位，发出指甲刮擦黑板的刺耳声音。

* * *

第二天，奥莱塔把我介绍给《纽约客》的编辑大卫·雷姆尼克。我和雷姆尼克约定下周见面详谈。"我们对这个问题有一些经验。"他给我发来消息。[1]

回到洛克菲勒广场 30 号，我和麦克休在新闻编辑室表现得有些焦虑不安。格林伯格似乎有些紧张。麦克休逼问他，对利益冲突的说法表示怀疑。他提醒格林伯格，我们研究过韦恩斯坦和我家人之间的工作联系，确定不存在利益冲突。

格林伯格含糊地表示他们会找到解决办法。

"所以 NBC 还没有放弃？"麦克休问道。

"听着，我不准备争论这个问题。"格林伯格回应道。

"我没有争论，"麦克休说道，"但我必须声明，我不同意。"

当我见到格林伯格的时候，我也有同样的疑问。"利益冲突这回事，"我说道，"诺亚说是哈维跟你说的。"

他先是露出惊慌失措的表情，然后显得十分困惑。

"我从没跟哈维谈过这件事。"他说道。

* * *

下午，奥本海姆发消息说想见一面。"我一整天都在跟人讨论这个问题。"当我到达他的办公室的时候，他厉声说道。他看起来好像没睡过觉。"我们一致认为有一个潜在的"——然后他看着我盲目乐观的样子，重复了一句——"潜在的解决方案。"曾经认为这个报道不能播的人，现在似乎意识到这个报道不能不播——至少不能像奥本海姆前一天那样处理。"我们会派公司里最资深的一位制作人，这个人在《日界线》节目工作，已经在公司待了二三十年——我们要派他们回溯你所做的所有事情，厘清每个环节。"

"谁？"我问道。

"科沃，非他莫属，他将会监督这件事。他会挑选人手。"

我想起了科沃，《日界线》的老将，对公司忠心耿耿，但据我所知，他是个有原则的人。

"如果真是为了报道顺利播出要这么做，我没有意见。彻底审查。我们的报道站得住脚。"

"不只是审查那么简单，"奥本海姆说道，"我的观点是，录音和哈维·韦恩斯坦几年前摸一个女人胸部的行为都不是全国性新闻。"我准备开口，他举起一只手。"这在别的地方算新闻。《好莱坞报道》报道，很好，在那里是个新闻。但对《今日秀》而言，一个电影制作人摸了一个女人，不是什么新闻。"

他说他们想要更多东西，我说这很好。我正好可以接受古铁雷斯的邀请，还可以去拍卡诺萨，并重新安排对内斯特的拍摄工作。

"不，不，不，"他说道，"我们挑选这个制作人来审查。我们考虑的每个人都在休假，要下周一才返工。我们等到那时候再说吧。"他说道。

"诺亚，如果你们想要更多东西，我得出去找到它们。"

"我知道，我知道，"他说道，"我只是说等到下周再说。"

* * *

"一坨糟。"麦克休说道。

"拜托，里奇，别再说意第绪语了，而且那是一团糟——"

"这是在质疑我的可信度，我真他妈——"

"不，不是。"我说道。

"怎么会这样？我们已经有一个值得信赖的制作人审查这一切。我一直都在——"

"哦，对不起！"《今日秀》的一个活泼的制作人打开门说道。我们当时正在靠近《今日秀》休息室的一间收发室。房间里堆满了东西。这个制作人开始整理邮件和联邦快递的表格。

我们尴尬地站了一会儿。

"呃，最近还不错？"我试图打破尴尬气氛。

"嗯，"她说道，"很好。就是夏天结束了，让人伤心。"

"当然。"我说道。

她关门出去后，我转向麦克休：里奇，我不会让他们逼你出局。"

"但这正在逼迫我出局，"麦克休继续低声说道，"这是什么鬼东西？"

"那基本上是个特别检察官的角色，如果他们想阻止这件事，当然可以，但还是非常有希望。"

里奇像看疯子一样看着我。"他们说不行，然后意识到这是场公关丑闻。现在他们就想用绳子把我们慢慢勒死，一直拖到3月，我们还在讨论这件事。他们基本上就会说'我们需要更多东西、我们需要更多东西'；他们不会对我们说不行——没关系，请进。"

"对不起！"那个制作人尖声说道，然后蹑手蹑脚地走回来去拿她落下的一些文件。

我勉强笑起来，对麦克休说道："你不觉得这有点心照不宣的意思吗？他们也许会播它。"

"归根结底，问题在于 NBC 新闻的主席直接跟哈维说了，并对我们撒谎，"他愠怒道，"下周跟雷姆尼克见面怎么办？"

我想了想。"我去见他，我们一直在考虑这个选项。为了双方着想应该见一面。我不知道。"

"你现在必须小心，"麦克休说道，"因为如果报道真的出现在另一个媒体上，而且对 NBC 不利的话，他们很容易就会把矛头对准我们——"

"你们好！"三个面带笑容的实习生打开门，其中一个说道，"别在意我们。"

*　*　*

尽管麦克休持怀疑态度，我离开洛克菲勒广场，从时代广场刺眼的霓虹灯下穿过时仍然被一种全新的乐观情绪所鼓舞。"NBC 就像被人握在手里的鸟。只要他们允许你继续报道，就跟着他们干，"乔纳森从洛杉矶打来电话说道，"诺亚有他的苦衷，他没有恶意。"

我觉得上个月遇到的困难就像一场因发烧引起的短暂的梦，当 NBC 安全部门的托马斯·麦克法登联系我，说有新进展时，这种感觉更加强烈。他们至少弄清楚了部分威胁信息从何而来。结果我真的遇到了所谓的有心理问题的跟踪狂。我对自己说，没什么惊天大阴谋，没人埋伏在公寓外面。

与此同时，哈维·韦恩斯坦的情绪也起伏不定。与身边人交谈的时候，他一开始再次兴高采烈地宣称他在 NBC 的熟人已经保证这次报道被毙了，转而又开始担心没有处理干净，我可能还在继续这件事。韦恩斯坦知道博伊斯和拉克关系不错，于是问这位律师能不能给新闻网的负责人打个电话。

"我可以给安迪打电话，看看他怎么说。"博伊斯总是这么说。

* * *

越来越多的知情人告诉我，她们接到了韦恩斯坦或他的合作伙伴打来的电话，她们感到很不安。曾经在镜头前表示见证了伦敦和解事件全过程的卡特里娜·沃尔夫紧张地告诉我，她接到了一个叫丹尼斯·多伊尔·钱伯斯（Denise Doyle Chambers）的人的电话，她是韦恩斯坦的资深制作人。多伊尔·钱伯斯说她和另一个资深制作人帕姆·鲁贝尔（Pam Lubell）又回去为韦恩斯坦工作了，为一本书做研究。一本"有趣的书"，鲁贝尔后来描述道，"关于米拉麦克斯公司过去的全盛时期"。韦恩斯坦要求他们写下她们认识的所有员工的名字，并跟他们取得联系。后来，人们纷纷猜测这两个女人究竟有多相信韦恩斯坦的这一说辞。无论怎样，鲁贝尔当时似乎说服了自己：她甚至写出了创作大纲。大纲的封面是鲍勃·韦恩斯坦和哈维·韦恩斯坦笑容满面的黑白照片。照片上写着一行字："米拉麦克斯——我以为那些黄金岁月永远不会结束。"

但这个一开始就陈旧乏味的故事，很快彻底成为昨日旧梦。8月初，韦恩斯坦把这两个女人叫到办公室。"我打算暂停这本书。"他说道。他让多伊尔·钱伯斯和鲁贝尔"给名单上的朋友打电话，看看他们是否接到过媒体的电话"。

在跟沃尔夫打电话时，多伊尔·钱伯斯闲聊了两句过去的美好时光就切入了正题。韦恩斯坦想知道沃尔夫是否收到了任何记者的消息——特别是有没有从我这收到任何消息。他想得到她收到或发出的所有电子邮件的副本。沃尔夫十分紧张，把我发给她的信息都转发给了多伊尔·钱伯斯，并称自己从没回复过我。

还发生了另一件事：多伊尔·钱伯斯和鲁贝尔提供和联系的人员名单被添加进了一份更庞大的总名单中。这份名单里很少有属于韦恩斯坦公司黄金时期的内部人士，更多的是曾与韦恩斯坦共事过的女性，以及麻烦的记者。这份名单用不同颜色做了标注：一些人的名字被标红，表示亟待联系，其中很多女性的名字被标红。多伊尔·钱伯斯和鲁贝尔会根据电话联系情况更新这份名单，她们不知道的是，她们的劳动成果被发送到了黑魔方在特拉维夫和伦敦的办公室，然后又被转发到世界各地的特工人员手中，作为他们为韦恩斯坦完成更多任务的基础。

* * *

与此同时，我在哈里·沃克演讲经纪公司（Harry Walker
speaking agency）的经纪人约翰·科萨（John Ksar）正在处理
伦敦一家财富管理公司的咨询问题。该机构代表戴安娜·菲利
普表示，她计划举办一场关注职场女性代表人物的庆典活动。
她想找一名熟悉这个问题的记者来发表一次演讲，甚至有可能
是发表几次演讲。

科萨入行很久，他很聪明，善于打探消息。但是菲利普显
然是有备而来。她飞快地说出了活动细节，包括将有哪些赞助
商。她说她的公司仍在做最后的确认工作。他们先得跟我见一面。
她在一封电子邮件里写道："我希望可以在最近几周内安排时间
见面，我其实计划下周去纽约，届时如果法罗先生有时间，这
将会是个很好的见面机会。"[2]这是她第一次提出应该立即安排见
面，后来她又提出过几次相同的要求，这一次的请求没有得到
理想中的回应，她就改为给我打电话。一个多月的时间里，戴
安娜·菲利普一直不停地给我写邮件。科萨认为她只是对调查
报道很感兴趣。

第 30 章

瓶子

　　我最后一次和奥本海姆见面过后的第二天清晨，我家前门外就出现了私家侦探。当奥斯特洛夫斯基从街角的贝果店慢吞吞地走到我家门前时，凯金早已在此驻守。"要吃点什么吗？"奥斯特洛夫斯基之前已经发过信息。"不用。"凯金回复道。几分钟后，他们一起在门外的大街上蹲守观察。

　　结束与奥本海姆的见面后，我立即给大卫·科沃发了封电子邮件，我们约好了见面的事情。然后，我在公寓里穿上一件扣角领白衬衫，把笔记本塞进包里，准备出门。

　　刚过 8:30，私家侦探发现了这个身着白衬衫、背着个背包的金发年轻人。他们仔细核对目标人物特征。他们手里已经有我的参考照片，前一天还额外搜索了相关数据资料。许多监视工作都靠猜，但这人看起来像是他们的目标。奥斯特洛夫斯基发动车，跟着目标转过街角，用一台松下摄像机进行偷拍。"我现在要去洛克菲勒广场 30 号。"他发出信息。凯金则步行追踪，先跟着我走进哥伦布圆环地铁站，然后上了一趟去市区的地铁。

对于私家侦探而言，长时间的监视通常意味着很少有机会上厕所。"你还有多远？"当天晚些时候，坐在车里等待他们的目标人物再次出现时，奥斯特洛夫斯基给他的老板发短信问道，"我要用瓶子。如果你就在附近，我可以等一等。"结果凯金不在附近。奥斯特洛夫斯基看了一眼自己刚喝完的饮料，认命地拿起饮料瓶离开原地。

"好了，现在没问题了。"他给老板发短信说道。

* * *

到达洛克菲勒广场的时候，我已经汗流浃背。科沃的办公室离《日界线》节目组其他工作人员的办公室不远，他在办公室微笑着问我："最近怎么样？"

"我想我们要一起工作了。"我回应道。

"哦，这个嘛，"他说道，"我有所耳闻。"

我给科沃交代了一下基本情况：录音，对哈维·韦恩斯坦的众多指控，法务部审查后这些指控内容仍然保留在脚本里，古铁雷斯毫不犹豫地愿意抛头露面并充当报道的主角，内斯特愿意取代麦高恩出镜。他一边听，一边不住地点头。"听起来很有说服力。"他笑着说道。

科沃之前曾经手过有关性侵指控的艰难报道。1999 年，安迪·拉克还在 NBC 新闻任职期间，科沃负责监督对胡安妮塔·布罗德里克（Juanita Broaddrick）的采访，后者指控比尔·克林顿在 21 年前强奸了自己。采访录制完成后，NBC 新闻网花了一个多月的时间对这段采访进行审查，一直到灰心丧气的布罗德里克将这个故事交给《华尔街日报》《华盛顿邮报》和《纽约时报》发表后，NBC 才播出这段采访。"如果多萝西·拉比诺维茨（Dorothy Rabinowitz）没有采访我，我觉得 NBC 永远不会播它，"布罗德里克后来谈到《华尔街日报》记者最终发表了相关报道[1]时说道，"我当时已经彻底放弃了。"

我当时并不知道科沃本人也有过性骚扰历史。2007 年，他似乎盯上了一名女员工，给她发了别有深意的短信。"我们重新努力避免误解，"他写道，"我们必须明确一条'基本原则'：无论你什么时候去泳池，都必须让我知道。哪怕只是远远地瞥一眼，我这一天也圆满了。"[2] 在一个大热天，他又补充写道："我喜欢暖和的天气，不过，你要穿成那样去参加学校活动吗？"[3] 他不断寻找或创造机会与那名女员工独处。最后那名女员工向管理层投诉了他。她被提升到一个新的职位，之后在公司待了很多年。而科沃在 NBC 新闻网也一路高升。

结束与科沃的见面后，我感觉放心很多。第二天，NBC 就与控诉科沃的一名女员工达成了一份涉及金额近百万美元的离职协议，而我对此毫不知情。当"每日野兽"后来报道相关指控时，NBC 新闻网表示这笔花费纯属巧合，与女员工的投诉毫不相关。双方达成的协议禁止那名女员工对自己在 NBC 时期发生的事情发表负面言论。

＊　＊　＊

几天后，私家侦探又来到上西区蹲守。这一次，轮到奥斯特洛夫斯基值班。"目前为止我还没见过他。"他给他老板发短信说道。然后，他又看到了那个金发年轻人。奥斯特洛夫斯基跳下车，尾随其后。他逐渐靠近，距离目标只有一步之遥。突然他皱起眉头，拿起手机拨了个号码。

在我的公寓楼上，我接起电话。"喂？"我说道，在电话挂断前，我听到一声短促的俄语惊叹声。走在奥斯特洛夫斯基前面的是一个和我长相酷似的邻居，他什么也不知道，也绝对没有接电话。

奥斯特洛夫斯基给凯金发短信道："好像没出门，现在回住所。"他在车里搜索了几张我的更清晰的照片。"找到一张不错的证明身份的照片，"他发短信的同时还给他的老板发了一张我和姐姐迪伦的合照，照片中的我俩被父母抱在怀里，大约一个4岁，一个6岁，"对着这张照片盯人，我们就不会出问题。"

"哈哈哈！"凯金回复道。后来，好像是为了确定奥斯特洛夫斯基是在开玩笑，凯金从一个档案中调了一张截屏发给他，照片上用蓝色新罗马字体标注了我的出生日期。

* * *

　　《纽约客》的办公室位于世界贸易中心一号楼 38 层，那里
到处都是新闻、高深的评论和托特包。办公室明亮、通风、现代。
我和大卫·雷姆尼克的见面安排在中午。我一走进办公室，手
机就响起一串提示音。收到一堆新的垃圾短信，这次是让我选
择是否参加某一政治调查。我删除这些短信，一名身材瘦长的
助理把我领进了雷姆尼克办公室隔壁的小会议室。

　　哪怕大卫·雷姆尼克活到 100 岁，大家仍然会称他为神童。
他最初是《华盛顿邮报》的记者，报道体育和犯罪新闻，后来
他成为该报驻莫斯科通讯员，并因此写出了一本关于俄罗斯的
佳作，30 多岁就获得了普利策奖。那年夏天，他已经快 60 岁
了，黑色卷发里露出些许白发，但仍然散发着一种孩子气。后
来他的妻子提到他很高时，我才意识到这一点。他在身高、体
格和专业几方面都不会让你感觉渺小，这样的人实在是难得一
见。当时他穿着牛仔裤和夹克，坐在会议桌旁的一张办公椅上，
肢体动作十分放松，但又充满好奇感。

　　他还带来了一名年轻编辑迪尔德丽·福利-门德尔松
（Deirdre Foley-Mendelssohn），她那年年初刚加入《纽约客》，
此前曾在《哈泼斯》（Harper's）和《巴黎评论》（Paris Review）
工作。福利-门德尔松身材瘦削，话不多，略显紧张。前一天晚上，
雷姆尼克坐在她的办公室里，建议她温习一下奥莱塔之前对韦
恩斯坦的报道。她做的远不止这些，她广泛阅读了很多相关资料。

我们坐定后，我简单介绍了一下报道情况，我可以看出雷姆尼克在努力思考。"你觉得你能弄到更多东西吗？"他问道。

"我知道我能。"我答道，并告诉他 NBC 正在拖延报道的相关情况。

他问我是否能听一听那段录音，于是，那年夏天我第二次坐在一家媒体机构的领导层面前，把手机放在桌子上，按下了播放键。

雷姆尼克和福利-门德尔松听完了录音。他们的反应与奥本海姆截然相反。录音播完后，他们十分震惊，好半天没有开口。"重要的不仅仅是承认了什么，"福利-门德尔松终于开口说道，"还有那种语气，绝不接受拒绝。"

"NBC 让你带着这个走人？"雷姆尼克问道，"NBC 这么说的人是谁？奥本海姆？"

"奥本海姆。"我确认道。

"你说他是个编剧？"

"他写过《第一夫人》。"我答道。

"那是部烂片。"雷姆尼克严肃地说道。

＊　＊　＊

那天早上，奥斯特洛夫斯基和他的一名同事最后一次在《纽约时报》大楼外蹲守，结果仍然无功而返。然后，凯金给他打电话，传达了关于我的最新指令："追踪他的手机。"奥斯特洛夫斯基回想起去年秋天凯金夸口说能做到这一点。

刚过中午，凯金就开始发送地图截图，上面标示出移动目标的纬度、经度和海拔高度。凯金并非一无是处：地图上定位的位置与我和雷姆尼克见面的行程完全一致。

＊　　＊　　＊

我对《纽约客》的编辑们说了有关这个报道的各方面的实情，包括我对它在 NBC 的未来期望。"我真的不知道那里发生了什么，"我说道，"但我在那里工作，如果他们诚心诚意地做最后一次审查，我得给他们一次机会。我欠我的制作人一份人情。"

雷姆尼克明确表示，如果 NBC 再次毙掉这个报道，或是不愿率先播放报道，他有兴趣接手。当然，还有很多工作要做。我们收集的证据越多越好。雷姆尼克的经验告诉他，韦恩斯坦和他的法律团队已经做好了战斗准备。但这是那年夏天第一次有新闻媒体人士积极地鼓励我。雷姆尼克告诉我，对于卡诺萨正在考虑的出镜接受采访等相关重要事宜的准备过程，要让福利-门德尔松随时了解进程。

"我不指望现在得到你的任何承诺，但我认为今天谈的这些，已经足够让我真正发表一些东西。"我说道。

他点头说道："我觉得应该有戏。"

见面结束后，雷姆尼克回到他的办公室，我向福利-门德尔松道别。"如果他们因为某些原因不让你继续报道，"她说道，"给我们打电话。"

我走出大楼门厅的时候，大约有 200 条短信涌进我的手机。"（调查）特朗普应该被弹劾吗？"相同的短信一条接一条。"回复投票。取消订阅……"每一条都来自不同的号码。我站定，想要删除这些短信，但最终选择放弃，回复取消订阅，但似乎并没有用。

*　*　*

"就在世界贸易中心附近，"奥斯特洛夫斯基收到地图后给凯金发信息道，"现在正往那里去。"然后又问：" 他还有可能从其他什么地方出来吗？" 以及 "就在那个地址的大楼里？还是他可以在外面了？"

"没其他信息。"凯金回复道。

"好的，我会留意周围情况。"

乱糟糟的调查短信中插入了一条来自麦克休的短信，问我什么时候回去。我该回 NBC 了。我朝地铁站走去，突然重新考虑了一下。自从我怀疑自己是否被跟踪那天起，就产生了一种奇怪的焦虑感。我转而走到街边，拦了一辆出租车。车离开市区的时候，正好与私家侦探擦身而过。

＊　　＊　　＊

　　过了一会儿，我和麦克休以及两名制作人坐在一起，这两人是科沃指派来负责报道审查的。这两人似乎都对这件事非常感兴趣，但显然，他们的职位级别决定了他们无法左右报道的命运。这次见面很匆忙：这两名制作人都忙于《日界线》的拍摄工作。我和麦克休将我们可以即时打印出来的报道材料交给他们，并告诉他们还有更多材料，包括存放在银行保险柜里的敏感材料。他们没有要求听录音。事实证明，他们永远不会要求听录音。

　　见面结束时，麦克休发现有个未接来电，他不认识来电号码。电话是律师兼说客兰尼·戴维斯打来的。

　　"我知道你正在和罗南·法罗一起报道哈维的事，"戴维斯说道，"是这样吗？报道还在进行吗？你准备什么时候播？"

　　麦克休告诉他，对于正在进行的报道，他不能透露任何信息。戴维斯说他正在度假，并把他的手机号码告诉了麦克休。"我和克林顿夫妇共事多年，现在我正在为哈维做事，"戴维斯说道，"我是来帮忙的。"麦克休匆忙挂断电话，在那天下午剩余的时间，我们都感到些许不安。

＊　　＊　　＊

　　我订了当天晚上去洛杉矶的机票。我希望最终能说服卡诺萨出镜。内斯特也同意跟我见面，商量可能进行的正面采访。

我走进肯尼迪机场候机楼的时候，卡诺萨打来电话。她的声音听起来很紧张。"他一直给我打电话。"她说道。韦恩斯坦似乎想要跟她保持密切关系，一直告诉她他非常看重她的忠诚。

"如果你觉得不能做这——"

"不。"她坚定地说道。她的脸会藏在阴影里，但她会接受采访。"我会接受采访。"我们约定了时间。

奥本海姆为了阻止报道提出的最新理由是，需要等待科沃指派一名制作人。但我和麦克休告诉 NBC 管理层，我们将继续采访。

* * *

在世界贸易中心跟我擦身而过后，私家侦探们就一直在那儿附近蹲守。凯金不停地抽烟，不时瞥一眼手机，等待全球定位系统的进一步数据，但他始终没等到新数据。那天晚上，奥斯特洛夫斯基再次来到我的公寓外监视，但也一无所获。"完全不用担心罗南这边的情况，"他给他的老板发短信说道，"说真的，我理解现在的情况，除非我们真的找到他，否则就别指望拿到钱。"

第 31 章

会合

　　哈维·韦恩斯坦也对没有近况更新感到不满。大卫·博伊斯给安迪·拉克打电话，因为他答应过韦恩斯坦会打电话。博伊斯问拉克报道是否还在继续。

　　拉克表现得十分配合和热情。通话过程中，他大部分时间都保持沉默，就像他早些时候与韦恩斯坦通话时一样，当时韦恩斯坦暗示跟员工上床这种事司空见惯。20世纪80年代末，他担任新闻节目《西57街》执行制作人的时候，当时已婚的拉克曾与下属和记者发生性关系。节目记者简·华莱士（Jane Wallace）称拉克"近乎冷酷无情"。她声称在剧组工作时，拉克"几乎有一个月的时间天天"邀请她共进晚餐，声称想庆祝我签约。"如果你的老板那样做，你会说什么？"她后来对我说，"你知道如果你说'我不想跟你一起庆祝'，就是在自找麻烦。"华莱士说事情"最终是双方自愿的，但我不仅仅被骚扰，还被打了"。这段关系最后还是恶化了。她表示拉克变得反复无常。她回忆起离开节目组的时候，他大声叫着："你永远不会被重用。"然后新闻网对此事采取了一种当时几乎无人知晓的应对策略：给了她一笔可观的报酬，要求她签一份有法律效力的保密协议。[1]华莱士接受了这个条件。"直到我真正离开那里，才对发生的一切深有感触。这一切都让我厌恶不已，"她告诉我，"事实上，如果不是因为他那样，我可能会继续做那份工作。我喜欢那份工作。"

拉克的其他几名前雇员回忆起他与年轻的助理制作人詹妮弗·莱尔德（Jennifer Laird）的一段情。据这些前同事回忆，当两人的关系结束时，拉克满怀敌意，采取了一些在他们看来是惩罚性的行动。当莱尔德要求重新分配工作时，拉克断然拒绝。他强迫她加班，周末也不例外，并且建议她取消假期。但拉克通过发言人否认对莱尔德采取了任何报复性行动。莱尔德明确表示两人发生过关系，并表示后来"闹得很不愉快"。她对我说："不跟老板纠缠不清显然有道理。"

在入职 NBC 之前，大家就已经听过他的故事。"你为什么要那样做？"一名高管回忆自己得知史蒂夫·伯克决定重新启用拉克时质问对方，"就是他一手制造了那些文化麻烦！"

那天在与博伊斯的通话过程中，当谈到我们的报道在 NBC 的命运时，拉克打破了沉默。"我们已经告诉哈维，我们不会做这个报道，"拉克说道，"如果我们决定做，会告诉他。"

*　*　*

结束了在《纽约客》办公室的会议后，当天晚上我飞去了洛杉矶，格林伯格则给麦克休打了一通电话，声音听起来有点慌乱。他说奥本海姆让他"按下这件事的暂停键"。

"意思是我不能再报道其他相关任何事情了？"麦克休问道。

"这是老板的意思，"格林伯格答道，"这是命令。"

第二天早晨，格林伯格给我打电话，说了同一件事。

"诺亚的指示非常明确，"他告诉我，"我们不能拍这个采访。我们要暂停。"

我当时在乔纳森位于西好莱坞的家里。他惊讶地走到我身旁。"坦白说，你是在命令我取消这次采访。"我对格林伯格说道。

一阵漫长的沉默。"只是暂停。"他说道。

"采访已经安排好了。你要我取消它。这怎么能说是暂停？"

"罗南，"他生气地说道，"你必须停下来。"

"这次要暂停多长时间？"我问道，"NBC 新闻究竟为什么命令我们停止报道？"

他的声音听起来有点茫然不知所措。

"我——他——哈维的律师已经提出，每个员工都要遵守保密协议，"他说道，"我们不能只是鼓励他们违反协议。"

"里奇，法律风险并不是这样的。安排采访不——"

"这是诺亚的决定，"他说道，"你不喜欢这样，我理解，但我认为我们所处的位置让我们无法对此表示异议。"

* * *

我在公寓里踱来踱去，跟乔纳森讨论现况。奥本海姆建议我把报道带去另外的媒体发表，我觉得这么做很危险。"他知道这件事放在别的地方发表就是个丑闻，不是吗？"乔纳森指出。我想继续与报道禁令作斗争。但如果我这么做，矛盾可能会公开化，新闻网可能会阻止我将这些材料带出门。

对于我接下来要做的事情，乔纳森给了一些建议。我给奥本海姆打电话，表示我愿意接受他的建议"听从上帝的旨意"，找一家纸媒发表这篇报道，但会以一种不具威胁性的友好的方式呈现出来。我如实告诉他，一名纸媒编辑已经对此表达了初步兴趣。我没说是哪家纸媒。我建议 NBC 继续拍摄我的采访内容，等我在纸媒上发表报道后，再播出电视版。

"我不想妨碍继续做一些事情。我的直觉告诉我这听起来是个合理建议。"奥本海姆说道。他听起来如释重负。"让我喘口气，10 分钟后再来找你。"

他如约在 10 分钟后给我发来消息，表示我的建议很好。我问他在接下来对卡诺萨的采访中是否能继续用 NBC 的人。我指出，他不会因此必须播出采访内容，这么做只是为了保留选择权。"不幸的是，"他回复道，"在审查完成之前，NBC 不能做任何事。"[2]

在 24 小时之内，奥本海姆将会与科沃以及他手下的制作人见面，并停止审查。其中一名制作人表示内斯特"还没做好出镜准备"。内斯特之前告诉我，如果我需要，她可以出镜，但她现在否认说过类似的话。科沃一度宣称，采访不够直观，不会是什么出彩的电视报道。

然后，格林伯格给麦克休下达了最后命令，要求他停止接听有关报道的电话。"你们必须暂停！"他说道。麦克休想到韦恩斯坦过去多次成功压制报道，于是回复道："我们正在让他赢得报道权。"

* * *

由于失去了新闻机构这个依靠，我找不到人咨询安全问题，如果韦恩斯坦决定以个人名义起诉我，我也得不到保护。我给福利-门德尔松打电话。"他显然已经威胁过 NBC，"我说道，"我知道这个报道很重要，但我想弄清自己暴露了多少。"

"把你手头上所有的资料都发给我，"她说道，"我们可以聊聊这件事。"

"但你觉得我会在没有新闻机构支持的情况下继续采访？"

她思考了一下这个问题。

"我不知道具体的法律风险，但我觉得你不应该取消任何事。你绝不要停止报道。"

福利-门德尔松主动提出要把我介绍给《纽约客》的律师法

比奥·贝尔托尼（Fabio Bertoni）。向不受杂志雇用的作者提供法律建议——即使是非正式的法律建议，并不符合标准操作程序。但是，福利-门德尔松能感觉到我的处境有多危险。

＊　　＊　　＊

在等待雷姆尼克消息的时候，我给福利-门德尔松发了很多紧张不安的短信，让她知道我在继续为报道的事情打电话，想从她的回复中读出任何表示进一步承诺的信息。

我如约收到了法比奥·贝尔托尼的消息。他之前曾在《美国律师》（*American Lawyer*）杂志和哈珀·柯林斯出版集团工作过，主要负责处理我所面临的出版威胁。当我解释说 NBC 之所以坚持暂停报道，可能是因为担心法律风险时，他实在难以理解。"播出报道的时候才会有风险，"他说道，"对于未发表的报道采取任何法律行动的做法极不寻常。"当我告诉他争论的焦点在于侵权干涉时，他更不解了。他的观点跟我与新闻网谈话时试图表达的观点一致：如果新闻机构对与签署了保密协议的员工进行谈话持否定态度，那么大部分政治和商业报道都将无法进行。我与《纽约客》初期接触的感觉有点像实验室动物第一次在草地上行走。

"所以，哪怕知道他在主动威胁，我也要继续吗？"我问道。

"事情是这样的，"贝尔托尼说道，"大家很容易抛出可怕的法律威胁。但要完全按照它们行动又是另一回事了。"

＊　＊　＊

我答应过卡诺萨让她出镜，我不想因为改变计划而吓坏她。于是我准备尝试自己雇人干活。麦克休被命令不得协助拍摄，但他仍然坚持帮助我，他就是这种人，他不停地给我发来可以帮我的人员名单。采访时间定在了 8 月下旬的一个周一，当天正好赶上日全食。我们联系的大多数自由职业者蹲守在怀俄明州等理想观测地，忙于拍摄日全食。仍然待在市区的人则面临一个更大的问题：几乎所有人都曾为韦恩斯坦的电影工作过，或是将来要为他工作。最后我找来一个叫尤利·邦内坎普（Ulli Bonnekamp）的摄像师帮忙。他开价很合理，可能因为他知道我是单枪匹马在做这件事，也可能因为他觉得这是个值得关注的话题。

我问卡诺萨，在酒店房间拍摄是不是更舒服一点，她表示去乔纳森的住处拍摄更好，她之前跟狗建立了良好关系，让她感觉很舒服。日月地三星会合开始时，我和摄像师正在改造西好莱坞的房子。我们忙着搬运沙袋和三脚架，在窗户上贴上遮光布，处置起乔纳森的家具来可以说是毫不留情。

＊　＊　＊

下午 3 点左右，奥本海姆发来一条短信。"书面重申一下，你们所做的任何进一步报道，包括今天的采访，都不代表 NBC，也不会得到 NBC 的支持。不仅仅是你自己要清楚这一点，任何跟你交谈的人都要清楚这一点。"[3]

"你知道我的立场，"我回复道，"但我也理解你们，尊重你们的决定。"

卡诺萨到了之后，我坦白地告诉她报道前途未卜。我向她表示，这次采访仍然很有价值。我会努力争取在其他地方发表。她没有退缩，那天晚上，我们开始进行采访拍摄。那次采访令人震撼。"他创造了一种环境，在那种环境里，保持沉默比公开真相对你更有好处。"卡诺萨谈到韦恩斯坦时说道。

"对于那些纠结于这篇报道是否重要，你的指控是否足够严肃、可信的新闻媒体，"我说道，"你有什么想对他们说的吗？"

"如果你们不支持这个报道，如果你们不推动这个报道，不曝光他，你们就是站在历史错误的一边，"她说道，"他终将被曝光。曝光他对你们有好处，不要等到他被别人曝光的那一天，到时候所有人都知道你们曾经掌握一些内幕消息却没有采取任何行动，公开这些消息本可以阻止其他女性再经历这一切，而你们却坐视不理很多年。"

第 32 章

飓风

　　8 月的最后几周，4 级飓风袭击墨西哥湾。我和埃米莉·内斯特坐在布伦特伍德的一家咖啡馆，角落的电视机里播放着飓风肆虐的画面。自从内斯特跟我说，如果 NBC 想让她露面，她可以出镜后，她从未退缩过。但我也没告诉她，这次的报道已经失去了 NBC 的支持，现在出镜意味着要接受纸媒的事实核查。

　　"我现在想问你，你是否还愿意接受采访？"我说道。我告诉她，我会把草稿寄给《纽约客》，杂志方面将决定是否以此为基础进行报道。我告诉她每个受访者仍然很重要。

　　"我已经考虑了很久。"她说道。我端详着面前这个陌生人充满焦虑的脸，我彻底打乱了她的生活，活生生"折磨"了她好几个月。她沉默了一会儿，然后说道："我会接受采访。"

　　我冲出咖啡馆，赶回去对草稿进行最后的润色。下面就是被 NBC 新闻拒绝、《纽约客》准备考虑的报道内容：

在长达 9 个月的调查过程中，5 名女性直接向我指控哈维·韦恩斯坦多次对其进行性骚扰和性虐待。这些指控包括对雇员提出不恰当的性请求，在纽约警察局的录音中承认相关不当抚摸和接触，以及两项强奸指控。这些指控的时间跨度近 20 年。其中许多女性曾为韦恩斯坦工作，她们控诉这些事情发生时都是以开专业会议做幌子，她们声称韦恩斯坦将其引诱至酒店，她们在那里意外地遭受了性骚扰。至少在 3 起案例中，韦恩斯坦动用了附带严格保密协议的巨额财务和解手段，以防止刑事诉讼和公开曝光。

韦恩斯坦公司的 16 名前任和现任高管及助理证实了这些指控，表示他们目睹了非自愿的性骚扰、不恰当的身体接触以及指控中所描述的韦恩斯坦利用公司资源建立起的性关系网。

我把草稿发给福利-门德尔松。乔纳森客厅里的电视已经静音，此时正播放着飓风哈维造成巨大破坏的画面。

*   *   *

而在洛克菲勒广场 30 号，韦恩斯坦正在不停地和他的中间人电话往来。一天下午，兰尼·戴维斯收到了韦恩斯坦的一个请求，很像博伊斯正在处理的那种请求。戴维斯出席了韦恩斯坦团队和《纽约时报》的一次会议，会议的重点是商讨韦恩斯坦被指控滥用为艾滋病研究基金会筹集资金的问题。

会议结束后，韦恩斯坦告诉戴维斯："我刚跟 NBC 的人聊过。你能去打探一下那个报道的进展情况吗？"

"哈维，"戴维斯答道，"我告诉过你，我不愿卷入这种有关女人的事情中。"

"我只想让你去跟大厅里的人见一面，问问报道情况。"韦恩斯坦说道。

"如果非让我去，我希望有人陪我一起去。"戴维斯回应道。

韦恩斯坦听到他这么说，表现得有点紧张。"你为什么会这么想？"他问道。

"因为我不应该做这件事，我希望有人能为我说的每一个字做证。"

韦恩斯坦有点生气，但还是表示没关系，于是，戴维斯就和韦恩斯坦公司的一名员工一起前往洛克菲勒广场 30 号。在访客问询台前，戴维斯说他要见诺亚·奥本海姆。

"奥本海姆先生知道我要来。"他对问询台处的助理说道。后来，NBC 方面会说戴维斯对奥本海姆搞了个突袭。对于这种说法，戴维斯告诉我："我通常不愿使用'撒谎'这个词，但这次我不得不这么说。我绝对肯定有人知道这是故意曲解。"

毫不意外，几分钟后，奥本海姆下来了。跟随戴维斯一起去的韦恩斯坦公司员工就在不远处观望着两人。

"罗南·法罗有关哈维的报道怎么样了？"戴维斯问道。

奥本海姆迅速答道："哦，他没再继续报道了。他不给我们干活了。"他说出这番话的神情不禁让戴维斯猜测我是不是已经被开除了。

＊　＊　＊

9月5日，天仍然很热，我又来到《纽约客》办公室。电梯上升的时候，我几乎不由自主地画了个十字。在雷姆尼克的会议室里，雷姆尼克、福利-门德尔松、律师贝尔托尼、执行编辑多萝西·威肯登（Dorothy Wickenden）和杂志公关主管娜塔莉·拉伯（Natalie Raabe）坐在我对面。我不知道雷姆尼克会说些什么。

"在座的每个人都知道这次的报道，"他说道，"你为什么不告诉我们一点最新情况？"

我从草稿的开头部分开始讲起，最后讲到如何搞定了卡诺萨的采访。我还提到受访对象持续面临的压力，她们接到的那些电话。

"这些受访对象愿意在法庭上坚持对你说过的事情吗？"贝尔托尼问道，"你觉得她们会这么做吗？"

我告诉贝尔托尼，我已经问过几个主要的受访对象，她们都表示愿意这么做。

我们加快了谈话节奏：雷姆尼克和贝尔托尼轮流就报道细节和支持报道的证据提出问题。我收到了那个向内斯特坦言有不当行为模式的高管赖特的信息吗？我收到了。古铁雷斯愿意给我们看她的保密协议吗？她愿意。对这次报道已经非常熟悉的福利-门德尔松不时插话，提醒他们这里有个次要消息来源，那里有份文件。

稍后，会议室里的几个人都用同样的形容词来形容我:悲伤，绝望，试图在每次回答问题时先发制人。其中一个人表示，我好像在进行论文答辩。

我想起几周前的那次会谈，当时奥本海姆第一次毙掉了这次报道。我仔细打量对面的一张张脸，想确定该如何传达其中的利害关系。在杂志行业工作了几十年的老将威肯登温和地说道:"你已经在这次报道上花了很多时间，是吗?"

我再次想起莎拉说过的话、播放韦恩斯坦的录音时古铁雷斯的畏惧，以及内斯特做出决定时的模样。"我知道可能会惹上官司，"我说道，"我知道把这个报道带到这里来，意味着有更多审查、更多事实核查。我只是认为材料已经足够，值得为这个报道冒险。"

会议室里一阵沉默，大家交换了一下眼神。

"好，"雷姆尼克说道，他语调平和，仿佛置身事外，"你跟迪尔德丽一起干活。事实核查结果出来之前，我们不做任何保证。"

雷姆尼克做事考虑周详，为人低调内敛。他发表过西摩·赫什(Seymour Hersh)关于阿富汗和巴基斯坦的极具争议性的报道，以及劳伦斯·赖特(Lawrence Wright)有关基督教科学派(Church of Scientology)的调查报道。但这次将是一次全新的特殊挑战。"我们直击要点，"他说道，"只看事实。"

* * *

没过多久，在公园大道的洛斯丽晶酒店，哈维·韦恩斯坦遇到一名女演员，当时后者身边还有《国家问询报》的老熟人迪伦·霍华德，他们一起退到酒店一角。那一时期，霍华德很多时间都跟韦恩斯坦在一起。霍华德经常对想要联系他的同事说："我跟哈维在一起。"霍华德递给哈维几个厚厚的文件夹。在接下来的几个小时里，他和韦恩斯坦仔细审查文件内容，低着头轻声交谈。其间，韦恩斯坦的一名助理走到两人的桌旁，告诉韦恩斯坦有电话找他。韦恩斯坦匆忙遮盖手里的文件。"你他妈的在后面干什么？"他咆哮道。霍华德同情地看了一眼助理，随后小声对助理说道："一点也不嫉妒你的工作！"

霍华德持续关注着韦恩斯坦的对手们。他对马特·劳尔也很感兴趣，后者是《国家问询报》的长期关注对象。霍华德看过未发表的有关劳尔报道的"删除文件"，《国家问询报》已经刊登过三篇有关这位《今日秀》主持人的负面报道。而就在霍华德与韦恩斯坦在洛斯丽晶酒店会面后不久，第四篇相关负面报道也将见报。这些报道集中报道了劳尔的不忠行为，尤其是工作时的出格行为。其中一篇的标题是《NBC再给卑鄙的劳尔一次机会》[1]，另一篇则是《嘿，马特，那不是你老婆！》[2]。

第33章

鹅

那时，韦恩斯坦正疯狂采取行动，在媒体上施展他一贯的恫吓力和影响力。霍华德的老板、美国传媒公司的大卫·佩克一直是他的亲密盟友，他出现在韦恩斯坦的电子邮件中的频率也明显增加。"亲爱的大卫，我刚刚想联系你，"9月下旬韦恩斯坦在一封邮件里写道，"你现在方便接电话吗？"[1]佩克答复道："我在沙特阿拉伯出差。"[2]后来，韦恩斯坦建议联手收购《滚石》杂志[3]，将其并入佩克的媒体帝国，然后在幕后操控。佩克一开始表示反对，后来同意了。"我可以削减成本，让盈利达到1000万美元……如果你想要它，花4500万美元就能拥有52%的股份。我很乐意为你做所有幕后工作，负责杂志印刷和数字运营。"[4]

韦恩斯坦也加强了与NBC的联系。奥本海姆的前任德博拉·特纳斯也曾接到相关电子邮件和电话，现在他负责国际内容。韦恩斯坦提议就其正在拍摄的一部关于希拉里的纪录片进行合作。"你的希拉里的系列纪录片听起来相当棒,"特纳斯写道,"我很感兴趣,保证留出几个晚上的时间,把我们的平台打造成'希拉里频道'!"[5]

9月末,韦恩斯坦给罗恩·梅耶(Ron Meyer)发了封电子邮件,梅耶是环球影城的资深高管,时任 NBC 环球的副总裁。"亲爱的罗恩,"他写道,"我想跟你谈谈环球制作我们影片的家用录像带和视频点播的事情——我们正跟你的人谈判,我认为从高层得到一点消息总不会错。"[6]梅耶回复道:"我乐见其成。"[7]韦恩斯坦公司的首席运营官大卫·格拉瑟(David Glasser)后来又发了多封邮件,表明双方对拟议中的合作正达成一致意见。接下来是起草投资意向书,然后提交公司高层审批。[8]格拉瑟的团队开始与 NBC 环球的两名家庭娱乐高管讨论合作细节。[9]"我对我们的合作充满期待,"梅耶很快给韦恩斯坦发邮件写道,"就像我说过的,如果有任何问题,请告诉我。"[10]这笔交易后来并没有继续推进。

在兰尼·戴维斯汇报了与奥本海姆会谈的情况,并听取了博伊斯与拉克通话的最新进展后,韦恩斯坦似乎松了口气。韦恩斯坦认为这两件事明确证实 NBC 放弃了我的报道,很可能连我本人也被一并弃之门外。但他还想要更多。他命令他的法律团队再给 NBC 打一轮电话。不久,苏珊·韦纳就接到了戴维斯手下一名律师的电话,她大致这么回应对方:我已经不再为NBC 新闻工作了。

*   *   *

我对这些事情一无所知。我跟 NBC 新闻的合同还没到期，而且我之前还在考虑续签合同。报道被毙掉动摇了我的想法，但我仍然留恋新闻网，舍不得我的上司们。格林伯格对于在未来几年扩大我的调查报道工作充满热情。《今日秀》执行制作人唐·纳什（Don Nash）提议让我担任这档节目的主要调查记者。

9 月 11 日，我和麦克休结束一个关于医疗保健报道的拍摄工作后返回 NBC，我再次跟奥本海姆坐下来谈了谈。我们聊到了他的好莱坞项目，包括酝酿已久的关于哈里·胡迪尼（Harry Houdini）的剧本。他正在考虑主角人选。我推荐了迈克尔·法斯宾德（Michael Fassbender）。奥本海姆以编剧讽刺好莱坞经纪人的语气表示，法斯宾德没法驾驭这部电影。我小声提到了《刺客信条》（Assassin's Creed），最后，我俩似乎就好莱坞一些令人反感的东西达成了一致意见。

我对奥本海姆说了我的未来计划。他同情地看着我，告诉我他已经过问过这件事。"预算里已经装不下你了。"

"哦。"我说道。

他说新闻网或许可以让我回来做一些零星的报道。"我们不能保证任何事情。对不起，我尽力了。"他说道。

谈话结束后，我给乔纳森打电话说道："我要失业了。以为不会发生这种事。对方可是媒体大亨，我只是做个节目……"

"反正你也不喜欢早起。"他回应道。

＊　　＊　　＊

回到洛杉矶，我在乔纳森的家里接到了一个来自英国的电话，我不认识来电号码。打电话的人自称是赛斯·弗里德曼，经常为《卫报》撰稿。他说他"正跟其他报纸的记者合作写一篇有关电影业生活的非常温和的文章"。他的描述十分含糊其词。"我们在做调查时遇到了一些我们没法使用的东西，"弗里德曼继续说道，"我只是想知道我们手头的东西会不会对你有用。"

他还询问了麦高恩的情况，说她"对我们正在做的事情非常有帮助"。然后他提出，如果我能多说一点有关我的工作的情况，他能帮我联系另一个备受关注的知情人。

"有个人跟我说：'法罗先生可能正在做相关事情。'"

"谁跟你说的我可能对这个话题感兴趣？"

"如果可以的话，我不想说，我并没有什么恶意，只是那个说'法罗先生可能正在做相关事情'的人不想卷进来。"

我告诉弗里德曼，我欢迎一切提供消息的人，但我什么也不能告诉他。他沉默了一会儿，明显不太满意。"如果有人对某人提出指控，英国的诽谤法可是非常严厉的，如果你只是说'X女士是这样指控Y先生的'，没人会发表这样的文章。除非你有证据证明。这里的情况跟美国不一样，你能光发表'这个人说了其他人那样'的东西吗，还是你也需要一些证据支持这样的言论？"这听起来像是个警告。"在对你的故事的细节没有更多了解的情况下，我真的不能给你任何建议。"我告诉他，然后礼貌地结束了通话。那个月，弗里德曼给我打了好几次类似的电话，他通过电子邮件和 WhatsApp 收到了黑魔方一名项目经理的相关指示。

*　*　*

我和奥本海姆见面大约两周后，苏珊·韦纳打来电话。"我给你打电话是因为我们一直关注着有关韦恩斯坦先生的报道，"她说道，"我们以为已经跟你说清楚了，NBC 不愿意以任何方式卷进这件事。"

我告诉韦纳，虽然奥本海姆已经明确表示他没法先播报道，我们仍在考虑报道在纸媒发表后，再在电视上播出的可能性。格林伯格曾多次告诉麦克休，这不是不可能的事。

"我不能代表里奇和诺亚说什么，但我的理解是，NBC 没兴趣成为这个报道的一部分，"她说道，"NBC 根本不想和这件事扯在一起。而据我们所知，你一直自称是 NBC 的记者。"

当时，哈维·韦恩斯坦已经收集了大量我发给知情人的介绍性电子邮件。韦纳开始大声读出其中一封邮件的内容。"我在这封邮件里看到你说你为 NBC 新闻做过报道。"

"嗯，十分准确。"我回应道。我一直对知情人实话实说。由于这个报道已经被纸媒看中，我没有说过 NBC 会继续参与此事。但我提到了我在 NBC 的工作，以此证明我的身份。甚至在与奥本海姆谈过预算问题之后，我还希望继续做这份工作，哪怕他只能给我一点零活。

"我认为你的合同现在已经终止了，"韦纳说道，"如果你以任何方式暗示 NBC 与这个报道有关系，我们将被迫公开这一情况。"

"苏珊，我们在一起共事多年，"我说道，"你可以让诺亚放心，我不会说 NBC 也参与了这件事，但没必要——"

"显而易见，我们不想公开谈论你的合同状态，但如果我们收到任何关于此事的投诉，我们将被迫这么做。诺亚希望确保'NBC'这个词不会出现在任何关于这个报道的谈话中。"

＊　＊　＊

跟身边人聊天的时候，韦恩斯坦表现得欣喜若狂。"他一直在说：'如果我能让新闻网毙掉一个报道，让一份报纸做同样的事又有多难呢？'"其中一人回忆道。韦恩斯坦似乎指的是在《纽约时报》的麻烦。"他得意扬扬，"韦恩斯坦公司的一名高管补充道，"他会大声对我们说这种事。他会说：'我让他们毙掉了那个该死的报道，我是这里唯一能为所欲为的人。'"

就在韦纳给我打电话的前一天，在快下班的时候，韦恩斯坦给奥本海姆发了一封热情洋溢的邮件，希望言归于好：

发件人："办公室，HW"＜HW——＞
日期：星期一，2017 年 9 月 25 日，4:53PM

收件人：NBC 环球 <noah——>

主题：来自哈维·韦恩斯坦

亲爱的诺亚：

我知道我们一直意见不合，但我和我的团队今天看了梅根·凯利的节目，觉得她很棒——恭喜你，我要送你一份小礼物，表示祝贺。节目形式也很出色。如果有什么我们可以帮忙的尽管说，我们未来有非常丰富的电影和电视资源。《威尔和格蕾丝》（*Will&Grace*）既温馨又搞笑——整个剧集的呈现方式真的很巧妙，十分巧妙，非常巧妙。

祝好！

哈维

奥本海姆回复道："谢谢，哈维，谢谢你的美好祝福！"[11]

不久之后，韦恩斯坦的工作人员收到了一条信息，一如既往地通知他们邮寄礼物的情况："情况更新，诺亚·奥本海姆收到一瓶灰鹅伏特加。"[12]

第34章

信

整个 9 月，我在创新精英文化经纪公司的经纪人都在给我打电话。一开始是我的经纪人艾伦·伯格和他的老板、公司负责人之一布莱恩·卢德（Bryan Lourd），他们打电话来告诉我韦恩斯坦一直在纠缠他们。我回应他们，如果关于韦恩斯坦的报道有进展，我会在适当的时候尽早跟他见一面。卢德把我的话转达给韦恩斯坦时，他不愿接受这个回答。据卢德说，韦恩斯坦出现在经纪公司位于洛杉矶的办公室，并且咆哮了一个多小时。

"他说他还远远不够完美，很长时间以来都在独力支撑，觉得别人一直戴着有色眼镜看他，"卢德说道，"老实说，我一直在想，我不是自愿来做这个的。为什么现在会发生这样的事情。"韦恩斯坦说他雇了很多律师。他不想给我制造麻烦。我们必须马上见面。

接下来那周的周二，也就是我跟韦纳通话的同一天，韦恩斯坦又给卢德发了封电子邮件，要求他立即安排会谈，卢德给他回复了最新情况。[1]

这个家伙不会马上跟你见面

他的确说过他很快会给你打电话

我认为他一定还在继续报道

B

那个周五，韦恩斯坦不停地给伯格和卢德打电话。韦恩斯坦告诉伯格，他的法律团队已经做好准备。他特别提到了哈德、博伊斯，以及丽莎·布鲁姆——当伯格向我重复这个名字的时候，我大吃一惊。

几小时后，创新精英文化经纪公司的各个办公室都收到了一封信。[2]我想起电影《哈利·波特》（Harry Potter）里的一幕，霍格沃茨的入学邀请函从壁炉、信箱和窗户飞进去。伯格打电话来把信念给我听。这不是去霍格沃茨的邀请函。信来自查尔斯·哈德，哈维·韦恩斯坦威胁起诉我，他只是在传达这一威胁，他在信中暗示已经与 NBC 新闻达成协议。

亲爱的法罗先生：

本律师事务所是韦恩斯坦公司的诉讼顾问。

我们知道你已经采访了某些隶属于韦恩斯坦公司（以

下统称为"TWC")的人,或其员工和管理人员,并且一直在联系隶属于 TWC 的其他人,试图进行额外的采访,而他们每个人都在说,你正在为 NBC 环球新闻集团("NBC")做一个报道。而 NBC 已经书面通知我们,他们已经不再进行任何有关 TWC 的报道(包括对其员工和管理人员的报道),并且所有类似活动都已被终止。因此:

1. 你所进行的或参与的所有有关 TWC 的采访(包括对其员工和管理人员的采访)都是 NBC 的财产,不属于你个人,NBC 也没有授权你使用任何这类采访素材。

2. 特此要求你将你所做的与 TWC 有关的工作产品(包括与其员工和管理人员相关的)移交给苏珊·韦纳律师,NBC 环球执行副总裁、法律副总顾问,纽约市洛克菲勒广场 30 号,NY10112。

3. 如果 NBC 出于任何目的将任何内容授权给你,TWC 将要求 NBC 为包括诽谤在内的你的非法行为承担连带责任。

4. 你所进行的或参与的有关 TWC 的所有采访(包括对其员工和管理人员的采访)现在都无效,因为这些采访都是基于 NBC 为报道所做的采访。NBC 已经停止参与报道。因此,你无权出于任何目的使用任何此类采访素材,如果你这样做,你将涉嫌虚假报道、欺骗及(或)欺诈。

5. 如果你正与其他新闻媒体就你有关 TWC(包括其员工和管理人员)的调查和报道进行合作,请向我司提供相关新闻媒体的名字和联系信息，以及你向该公司汇报工作的联系人的信息，以便我们向该公司发送我的客户的诉讼索赔通知。

6. 无论是现在还是将来，如果你意图发表或传播任何有关 TWC（包括其员工和管理人员）的报道或声明，我们要求你向由本司负责的客户提供你意图发表或传播的有关 TWC（包括其员工和管理人员）的每份声明的列表，包括由你和第三方发表的所有声明，以便我的客户向你发送任何涉嫌虚假和诽谤性声明的特别通知，要求你终止和停止发表或传播任何此类声明，否则将面临数百万美元的索赔诉讼，并且你至少要给我的客户 15 天（十五天）时间对你将要发表或传播的报道或声明做出回应。

7. 终止并停止与 TWC 现任和前任员工及承包商的任何及所有进一步联系。这些人全都签署了保密协议，你过去和未来与他们的任何联系都构成对合同的故意侵扰。

这些后面还跟着长达数页要求我保存文件以应对可能提起的诉讼的内容。NBC 后来否认曾与韦恩斯坦达成协议，并表示哈德歪曲了双方的沟通意见。

我把信转给贝尔托尼。"我想要重视它，但此刻我真的觉得这封信很蠢。"他说道。他认为 NBC 不太可能对采访的基本内容提出版权要求，而且无论如何，他都无法想象 NBC 真的会受人胁迫。不过，他后来回忆时表示，信中关于 NBC 书面保证已经终止报道的文字"让我感到震惊"。

那年夏天我最后一次接听丽莎·布鲁姆的电话时，向她表达了难以置信的情绪。

"丽莎，你以律师和朋友的身份发誓，你不会把我说的话透露给他的人。"我说道。

"罗南，"她答道，"我就是他的人。"

我回想她给我的电话、短信和语音留言，催促我提供信息、摇摆不定的知情人信息，诱导我去见布莱克·希纳。布鲁姆提醒我，她提到过她认识韦恩斯坦和博伊斯。但那是在她答应不泄露我告诉她的任何事情之后才发生的事。她一直向我打听相关事宜，但她并没有透露过她实际上代理韦恩斯坦。

布鲁姆告诉我，韦恩斯坦已经选了她，她一直处于尴尬的境地。"罗南，你得有所表示。我能帮你。我能找大卫和哈维谈谈。我能帮你解围。"

"丽莎，这不合适。"我说道。

"我不知道你在接触哪些女人，"她说道，"但我可以给你一些关于她们的信息。如果是罗丝·麦高恩，我们有她的档案。第一次发生这种事的时候，我亲自调查过她。她疯了。"

我回过神来，对她说道："我欢迎你提供任何你认为可能与我正在进行的报道有关的信息。"然后我挂断了电话。布鲁姆一直没有抽出时间把麦高恩的所谓丑闻发给我。

第 35 章

变种DNA

面对哈德的威胁，我没有妥协——甚至没有听从贝尔托尼的建议对其做出回应。我只是继续忙报道的事。那个月，我终于和米拉·索维诺（Mira Sorvino）通了电话。索维诺是演员保罗·索维诺（Paul Sorvino）的女儿，在 20 世纪 90 年代崭露头角。1995 年，她凭借在电影《非强力春药》（*Mighty Aphrodite*）中的表演获得了奥斯卡奖，这是韦恩斯坦发行的伍迪·艾伦的电影之一，他在对 NBC 的威胁中也强调了这一点。在接下来的一两年里，她成了真正的电影明星，并在韦恩斯坦的另一部电影《变种 DNA》（*Mimic*）中担任主角。拍完这部电影之后，她就有点销声匿迹了。

我们第一次通话时，索维诺听起来有点惊慌失措。"我的事业已经因为这件事大受打击。"她告诉我。"这件事"是指他们在一起工作时，韦恩斯坦实施性骚扰的老一套。1995 年 9 月，在多伦多国际电影节宣传《非强力春药》期间，她发现自己跟韦恩斯坦一起待在酒店房间里。"他开始按揉我的肩膀，我感到很不舒服，然后他想要进一步的身体接触，几乎是在追着我跑。"她说道。他想亲她，她急忙躲开，想尽办法挡开他，跟他说跟已婚男人约会违反她的宗教信仰。然后她就离开了那个房间。

过了几周，她已经回到纽约，某个午夜时分，她的手机响了起来。电话是韦恩斯坦打来的，他说他对《非强力春药》有了新的营销想法，要求见面聊一聊。索维诺约他在一家通宵营业的餐厅见面，但他说去她的公寓，然后就挂断了电话。"我吓坏了。"她告诉我。她给一个朋友打电话，请他过来扮演她男朋友。韦恩斯坦按响她的门铃的时候，她的那个朋友还没到。"哈维设法绕过了看门人，"她说道，"我惊恐地打开门，怀里抱着我养的 20 磅重的混血吉娃娃，用来壮胆。"当她告诉韦恩斯坦她新交的男朋友正赶过来时，他似乎有点沮丧，接着就离开了。

索维诺说她当时很害怕，惊恐不已，当她对米拉麦克斯公司的一名女员工说受到骚扰时，对方的反应是"对于我说出这件事感到震惊和恐惧"。索维诺回想起"她脸上的表情，就像我突然变得有放射性伤害了一样"。

索维诺确信，在她拒绝韦恩斯坦后，他对她进行了打击报复，把她列入了黑名单，损害了她的事业。但她也承认很难证明这一点。在《非强力春药》之后，索维诺又出演了几部韦恩斯坦的电影。在《变种DNA》中，当韦恩斯坦和他的弟弟鲍勃解雇了导演吉尔莫·德尔·托罗（Guillermo del Toro），并违背其意愿重新剪辑影片的时候，她表示反对，还为德尔·托罗辩护。"我不能确定究竟是《变种DNA》还是他之前骚扰的原因，"她告诉我，"但我强烈地感觉到，在我拒绝并说出他的骚扰行为后，我遭到了报复。"后来，她的怀疑得到了证实：导演彼得·杰克逊（Peter Jackson）说，当他考虑让索维诺和艾什莉·贾德出演《指环王》的时候，韦恩斯坦插手了这件事。"我记得米拉麦克斯公司告诉我们，跟她们合作简直就是噩梦，我们要不惜一切代价避免与她们合作，"杰克逊后来告诉一名记者，"当时，我们没理由质疑这些人告诉我们的事情。但事后回想起来，我意识到这很可能是米拉麦克斯公司在极力抹黑她们。"[1]

索维诺告诉我，对于是否说出自己的故事，她挣扎了很多年，并辩称她所经历的已经够好了，或许不必说出来，这些话既是说给我听的，也像是说给她自己的。但就像其他遭受不情愿的骚扰但没被侵犯的当事人一样，索维诺的发声对于确定韦恩斯坦的惯性骚扰行为至关重要。

索维诺十分优秀。她以优异的成绩从哈佛大学毕业。她还倡导与虐待妇女相关的慈善事业，包括担任联合国打击人口贩卖亲善大使。从我们的第一次谈话中可以听出，她在认真分析整件事情，她强烈的道德责任感在其中发挥了很大作用。

"你刚开始写的时候，"她说道，"我做了个噩梦，梦见你拿着一台摄像机到我面前，追问我和伍迪一起工作的事。"她还表示为我姐姐的遭遇感到难过。我告诉她——有点尴尬，语速太快，还改变了话题——我在这个行业一半的朋友都跟艾伦合作过，这不会影响我们的合作，而我姐姐的问题是她的问题，不是我的，她不应该为此担心。但我能感觉到她仍然在担心，在反复考虑。

索维诺决定帮我一把，我们又聊了几次电话后，她决定彻底公开上镜。但她声音里的恐惧从未消失。"当人们反抗权力掮客时，会受到惩罚。"她说道。我意识到她不仅仅是因为担心事业而如此焦虑。她问我是否有安全感，是否考虑过消失的风险，是否考虑过会有"意外"降临到自己头上。我表示我还好，正在采取预防措施，然后她想知道除了经常回头观望，我实际上采取了哪些预防措施。"你应该小心点，"她说道，"我害怕他的人脉不仅限于业内人士。那些坏人会带来人身伤害。"

* * *

各种声音纷至沓来。罗姗娜·阿奎特的经纪人消失之后，我找到了她的妹妹，后者答应传达我的请求。几天后，阿奎特和我通了电话。"我知道这一天会到来，"她说道，"我的心已经提到了嗓子眼。"她坐下来，努力让自己镇静下来。"我脑子里的警报声响个不停，'危险，危险'。"她告诉我。

阿奎特跟我说，在20世纪90年代初，她曾同意与韦恩斯坦在比弗利山庄酒店共进晚餐，一起为一部新电影挑选剧本。到了酒店，她被要求到楼上他的房间跟他见面。阿奎特回忆称，当她来到房间门口时，韦恩斯坦穿着一件白色浴袍开了门。他说他的脖子很痛，需要按摩。她告诉他，她可以推荐一位技艺高超的女按摩师。"他突然抓住我的手，"她说道，"把它放到他的脖子上。"当她抽回手的时候，韦恩斯坦又抓住了它，把它拉向他的阴茎，当时他的阴茎已经勃起，还露了出来。"我的心狂跳不已。我不知道该反抗还是转身逃跑。"她说道。她告诉韦恩斯坦："我永远不会做这种事。"

韦恩斯坦告诉她，拒绝他就是在犯一个大错误，他还提到一名女演员和一名模特，声称她们都屈服于他的淫威，结果在事业上都得到了他的帮助。阿奎特说她当时回应道"我永远都不会成为那种女孩"，然后就离开了。阿奎特的故事很重要，因为它跟我听到的其他故事密切相关：工作借口，见面地点转移到楼上，酒店房间，要求按摩，浴袍。

阿奎特也跟索维诺一样，认为自己的事业因为拒绝韦恩斯坦而受到了影响。"多年来，他让我的日子很不好过。"她说道。她的确在这件事之后在《低俗小说》里出演了一个小角色。但阿奎特觉得她之所以得到这个角色是因为它微不足道，以及韦恩斯坦对导演昆汀·塔伦蒂诺（Quentin Tarantino）的尊重。这也是一个主题：索维诺曾怀疑，她当时与塔伦蒂诺的恋爱关系保护了她免受报复，而当两人分手后，这种保护就消失了。后来，塔伦蒂诺公开表示，他本可以、本应该做更多。[2]

和索维诺一样，阿奎特也曾为弱势群体和受剥削群体发声。对她来说，这是不可推卸的责任。她提到比韦恩斯坦范围更广、更深入的阴谋集团。"那就是大男孩俱乐部，好莱坞黑手党，"

她说道，"他们互相祖护。"几次通话后，她同意加入报道。

当我告诉她，韦恩斯坦已经知道我的报道时，阿奎特说道："他将会竭尽全力追查相关人员的行踪，让他们闭嘴。他会伤害他们。他会这么干。"她不认为这个报道会成功。"他们会诋毁每一个站出来的女人，"她说道，"他们会追踪那些女孩。突然之间受害者就会变成行凶者。"

那时候，黑魔方已经发布了另一份简介。[3] 他们评估了与阿奎特对话的可能性，提到她与麦高恩的友谊，她在社交媒体上发布的有关不当性行为的帖子，甚至还提到一位曾遭受性侵犯的家庭成员。

*　*　*

在我第一次与阿奎特谈话的那天，与麦高恩合作的作品经纪人莱西·林奇给哈维·韦恩斯坦发了一封电子邮件，提议双方见一面。一周后，韦恩斯坦、林奇和林奇所在经纪公司创始人简·米勒（Jan Miller）一起坐在了羔羊俱乐部，这是一家位于曼哈顿中城区的餐厅，餐厅里装饰着百老汇和好莱坞的旧照片。林奇和米勒向韦恩斯坦推荐她们获得版权的各种文学作品。"我刚刚跟莱西·林奇和简一起吃了晚饭。"韦恩斯坦随后在给格拉瑟的邮件中写道，格拉瑟是他公司的首席运营官。韦恩斯坦提到了他最喜欢的故事，那个故事改编自林奇卖出的一本关于警察暴行的书。"我觉得这个故事很适合 Jay-Z。"[4] 韦恩斯坦写道。

那年夏天，林奇开始向韦恩斯坦靠拢。她担心他会报复那些跟他有关系的她的客户。后来，她公开表示，她知道他之所以对她感兴趣，是因为她和麦高恩的关系，她只是在敷衍他。[5]如果是这样的话，他从来没意识到这一点。在羔羊俱乐部，韦恩斯坦、林奇和米勒一直在聊工作。后来，韦恩斯坦还送了她们百老汇音乐剧《致埃文·汉森》(Dear Evan Hansen)的演出票。

* * *

在林奇介绍麦高恩和戴安娜·菲利普认识之后的几个月里，这两个女人继续结伴消磨时间。她们有时候会相约去洛杉矶和纽约的酒店酒吧。有时候两人会一起散步。有一次，麦高恩还带菲利普去了威尼斯海滨大道。她们一边散步，一边吃冰激凌。演讲活动只是一个开始。到那年秋天，菲利普开始认真聊到投资麦高恩的制作公司的事情。

那年9月，两人在洛杉矶见了菲利普在鲁本资本合作伙伴公司的一个同事。他和菲利普一样很有魅力，说话腔调优雅，流露出无法确定的口音。他自我介绍叫保罗·劳伦（Paul Laurent）。他跟菲利普一样，对麦高恩充满好奇，想要多了解她一点。三人谈到了合作的可能性，以及在宣扬能够保护和赋予女性权力的故事方面的共同信念。

麦高恩还在考虑如何讲述自己的故事，菲利普则从旁协助。两人讨论了麦高恩应该如何明确地指认韦恩斯坦，以及在什么情况下指认他。她们还就麦高恩对媒体所说的话和她在书中所写的内容进行了交流。在一次推心置腹的交流过程中，麦高恩告诉菲利普，在这个世界上她没有其他人可以信任。

第 **36** 章

猎人

几个月来，一直有知情人告诉我，意大利女演员艾莎·阿基多可以提供有关韦恩斯坦的故事。阿基多的父亲达里奥·阿基多（Dario Argento）是一位以拍摄恐怖片闻名的导演。阿基多在韦恩斯坦发行的犯罪电影《心太狂》（*B. Monkey*）中扮演过一个迷人的小偷，好莱坞对她有过简短的评论，认为她适合扮演具有异国情调的蛇蝎美人，而这也正是她在范·迪塞尔（Vin Diesel）主演的《极限特工》（*XXX*）里的角色形象。但事实证明，两者并不能完美契合。阿基多身上有一种边缘的、阴暗的、带有些许破坏性的特质。

和之前一样，与她的经纪人和艺人经理的谈话也是无果而终。但我在社交媒体上关注了阿基多，我们开始互相点赞彼此上传的照片。我第一次跟阿奎特通话的那天，也和阿基多互发了信息。不久之后，我们就通了电话。

阿基多很害怕，声音一直在颤抖。经过几次漫长且情绪激动的采访之后，她告诉我，韦恩斯坦在他们一起工作的时候侵犯了她。据她说，1997年，她受邀参加米拉麦克斯公司在法国里维埃拉昂蒂布的埃当罗克角酒店举办的派对。向她发出邀请的是米拉麦克斯意大利公司的负责人法布里齐奥·隆巴多（Fabrizio Lombardo），但几名韦恩斯坦公司的管理人员和助理告诉我，这个人的头衔只是个幌子，他实际上就是韦恩斯坦在欧洲的"皮条客"。

他还否认了阿基多接下来告诉我的事：隆巴多没有把她带到派对现场，而是带她去了韦恩斯坦的酒店房间。她记得当时隆巴多对她说"哦，我们到得太早了"，然后就转身离开了，留下她和韦恩斯坦单独相处。一开始，韦恩斯坦表现得十分关心她，表扬了她的工作。然后他离开了房间。当他回来的时候，身上穿着浴袍，手里拿着一瓶乳液。"他让我给他按摩。我当时的心情是：'嘿，伙计，我不是他妈的傻瓜'，"阿基多对我说道，"但现在回想起来，我就是他妈的傻瓜。"

阿基多说，在她勉强同意给韦恩斯坦按摩后，他掀起了她的裙子，强迫她分开双腿，不顾她反复要求他停手，对她进行了口交。"这一幕不会停止，"她告诉我，"这是场噩梦。"后来她不再说不，而是假装很享受，因为她以为这是结束这场性侵的唯一方法。"我不愿意，"她对我说道，"我说了'不要，不要，不要'……太诡异了。一个高大、肥胖的男人想要吃掉你。简直就是可怕的童话故事。"阿基多坚称想把自己的错综复杂的遭遇全部说出来，她说自己并没有从身体上反抗过他，这让她多年来一直悔恨不已。

"之所以会成为一名受害者，我觉得自己也对此负有责任，"她说道，"因为我是个强悍的女人，我本可以踢他的下体，然后逃跑。可是我没有。所以我觉得自己也有责任。"她将这个意外事件描述为"可怕的创伤"。阿基多表示，后来"他一直联系我"。她形容他的行为"几乎就是一种跟踪"。几个月的时间里，韦恩斯坦似乎是着了魔，向她赠送昂贵的礼物。让事情变得复杂的是，阿基多最终屈从于他的进一步追求，而且是欣然接受。"他说得好像他是我的朋友，真的很欣赏我。"在接下来的几年时间里，她不时与他有性接触。在她声称的性侵发生几个月后，他们就再次有了性接触，就发生在《心太狂》上映前。"我觉得我必须这么做，"她说道，"因为我的电影快要上映了，我不想惹怒他。"她觉得如果她不顺从韦恩斯坦，后者就会毁掉她的事业。多年后，当她以单身妈妈的身份独力抚养孩子的时候，韦恩斯坦提出为她请保姆。她坦言觉得自己"有义务"顺从他的性骚扰。她表示这些性接触都是单方面主动的"自慰性质的"。

对许多遭受过性侵的受害者来说，不得不面对这样的复杂现实：犯下这些罪行的往往是她们的老板、家庭成员和事后无法不再见面的人。阿基多告诉我，她知道会有人用他们之后继续联系的事实，攻击其指控的可信度。她为自己保持与韦恩斯坦的联系给出了多个理由。她被吓坏了，被他的跟踪搞得身心俱疲。最初的性侵让她每次遇到韦恩斯坦的时候都有一种无力感，这种情况甚至持续了很多年。"当我看到他的时候，我觉得自己很渺小，很愚蠢，很软弱。"她努力解释着这一切的时候已经濒临崩溃，"强奸发生后，"她说道，"他赢了。"

阿基多身上的矛盾冲突，超过其他任何当事人。在她参与我的报道之后，她与演员吉米·本内特（Jimmy Bennett）达成了经济和解，后者声称她在他 17 岁的时候与其发生了性关系。[1] 她被指控虐待儿童。本内特声称事情发生在加利福尼亚州，而在那里这种行为是非法的，将被视为法定强奸罪。阿基多的律师后来反驳了本内特的说法，指控他"性侵"阿基多[2]，并表示给钱只是想息事宁人，但本内特并没有见好就收。但因为阿基多经常声称自己也是和解协议的受害者，媒体认为阿基多提出和解并非出于好意。

后来的和解与下面这个不可否认的事实之间没有任何关系：阿基多与哈维·韦恩斯坦之间发生的事被调查，并得到了当时一些目击者或听说此事的人的证实。实施性虐待的人本身也可能是性虐待的受害者。任何熟悉性犯罪者的心理学家都会告诉你，这种情况的确很常见。但是，在大众普遍认为受害者应该是圣人，否则就会被视为罪人的环境中，这种说法很难得到大众认同。那个夏天站出来发言的女性只是一群普通人。承认包括阿基多在内的所有人都做了一件勇敢的事情，并不代表就能理解她们在随后几年里做出的任何选择。

早在后来的丑闻爆发之前，阿基多就已成为众矢之的。报道中的每个当事人都忍受着社会歧视带来的痛苦，在意大利，古铁雷斯的案例就已表明，文化环境中存在着更加严重的性别歧视。在阿基多提出对韦恩斯坦的指控后，意大利媒体又给她贴上了"妓女"的标签。

那年秋天，在我和阿基多通话的过程中，她似乎意识到大众对她的评价过于变化无常，意大利的环境太恶劣，她很难坚持下去。"我一点也不在乎我的名声，包括这一次在内，这些年来经历了那么多创伤，我已经亲手毁了它，"她告诉我，"这肯定会毁了我的生活、事业和所有一切。"我告诉她，选择权在于她自己，但我相信这对其他女性会有帮助。当阿基多纠结着如何做决定时，她的伴侣、电视名人和大厨安东尼·伯尔顿（Anthony Bourdain）多次出手相助。他告诉她要继续坚持，这件事值得坚持，这将会带来改变。阿基多最终决定公开发声。

* * *

报道内容又得以增加。索维诺让我去找英国女演员苏菲·迪克斯（Sophie Dix），后者多年前曾给她讲过一个恐怖故事。20世纪 90 年代初，迪克斯曾出演由韦恩斯坦发行、科林·费尔斯（Colin Firth）主演的电影《辩护律师》（The Advocate），随后她便淡出了演艺圈。我找到她的时候，她一开始有点担心。"我真的很害怕他回来找我麻烦，"她曾给我发信息道，"也许我不应该站出来，你不应该来找我。"但在我们电话沟通六次的过程中，她告诉我，韦恩斯坦曾邀请她去他的酒店房间观看电影片段，然后趁机把她推到床上，扯掉她的衣服。她逃到浴室，躲了一阵，然后打开门，发现韦恩斯坦正在门口手淫。她后来借着客房服务人员敲门的机会，才得以脱身。她告诉我，这是"某些人不理解'不要'这个词的典型案例，我当时说了上千遍不要"。

迪克斯当时对一些人详细讲述了自己的遭遇，就像报道中的其他指控一样，她的控诉也获得了这些人的支持。迪克斯的朋友和同事都对她表示同情，但并没有为她做什么。后来，科林·费尔斯和塔伦蒂诺一样，为自己没有认真对待这件事而公开道歉。[3]迪克斯告诉过很多人，后来就在那一年，韦恩斯坦还给她打了电话，对她说："对不起，我可以为你做点什么吗？"虽然是在道歉，但她还是感觉到一丝威胁的意味。她迅速挂断了电话。后来，迪克斯对演艺圈感到心灰意冷，开始远离演员这一行。我们谈话的时候，她已经是一名作家和制片人。她担心接受采访会在业内同事中产生不良影响，她现在得依靠这些人来拍电影。她的一些朋友纷纷对她说值得冒这个险，女演员蕾切尔·薇兹（Rachel Weisz）就是其中之一。迪克斯也在故事中提到了她的名字。

* * *

阿基多又帮我联系上了法国女演员艾玛·德考尼斯（Emma de Caunes）。德考尼斯告诉我，她在2010年戛纳电影节的一个派对上认识了韦恩斯坦，几个月后，她受邀去巴黎的丽兹酒店跟他进行午餐会。会面过程中，韦恩斯坦告诉德考尼斯，他要和一位知名导演一起制作一部电影，影片计划在法国拍摄，片中有一个很重要的女性角色。与迪克斯和卡诺萨的故事一样，他同样借口转移去他的房间：他说这部电影是根据一本书改编的，如果他们能上楼去拿他的书，他就能告诉她书名。

德考尼斯见势不妙，就说自己必须离开，因为她正在主持一档电视节目，而她已经迟到了。但韦恩斯坦苦苦挽留住了她。在酒店房间里，他进了浴室，却把浴室门开着。她以为他在洗手，直到里面响起淋浴的声音。"我当时就想，什么鬼，他在洗澡吗？"

韦恩斯坦出来了，赤身裸体，而且还勃起了。他要求她躺到床上去，并告诉她，在她之前，许多女人这样做过。"我当时吓傻了，"德考尼斯回忆道，"但我不想让他看出来我吓坏了，因为我能感觉到我越害怕，他就越兴奋。"她又补充道："这就像是猎人与野兽，恐惧会让他兴奋。"德考尼斯告诉韦恩斯坦她要离开。他惊慌失措。"我们什么都没做！"她记得他说了这样的话，"就好像演了一部迪士尼电影！"

德考尼斯对我说："我看着他，鼓起所有勇气说道，'我一直讨厌迪士尼电影。'然后我转身离开，狠狠关上了门。"接下来的几个小时里，韦恩斯坦不停地给德考尼斯打电话，说要给她送礼物，重复表示什么都没发生。跟她合作电视节目的导演证实，她到达演播室的时候心烦意乱，并讲述了刚发生的事情。

德考尼斯当时 30 岁出头，已经是一名成名的女演员。但她想知道，如果遇到相同情况，更年轻、更脆弱的女性会怎么办。

为了她们，她最终也决定接受采访。"我知道好莱坞的每个人——我是指所有人——都知道正在发生什么事情，"德考尼斯告诉我，"他根本没想掩饰。我的意思是，他做这种事的时候有那么多人牵涉其中，都看到发生了什么。但每个人都害怕得不敢说一句话。"

第 37 章

巧取豪夺

我几乎每天都会遇到死胡同。一些当事人完全拒绝谈论所经历的事情。整个夏天，我都在苦苦恳求劳伦·奥康纳（Lauren O'Connor），她曾是韦恩斯坦公司的书探。2015年，她写了一份内部备忘录，投诉韦恩斯坦对员工的不当行为。他一直口头辱骂她，她也知道他的猎艳行为。有一次，一个年轻女人敲打她所住的酒店房门，颤抖着哭泣，最后向她讲述了一个熟悉的故事——韦恩斯坦请求她给他按摩。"我是个28岁的女人，正在努力谋生，发展事业，"奥康纳在备忘录里写道，"哈维·韦恩斯坦64岁，是国际名人，而且这是他的公司。我们之间的实力对比是，我：0分，哈维·韦恩斯坦：10分。"[1]但奥康纳签了保密协议，而且仍然吓得不敢说什么。那年9月下旬，一个中间人打来电话说奥康纳咨询了律师，做出了最后决定。"她吓坏了，不肯参与进来。任何人都不行。"中间人告诉我。奥康纳不想让我用她的名字。

这个消息打击了我。我从文件里查到了她的名字。但中间人说奥康纳处于极度恐慌状态。我痛苦地意识到，我要写的是关于征得女性同意的故事，现在却遇到了一个女人说她不希望她的生活因此被打乱。最终，她还是会公开讲述她的故事。但当时我承诺不会把她写进报道里。

除此之外，还有一些人犹豫不决。女演员克莱尔·弗兰妮（Claire Forlani）后来在社交媒体上发表了一封公开信，讲述她纠结是否要向我讲述韦恩斯坦性骚扰她的事情。"我告诉过身边一些关系亲近的男人，他们都建议我不要说出来，"她写道，"我已经告诉罗南我会跟他谈谈，但考虑了一下我身边人的建议，尤其值得玩味的是周围男人们的建议，我没有打这个电话给他。"[2]

*　*　*

我转向好莱坞寻找更多知情人。一些与韦恩斯坦有联系的人似乎真的不太清楚那些针对他的指控。那年9月下旬，我联系到梅丽尔·斯特里普，她和韦恩斯坦合作过好几部电影，包括讲述玛格丽特·撒切尔（Margaret Thatcher）的传记片《铁娘子》，这部片子让斯特里普获得了最近一次的奥斯卡奖。当我们联系上时，斯特里普正在主持五十周年校友会。"我在主持活动，做东西吃，忙得不可开交。"斯特里普给我发消息道。[3]

"你那边听起来闹哄哄的。"我在电话里说道。她抑扬顿挫地回应说是"'闹烘烘的'"。*

她轻快地哼着曲子，问我在报道谁。

我说是哈维·韦恩斯坦。斯特里普倒吸一口气。"但他支持了那么多好事。"她说道。韦恩斯坦在她身边总是表现得很好。她不仅见证过他举办的民主党筹款活动和慈善活动，有时候还参与其中。她知道他在剪辑室会欺负人。但也仅此而已。

"我相信她。"我后来对乔纳森说。

"无论如何你都相信她，对吗？"他回应道，把这当作一种思维练习。

"啊，我明白了。"

"因为她是梅丽尔——"

"因为她是梅丽尔·斯特里普。我明白了。"

* * *

其他跟我聊过的业内资深人士表达了不同的看法。他们说，韦恩斯坦的猎艳行为是个公开的秘密，即使他们没亲眼见过，也至少听说过一些。苏珊·萨兰登（Susan Sarandon）是道德未来主义者，多年来一直固执地拒绝与被指控为捕食者的人合作，

---

* "闹哄哄"的原文为"maelstrom"，其前缀"mael"近似代表男性的"male"；"闹烘烘"的原文为"femalestrom"，其前缀故意化为代表女性的"female"。此处为斯特里普的一个文字游戏。——译者注

她一直在勇敢地收集相关线索。我把我要做的事情告诉她时，她咯咯地笑起来。"哦，罗南。"她用一种抑扬顿挫的戏谑口吻叫出我的名字。她并没有嘲笑的意思，只是被即将发生在我身上的剧情逗笑了。"你会有麻烦的。"

似乎还有一些人在向韦恩斯坦汇报情况。当我联系到导演布莱特·拉特纳（Brett Ratner）之后，我恳求他对我们的谈话严格保密。我告诉他，如果惹怒了韦恩斯坦，有些脆弱的女性可能会遭到报复。"为了她们着想，不要把我提到的任何事情传出去，你愿意吗？"我问道。拉特纳答应不会传话。他说他知道有个女人可能有关于韦恩斯坦的故事。但他听起来有些紧张不安。几个月后，6名女性在《洛杉矶时报》的一篇报道中指控拉特纳性骚扰[4]，但他否认了她们的几项指控。他几乎立即就把我询问的事情告诉了韦恩斯坦。

"哈维说布莱特·拉特纳给他打电话，现在他气坏了。"伯格告诉我，当时我们之间完全是以一种"我-要-死-了"的语气在交流。伯格一直支持报道，只是偶尔会担心这会影响我的职业发展。"这会给你制造很多障碍，"他说道，"要么冲过去，要么掉头走人。"

* * *

韦恩斯坦自己也在寻求支持。10月的时候，他找到了证明报道与我有利益冲突的所谓核心证据。韦恩斯坦让他的助理拨通了一个电话。在中央公园的一处电影拍摄地点，另一名助理把电话递给了伍迪·艾伦。

韦恩斯坦似乎想得到点应对这种事的战略经验，用以澄清性侵指控，以便跟我做交易。"你是怎么处理这种事的？"韦恩斯坦问了一句。他想知道艾伦是否愿意为他说情。艾伦打消了他的这个念头。但韦恩斯坦后来的确借鉴了艾伦的一些经验。就在那一周，韦恩斯坦的信用卡账单显示他买了一本艾伦的采访录，书的作者是艾伦的死忠粉丝，记录了艾伦和他雇用的私家侦探以及公关人员提出的所有论据，他们就是用这些来抹黑我姐姐、地区检察官和一名暗示我姐姐说的是事实的法官的可信度的。

"唉，我感到非常抱歉，"艾伦在电话里对韦恩斯坦说道，"祝你好运。"

韦恩斯坦还给我联系的当事人打电话，有时候会恐吓她们。在我收到哈德及其公司的催告函的第二天，韦恩斯坦又给卡诺萨打了电话。那天正好是赎罪日，即犹太人赎罪的日子，但似乎并没有改变这通电话的性质。他告诉她说他知道有人在说一些事情。"你绝不能对我做这样的事情。"他说道。卡诺萨不确定这是个问题还是威胁，战战兢兢地挂断了电话。我告诉雷姆尼克，知情人都变得紧张起来，韦恩斯坦似乎加强了攻势让大家闭嘴。"我禁食，他施威，"雷姆尼克回应道，"犹太人过赎罪日的方式多种多样。"

* * *

那个月月底，韦恩斯坦在翠贝卡烧烤店的里间跟他的团队再次碰头。他跟他的律师们已经在屋里待了好一会儿，讨论艾滋病研究基金会事件的最新进展。然后，随着几名黑魔方特工的到来，他们换了话题，开始讨论丑闻问题。最新情况对他们有利。"我们有好东西给你。"其中一名特工笑着说道。他们已经认识到之前失利之处，这次他们有重大收获。他们得到了韦恩斯坦整个夏天都求而不得的关键信息，同时描述了一番他们是如何巧取豪夺得手的。

那天有三名黑魔方的人到场：总监亚努斯，他手下的项目经理，以及一名负责执行的员工，她深入参与了这次行动。她穿着白色衬衫和运动夹克，显得职业干练。她有一头金发，颧骨较高，鼻子坚挺，说话时有一种优雅又难以捉摸的口音。在与韦恩斯坦的会面中，她被称为安娜。

安娜面对亚努斯和项目经理表现得很恭敬，让他们主导对话。当他们让她开口说话时，她热情地说明她花了好几个月的时间来获得一个重要目标的信任，并秘密录下了两人之间数小时的对话。然后，黑魔方的人大声念出了罗丝·麦高恩即将出版的书里的段落，韦恩斯坦则瞪大了双眼，咕哝道："哦，上帝啊！哦，上帝啊！"

第 38 章

名人

9月，针对我的报道，《纽约客》加快了工作节奏。福利-门德尔松和雷姆尼克以及团队的其他成员仔细审查了不断增加的报道内容，并认真审阅草稿。我在世界贸易中心待到很晚，忙着打各种与报道相关的电话。一天，快天亮了我才回家，我看见一辆银色的尼桑探路者停在门口，那熟悉的感觉不禁让我打了个寒战。我仍然没有证据证明有人跟踪我，但一直都不安地怀疑着这件事。

那年夏天，几个朋友主动提出让我留宿，面对这样的好意，大多数时候我都是一笑而过，并向他们保证我没事。这些朋友中有个叫苏菲的，她是一名富有的高管的女儿，她说她已经习惯了安全威胁，并告诉我不要忽视我的怀疑。她说如果我需要安全的地方住，可以给她打电话。最后，我给她打了电话。

那个月月底，我收拾好东西，搬去了后来成为我安全屋的地方：切尔西区一栋楼的某一部分，苏菲家拥有那栋楼的好几层。你见过的每一个人都能在那里过得很舒服。房间大得就像飞机库——气派又漂亮，到处摆着华丽的沙发，让你不敢坐上去，满屋子的艺术品则让你不敢触碰。

这个地方有好几重安保措施：门禁卡，钥匙，密码。我更有安全感了。但我还是无法摆脱被监视的妄想。"我说你带把枪吧。"勃劳恩说道。我听完大笑起来。但后来，又有其他人说了相同的话，我开始认真考虑起这个建议。在新泽西的一个射击场，我试了试自动手枪和左轮手枪。我告诉自己，我只是来消遣的。但当我举起一把格洛克19瞄准枪靶，感受着它的重量，扣动扳机，我既紧张又兴奋，不太像只是随便玩玩。

* * *

《纽约时报》也开始在密切关注着韦恩斯坦的事。我了解到，两位受人尊敬的调查记者坎特和梅根·托伊（Megan Twohey）正负责相关报道，坎特的名字曾出现在发给私家侦探的档案文件中。她俩行动力极强，像我一样积极地寻找着知情人。在阿奎特和内斯特先后接到她俩的电话后，我告诉她们应该和她们觉得相处起来舒服的人合作。"最终而言，更多人参与进来对我们所有人来说都是好事。"我给内斯特发消息说道。不论我的努力结果如何，对于《纽约时报》的参与，我由衷地感到高兴，他们能吸引一些关注，让这个故事得以曝光。但私下里也被激起了好胜心，同时又夹杂着一丝自怜的感觉。六个月来，我得到的唯一支持就是诺亚·奥本海姆捏着鼻子与新闻工作保持一定距离，害怕惹祸上身。现在，我终于有了《纽约客》，但可能已经太迟了。我不知道《纽约时报》手里有什么。我只知道如果他们先发表了报道，我们的工作就会变得毫无意义。竞争带来另一种压力，让我感觉自己像在气闸里工作，随时会被吹进真空。

9月底，麦克休给我发信息说他从知情人那里听说，《纽约时报》即将发表一些东西。NBC禁止他接听有关性侵指控的电话，但他一直在关注有关艾滋病研究基金会的消息。有知情人让他关注该慈善机构纳税申报单中的一项申报内容，暗示有60万美元被转到了美国保留剧目轮演剧团，后者排演了《寻找梦幻岛》，韦恩斯坦后来将这部音乐剧带到了百老汇，并在第一次见到古铁雷斯后邀请她去看。麦克休曾申请报道这件事。格林伯格跟奥本海姆商量之后，表现得好像要同意他的请求。但最后还是经过了一番艰难的争取才获得许可，麦克休觉得新闻网拖了后腿。"他们在拖延时间。"他后来哀叹道。他不确定他们是想让他来报道，还是只是想表现得好像没有那么快就连续毙掉两个有关韦恩斯坦的报道。

"托伊今天提交报道。"麦克休发消息道。我们讨论了《纽约时报》可能写些什么——这是否就是他们关于不当性行为的主要报道。"不管怎样，"麦克休写道，"哈维很快就要开始表演了。"

韦恩斯坦和迪伦·霍华德那天也进行了类似的交流。两人之间的关系越来越紧密。"亲爱的迪伦,"韦恩斯坦在托伊提交报道后给迪伦发消息道,"我只想告诉你,《纽约时报》今天就要发表他们的文章了。"[1]

第二天,手机弹出《纽约时报》有关韦恩斯坦的突发新闻提醒。[2] 我点开看了看。"全都是艾滋病研究基金会的事。"麦克休给我发来消息。虚惊一场。

"你多快能完成报道?"麦克休问道,"让雷姆尼克看到韦恩斯坦的新闻报道。报道已经在你手里,是时候发出来了。"奥莱塔焦急地打来电话,施加了同样的压力:"快点!赶紧跟他见面,然后在网上发表报道。"

我先去找了福利-门德尔松,然后是雷姆尼克。他本人有很强的好胜心,但杂志方面更看重准确性,更谨慎。"我们不着急打败任何人。"雷姆尼克告诉我。通过彻底的事实核查,我的报道才算准备就绪。"我们是远洋客轮,不是快艇。我们一直知道《纽约时报》可能会抢先报道。"

雷姆尼克忙着编辑稿子,他一边走一边问我问题(韦恩斯坦的公司在哪儿?他为什么总待在酒店?)。如果没有跟知情人见面或打电话,我就去找福利-门德尔松或雷姆尼克,不断润色报道。我们讨论了什么时候去征求韦恩斯坦对这篇报道的回应。"越早跟他谈越好。"我对编辑写道。

为了公平起见,也为了阻止韦恩斯坦在我们去征求其回应后,骚扰那些名字被曝光的女性,雷姆尼克决定在给韦恩斯坦打电话之前，尽量完成事实核查工作。为了加快核查速度及加强力度，杂志资深事实核查负责人彼得·坎比（Peter Canby）准备指派两名核查员负责此事。福利-门德尔松推荐了一个人选——E.塔米·金（E. Tammy Kim），她曾是名律师，为人冷静、严谨。当找她谈这份工作时，金双臂交叉，一脸严肃地说道："这是名人的事还是其他什么人的事？"另一个人选是弗格斯·麦金托什（Fergus McIntosh），这是个年轻的苏格兰人，毕业于牛津大学，两年前加入的杂志社。麦金托什是个标准的英国绅士，对人彬彬有礼，略有点腼腆。9月27日，金和麦金托什开始核查报道，他们行动迅速，不停地给一个又一个知情人打电话，忙得筋疲力尽。

第39章

放射性尘埃

在纽约，热浪有所缓和，却没有完全消退。我掌握的知情人和韦恩斯坦的中间人遍布世界各地，包括欧洲、澳大利亚等，而韦恩斯坦的人还定期进行电话威胁。我的手机就像一颗随时会爆炸的定时炸弹。睡眠变成了一种无意识的反射动作，而且十分短暂，脑子里好像响起啪的一声关灯的声音，我眨了下眼，光影变幻，已经睡过去一个小时，我的脸上还印满了当天晚上借用的《纽约客》办公室桌子的纹理。我希望杰弗里·图宾（Jeffrey Toobin）或德克斯特·菲尔金斯（Dexter Filkins），或是其他记者不会发现他们鼠标上的口水。我回到切尔西区躺下的时候，只能迷迷糊糊地歇着。屋子里的那些镜子映出我憔悴、苍白的面容，而且我比初夏时节更消瘦，就像维多利亚时代某种滋补品广告里一个患有肺病的小孩。

当事实核查员开始广泛致电知情人时，韦恩斯坦也随之选定了威胁目标。10月的第一个周一，他向《纽约客》发出了他的第一封律师信："该律师事务所，连同我的合作法律顾问、博伊斯-席勒 & 弗莱克斯纳律师事务所的大卫·博伊斯律师，以及布鲁姆事务所的丽莎·布鲁姆律师是韦恩斯坦公司的诉讼律师。"查尔斯·哈德这次这样写道。他声称这篇报道是"诽谤"。"我们要求你们避免发表这篇报道，向 TWC 提供你们准备发表的关于 TWC（包括其员工和 / 或管理人员）的所有声明清单。"NBC 也毫不意外地出现在这封律师函中："重要的是，NBC 新闻此前曾与罗南·法罗就有关 TWC 的一个潜在报道进行过合作。但是，NBC 新闻审查过法罗先生的报道素材后，拒绝报道，并终止了该报道项目。如果《纽约客》接受并发表法罗先生被 NBC 拒绝的工作产品，将会带来很大麻烦——《纽约客》将因此承担法律责任，并蒙受巨大损失。"[1]

韦恩斯坦最近与伍迪·艾伦的交流似乎为这封信提供了灵感。哈德用了好几页篇幅论述我姐姐的性侵遭遇让我失去了报道韦恩斯坦的资格。"法罗先生有权表达私人愤怒，"哈德写道，"但是，任何出版人都不应该放任个人情绪支配下的创作，并追捧一个出自私怨的毫无根据的诽谤故事。"他还引用了韦恩斯坦购买的伍迪·艾伦传记里的话，并呼应了艾伦的观点，即我被洗脑了，才会认为我姐姐的指控可信。

信中还有其他精彩言论。"第二个例子是，罗南·法罗的舅舅约翰·查尔斯·维利尔斯-法罗（John Charles Villiers-Farrow）因性侵两名男孩被起诉，并在认罪后被判处 10 年监禁。

我们还没有发现任何证据证明罗南·法罗公开谴责过他的舅舅，他反而可能公开支持过他的舅舅。无论如何，鉴于法罗先生对其关系疏远的父亲直言不讳的批评，他的行为都令人质疑其作为一名记者的可信度和客观性。"

据我所知，我从没见过那个舅舅。我认为针对他的指控是真实可信的。我妈妈和他的女儿都已经将他从生活中抹去。我从来没有被问及过我的非公众人物的家人的情况。如果有人问过我相关问题，我不会回避这个话题。我并不清楚这些与针对韦恩斯坦的指控有什么关系。

信中的论点与奥本海姆向我复述的那些话题焦点如此吻合，让我震惊不已。这让我想起布鲁姆在报纸专栏版和电视上露面时，一直致力于维护我姐姐的信誉，为自己树立女性权益倡导者的形象。我已经习惯人们卑躬屈膝地充当哈维·韦恩斯坦的爪牙。但我还是不适应在这封律师信的结尾处看到布鲁姆的名字跟哈德的名字并排出现。

* * *

10 月的第一周，韦恩斯坦的助理给迪伦·霍华德发了一封电子邮件："我们刚找过你，但哈维想让你改去第八大道靠近 43 街的《纽约时报》大楼前跟他见面。他已经往那里去了，应该 30 分钟内就能到。"[2] 一开始，韦恩斯坦要求他的手下确保霍华德能跟他和丽莎·布鲁姆一起开车从韦恩斯坦公司去《纽约时报》大楼。但布鲁姆和韦恩斯坦没有等霍华德就先走了，所以这位《国家问询报》的编辑不得不自己赶去跟他们会合，他手里拿着纸质文件夹，据一名参与此事的人回忆，文件夹里装的全都是关于韦恩斯坦指控者的"黑料"。霍华德后来否认去过《纽约时报》大楼。但不容否认的是，韦恩斯坦很快就参加了会议，听说了《纽约时报》准备发表有关其不当性行为的报道。

当知情人向我透露相同消息时，我正在出租车上。我联系了一下乔纳森，但没联系上，然后又试了一次。他的工作越来越忙，而我越来越需要他的支持，变得越来越烦人。

"什么事？"他厉声说道，我终于等到他回电话。他刚结束另一场会议。

"《纽约时报》要发稿了。"我说道。

"好吧，"他有点不耐烦地说道，"你知道他们可能会这么做。"

"有人报道很好，"我说道，"只是——我努力了这么多个月。这一整年。现在我没事可做了。"我快要情绪失控，实际上已经哭起来。"我太冒险了。我赌得太大。也许最后我甚至连一篇报道都不会有。我让这些女人失望了——"

"冷静！"乔纳森叫道，打断了我的情绪，"现在你这样只是因为你已经两周没吃没睡了。"

外面传来汽车鸣笛的声音。

"你在出租车上？"他问道。

"嗯。"我吸了吸鼻子说道。

"上帝啊。我们需要谈谈这件事，但你得先多给那位司机一点小费。"

*　*　*

收到韦恩斯坦和哈德的信后，雷姆尼克把我叫到他的办公室，一起去的还有贝尔托尼和福利-门德尔松。按照荒谬程度升序和严肃程度降序排列，在韦恩斯坦的法律认知范围内，以下事情的排序应该是：关于他的任何负面的东西都是诽谤，报道任何使用保密协议的公司都是不允许的，他与NBC达成了协议，我姐姐遭受了性侵，我的大家庭里有个儿童性骚扰者。（乔纳森笑着嚷道："这封信太可爱了，我爱这封信。"）但我以前见过新闻机构信服这样的无法令人信服的论据。当我走进雷姆尼克的办公室时，仍有一种妥协心理，或者说不安情绪。他开门见山地说道："这是我收到的有关新闻报道的最恶心的信。"

我还是有些担心，我提醒雷姆尼克，韦恩斯坦还威胁要对我提起个人诉讼，而我没有律师。"我想说清楚，"他说道，"无论哈维·韦恩斯坦要做些什么，我们都会在法律上维护你。"贝尔托尼简短地回复了哈德："对于你关于法罗先生的独立性和道德的声明，我们认为你提出的问题毫无价值可言。"[3]

那天晚上下班后，雷姆尼克打电话给我，告诉我艾莎·阿基多的伴侣安东尼·伯尔顿联系了他。伯尔顿之前一直支持阿基多发声，但即使这样，我的心还是往下沉：那些退出报道的女性，往往是受到了丈夫、男友或父亲的干涉。来自其他重要人物的主动帮助很少会带来好结果。但总有例外：伯尔顿说韦恩斯坦的猎艳行为令人作呕，"每个人"很久以前就知道这件事。"我不信教，"他写道，"但我祈祷你有勇气来报道这件事。"

* * *

《纽约客》团队为了报道团结一致，在事实核查员的压力下，一个个指控得到证实。我们仍然在等待，直到所有指控都得到证实，才去寻求韦恩斯坦的说法。但韦恩斯坦的几个中间人已经主动联系我们，他们说话的语气不是咄咄逼人，而是无可奈何。收到哈德的信之后没多久，他的法律团队中的一人就出人意料地给杂志社打来电话，称信中的威胁是错误的、不明智的。"在这种情况下，我并不是说你弄错了，"那名律师说道，"对严重不当行为的指控——很多情况下都是事实。"

气温升高，福利-门德尔松的办公室成了汗蒸室。我和她低着头坐着看打印出来的稿子，我们的额头上都沁着汗珠。我们在语言的选择上有过激烈的讨论，雷姆尼克极力要求尽可能谨慎。一开始，我们排除了"强奸"这个词，担心它会分散注意力或引起偏见。福利-门德尔松和事实核查员金据理力争。她们认为排除这个词是在粉饰太平。最后，雷姆尼克和贝尔托尼表示认同，这个词得以保留下来。

有一天，我走出闷热的房间，来到雷姆尼克位于上西区的公寓。公寓外的石灰岩立面边缘处有一块锡制的放射性尘埃避难所的标识牌。雷姆尼克的公寓客厅是双层通高，摆放着一排排的书。雷姆尼克的妻子、《纽约时报》前记者埃丝特·费恩（Esther Fein）把我赶进厨房，坚持让我吃点东西。夫妻俩相识于20世纪80年代末，分别被竞争报社派往莫斯科，雷姆尼克当时为《华盛顿邮报》工作。公寓的一面墙上保留着他们的两个儿子和一个女儿成长过程中的身高记录，就像电影里演的那样。在那间小小的家庭办公室里，我和雷姆尼克对草稿进行了微调。我疲惫不堪，睡眠不足，他十分宽宏大量，即使我出现严重编辑错误也没有严词责备。

此时的风平浪静，让人觉得这只是暴风雨前的宁静。10月第一周刚开始，金·马斯特斯就为《好莱坞报道》写了一篇报道，标题是《哈维·韦恩斯坦的律师与〈纽约时报〉和〈纽约客〉就可能出现的爆炸性报道展开较量》。[4] 几分钟后，《综艺》杂志也发表了他们的报道。[5] 有线电视新闻开始谈论此事。事态发展有利于鼓励更多受害当事人站出来。那天，曾与塞思·麦克法兰（Seth MacFarlane）一起出演电影《泰迪熊》（Ted）的女演员杰西卡·巴斯（Jessica Barth）主动联系我，称韦恩斯坦在酒店房间开会的时候对她进行了性骚扰——这件事最终得到证实。但那些新闻头条也让我觉得自己被曝光了。接下来发生的事情都躲不开聚光灯了。

第 **40** 章

恐龙

那年 10 月，哈维·韦恩斯坦的世界有所变化。他看起来十分憔悴。他本来就十分易怒，但那个月他的情绪比平时更不稳定。在韦恩斯坦公司内部，他变得更加多疑。后来有报道称，他一直在监视欧文·赖特的工作通讯，后者曾给内斯特发过带有同情意味的信息，而内斯特被韦恩斯坦称为"性警察"。10 月 3 日，韦恩斯坦让一名信息技术专家调出并删除了一份名为"HW 朋友"的文件，这份文件中列出了分散于世界各地多个城市的数十名女性的住址和联系方式。[1]

10 月 5 日早晨，韦恩斯坦将其防护团队的大部分人召集到格林尼治街的办公室，然后把那里变成了临时作战室。到场的有布鲁姆和霍华德。帕姆·鲁贝尔和丹尼斯·多伊尔·钱伯斯也在场，她们俩都是韦恩斯坦的资深员工，之前被召回来帮助编制目标名单，对于其出书计划，她们并没有感到十分不解。

戴维斯和哈德打来电话，助理们进行了免提处理。韦恩斯坦变得很疯狂，扯着嗓子大吼大叫。《纽约时报》还没有刊登报道，但他已经得知此事迫在眉睫。他朝鲁贝尔、多伊尔·钱伯斯和助理们大声咆哮，同时嚷嚷着娱乐业的一些董事会成员和盟友的名字，希望这些人在事情曝光后能为他辩护。布鲁姆和其他人则认真盯着几张打印出来的照片和电子照片，照片中展示了韦恩斯坦和目标名单上的女性的接触：麦高恩和贾德挽着他的胳膊，露出礼貌的微笑。"他冲我们大叫：'把这些发给董事会成员。'"鲁贝尔后来回忆道。而她也尽责地把它们发了出去。

* * *

在遥远的市中心，我在《纽约客》的一张空桌子前坐下，打电话给韦恩斯坦公司，请其发表意见。接电话的前台助理听起来有些紧张，他表示要看看韦恩斯坦是否有空。然后听筒里传来韦恩斯坦沙哑的男中音。"哇！"他故作兴奋地说道，"我怎么能有这份荣幸？"无论是事发前还是事发后，人们描述这个男人时很少会提到这一点：他非常风趣。不过我很容易就忘记了他的这一特点，因为他很快就会暴怒。那年秋天，韦恩斯坦好几次挂掉我的电话，包括我第一次给他打电话的时候。我告诉他为公平起见，我想记录下他说的所有内容，然后问他是否同意我录音。他似乎惊慌失措，啪的一下就挂断了电话。当天下午我们又重复了一遍上午的通话情况。但在我与他持续沟通了一段时间之后，他放弃了最初那种小心谨慎，没有拒绝公开谈话，只是变得异常尖锐。

"你是怎么向这些女人表明身份的？"他问道。

我一时有点不知道该怎么回答这个问题。

"时机成熟的时候，我就会如实告知发表渠道。"同时，我告诉他这与我们听取他针对指控发表的意见无关，但他再次打断了我的话。

"哦，真的吗？比如你说你是 NBC 的记者。对此你在 NBC 的朋友们现在会怎么说呢？"我感到面上泛起一阵红晕。

"我打电话给你，是想听你说说这件事。"我说道。

"不。我知道你想干什么。我知道你很害怕，你孤军作战，你的老板抛弃了你，你爸爸——"

这时雷姆尼克在外面轻轻敲着玻璃。他摇了摇头，做了个"结束"的手势。

"我很乐意跟你聊聊，或是你指派的你的团队里的任何人。"我说道。

韦恩斯坦笑着说道："你救不了你爱的人，现在你觉得你能拯救所有人。"他真的说了这句话。你会以为他正拿着引爆器威胁海王。

韦恩斯坦让我把所有问题发给丽莎·布鲁姆。每次通话结束的时候，他都会变得彬彬有礼，非常客气地对我表示感谢。

　　　　　　　*　　*　　*

　　刚过下午 2 点，电话响起，一名助理走进韦恩斯坦公司的休息室，带来了关于《纽约时报》的消息。"文章登出来了。"助理说道。"哦，该死。"迪伦·霍华德说道，同时让下属打印这篇报道发给所有人。韦恩斯坦团队的人看完报道后，紧张气氛被打破。韦恩斯坦略微松了口气。他对周围的工作人员说这是个好消息，因为这篇报道是在周四发表的，而不是周日，他认为《纽约时报》更喜欢在周日发表重磅新闻。他随后离开去见妻子乔治娜·查普曼（Georgina Chapman），她当时正在参加她的服装品牌玛切萨（Marchesa）的时装秀。"她说过'我会继续支持你'。"韦恩斯坦告诉在场的团队成员。但他已经开始关注即将到来的其他报道。《纽约客》的报道出来后，他曾小声嘀咕道："她要离开我了。"

　　在雷姆尼克的办公室，我和福利-门德尔松坐在雷姆尼克对面，我们都在看《纽约时报》的文章，他在电脑上看，我俩则用手机看。这篇报道很有力度，艾什莉·贾德终于把韦恩斯坦的名字和她两年前的一篇《综艺》报道联系在了一起，当时她说有个制片人对她过分殷勤，这也解释了几个月前我和尼克·克里斯托弗（Nick Kristof）那次奇怪的通话。这篇报道还讨论了奥康纳遭受言语虐待的事情，以及有关内斯特工作选择的问题，但她俩并没有接受采访。

　　文章中没有提及性侵和强奸。丽莎·布鲁姆很快发表了一份声明，称这些指控大多出于误会。"我已经向他解释过，由于像他这样的大电影公司的负责人和业内大多数人之间存在权力差异，无论他的动机是什么，他的一些言行都会被认为是不恰当的，甚至是令人畏惧的。"她辩解称，韦恩斯坦只是"正在学习新方法的老恐龙"。[2] 在第二天的早间节目中，布鲁姆试图将《纽约时报》文章中的指控定性为轻微的言行失检。"你在用性骚扰这个词，这是个法律术语，"她对乔治·斯特凡诺普洛斯（George Stephanopoulos）说道，"我用的词是'职场不当行为'[3]。我不知道对大多数人来说这两者是否有明显区别，但性骚扰十分严重，而且无处不在。"她表示她曾严厉建议韦恩斯坦在办公室说话时，不要"像跟男性朋友那样说话，你知道的，就是大家一起出去喝啤酒时那样说话"。韦恩斯坦在他自己的声明中则表示他"成长于 20 世纪六七十年代，那时的行为和职场规则与现在完全不一样"，并声称自己正在"自我学习"的"旅程"中，而且"丽莎·布鲁姆会辅导他"。[4] 韦恩斯坦承诺将致力于反抗全美步枪协会。布鲁姆和韦恩斯坦一致认为，他需要接受治疗，并且会在南加利福尼亚大学成立女性导演基金会，一切到此为止。

在雷姆尼克的办公室，我的视线离开《纽约时报》的报道，抬起头来。我的手机在桌子上振动，乔纳森发来了消息。"《纽约时报》行动了。他们写了性骚扰，而不是性侵，"他写道，"加油，加油，加油。"很快我又收到麦克休的消息，表达了相同的意思。不过他补充了一点，《纽约时报》"手里的东西比我们被毙掉的报道涉及的东西少"。

"这篇报道很有力。"雷姆尼克抬起头说道。

"但他们掌握的东西远不如我们。"福利-门德尔松带着毫不掩饰的放松口吻说道。

"那我们就继续吧。"我试探着说道。

"我们继续。"雷姆尼克回应道。

第41章

刻薄

在表达了对《纽约时报》报道及其发表报道时间的欣慰之情后，韦恩斯坦向员工们传达了用于激励人心的信息。"卷起袖子，"他宣布，"我们要开战了。"一名助理回应道："我不干了，哈维。"然后转身离开。韦恩斯坦叫住他，表示要给他写一封热情洋溢的推荐信。"我看着他，我的表情好像在说你他妈的在开玩笑吗？"这名助理后来回忆道。

当天晚上，韦恩斯坦公司董事会召开紧急电话会议。包括韦恩斯坦在内的9名男性董事会成员全部在线参会。多年来，少数几个想把韦恩斯坦踢出董事会的董事与多数忠于他的董事之间的敌意不断加深，后者认为韦恩斯坦对于公司的成功不可或缺。董事会文化的畸形往往会导致权力人物滥用职权，这种令人痛苦的情况经常发生。韦恩斯坦和他的弟弟鲍勃在董事会占有两席，公司章程还允许他们提名第三名董事。随着时间的推移，韦恩斯坦还可以在剩余的董事席位上安插自己的亲信。到2015年，当韦恩斯坦的合同到期续签时，他基本上已经控制了9个董事席位中的6个，并且利用这种影响力逃避相关责任。当持反对意见的董事会成员兰斯·梅洛夫（Lance Maerov）要求查看韦恩斯坦的人事档案时，博伊斯和韦恩斯坦成功阻止了这一要求，同时还请了一名外部律师对文件内容发表了一通含糊其词的总结陈述。梅洛夫后来对一名《财富》记者指出，他们隐瞒了一些事实。[1]

10月初的那天晚上，韦恩斯坦跟董事会进行了电话会议。他否认了所有指控，并称《纽约时报》的报道逐渐会被人淡忘。这次电话会议最后演变成了董事会内部各派以及韦恩斯坦兄弟之间激烈的唇枪舌剑。"我从没听人说过这样的刻薄话，"鲁贝尔后来回忆道，"鲍勃说：'我要把你干掉，哈维，你完蛋了！'哈维说：'我们要查你的老底！'"

* * *

从紧急董事会会议结束到第二天早晨的几个小时时间里，韦恩斯坦不停地给其盟友打电话和发电子邮件，声情并茂。其中包括NBC和康卡斯特的高管。NBC环球副主席梅耶伸出了援手。（"亲爱的罗恩，"韦恩斯坦那天早上回应道，"我刚收到你的信息，谢谢——我会去的。我正要去洛杉矶。祝你一切顺利，哈维。"这两人准备见面谈谈。）

10 月 6 日凌晨 1:44，韦恩斯坦给康卡斯特首席执行官布莱恩·罗伯茨发了封电子邮件求助，这个人是诺亚·奥本海姆老板的老板的老板。"亲爱的布莱恩，"他写道，"每个人的生命中都会有需要些什么的时候，此时此刻，我需要一些支持。"[2]

在奥莱塔的文件中，我找到了一段罗伯茨的采访录音，他罕见地为韦恩斯坦辩护，反对其他人把他描述成恃强凌弱的人。"跟他在一起很开心。"罗伯茨谈到他和韦恩斯坦的友谊以及他们在纽约和马撒葡萄园岛一起度过的欢乐时光时表示。"我个人并不反感什么好莱坞主义，"罗伯茨谈到韦恩斯坦的性格时说道，"我眼中的他是一个从事伟大事业、创建了一家公司的人。"罗伯茨还称韦恩斯坦是个好父亲，是个好人，他补充说道："我觉得他就像只泰迪熊。"

* * *

NBC 的母公司康卡斯特是一家家族企业，由罗伯茨的父亲一手创建。[3]公司章程赋予罗伯茨不可动摇的权力[4]："如果布莱恩·L. 罗伯茨先生愿意且能够服务，主席就将是他……如果布莱恩·L. 罗伯茨先生愿意且能够服务，CEO 就将是他。"与罗伯茨共事过的几名高管都称他性格温和或温文尔雅。他是公司管理层中唯一一个后来找我道歉的人，他说他有女儿，相信我的报道。但与他共事过的高管也表示，罗伯茨不喜欢冲突。有一名高管表示，在有争议的问题上，罗伯茨"立场不坚定"，"他不会阻止史蒂夫玩阴招"——史蒂夫·伯克曾在罗伯茨手下任职 NBC 环球首席执行官。

伯克也和韦恩斯坦关系融洽。韦恩斯坦的一名前员工形容伯克好像活在"韦恩斯坦的口袋里",这名前员工曾帮助伯克为韦恩斯坦制作的演出提供《小黄人》服装,这场演出在无线电城音乐厅上演,韦恩斯坦也就是在那里遇见了安布拉·古铁雷斯。与罗伯茨共事过的高管们还透露,伯克同样厌恶冲突。其中一人回忆过一件事,当时另一名好莱坞权力掮客和他的律师给 NBC 新闻打电话,要求该台不要播放一则采访。这名高管回忆说,他曾告诉伯克,新闻网准备继续播出这段采访,伯克则回答说"撤了",同时还补充说那个好莱坞权力掮客"将欠你一个大人情"。

"史蒂夫,我的天啊,我们会毁掉 NBC 新闻的声誉。"这名高管记得自己当时对他这样说。伯克团队的另一名成员出面调解,并提出了相同的观点,伯克才同意播出采访。在加入 NBC 环球之前,伯克曾在迪士尼工作,在公司零售业务和主题公园经营方面取得了不俗成绩。[5] 但高管们表示,他对新闻媒体并不是很熟悉。"我甚至不认为这是为了保护他的朋友,他这么做只是因为他认为'这家伙很有权力,我接到了这些电话,我不想惹麻烦',"一名高管为伯克要求撤掉采访做出辩护,"他不知道这不符合职业道德。"

　　　　　　　　*　　*　　*

　　而 NBC 新闻方面因为韦恩斯坦一事变得更加焦虑不安。在托伊发表了有关艾滋病研究基金会丑闻的报道后不久，麦克休就准备发表自认为意义重大的后续报道，这则报道是以他自己的调查为基础的。但在最后时刻，管理层取消了报道计划。几天以来，格林伯格一直对麦克休的报道表现出极大的热情，但他后来改变了态度，表示这则报道并不能推动事态发展。直到《好莱坞报道》前编辑贾妮思·闵在推特上发文表示 NBC 正在酝酿更多有关韦恩斯坦的新闻，格林伯格才回过头来找麦克休，问他是否能尽快恢复相关报道工作。

　　奥本海姆之前说过，我可以完成仍在为 NBC 做的其他报道。但当下一次报道播出时间临近时，我被告知日程安排中没有我的出镜时间。后来，当这则报道被重新安排播出时，我又收到了同样的理由。"诺亚说不允许罗南出镜。"一名高级制作人告诉麦克休，"发生什么了？"与此同时，劳尔在节目里念了几句我的个人介绍。

　　　　　　　　*　　*　　*

　　在《纽约时报》报道发表的当天晚上，CBS 新闻频道和美国广播公司新闻（ABC 新闻）频道在其晚间节目中进一步深入报道了相关丑闻。第二天早晨，两大新闻网再次报道了相关新闻，播出了原创采访的细节片段。只有 NBC 在第一天晚上没有播出相关新闻报道，第二天早晨，也只有 NBC 没有播出任何相关原创报道。相反，克雷格·梅尔文（Craig Melvin）代班劳尔，念了一段不到 1 分钟的新闻稿，主要内容是韦恩斯坦驳斥相关指控。[6] 那个周末剧情重演：《周六夜现场》（*Saturday Night Live*）热烈讨论了比尔·奥莱利、罗杰·艾尔斯和唐纳德·特朗普的类似事件，却只字未提韦恩斯坦。[7]

尽管如此，NBC 新闻还是围绕这一事件悄悄地创造了公众叙事。奥本海姆和传讯部主管科恩布劳开始接受媒体记者采访。这两名高管暗示 NBC 只是短暂卷入其中。"奥本海姆说罗南几个月前来找他，表示想追踪报道相关性骚扰的事情，大约过了两三个月，他一直没有拿出任何文件证据，也一直没有说服任何女性出镜。"一家采访过奥本海姆和科恩布劳媒体的内部备忘录中如此写道。"这个家伙手里真的什么都没有，"奥本海姆在一次电话采访中这样说道，"我理解这对他来说是非常私人的事，面对这样的事他可能会很情绪化。"当被问及是否与韦恩斯坦有过接触时，奥本海姆笑着说道："我不混那些圈子。"

后来好几个知情人告诉我，《纽约时报》文章发表后的最初几天里，NBC 都依照奥本海姆的指示，避免报道有关韦恩斯坦的新闻。"诺亚真的去找过他们，对他们说'不要报道这件事'。"其中一人回忆起奥本海姆当时与制作人的对话。那周晚些时候，随着报道的发酵，奥本海姆和一群高级职员召开了例行报道会。"关于这件事，我们应该做些什么？"在场的一名制作人问道。

奥本海姆摇了摇头。"他会没事的，"他指的是韦恩斯坦，"他 18 个月后就会缓过来。这是好莱坞。"

第四部

沉睡者

第42章

教导

　　《纽约时报》的文章发表后，又多了个知情人向我们提供消息。一个同时认识我和露西娅的朋友提醒我注意露西娅·埃文斯（Lucia Evans）的指控，埃文斯是市场营销顾问。2004年夏天，韦恩斯坦在曼哈顿的一家名为"楼上的奇普里亚尼"（Cipriani Upstairs）的俱乐部认识了埃文斯。当时她即将开始在明德学院读大四，并尝试进入演艺圈。韦恩斯坦搞到了她的电话号码，很快就开始在深夜给她打电话，或是让助理给她打电话，约她见面。她拒绝了深夜见面的邀约，但表示会在白天去见选角主管。

　　当她到达选角现场时，发现那里挤满了人。她被带到一间办公室，里面放着运动器材，地板上还放着外卖餐盒。屋子里只有韦恩斯坦一个人。埃文斯说她觉得他很吓人。"他一出现就令人生畏。"她告诉我。埃文斯回忆起那次会面："他很快就开始一边奉承我，一边贬低我，让我觉得自己很差劲。"韦恩斯坦告诉她，她"很适合《天桥骄子》（Project Runway）"——韦恩斯坦那年稍晚时候协助制作和播出的一档节目——不过，她需要减肥。他还向她提起两个剧本，一个是恐怖电影，一个是青春爱情片，并说他的同事会跟她讨论这两部片子。

"说完这些之后，他就侵犯了我，"埃文斯说道，"他强迫我给他口交。"她拒绝了，于是韦恩斯坦从裤子里掏出阴茎，把她的头摁到了上面。"我一遍又一遍地说：'我不想这么做，住手，不要。'"她回忆道，"我试着逃跑，但我可能没尽全力。我不想踢他或打他。"最后她说道："他是个大块头。他制服了我。"她又补充道："我有点放弃反抗。这是最可怕的地方，这就是为什么他能长期对这么多女性这么做的原因：大家放弃反抗，然后她们觉得这是她们的错。"

她告诉我，整件事都是设计好的。"那就像是一套非常流畅的流程，"她表示，"女选角导演，哈维表示想见我。在性侵发生之前，设计了这一切让我感觉舒服。让我对所发生的事情感到羞愧也是设计好的，为了让我保持沉默。"

*　　*　　*

那个周五，我们给布鲁姆发了一份详细的事实核查备忘录，她答应会给我们答复。我们一直等到周六还没有收到任何答复，于是我给她打了电话。电话转到了语音信箱，然后我收到了她的短信："我今天没空。"当她终于接起电话时，我正在雷姆尼克家里，我们俩正在一边看稿子，一边打电话。布鲁姆的声音听起来有点沮丧。"什么？"她厉声说道。然后当我提醒她韦恩斯坦让我找她时，她说："我不能说什么！我不能对这件事发表任何评论！"她让我找哈德、博伊斯或其他任何人。

布鲁姆的语气听起来像是在指责谁，又像是被谁伤害了。她提醒我她曾经那么执着地想联系我。"好几个月！"她厉声说道，仿佛我之前如果跟她分享更多信息就可以让她尽早远离韦恩斯坦一样。我只跟布鲁姆谈过这件事，据我所知，她利用这个机会对那些女人进行了反向研究，而不是向她的客户求证事实。对布鲁姆来说，那个夏天非常忙碌。她同时开始代理亚马逊影业主管罗伊·普莱斯的法律事务，在媒体报道了有关他的一则性骚扰丑闻后，同年秋天，她的这桩代理业务也在一片批评声中结束了。我们结束通话 40 分钟后，布鲁姆在推特发文宣布辞职。在此之前，她一直在给韦恩斯坦公司董事会发邮件，陈述她几乎直到最后一刻都在谋划如何诋毁指控者。[1]

* * *

看到韦恩斯坦的团队一片混乱，我们决定将焦点放回他本人身上。那个周末和接下来的一周时间里，我先是随便跟他打了几次电话，然后打了几次较长时间的电话，这期间雷姆尼克、福利-门德尔松、贝尔托尼和韦恩斯坦的律师、危机顾问都加入了进来。韦恩斯坦还把公关危机公司西特里克公司（Sitrick and Company）招致麾下，该公司把相关任务交给了脾气温和的《洛杉矶时报》前记者萨莉·霍夫梅斯特（Sallie Hofmeister）。

与韦恩斯坦的大部分对话都没有录音，但其中一些通话内容并没有设限，或者是韦恩斯坦做了明确记录。他有时候听起来像是遭受挫败。每次通话开始时，那轻轻的一声"你好，罗南"有一种近乎孩子气的可爱魅力。但更多时候，哈维·韦恩斯坦一如往常，傲慢且愤怒。"请允许我教导你，"他会说，"我是在启发你。"

韦恩斯坦反复表示，如果当事女性后来回来找他，这种互动就不算强奸。由于这种事经常在不可避免的工作场合或家庭关系中发生，与性侵犯的现实情况存在差异，也与法律规定有所出入，他似乎不准备放过这一点。他还对这些女性的指控中提到的打击报复行为表示怀疑。"好莱坞不存在打击报复一说。"他坦言，并称圈内有权有势的男性恐吓女性这种说法都是"传说"。当我问他对此怎么能这么肯定时，他说大家只要给罗南·法罗、朱迪·坎特或金·马斯特斯打个电话，打击报复就会消失不见。这一逻辑让我惊讶不已：制造一个问题，然后把焦点引向这个问题引发的后续反应，以此宣称问题不存在。

在一开始不那么正式的通话过程中，大家都感觉韦恩斯坦仍然生活在某个平行现实中。他会承认自己的过错，然后举例说自己曾在女生的纪念册上写过冒犯性的评语，或是用错误的方式评价过同事，以此概括自己的行为。每次我提醒他，我们正在报道多项强奸指控时，他都显得很吃惊。他往往表现得不知所措，会说自己并没有注意事实核查信息的细节，而且表现得好像这么解释一下就行了。

后来，随着顾问们加入论战，我们终于得到了后来写入报道的相关回应：全盘否认"非双方自愿的性行为"，对于具体指控只字不提。这似乎反映了韦恩斯坦的真实想法：他几乎没说过事情没有发生，不过坚称这种互动行为是双方自愿的，多年后，这些事又被机会主义者重新编排利用。

他很多时间都在攻击报道中的女性。"哈维，我有个问题，"雷姆尼克严肃地插问道，"这和你的行为有什么关系？"相对而言，韦恩斯坦似乎不在乎质疑具体事实。有时候，他只是想不起来而已。一次，他对报道中没有提到的一项指控展开了详细论述，只是因为他把我们告诉他的名字和他自己记忆中相似的名字搞混了。

每次我提到警方调查的录音，韦恩斯坦都会暴怒，对于保留下来一份副本，他无比气愤。"你们有一盘被地方检察官毁掉的磁带副本？"他难以置信地问道，"那盘被毁掉的磁带？"后来，万斯办公室的发言人表示，他们从未同意销毁证据。但韦恩斯坦对此深信不疑。霍夫梅斯特后来打来电话，把这一点记录了下来。她告诉我，韦恩斯坦非常担心有人违反了之前与他达成的协议。"警方和我们——或者说地方检察官——达成了协议，我不确定是跟谁达成了协议，"她说道，"但是，警察手里的那盘磁带会被我们律师事务所销毁。"

韦恩斯坦继续强调他自认为与 NBC 新闻达成的某种协议。"NBC 很生气。"韦恩斯坦多次提到。他想知道我要怎么处理我在那里拍摄的视频。他说新闻网向他保证,如果我使用那些视频,就会对我采取法律行动。当他在电话里提出这一点时,雷姆尼克耐心听完,然后进行了反驳。"我们不用考虑 NBC,"他说道,"NBC 这么做——你会发现只是在做无用功。"

* * *

在我们不断通话的过程中,韦恩斯坦的脾气突然变得暴躁起来。"埃米莉签了保密协议,"他提到内斯特,"好好对她。我们都喜欢她。"不安的顾问们开始插话,试图迅速说服他,但收效甚微。"她是个甜姐儿,小甜心,"他继续说道,"不应该这么收场。"《纽约客》也收到了威胁:起诉,或是泄露我们的事实核查备忘录,抢占报道先机。"小心点,"韦恩斯坦会说,"伙计们,小心点。"

有一次,当霍夫梅斯特和其他顾问发现无法阻止韦恩斯坦时,他们好像直接挂断了电话。"我们听不到了。"突然断线后雷姆尼克说道。

"他们不想让他说那些。"福利-门德尔松说道。

"是的,真是好律师呀。"贝尔托尼难以置信地摇头补充道,"他花大价钱请他们就是干这个的,就是他妈的来挂电话的。"

几分钟后,我们再次接通电话,雷姆尼克说道:"萨莉,刚才是有律师挂了电话吗？"

"是你在说话？"霍夫梅斯特答道。

"当然是我。"雷姆尼克说道。

韦恩斯坦提供了一些细节，我们也更新了报道初稿，反映了这些内容。最后，虽然韦恩斯坦更加气急败坏，但声音听起来却有点听天由命的意思了。他好几次都承认我们秉持公理，而他则是"活该"。

＊　＊　＊

10月11日，福利-门德尔松在凌晨1点编辑终稿，然后在凌晨5点开始终审。发稿前，团队的其他成员都已经完成签发，金和麦金托什最后仔细检查了一些小细节。受人尊敬的《纽约时报》前编辑迈克尔·罗（Michael Luo）现在负责《纽约客》网站，他监督了网站新闻发布的最后流程。我到达杂志社时，办公室里很安静，一道道阳光投射进来，仿佛一条条棱镜。杂志多媒体编辑莫妮卡·拉契奇（Monica Racic）站在办公桌前，准备上线新闻，福利-门德尔松和其他几个人凑了过去，我上前想拍张照片。我本意是想留下一张严肃的影像记录，并不想传达什么必胜信念，但雷姆尼克连这也不允许。"这不是我们的风格"，他说着把大家轰走，然后又回去干活了。

一切结束后，我走到办公室的一扇窗户前，眺望哈德逊河。我感觉有点麻木，仿佛听到佩吉·李（Peggy Lee）在耳边低语：

"全都付之一炬了吗？"我希望那些女人会觉得这么做是值得的，她们有能力保护其他人。我不知道自己的前途如何。除了这篇报道，我跟《纽约客》没有任何其他约定，在新闻网也没有任何出路。透过窗玻璃，我清楚看到自己眼睛下的黑眼圈，除此之外，我还能清楚看到闪闪发光的地平线上的世界。一架新闻直升机正在哈德逊河上空盘旋、观察。

我的电话响起，一遍又一遍。我赶紧走到最近的电脑旁，打开浏览器。从我的电子邮箱、推特到脸书，"叮，叮，叮"的消息提醒声音不断响起。消息一条接一条，快速滚动不停。

最后，我还会收到其他记者的消息，包括坎特和托伊，她们为她们自己的报道做出了漫长而艰辛的努力。好几个记者表示，他们曾遭受恐吓。一个曾爆料韦恩斯坦的杂志作家给我看了些信息，还给我听了些语音邮件，那些发消息的人逐渐明确威胁要伤害他及其家人。联邦调查局曾介入调查。他则不顾威胁继续报道。

但大多数消息来自一个又一个陌生人，表示有话要说。有些是女性，有些是男性。其中一些是关于性暴力的控诉，还有一些则是关于其他类型的犯罪或腐败行为。大家都在悄悄讲述政府、媒体机构和法律部门等滥用权力和系统制度，掩盖其罪行的事实。

报道发表的第一天，《今日秀》前制作人梅丽莎·隆纳也给我发了条消息，我差点没看到，她写道："你们中间有更多哈维。"她在天狼星 XM 卫星广播电台工作室曾跟我见过面。

第43章

阴谋集团

"我们有信心能达成新协议。"诺亚·奥本海姆那天发了这样一条信息。我原本是新闻网内部的麻烦，现在，如果我离开新闻网，才会成为麻烦。报道发表不到一小时，他就打来了电话。"看到它发表了，我很高兴，"他说道，"很好，很好，很好！"他继续说道，"我相信你能想到，《晚间新闻》，MS"——指的是MSNBC——"这里几乎所有人都在打电话询问：'嘿，我们怎么才能联系上罗南？我们能请他来谈谈那篇文章吗？'所以，我只是想了解一下你现在有什么打算。"奥本海姆说他们会再在NBC给我弄个职位。

"我对继续与NBC合作犹豫不决的唯一原因是，我不想让那里的任何人或是你陷入尴尬境地。显然，哈维将报道的背景及其在NBC的经历作为攻击我的主要武器，"我告诉奥本海姆，"如果我被问及它在NBC的遭遇，我可不想为此隐瞒任何事情。"

奥本海姆和科恩布劳后来让我更加难以回避这个问题。当时已经有好几个媒体记者给我打电话，声称这两名高管有意隐瞒我的报道在 NBC 的遭遇。由于压力太大，我给《纽约客》传讯部主管拉伯和乔纳森打了很多电话。奥本海姆找我谈话的同时，CNN 的杰克·塔珀（Jake Tapper）发表了一则推文："说到媒体共谋，不妨想一想，为什么 NBC 记者罗南·法罗要为《纽约客》写这篇文章。"[1] 很快，塔珀就在直播中读了一段话。"NBC 的一名知情人士向'每日野兽'透露：'他之前就向 NBC 新闻提供了有关韦恩斯坦的初期报道，但不符合继续报道的标准。那与最终呈现的报道差别很大。当时，没有指控者愿意公开出镜或是表明身份。他发表的文章与他给 NBC 新闻的东西完全不同。'"[2] 引用完这段话，他皱起眉头说道，"在我看来，这就是个真实的谎言。"

当我提到如果问题曝光，我没法说谎时，奥本海姆紧张地笑起来。"我的意思是，你看，除非——除非你要——我的意思是，听起来你不打算这么做——除非你提出——"

"不，不，"我回应道，"诺亚，我的初心就是不让任何事情掩盖这些女人的故事，我的心意在整个报道过程中都没有变过。"

奥本海姆问我是否能尽快到洛克菲勒广场 30 号上一期《晚间新闻》。我觉得自己是被召去解决一个公关问题。但这些女性的指控应该在 NBC 的平台上曝光。事实上，我也想要回我的工作。我告诉自己，回避报道背后的故事，并不等于撒谎。

几小时后，我的电话响起："罗南，是我，马特·劳尔。让我做第 567 个对这篇精彩的文章表示祝贺的人吧。"

＊　＊　＊

与奥本海姆达成协议就像走钢丝一样。面对其他新闻媒体，我都回避问题，把话题转移到女性身上。在 NBC 的节目中，我顶着不同的头衔出镜：撰稿人或通讯记者，调查记者或非调查记者，仿佛仓促复活的分身。我去录制《晚间新闻》的那天下午，同事们纷纷跟我打招呼，他们看上去都面色苍白。一个经常跟警察打交道的制作人表示，如果之前有机会能帮忙，他很乐意提供帮助，他不明白发生了什么。一个记者给我发消息说："作为曾遭受过性虐待的人，我觉得我们是在为一个类似梵蒂冈的媒体集团工作，他们愿意掩盖性犯罪行为。"他们是我认识的一些最棒的记者，是他们让我为能与 NBC 新闻工作而感到骄傲。他们坚定地维护 NBC 新闻追求真实和透明的理想。"这栋楼里在乎新闻工作的人对发生的一切感到十分不安，"调查小组的另一个成员后来告诉我，"大家花了很长时间平复情绪。"

再次回来不是面对我和麦克休费尽心思做的报道，而是接受另一个记者的采访，作为当天的新闻播出，这种感觉很奇怪。报道中出现了哈里斯和韦纳从我的脚本中删除的内容，包括大量员工表示他们目睹了不当行为。"随着一段警察抓捕行动中韦恩斯坦和其中一名指控者的录音的曝光，好莱坞掀起新波澜，"莱斯特·霍尔特当晚在节目中说道，"请看 NBC 安妮·汤普森

（Anne Thompson）的报道。"这也很奇怪："一段录音曝光。"谁知道它之前在哪儿？当然，它肯定没有在诺亚·奥本海姆的办公室待5个月。

＊　＊　＊

几个小时后，我在一间休息室角落的一个小屏幕上看到雷切尔·玛多（Rachel Maddow）开始了她的节目，我曾经在这间休息室问候我的节目的嘉宾。在20分钟的时间里，她回顾了近年来备受瞩目的性侵和性骚扰事件，一直强调媒体的失职。她从科斯比的性侵事件谈到福克斯新闻的指控以及《走进好莱坞》的录影带引发的轩然大波。"那盘带子正是在一年前的这个星期曝光的。"她尖锐地指出。

谈到韦恩斯坦，玛多和其他人一样提到了录音。她坐在背景板前念道，"我经常干这种事"，同时质问这一切是如何掩藏了这么久的。"大家都知道这些指控行为的存在，而且显然已经习以为常。"她说道。公众"正在接受这样一个事实，掩盖这一切的背后牵涉到一个巨大的公司阴谋"。

我感觉很疲惫，内心十分矛盾。奥本海姆承诺不会解雇我，这个尚未落实的承诺的确起了作用。虽然发生了这一切，但我仍然渴望成为NBC新闻的主播和记者。回顾瞬间的关注度、电视收视率和推特留言，我开始思考接下来究竟要做些什么。此时玛多还在一丝不苟地播报，为我们的谈话做着准备，虽然我此刻身在演播室，但内心的疑惑有增无减。

玛多涂着睫毛膏，穿着黑色外套。她身体微微前倾，既显得富有同情心，又有点像头恶狼。"这对你来说显然是场漫长的追逐，"她说道，"你开始做这个报道的时候是在 NBC 新闻工作。你最后在《纽约客》发表了它，对此如果你想说些什么，我洗耳恭听。"而当我转移话题的时候，她认真地看着我说道："罗南，关于这个，我还有几个问题要问你。我本来应该结束这次采访了，但现在我说了算。"一段广告结束后，她又回到了共谋和掩盖事实的主题上，抛出一个问题："你为什么最后选择《纽约客》而不是 NBC 新闻发表这篇报道？"[3]

我感觉到玛多的注视和头顶上刺眼的灯光。尽管她警示了很多次，我还是没想好该怎么回答。"关于这个报道的相关细节，你得去问 NBC 和 NBC 的主管们，"我说道，"我想说的是，这么多年来，许多新闻机构都围绕这件事展开过报道，都面临过巨大压力。而且，现在有媒体公开报道了新闻机构在这方面所面临的压力。"我还解释说我个人受到了相关诉讼威胁。《纽约时报》也受到过威胁。我没法说明其他机构或个人可能面临过的任何威胁，但的确存在这种压力。

"NBC 说你的这个报道不值得发表，你给他们看相关素材的时候，它还不具备发表的条件。"她指的是奥本海姆和科恩布劳表示我强迫他们接受这个报道，但无功而返，于是自行决定去其他地方继续报道。玛多用食指在有机玻璃桌面上按了按。她真正的眉毛上挑，桌面倒影中的眉毛则是下垂状态：看起来好像太阳马戏团标志上的那张脸露出怀疑的表情。"但显然，当你把它带到《纽约客》的时候，它已经可以发表了。"

我已经跟奥本海姆说得很清楚，我会回避这个问题，但不会撒谎。"我带着这个本应更早公开的爆炸性新闻去找《纽约客》，显然，《纽约客》立即意识到这一点，"我说道，"说它不值得报道并不准确。事实上，NBC多次表示过它值得报道。"

我承诺过不打破表面的平静，但我知道我打破了承诺，我在新闻网的未来也随之破碎。玛多同情地看了我一眼。"从新闻报道的角度而言，我知道这个报道的部分内容不是轻易就能开口讨论的，我知道你不想让自己成为报道的中心话题。"她说道。

"这一点很重要，"我说道，"这些女性异常勇敢地提出了这些指控。她们的控诉可以说是字字血泪，相当于重新撕开自己的伤口，她们之所以这么做是因为她们相信自己今后可以保护其他女性。所以，不应该围绕我或是朱迪·坎特所做的精彩的重要的报道展开讨论……我们最终都是在为这些真正付出艰苦努力的女性服务，我希望大家能听到她们的声音，能关注她们。"

我离开摄影棚的时候，突然哭了起来。

第 **44** 章

充电器

直播一结束，玛多就接到了电话。她在摄影棚来回走动，手机就贴在耳边，即使在很远的地方也能听到格里芬的大嗓门。这时，奥本海姆打来电话。"所以，不管你曾经怎么想，我现在都是 NBC 前撰稿人了，对吗？"

"我无法解释雷切尔·玛多的行为。请相信我——"奥本海姆说道，"事情已经发生了。我就想说这些。不幸的是，这显然点了一把火。"

奥本海姆的声音听起来有点紧张。他说有人通知他，我们必须发表一份声明，更坚决地公开表示 NBC 内部从未出现这篇报道。他希望我在声明上签字。

我们很快又陷入在他办公室发生过的无休止的争论中，只不过奥本海姆的论点已经从这则报道为什么不应该播出，转移到他一开始就没批准相关报道。

当我问他是否和韦恩斯坦谈过时,他答道:"我从没这么做过!"

"诺亚,你给我看那篇关于哈维和伍迪·艾伦合作的文章时,你说'哈维说'。"我提醒他。听了这话,他叹了口气,迅速改口,哀声说道:"哈维·韦恩斯坦给我打过一次电话!"

电话打了好几个小时。马克·科恩布劳参与进来,要求我签署一份卡夫卡式的妥协声明,让我承认报道已经通过法律和标准审查,但仍未能达到"我们的标准"。我开始头疼。实际上,科恩布劳干过很多次这种让人签掩盖丑闻的声明的事。2007年,他是当时的总统候选人约翰·爱德华兹(John Edwards)的发言人,他花了几个月的时间来平息爱德华兹与竞选视频摄影师里埃勒·亨特(Rielle Hunter)的私生子丑闻。科恩布劳让爱德华兹签署一份否认亲子关系的宣誓书。当爱德华兹表示拒绝时,亨特后来写道:"那一刻马克知道了真相。"[1] 但一直坚持到一个月后竞选结束,马克·科恩布劳继续负责公开否认此事,表现出相信了爱德华兹那不堪一击的掩饰之词。后来,当爱德华兹因为在掩盖这一绯闻的过程中违反竞选财务法而受审时,检察官指控科恩布劳在开庭前的采访中隐瞒了这件事。科恩布劳则表示,检察官没有正确提问。[2] 爱德华兹后来被宣判一项罪名不成立,其他罪名被宣判无效。

当时,我对这些事情一无所知。我还想挽救我和管理层的关系。我告诉他们我不能发表虚假声明,但我向他们保证将避免回答类似玛多提出的这种问题。

我的手机一度没电，与奥本海姆的通话不得不中断。我还待在 MSNBC 的休息室。我借了个充电器，插上手机充电。就在我等待充电的过程中，一位还没有离开办公室的电视名人坐到我身旁，漫不经心地说道：

"诺亚是个浑蛋，安迪也是个浑蛋，他们都应该滚蛋。"

"你是说不止这件事？"我问道。

"我本人就知道三件事。"

《走进好莱坞》录影带的事，"我说道，"这……"

"还有别的。涉及这里的人。"

我大吃一惊。但这时电话再度响起，奥本海姆打过来的。

* * *

在 1A 演播室的灯光下，马特·劳尔像点燃的 TNT 炸弹一样盯着我，对我说出对于此事的最新解读："你已经为 NBC 新闻和《纽约客》做这个报道很久了。我知道要确认这些女演员的身份，让她们公开指控，这一过程既漫长又艰难。"[3] "NBC 新闻和《纽约客》之间"从来就没有过乌托邦式的合作。拍摄的头几天，已经有一名女性公开出镜。你可以在录影带上看到，我不自觉地挑起了眉。劳尔那天在现场看起来有点奇怪，十分不安。当我谈到职场不当性行为和报复行为的复杂性时，他在座位上坐立不安，突然开始念霍夫梅斯特关于韦恩斯坦的声明。当他移动身体的时候，一束光从他那剪裁完美的藏青色西装上滑过。

几小时后，奥本海姆召集调查报道部门的制片人和记者"澄清"并消除"误会"。当他重申新闻网内部从没有出现过相关报道时，麦克休开口插话。"原谅我，诺亚，"他说道，"但我不同意这种说法。"奥本海姆看起来很吃惊。会场起了争执，记者们提出一个又一个问题。新闻网为什么不播录音？如果奥本海姆想要更多证据支持，为什么不允许我和麦克休去收集更多证据？所有答案似乎都不能令人满意。"作为新闻机构，即使当时不相信他们有足够证据，也应该会说：'我们会给你们更多资源，我们会加倍支持你们。'我不明白是什么让他们没有说出这样的话，"当时一名资深记者说道，"我不得不质疑这种说辞。而且我认为其他人也这么想。"

第二天一早，麦克休就接到奥本海姆助理打来的电话。"诺亚想见你。"奥本海姆表示想解决麦克休在整个团队面前提出的问题，他说这话的时候透露出一丝厌恶的情绪。"这七个月来，哈维·韦恩斯坦的律师一直在给我们打电话，我从来没对任何人说过'不要这么做'。"奥本海姆说道。

"我被命令停止报道，"麦克休说道，"我和罗南都感觉到NBC 不准备播这个报道。"

"我是发起这个该死的报道的人！"奥本海姆情绪开始失控，变得暴躁起来。他继续说道："现在都在指责我是包庇强奸犯的同谋。很好！我是唯一一个在 MSNBC 取消罗南的节目后给他工作的人，也是为这个报道出谋划策过的人——"

"我不是在指责你。"麦克休冷静地说道。

但奥本海姆现在受到了伤害。尤其令人难堪的是，大卫·雷姆尼克面对这个问题时，回答得简单明了。（"从他走进这里的那一刻起，你就决定发表这篇文章？"CBS 的一名记者问雷姆尼克。"你说得太对了。"他答道。[4]）"大卫·雷姆尼克拦下了肯·奥莱塔的报道！"奥本海姆朝麦克休嚷道，"过去 16 年里，他什么都没做，直到罗南走进他办公室的门。他扼杀他们自己的报道，年复一年什么都没做，现在却声称：'我就是大英雄，因为我让罗南继续报道。'实在难以面对这样伪善的面孔。"但雷姆尼克的确让我继续报道。奥本海姆却没有。麦克休后来回忆称这次见面"十分疯狂"。他似乎很清楚，奥本海姆希望我们内部有人同意掩盖真相。他权衡了一下利害关系。他的老板的老板在指责他。麦克休没有我所拥有的那样的平台和资历。新闻网的确有能力悄悄终结他的职业生涯，与此同时可能没人会在意他的死活。麦克休有 4 个女儿要操心，他的合同也快要到期了。

会议结束后，他强烈感觉到他的前途岌岌可危，面对上级的软硬兼施，他不知道自己还能坚持多久。

* * *

这篇报道的发表可谓一石激起千层浪，NBC 的管理层不是唯一被波及的对象。在《纽约时报》和《纽约客》的报道先后发表的那个周末，希拉里·克林顿没有发表任何评论，并且拒绝了记者的相关提问，而其他政界人士纷纷发表谴责声明。曾在韦恩斯坦的《谈话》（*Talk*）杂志做编辑的蒂娜·布朗（Tina Brown）开始向媒体透露，关于韦恩斯坦的声誉问题，她曾在2008年总统竞选期间提醒过希拉里的团队成员。[5]作家、演员莉娜·邓纳姆（Lena Dunham）则透露，在2016年竞选期间，她曾告诉希拉里的工作人员，依赖韦恩斯坦筹集资金和组织活动将对竞选不利。"我只是想让你们知道，哈维是个强奸犯，这件事迟早会曝光。"她回忆起自己当时对竞选团队的公关人员说过这件事，而且她不止一次提醒过他们。[6]

5天后，希拉里发表声明称"感到大为震惊"。[7]我再次联系她的发言人尼克·梅里尔，他表达了对我报道的担心。我告诉他，我关于外交政策的书采访了所有在世的国务卿，并尽了自己最大努力来解释为什么希拉里没有接受采访。最终他们仓促安排了我与希拉里的一个通话。

伍迪·艾伦上个月曾通过电话向韦恩斯坦表示同情，现在又在公开场合表达了这种同情。"从来没有人找过我或真正认真地跟我讲过那些恐怖的故事，"他说道，"他们之所以没提过那些事，是因为我对此不感兴趣。我就对拍电影感兴趣。"他接着说道："对于所有牵涉其中的人来说，哈维·韦恩斯坦的事令人十分伤心。对于那些牵涉其中的女性来说，这是个悲剧，对于哈维来说也是悲剧，他的生活如此糟糕。"后来，在回应针对这些言论的批评时，他说他的意思是韦恩斯坦是个"可悲的病态的男人"。他强调，无论如何，重要的是"避免制造'政治迫害的气氛'，不要让办公室里每个对女人眨眼的男人，突然之间都得请律师为自己辩护"。[8]

当我之前和斯特里普谈起这件事时，她对于那些指控感到十分惊讶，现在她又发表了差不多的评论。她忙于应付各种批评，其中大部分是不公平的。一名右翼街头艺术家在洛杉矶各处张贴斯特里普和韦恩斯坦凑在一起的照片，斯特里普的眼睛上被画了一道粗红线，上面写着："她知道。"[9]斯特里普通过其公关发表了一份声明。[因为好莱坞重视个体的经济价值，这个莱斯利·达特（Leslee Dart）同时也是伍迪·艾伦的公关，他一直致力于诋毁我姐姐的名誉。]"有一件事可以澄清。不是每个人都知道这件事，"斯特里普在声明中表示，"如果每个人都知道这件事，我不相信娱乐圈和主流媒体的调查记者们几十年来都对此视而不见，不去报道它。"[10]我相信斯特里普不知道这件事。但她的乐观态度用错了地方：媒体尝试过调查，但他们虽然了解了很多内情，但同时也忽视了很多事情。

第 45 章

睡衣

报道中提及的女性对此也做出了反应。有的人感到痛苦，有的人则欣喜不已。但所有人都表示感觉卸下了一副重担。麦高恩几个月以来一直忐忑不安，她对我表示了感谢。"你带着一把耀眼的燃烧的剑闯了进来。干得真他妈的太棒了，"她写道，"你为我们大家做出了巨大贡献。你很勇敢。"麦高恩说她一直在应对韦恩斯坦不断升级的攻势和她自己不断上涨的律师费。她解释道："我知道你在生我的气，我之前不得不态度强硬。哈德和布鲁姆一直在暗中恐吓我。"

对麦高恩来说，那是一段孤独的时光。她很少与人接触，除了她的新朋友"戴安娜·菲利普"——也就是最近与韦恩斯坦见面的"安娜"。我的报道发表的那天，她和麦高恩联系过[1]：

亲爱的，

　　这几天我一直在想你。太疯狂了，发生的一切都太疯狂了！

　　你怎么样？这一定让你感到解脱，但同时也会面临很多压力。你一定收到了很多信息，我希望那些都是支持你的信息。

　　总之，我只是想告诉你，我觉得你很勇敢。我为你感到骄傲。

　　我会尽快发邮件把你介绍给保罗，这样你们两个就能安排后续见面事宜，一起讨论业务。

Xx

　　那时候，好几个知情人都表示发现主动与他们联系的人有可疑之处。卷入伦敦和解一事的助理泽尔达·珀金斯终于开始回应我，她一开始坚称相关法律规定禁止她谈论与韦恩斯坦共事时的事情，然而随着时间的推移，她分享了伦敦和解的完整故事。她说她也收到了来自《卫报》作家赛斯·弗里德曼的不太正常的报道询问。

＊　＊　＊

　　安娜贝拉·莎拉也在报道发表的那天给我发来消息："你做了件让人难以置信的事，不仅曝光了他，还向公众传达了所有经历过并一直在经历那些痛苦的女性的痛苦。"当我给她回电话时，她解释说她就是一直在经历那些痛苦的女性之一。我们第一次通话的时候，她凝视着客厅窗外的东河，挣扎着是否要说出她的故事。"我当时的想法是：'这是你等待了一辈子的时刻……'"她突然感到恐慌，"我开始发抖，"她回忆道，"我只想挂断电话。"[2]

她说，事实上，20多年来，她一直无法坦然说出有关韦恩斯坦的事。她生活在对他的恐惧中，她睡觉时床边还放着一根棒球棍。她说韦恩斯坦暴力强奸了她，并且在随后的几年里多次对她进行性骚扰。

20世纪90年代，莎拉主演了韦恩斯坦制作的《纽约夜月情》（*The Night We Never Met*），她说她由此进入了"米拉麦克斯的圈子"。从此之后有太多拍摄、活动和晚宴，很难想象离开韦恩斯坦生态系统的生活。她回忆道，在纽约的一次晚宴上，"哈维在场，我起身准备离开。哈维说：'哦，我会送你离开。'哈维之前曾经开车送我，所以我没多想会发生什么特别的事情——我只是期望被送回家"。韦恩斯坦在车上和莎拉说再见，然后她上楼回她的公寓。她独自一人在家，回家几分钟后就准备上床睡觉，这时她听到有人敲门。"当时还不是特别晚，"她说道，"并没到什么三更半夜，所以我把门打开了一条缝，看看门外是谁。而他把门推开了。"说到这里，莎拉停了下来。接下来的故事似乎让她难以启齿。韦恩斯坦"走了进来，好像走进他自己的公寓一样，好像这地方是属于他的一样，然后他就开始解衬衫扣子。

所以他很清楚他想干什么。我当时穿着睡衣。我没穿多少衣服"。他在公寓里转了一圈，在莎拉看来，他似乎是在检查屋子里是否还有其他人。

莎拉告诉我，古铁雷斯在警方诱捕行动中的录音"真的触动了我"。她记得韦恩斯坦逼迫她、把她推到卧室的时候，也采取了同样的手段。"过来，快点，别闹了，你在干什么，过来。"她记得他说过的话。她还假装镇定自若。"这是不可能的，"她告诉他，"你必须出去。你得离开。滚出我的公寓。"

"他把我推到床上，压在我身上，"莎拉艰难回忆道，"我又踢又叫。"但韦恩斯坦用一只手就把她的双手锁在了头顶，强迫她发生了性关系。"完事的时候，他射在了我腿上，还有睡衣上。"那件睡衣是家传之物，从她的意大利亲戚手里传下来的，白色棉布上绣着花。"他说：'我选的时机无懈可击。'然后他又说：'这是给你的。'"莎拉停顿了一下，呼吸变得急促起来。"他还要给我口交。我挣扎着反抗，但我的力气已经所剩无几。"莎拉说她的身体开始剧烈颤抖。"我想，这在某种程度上促成了他的离开，因为我看起来好像癫痫发作了。"

最终发表在《纽约客》上的这些故事都还原了事实，符合法律规定。我们并没有试图传达听到莎拉那样的暴力强奸经历时所感受到的那种真实、冷酷的丑陋。我们听到了她的声音。她在断断续续的抽泣中道出的回忆。你曾经听见安娜贝拉·莎拉挣扎着讲出她的故事，那故事永远留在了你的心底。

　　　　　　　　*　　*　　*

　　在强奸发生后的几周和几个月里，莎拉没有把这件事告诉任何人。她从没跟警察说过这件事。"和大多数女性一样，我对发生的事情感到羞愧，"她坦言，"我反抗了。我反抗了。但我还是会责怪自己，为什么要开门？谁会在晚上那个时间开门？我为此感到窘迫不安。我感到恶心。我觉得自己把事情搞砸了。"她变得意志消沉，体重也开始下降。她父亲不知道强奸的事，但很担心她的健康状况，劝她找人帮忙，而她也的确去找了心理医生，但她说："我甚至没有把这件事告诉心理医生。真是太可悲了。"

　　和其他许多人一样，莎拉怀疑韦恩斯坦采取了报复行动。她说她几乎立刻就感觉到生活受到了影响。"从1992年开始一直到1995年之前，我都没有工作，"她说道，"我一直收到这样的负面反馈信息：'我们听说你很难相处，我们听说这样或那样。'我认为这都是韦恩斯坦在搞鬼。"女演员罗茜·佩雷兹（Rosie Perez）告诉我："她本来意气风发，然后就开始表现怪异，开始深居简出。这毫无道理。她才华横溢，而且正当红，拍了一部又一部热门电影，然后突然之间就从圈子里消失了，为什么会这样？同为女演员，看到她的事业没能发展到应有的水平，我很伤心。"佩雷兹是最先与莎拉提及她的强奸指控的人之一。

　　几年后，莎拉的确恢复了工作，而韦恩斯坦再次找上她，意图不轨。1995年，她在伦敦拍摄《无辜沉睡》（*The Innocent*

Sleep），韦恩斯坦并不是该片的制片人。莎拉说，韦恩斯坦开始给她发消息，要求她给他打电话，还要求在他入住的酒店见面。她不知道他是怎么找到她的。一天晚上，他出现在她的房间门口，开始猛敲门。她坦言："之后的几个晚上，我都无法入睡。我把家具堆在门后，就像电影里演的那样。"

两年后，莎拉在犯罪片《警察帝国》（*Cop Land*）里扮演了一个腐败警察的妻子利兹·兰多内（Liz Randone）。她说她试镜的时候，一开始并没有意识到这是米拉麦克斯公司的电影，直到开始谈合同时，她才知道韦恩斯坦的公司参与其中。1997年5月，就在电影上映前，莎拉参加了戛纳电影节。当她入住昂蒂布的埃当罗克角酒店后，一个米拉麦克斯公司的人告诉她，韦恩斯坦的房间就在她隔壁。"我的心当即沉了下去。"她回忆道。一天早上，她还在睡觉，有人敲门。她睡得迷迷糊糊，以为自己忘了一早就要做头发和化妆，于是她打开门。"门口是哈维，他只穿着内裤，一只手拿着一瓶婴儿油，另一只手拿着一盘电影带，"她回忆道，"太可怕了，因为我经历过这一切。"莎拉说她转身就跑。"他很快就逼近，我按下了包括送洗服务和客房服务在内的所有的服务按钮。我一直不停地按，直到有人出现在门口。"酒店员工过来时，韦恩斯坦就离开了。

随着时间的推移，莎拉向一小部分人吐露了心声。佩雷兹说她从一个熟人那里听说了韦恩斯坦在伦敦酒店的所作所为，并询问莎拉发生了什么。莎拉告诉佩雷兹发生在她公寓的强奸，佩雷兹闻言哭了起来，她小时候就曾被亲戚性侵。"我说：'哦，安娜贝拉，你必须报警。'她说：'我不能报警。他正在毁掉我的事业。'"

佩雷兹把自己曾遭受性侵的经历告诉了莎拉，以此鼓励她说出她的遭遇。"我告诉她：'我在污水里挣扎了很多年。这个过程真他妈令人煎熬，也许说出所有事情，才是你的救命稻草。抓住它，爬出来。'"佩雷兹回忆道，"我说：'亲爱的，污水永远不会流走。但我公开一切后，它变成了一个水坑，我在上面建了座桥，总有一天你也会这样。'"

＊　＊　＊

当莎拉决定公开所有事情时，我告诉雷姆尼克我有更多证人了。他又指派大卫·罗德（David Rohde）担任助理编辑，罗德是经验丰富的战地记者，曾为路透社和《纽约时报》工作。罗德长着一张天使般的脸，似乎无法流露出恶毒或欺骗的表情，但他曾遭到塔利班绑架。

那年10月，他和福利-门德尔松见证了整篇报道的诞生，这是一篇关于每个女性在决定是否说出自己的故事时所面临的复杂斗争的文章。我们加入了莎拉和女演员达丽尔·汉纳（Daryl Hannah）的故事，后者告诉我韦恩斯坦也性骚扰过她。汉纳说，在21世纪初的一次戛纳电影节期间，韦恩斯坦一直不停地敲她酒店房间的门，她不得不从后门溜出去，在化妆师的房间过了一夜。第二天晚上，他又来敲门，她不得不用家具顶住酒店房间门，以此把韦恩斯坦挡在外面。多年后，当她在罗马参加米拉麦克斯公司发行的《杀死比尔2》（Kill Bill: Volume 2）的首映式时，他径直出现在她房间。"他有钥匙，"汉纳告诉我，"他穿过客厅，进入卧室。他就像一头愤怒的公牛一样冲了进来。我非常清楚，如果不是我的男化妆师也在房间里，事情没那么容易解决。太可怕了。"韦恩斯坦为自己莫名其妙的闯入找了个借口，要求她下楼参加一场派对。但是当她下楼后，发现楼下空无一人。她耳边只传来韦恩斯坦的问题："你的奶子是真的吗？"然后他要求摸摸它们。"我说：'不，你不能！'他又说：'至少给我看看吧。'我回应他：'滚蛋，哈维。'"第二天一早，米拉麦克斯公司的私人飞机飞走了，但汉纳没有在飞机上。

莎拉和汉纳都提到了让女性保持沉默的那种力量。汉纳说她从一开始就告诉了所有愿意听这件事的人。"没有用，"她告诉我，"我认为，不管你是不是知名女演员，不管你是20岁还是40岁，不管你是否报警，都没有用，因为没人相信我们。大家不仅不相信我们，还指责、批评和责骂我们。"

另一方面，莎拉像其他强奸受害者一样因为种种原因不敢开口：巨大的精神创伤，害怕报复和羞辱。"现在，当我去餐馆或参加活动时，大家就会知道我身上发生了这样的事，"莎拉说道，"他们就会看着我，他们就会知道一切。我是个非常注重隐私的人，而这是你能做的最不注重隐私的事情。"

但有一些不一样的、更具体的东西让她保持沉默。韦恩斯坦对媒体的恶意操控让人很难弄清应该相信谁。"我早就知道哈维变得多么强大，知道他拥有很多记者和八卦专栏作家。"她说道。

虽然无法证实，但她确信韦恩斯坦在监视她，密切关注着她，在她身边安插了动机不明的中间人。她承认这听上去很疯狂。"我害怕你，因为我以为你是哈维派来查我的人，"她说道，"我跟你说话的时候，害怕不是在跟真正的你说话。"当我问她是否有可疑的人联系过她的时候，她努力回想起一些事。她说有个英国记者给她打过电话，这让她很不安。"我觉得他在胡扯，"她告诉我，"我觉得是哈维在测试我，看我会不会说出整件事，我吓坏了。"她翻看了她的短信记录。她找出 8 月时他发来的一条短信，而当时我才知道这个人不久："你好，莎拉女士，我是赛斯，伦敦的记者……你有时间可以通个电话聊聊我们报道的一些事吗？不超过 10 分钟就行，这对我们的调查很有帮助……"

第 46 章

伪装

赛斯·弗里德曼的经历十分丰富。[1]他身材矮小，眼睛很大，胡须浓密，头发似乎总是乱七八糟。他曾是伦敦的一名股票经纪人，21 世纪初，他搬到以色列，并在以色列国防军服务了 15 个月。后来，他成了吹哨人，在《卫报》上揭露他所在的金融公司操控汽油批发价格，他最终因此被解雇。他的文章行文散漫、诙谐，其中还坦率提到其吸毒的习惯。2013 年，他写了一本名为《死猫反弹》（Dead Cat Bounce）的小说[2]，讲述一个在伦敦吸毒的犹太金融家跑去加入以色列国防军，闯入了一个充满间谍和犯罪的世界，他打着《卫报》撰稿人的幌子写出了这些。弗里德曼的写作用语就像盖·里奇（Guy Ritchie）电影里的黑帮分子说话："完美的莫吉托就像可卡因。明白我的意思吗？朗姆酒、酸橙、糖、薄荷——对，对，对，但相信我，那是穷人的查理。被吓坏的人的雪。直男的青稞酒。"

2017年10月下旬，在与莎拉聊过之后，我继续跟进弗里德曼这条线，跟他联系说我想聊聊。我告诉他时间紧迫。随后，我收到了一大堆WhatsApp消息。"恭喜你的报道发表，"他说道，"我一直密切关注着。"他说他一直在和一家英国报纸合作，想挖掘一些故事。随后，他还讲述了他是如何将其与麦高恩和另一名指控韦恩斯坦的人的采访录音交给《卫报》集团的周日出版物《观察家报》，以及该报如何根据这些采访发表了文章。这些文章中没有提到弗里德曼，只是讨论了谁进行的采访，以及为什么要进行采访。[3]

弗里德曼声称，他之所以分享这些录音，是因为真心想帮助揭露真相。他还提出帮我做报道。他很快发给我一份名为"目标清单"的文件截图。完整名单上列出了近100人的名字，包括韦恩斯坦公司前雇员，不友好的记者，最重要的是提出指控的女性——罗丝·麦高恩、泽尔达·珀金斯、安娜贝拉·莎拉。我报道的许多消息提供者都在这份名单上，包括那几个不安地怀疑自己正被监视或跟踪的相关人士。重点目标被标红。这正是鲁贝尔和多伊尔·钱伯斯协助整理的名单。有些地方还附上了他们与目标人物对话的更新备注。

我们互发消息几小时后，我和弗里德曼通了电话。一开始，他再次表示他之所以这么做只是出于新闻工作者的兴趣。"去年11月左右，我得到消息，有大事要发生，有人正在调查有关哈维·韦恩斯坦的事，"他说道，"当时，我只想写一篇关于好莱坞的文章，写写那里的生活是什么样的。"

但在我俩的谈话过程中，有关"调查"指控韦恩斯坦的女性的"人"的更多细节浮出水面。他一开始称这个神秘组织为"他们"。"我差不多已经知道他们的情况，但我认识的他们有完全不同的身份。"他说道。然后他又用"我们"来指称他们。"一开始，我们以为这是……发生在好莱坞的寡头一号与寡头二号之间的正常商业纠纷。"他说道。他最早收到的档案是关于韦恩斯坦的商业竞争对手的，其中包括艾滋病研究基金会的董事会成员。但随着焦点转向麦高恩、珀金斯和迪克斯，他开始对参与此事感到不安。"原来这实际上是关于性侵的案子。我们打退堂鼓了，我们表示绝不会卷入这件事。我们怎么可能退出？因为他雇了我们。"

我完全不清楚赛斯·弗里德曼是在代表韦恩斯坦与谁合作。"我们现在说的是为他或其他记者工作的私家侦探吗？"我问道。

"是的，一开始，是的。"他谨慎地答道。然后他继续说道，"我曾在以色列军队服役，我认识很多以色列情报部门的人。不用我告诉你，你也应该知道他们是什么人了。"

我又试着问了一遍："你能说出这个组织里任何一个人的名字或是这个组织的名字吗？"

最后，他说道："他们叫黑魔方。"

*　　*　　*

对你我这样的普通人而言，"私家侦探"这个词可能会让人联想到在破旧的办公室里工作的酗酒的前警察。但对于有钱的公司和个人来说，这些人长期以来提供着看起来完全不同的服务。早在20世纪70年代，一个名叫朱尔斯·克罗尔（Jules Kroll）的前检察官创建了一家同名私家侦探公司，为律师事务所和银行提供相关服务，其员工包括前警察、美国联邦调查局探员和法务会计师。他所创建的模式及一批模仿者都获得蓬勃发展。21世纪初，以色列成为这类公司的温床。这个国家的强制性兵役制度，以及其传奇情报机构摩萨德的神秘莫测和取得的成就，是提供训练有素的特工的现成渠道。[4] 以色列的私家侦探公司开始重视非传统商业间谍形式，包括"伪装"：使用假身份的特工。

黑魔方完善了私家侦探制度。这家公司由丹·佐雷拉（Dan Zorella）和阿维·亚努斯博士于2010年创建，他们俩一直与韦恩斯坦的律师们进行邮件往来。佐雷拉和亚努斯都是以色列秘密情报部门的老手。[5] 从一开始，黑魔方就与以色列军事和情报领导层有着密切联系。摩萨德传奇前负责人梅厄·达甘（Meir Dagan）在2016年去世前一直是该公司的顾问委员会成员。达甘曾在向一名商业大亨推荐黑魔方的服务时说："我可以为你找个私人摩萨德。"[6]

黑魔方的员工已经超过100人，能说30种语言。[7] 该公司在伦敦和巴黎设有分部，最后总部也搬到了特拉维夫市中心一座金碧辉煌的大楼里，占据了很大一片办公区，而且只有一扇没有任何标识的深黑色的办公大门。办公大门后面有更多没有标识的门，许多门上都安着指纹识别器。在公司接待区，从豪华的家具到墙上的艺术品，几乎所有东西都彰显了黑魔方的品质。在其他房间，特工们将伪装发展到登峰造极的程度。一张办公桌上可能放着二十几个不同的手机，每个手机都有不同的号码和虚构的主人。每个人都会接受例行测谎，以确保他们没有向媒体泄密。甚至连门卫都要接受测谎。

黑魔方和以色列实际情报机构之间一直和平共处。一份法庭文件透露，这家私人公司是"主要组织和政府部门的独家供应商"。[8]因此，以色列前总理埃胡德·巴拉克向韦恩斯坦推荐黑魔方就不足为奇了。

我开始通过电话和电子邮件联系特拉维夫相关人士，很快，一家以守口如瓶著称的公司开始松口，透露了它能透露的所有信息。特拉维夫的自由撰稿人埃多·明科夫斯基（Eido Minkovsky）则通过电话费尽心思正式而温和地表示拒绝。"我的妻子看过你的照片，"他说道，"她不可能去纽约。她不被允许这么做。我没收了她的信用卡。"

"你很会说话，我很佩服。"我说道。

"是的，我的地盘我做主。"

后来，我和编辑罗德一起接了更多爆料电话，由于时差的关系，罗德每天一大早就得到办公室守着电话。打电话的是两个与黑魔方行动关系密切的男人，他们不愿意透露姓名。一开始，他们一致否认相关行动。他们表示公司只为韦恩斯坦做了在线调查，其特工从未联系过提出指控的女性或记者。"我们从没接

触过其中任何一个人，"两个人用低沉的以色列口音说道，他们
是更高级别的知情人，"我还可以和我的组员确认你写的那些人：
安娜贝拉·莎拉、苏菲·迪克斯、罗丝·麦高恩……"而当我
提到本·华莱士和我怀疑我们成了监视目标时，他们"发誓"道：
"我们通常不会把记者作为监视目标。"其中有个男人更年轻一
些，也更清楚相关行动，他的声音更高也更轻快。"我们可是信
奉《塔木德》的犹太人！"他继续说道，"我们不会无缘无故起
誓！"这些电话既让人生出不祥之感，也让人忍俊不禁。

他们承诺将给我们发内部行动文件，澄清有关黑魔方跟踪
指控者或记者的说法。"我今天就把文件发给你，"声音更低沉
的那个男人说道，"我们到时候再看是使用一次性电子邮件还是
我们自己的服务器。"

我们挂断电话30分钟后，从加密电子邮件服务商ProtonMail
发来一封附带文件的邮件。几个小时后，又从另一个电子邮件
服务商Zmail发来一封邮件，里面附带了更多文件。我认为通
过不同账户发送这些文件是明智之举。第一封邮件中写道："你
好，共同的朋友。附件中有关于HW&BC事件的最新信息。祝好，
密码管理。"[9]

从ProtonMail发来的那封邮件署名则为"沉睡者1973"
（Sleeper 1973）。

第 **47** 章

快跑

　　那封邮件的附件是黑魔方为韦恩斯坦工作的完整记录。双方第一份合同于 2016 年 10 月 28 日签订，随后又签订了其他几份合同，包括在发票纠纷后于 2017 年 7 月 11 日签订的一份合同。最后一项承诺服务项目持续到 11 月[1]。

　　项目的主要目标是：

　　a. 提供情报，帮助客户完全阻止在纽约主流报纸上发表新的负面文章（以下称为"文章"）；

　　b. 获取一本处于创作阶段的书的更多内容，包括关于客户的有害负面信息（以下称为"图书"）。

　　黑魔方承诺成立"由专业情报官员组成的专门小组，在美国和任何其他必要国家展开行动"，这个专门小组将由一名项目经理、情报分析员、语言学家和特别聘请的"替身专家"组成,"替身专家"主要负责在社交媒体上创建假身份,同时还会聘请"拥有丰富社会工程经验的运营专家"。黑魔方还同意"按照客户要求,聘请一名调查记者",要求该名记者在 4 个月内每月进行 10 次采访,并向其支付 4 万美元。黑魔方将"迅速向客户汇报该名记者的采访结果"。

黑魔方还承诺提供"化名'安娜'的全职特工一名(以下称为'特工'),按照客户指示,她主要在纽约和洛杉矶活动,在接下来的 4 个月时间里将全职协助客户及其律师"。

附件中的发票也让人大开眼界:费用总额高达 130 万美元。合同由黑魔方总监阿维·亚努斯博士和博伊斯–席勒律师事务所共同签订。这太出人意料了。博伊斯的律师事务所还代理《纽约时报》的业务。可是,这位受人尊敬的律师却在这样一份合同上用优雅的蓝墨水签下了自己的名字,这可是一份要求终止报纸的相关报道并获取麦高恩书稿的合同。

* * *

黑魔方强调,其行动策略受世界各地律师审查,并严格遵守相关法律规定。但我很快从私家侦探处得到消息,该机构以违反规则闻名。2016 年,两名黑魔方特工在罗马尼亚被判入狱,罪名是恐吓一名检察官,并入侵她的电子邮件。[2] 他们后来被判处缓刑。一个直接参与黑魔方行动的人告诉我:"隐私法,数据法，他们做的事不可能不触犯法律。"一家与黑魔方竞争的以色列私人情报公司的负责人对我说："他们做的事情半数以上都是非法的。"我问他，如果我怀疑自己被跟踪了该怎么办，他答道："快跑。"

随着我们与以色列人的对话气氛变得越来越紧张，我在《纽约客》借来的办公桌前度过了好几晚，而不是天黑后还在街上走动。

* * *

收到相关合同几小时后，我给大卫·博伊斯打了电话，在接下来的几天里，我们进行了好几轮这样的沟通。一开始，他不确定是否想公开谈论此事。他表示自己正忙着公益工作，包括把一名年轻美国人从委内瑞拉的监狱里救出来。他担心自己的话会被误解。他在一封电子邮件里写道："正如某部《碟中谍》（Mission: Impossible）电影中的坏家伙们所言，'一言难尽'。"[3] 我对他引用这句话感到不解。这句话出自《碟中谍3》的某个场景。在影片中，此前一直以好人形象出现的比利·克鲁德普（Billy Crudup）坐在浑身是血的汤姆·克鲁斯（Tom Cruise）面前，而后者被绑在一把椅子上，这是这类电影中英雄惯有的遭遇。克鲁德普同时发表了一番似曾相识的演讲，解释自己为什么会帮坏人做事。"一言难尽。"克鲁德普总结道。他很担心自己身份曝光。"还有其他人看到吗？"他是在询问是否有证据将他和反派联系在一起，在这一幕的表演中，他表现得仿佛之前就读了剧本，知道这是他的最后一幕。

博伊斯最终明确表态。"我们不应该签那些合同，不应该给未经我们筛选和指导的调查人员付款，"他告诉我，"当时，这似乎是对客户要求的合理妥协，但显然没有经过深思熟虑，这是我的错。当时的决定是个错误。"博伊斯承认，调查并诋毁记者的做法有问题。"基本上，我认为向记者施压并不合适，"他说道，"如果真的发生这种事，就不合适。"他的回应听起来越来越像个人忏悔。"现在回想起来，我在 2015 年就知道得够多了，我当时就应该发现这些问题，并采取一些行动。"他补充道。他提到的时间差不多就是内斯特和古铁雷斯提出指控的时间段。"我不知道 2015 年之后发生了什么，如果真的发生了什么，我认为我负有一定责任。我还认为如果有人早点采取行动，对韦恩斯坦来说可能更好。"

博伊斯毫不犹豫地承认了所有事情，包括指认合同中被称为安娜的特工，以及说明《卫报》前撰稿人弗里德曼是奉命行事。当我将其余黑魔方签订的合同发给他时，他简单回复道："两份都是我签的名。"最佳演员知道什么时候该进行忏悔。

* * *

第二天早上，我们在罗德的办公室再次与跟黑魔方行动关系密切的那两个男人通了电话。我感谢他们发来文件资料。他们的声音听起来很高兴，他们相信在面对有关代表韦恩斯坦做出侵犯隐私的监视行为的指控时，他们发给我们的那些资料能帮助其洗脱嫌疑。"我们没有秘密接近这些女性中的任何一个，"两个人中声音较低沉的那个再次强调，"我们没有秘密接近这些记者中的任何一个。"

当我开始问一些有关合同里暗示的相关策略的问题时，他们显得有些困惑。"我们从没起草过合同。我百分之百保证，我们从没起草过合同。"声音较洪亮的男人插话道。

我和罗德交换了一个不解的眼神。"我正在看文件。它就写在黑魔方的信纸上，还有阿维的签名，"我说道，"我指的是你们发给我的文件。"

"当你说'你们'的时候，'你们'具体指谁？"声音低沉的男人小心翼翼地问道，声音中透出一丝担忧。

"它就在你们昨天发给我的文件夹里。不是第二次从 Zmail 发来的东西，而是第一次'沉睡者'发来的。"我说道。

电话那头一阵沉默。

"我们昨天没有给你发过任何一次性匿名邮件，"声音较低沉的男人回应道，"我们昨天只从 Zmail 给你发过东西。"

听完他的话，我不禁汗毛倒竖。他们答应从一个保密账户发送黑魔方的文件。然而与此同时，另有知情人发来与之相冲突的更具破坏性的信息，这种可能性有多大？但只有承认存在两个不同的消息来源才能解释这件事。我似乎无意中卷入了间谍内斗。

我匆忙结束了有关文件来源的话题，告诉他们我们已经与博伊斯等人确认相关事实。"它们是真的。"我说道。声音低沉的男人声音中闪过一丝慌乱。"我……我不知道那是谁发的，但我们肯定会展开调查。"然后他镇定下来，补充道："我认为我们这次应该以友好的方式处理这件事。"我想知道另一种处理方式是什么样的。

我马上给那个神秘地址发了封邮件。"你能提供任何有助于验证这些文件的信息吗？部分相关人士否认了其中的一些内容。"我立即得到回复："我对他们的否认一点也不感到意外，但那些都是真的。他们试图通过一个叫'安娜'的女孩——一名情报间谍——获得罗丝的书。"[4]

神秘发件人又附上了另一组文件：时间跨度极大的通信记录，以及与合同相关的各种附属文件。后来，这些文件也都将得到证实。

我向后靠去，用手捂住嘴，开始苦苦思索。

你是谁，"沉睡者"？

第 **48** 章

煤气灯下

"我们得弄清楚他是谁。"罗德和《纽约客》的其他人几乎都想知道他是谁。我们冥思苦想。"'沉睡者1973'可能与伍迪·艾伦有关系，"我写道，因为想到在1973年上映的同名电影，"这当然是随便想想。"这是个有幽默感的人。

但"沉睡者"拒绝了我的所有请求，包括验证信息的真实性，打加密电话和私下见面。"虽然我害怕暴露身份，但我能理解你的编辑们的担忧。现在每一种在线联系方式都可以被监控……我很难相信他们不会顺藤摸瓜找到我，"沉睡者"写道，"我想你一定听说过自诩促进全球安全与稳定的网络情报组织 NSO，所以我不想冒不必要的风险。"NSO 集团是一家以色列网络情报公司，以飞马软件闻名于世，该软件可以控制手机，并从中获取数据。它被用来攻击世界各地的异见分子和记者。

但"沉睡者"一直用加密电子邮件向我透露消息，而且相关消息总能被证实。麦高恩告诉我，最近几个月她只和几个信任的人联系过，想不出谁可能是卧底特工安娜，于是我向"沉睡者"打听线索。他再次迅速回复："安娜的真名是斯特拉·潘（Stella Pen）。我也附上照片。据说她已经拿到罗丝的125页书稿（根据黑魔方与博伊斯的协议），并与HW本人讨论过这件事。"

附件中有三张照片，照片中的金发女人身材高挑，鼻梁高挺，颧骨凸出。

我坐在出租车里，出租车在西侧高速公路上飞驰。我把照片发给麦高恩和本·华莱士。

"哦，上帝啊，"麦高恩回复道，"她是鲁本资本的戴安娜·菲利普。这他妈的不可能。"

华莱士也立刻记起了她。"是的，"他回复道，"她究竟是谁？"

* * *

黑魔方创建的宗旨是永远不被发现。但有时候特工会露出太多马脚。2017年春，当特朗普政府及其支持者致力于废除2015年的伊朗核协议时，该协议的忠实捍卫者们收到了一连串奇怪的问询。[1]一个叫阿德里安娜·加夫里洛（Adriana Gavrilo）的女人给丽贝卡·卡尔（Rebecca Kahl）发了封邮件，前者自称是鲁本资本合作伙伴公司的员工，后者则是美国国家民主研究所前项目官员、奥巴马政府外交政策顾问科林·卡尔（Colin Kahl）的妻子。加夫里洛告诉卡尔，她正在发起一项教育倡议，并反复要求与其见面，讨论卡尔的女儿就读的学校的问题。卡尔担心自己"莫名其妙地成为靶子"，于是停止回复邮件。

几周后，伦敦贝壳制片电影公司的伊娃·诺瓦克（Eva Novak）给安·诺里斯（Ann Norris）发了封电子邮件，后者是美国国务院前官员，也是奥巴马政府另一名外交政策顾问本·罗兹（Ben Rhodes）的妻子。诺瓦克希望诺里斯担任一部电影的顾问，她形容这部电影就像是"《总统班底》（All the President's Men）遇见《白宫风云》（The West Wing）"，讲述了地缘政治危机时期政府官员们的故事，包括"与敌对国家进行核谈判"。诺里斯觉得诺瓦克的请求很"奇怪"，于是决定置之不理。

后来，我得到了支持这次行动的文件：奥巴马政府官员的黑魔方档案，其中包括搜寻破坏性信息，细数其与伊朗说客的合作或收取回扣的虚假控诉，以及造谣其中一人有婚外情。

黑魔方采取的行动不止以上两个。2017 年夏，一个自称戴安娜·伊利克（Diana Ilic）的女人开始给 Am 信托金融服务公司（AmTrust Financial Services Inc.）的批评者打电话、安排见面，她自称是欧洲某软件巨头在伦敦的顾问，要求他们就自己的工作发表一些可以被用来针对他们自己的声明。[2]不久之后，总部位于伦敦的招聘公司凯撒公司（Caesar & Co.）[3]的马娅·拉扎罗夫（Maja Lazarov）开始对加拿大资产管理公司西面资本（West Face Capital）[4]的员工提出相同要求。

与以上自称为某某的女人相关联的社交账户以及以上会面

期间拍摄的照片中都出现了一张熟悉的面孔，一个高颧骨、金发飘飘的女人。

所有线索都指向同一个问题：

安娜，阿德里安娜，伊娃，戴安娜，马娅。

你是谁？

＊　　＊　　＊

斯特拉·潘·佩查纳克（Stella Penn Pechanac）出生在两个世界之间，不属于任何一个世界。"我是波斯尼亚穆斯林，我的丈夫是塞尔维亚东正教徒，"她的妈妈后来透露，"我们的小斯特里扎什么样？"在她的童年照片中，这个女孩还不是金发，而是黑发：黑头发、黑眼睛。她在萨拉热窝郊区长大，周围满是破旧的汽车和年久失修的高楼大厦。当时更糟糕的事情还没有发生。

佩查纳克见证了一切化为灰烬和血泪。塞尔维亚东正教徒与波斯尼亚穆斯林的战争开始。两派教徒在萨拉热窝各自设置路障，制造隔离区。战争期间，人们饱受贫穷和饥饿的折磨，但这还算比较好的情况。当找不到任何东西充饥时，她的妈妈就开始做杂草汤。佩查纳克很聪明，但当时几乎没有机会接受教育。最糟糕的时候，现实就像《格尔尼卡》（Guernica）中描绘的那样。屋顶上的狙击手让街道变成一个个死亡陷阱。佩查纳克一家在一个只有壁橱大小、什么都没有的地下室躲了半年。

当第一批炸弹落下后，佩查纳克的父母竭尽所能收留伤员，让他们住在自家地下室，拿出薄床垫给他们用。"有个女人死在了床垫上。"佩查纳克后来回忆起这一幕时耸了耸肩。轰炸过后，他们所在的那栋破房子的入口处血流成河。"我们用水管冲洗地上的血水，只能简单把血水冲出大门外。当时我才7岁，但我都记得。"

在韦恩斯坦事件发生大约10年前，佩查纳克刚20岁出头，她和她的妈妈回到萨拉热窝，参与了一部关于战争及其家人逃离战争的纪录片[5]的拍摄。她的妈妈走在街上，回忆起当时的流血事件，当众哭了起来。佩查纳克似乎并不太愿意参与拍摄。她在镜头边缘徘徊，有时嚼着口香糖，有时在抽烟，向镜头投去不满的目光。

最后，一名摄制人员在一栋摇摇欲坠的大楼入口处拦下这个冷漠的年轻女孩，问她重温这些痛苦的回忆有何感想。她又耸了耸肩。"看着她重温这一切，我很生气，"她提到了她的妈妈，"但就我个人而言，很久以前我对此就没有任何感觉了。"

第二次世界大战期间，佩查纳克的外祖母曾藏匿和保护过犹太人。以色列授予她"国际义人"的荣誉称号。萨拉热窝陷入水深火热之中时，一个犹太家庭伸出援手，帮助佩查纳克一家出逃。他们在耶路撒冷定居下来，并改信犹太教。年轻的斯特拉·佩查纳克适应了新身份和文化背景。"她并不像土生土长的以色列人那样爱国，"一个熟悉她的人透露，"某种程度上来说，她总觉得自己是外人。"

18 岁时，佩查纳克加入以色列空军。之后，她进入尼桑·纳提夫（Nissan Nativ）表演学校学习。她梦想能去好莱坞。但她只短暂参演过几部戏剧，拍过几支音乐录影带。"在所有试镜过程中，"佩查纳克后来回忆道，"他们只关注我的口音，他们只注意到我与其他人不一样。"

为黑魔方工作是个理想的折中方案。那里的特工都经受过心理战训练——旨在操控目标的心理行动。与最优秀的演员一样，他们也会学习肢体语言，学习如何看穿谎言，找出目标的弱点。他们知道如何读懂其他人，也知道如何得心应手地运用这些技巧。他们乔装打扮，使用间谍惊悚片里常见的工具：手表相机，录音笔。[6]熟悉她的人表示："她之所以去黑魔方工作，是因为她需要扮演一个角色。"

* * *

当我把"沉睡者"提供的证据交给他们时，与黑魔方行动关系密切的两个男人不再否认事实。他们与博伊斯一样坦白交代，承认弗里德曼就是合同中提到的记者，并将其描述为团队的非正式兼职人员。他们详细交代了佩查纳克如何努力渗透进麦高恩的生活。麦高恩很容易上当。"她容易轻信人，"声音低沉的那个男人解释道，"她们成了很好的朋友。我相信她会有点惊讶。"麦高恩曾经告诉佩查纳克，她生活中的每个人似乎都与韦恩斯坦有秘密联系。她甚至怀疑过她的律师。可是，"她显然没有怀疑我们"。

　　当我最终把我所知道的事情告诉麦高恩时，她十分震惊。"这就像电影《煤气灯下》（*Gaslight*）的情节，"她对我说道，"一直以来所有人都在对我撒谎。"回忆过去的一年，她表示："我就像住在一个挂满镜子的游乐室里。"[7]

第 **49** 章

吸尘器

黑魔方只是个开始。这些电话引来了更多电话,很快,大坝破裂,隐秘私人情报地下世界的秘密源源不断流出。有一些良知未泯的异议人士,向我提供了他们所在的情报机构的相关信息。这些公司的领导层则开始疯狂地泄露其竞争对手的信息,希望能扩大我的关注点,不要将炮火对准他们自己的所作所为。

各种资料和内部消息曝光了韦恩斯坦与克罗尔公司及其美国调查和纠纷部门主管丹·卡尔森(Dan Karson)的长期合作关系。韦恩斯坦的一名前雇员还记得 2010 年前后,两人通过一次电话,在谈到一名与韦恩斯坦发生冲突的司机时,卡尔森说:"你知道我们可以把这家伙扔到湖底去。"这名前员工虽然把这当成一种比喻说法,但还是觉得很不舒服,于是记下了这件事。多年来,克罗尔公司一直协助韦恩斯坦阻挠记者调查。几名克罗尔公司的消息人士称,韦恩斯坦曾指派公司员工挖掘有关随笔作家、媒体记者大卫·卡尔的负面信息，后者曾怀疑过有人在收集相关信息。韦恩斯坦的私家侦探收集的一份资料中指出，卡尔从未在其对韦恩斯坦的报道中提到任何性侵指控，同时补充说明："据 HW 表示，这是由于担心 HW 的报复。"[1]

2016 年和 2017 年，克罗尔公司和卡尔森再次与韦恩斯坦紧密合作。在 2016 年 10 月的一封电子邮件[2] 中，卡尔森给韦恩斯坦发了 11 张麦高恩和韦恩斯坦一起参加活动的照片，这些照片都是在他被指性侵麦高恩之后拍摄的。韦恩斯坦的刑事辩护律师布莱尔·伯克（Blair Berk）回复表示，其中一张拍到麦高恩和韦恩斯坦热情交谈的照片"至关重要"。[3] 华莱士撰写相关报道时，克罗尔公司也在收集有关他和《纽约杂志》编辑亚当·莫斯的负面信息。"目前为止，没有任何关于亚当·莫斯的不利信息（没有诽谤 / 中伤案件，没有法庭记录或判决 / 扣押 / 版权纠纷等）。"卡尔森在一封电子邮件中写道。[4] 克罗尔公司还给韦恩斯坦发去针对华莱士之前报道的评论[5]，并详细叙述了华莱士的一本书在英国引起的诽谤诉讼，该诉讼最终庭外和解。[6]

由杰克·帕拉迪诺和桑德拉·萨瑟兰创办的 PSOPS 公司也曾协助韦恩斯坦收集有关记者和指控者的负面信息。PSOPS 公司一份有关麦高恩的报告分成了"谎言 / 夸大其词 / 前后矛盾""虚伪"和"潜在负面人格证人"几个部分。副标题则为"曾经的恋人"。[7] 帕拉迪诺给韦恩斯坦发过一份莫斯的详细资料，并指出："我们的调查没有找到任何可以对莫斯个人进行控告的有力证据。"[8] PSOPS 公司甚至调查了华莱士的前妻，以防她"与我们的应对策略有所关联"。[9] 该公司也对我和《纽约时报》的朱迪·坎特展开了调查，试图挖出我们的消息来源。（一些私家侦探显然只做了表面功夫。一份文件中指出："坎特在推特上没有关注罗南·法罗。"[10] 你不可能调查清楚一切。）

韦恩斯坦还和 K2 情报公司（K2 Intelligence）合作过，这是朱尔斯·克罗尔在 21 世纪初卖掉以自己名字命名的公司后创办的第二家公司。K2 情报公司曾受韦恩斯坦律师埃尔肯·阿布拉莫维茨之托调查古铁雷斯。K2 情报公司雇用了意大利私家侦探挖掘有关古铁雷斯的性生活传言——性派对以及她屡次否认的卖淫指控。K2 情报公司的现雇员和前雇员都曾在地方检察官办公室工作过，他们也都通过电话向检察官转达过古铁雷斯的相关信息。韦恩斯坦的律师还曾当面向检察官提交过一份私家侦探调查档案。两名 K2 情报公司的员工表示，这类联系是地方检察官和高价私家侦探公司之间"旋转门"文化的一部分。万斯办公室的一名发言人后来声称，与辩护律师的这种互动属于标准程序——对于富人和有关系的人来说，的确如此。

* * *

越来越多的爆料还表明，韦恩斯坦曾竭力招募记者参与其削弱指控者的行动。在韦恩斯坦隐秘的通讯记录中，自然少不了他与《国家问询报》迪伦·霍华德的频繁联系。2016 年 12 月，霍华德给韦恩斯坦发了一份联系人名单，建议他们"讨论一下针对每个人的下一步行动"。[11]韦恩斯坦向霍华德表示感谢之后，霍华德又讲述了他是如何费尽心机才从电影制片人伊丽莎白·阿韦兰（Elizabeth Avellan）手中获得有关麦高恩的破坏性声明的。阿韦兰的前夫是罗伯特·罗德里格兹，两人育有五个孩子，罗德里格兹为了麦高恩结束了与阿韦兰的婚姻关系。韦恩斯坦认为阿韦兰一定对此心怀不满。

为了替韦恩斯坦做事，霍华德还曾求助于经常与《国家问询报》合作的一个分包商，这是一家名为科尔曼-雷纳（Coleman-Rayner）的名人摄影服务公司。在说服阿韦兰的过程中，霍华德选择了一名英国记者，他当时是科尔曼-雷纳公司的新闻编辑，曾为《太阳报》《每日邮报》和《国家问询报》写过名人八卦文章。

我给她打电话的时候，阿韦兰告诉我，那件事情她记得很清楚。她说那名记者"一直不停地给她打电话"，同时还联系了和她亲近的人。阿韦兰最终给他回了电话，因为"我担心有人会给我的孩子打电话"。

阿韦兰坚持要求不得对电话录音，那名记者表示同意。尽管当时他在加利福尼亚州，那里的法律要求必须在双方同意的情况下才能对电话进行录音，他还是悄悄录了音。于是，那年冬天，韦恩斯坦和霍华德兴奋地互发邮件。霍华德写道："我有一些惊人的东西……她最后狠狠地教训了罗丝一顿。"[12]韦恩斯坦则写道："这可是撒手锏。特别是在没法证明我参与其中的情况下。"[13]霍华德向他保证没人能查出此事跟他有关，而且整件事都被录了下来。

我在《纽约客》待到很晚，认真查看邮件，附近回响着吸尘器的声音。我意识到，现在发现的《国家问询报》的情况及其为那些高度保密的名人所做的事情，不过是冰山一角。

* * *

当我们准备发表有关韦恩斯坦的合作者大军的报道时，报道中提到的相关机构开始恐慌。迪伦·霍华德打来几通电话，恭维的同时不忘威胁。"小心点！"他像韦恩斯坦一样说道。霍华德的律师贾德·伯斯坦（Judd Burstein）紧随其后发来一封律师函，称该报道内容为中伤和诽谤。眼看着这招没有奏效，霍华德暴跳如雷。他对两个同事提到我时说："我要去教训教训他。"

黑魔方的英国律师事务所也威胁说，如果我们公开黑魔方的文件或源自他们的信息，就会对我们采取"适当行动"。[14] 在黑魔方内部，阿维·亚努斯博士曾考虑销毁有关韦恩斯坦调查的材料。他在一封电子邮件中写道："我们希望销毁所有与这个项目有关的文件和信息。"[15] 然后他督促公司律师寻求禁令，阻止《纽约客》发表相关报道。

但我们还是发表了相关报道，这篇报道引发了轩然大波。电视名人纷纷对此表示怀疑。有权有势的人和无权无势的人之间的鸿沟竟然如此之大，富人竟然可以如此明目张胆地恐吓、监视和隐瞒相关人和事，这说明了什么？

* * *

　　私家侦探奥斯特洛夫斯基很快看到了这篇报道。他看到了黑魔方的目标名单和名单上的记者名字，回想起去年夏天的工作。他把这篇报道发给凯金，问他是否看过。凯金回复他说这件事得见面再说。几天后，在一次例行监视任务中，奥斯特洛夫斯基再次问起报道的事。凯金似乎被激怒了，不想提这个话题。但他最后还是回应道："现在你知道我们为谁工作了。"

　　过了一段时间，奥斯特洛夫斯基才有机会旧事重提。一天深夜，这两名私家侦探待在一艘船上，船停在新泽西州桑迪胡克北部冰冷的海水中。凯金热爱航海，他运营着一个航海爱好者社交媒体。这两个大男人在大西洋高地的一家海景餐馆吃完晚饭后正准备返回纽约。奥斯特洛夫斯基抓住机会再次提起黑魔方。

　　凯金严厉地盯着他说道："对我来说，这就像是遵循戒条。我是在做对以色列有利的事。"奥斯特洛夫斯基瞪大眼睛看着他。没有什么戒条，这么做也不是为了以色列。

　　"我很害怕，但这件事很有意思，也令人兴奋。"奥斯特洛夫斯基谈到他们为黑魔方所做的事情时说道。

　　"我才是应该害怕的人，韦恩斯坦的事是我一手操办的。"凯金回应道。他又迅速补充道："我们所做的一切都是合法的。我们从没犯过法。"但他的声音听上去有些紧张。

* * *

在准备报道的最后几天里，与黑魔方关系密切的人疯狂寻找给我合同和其他文件的人。"我们查了一切可以查的。所有涉及的各方，以及被偷了什么东西。"两个男人中声音较低沉的那个说道。他提到他要进行新一轮的测谎，并发誓无论是谁，被他抓到了就要起诉。"我们不相信有人会做出这种自杀行为。"声音较高的那个男人补充道。

"我只是想确定你没有危险，"我给"沉睡者"写了封邮件，"我会尽我所能保护你。"

我像往常一样迅速收到回复："非常感谢你的关心……暂时还很安全。"

就在我们发表文章之前，我最后一次要求确认消息来源。我表示了解更多信息对新闻工作很重要。"沉睡者"清楚地对我说明了文件来源，并且要求我保密。

"沉睡者"还告诉了我这么做的动机。"我是局内人，我受够了 BC 非法获取材料的错误和卑鄙手段，""沉睡者"写道，"而且，在这件事上，我真的认为 HW 是性犯罪者，身为一名参与其中的女性，我感到羞耻。"

我愣了一会儿，消化这一切，又一次感到胆战心惊。最后，这就是我能告诉你的关于"沉睡者"的故事，以及她为曝光这一切所冒的风险。她是个女人，她受够了。

"这么说吧，我永远不会给你不能 100% 支持你的东西，"她在给我的最后几封邮件中写道，"我在情报行业工作。这是间谍和无休止的行动的世界。希望有一天我们能好好聊聊它。我参与的这个项目……棒极了，亲爱的。"[16]

第 **50** 章
玩伴

关于迪伦·霍华德和《国家问询报》的报道一石激起千层浪。美国传媒公司的知情人纷纷打来电话，表示这家小报帝国并不只是与韦恩斯坦一人联手压制报道。

11月下旬，一个名叫卡罗尔·海勒（Carol Heller）的律师给我发邮件。她解释说还有更多类似事件，《华尔街日报》2016年秋发表的一篇文章中提到，一名《花花公子》模特将其与唐纳德·特朗普绯闻的独家报道权转让给了美国传媒公司，但美国传媒公司从未发表过相关报道。海勒告诉我，这一神秘事件的核心人物、前《花花公子》"年度玩伴"凯伦·麦克杜格尔（Karen McDougal）仍然"十分害怕"说出实情。如果我能让她和其他与这笔交易相关的人开口，可能就能曝光美国传媒公司的协议是如何炮制的，进而揭露保密协议和埋葬报道的文化是如何从好莱坞蔓延至政治领域的。

当月月末，我和麦克杜格尔通了电话。她告诉我，与美国传媒公司的协议"剥夺了我的权利"。其中一条规定允许美国传媒公司强迫她走私人仲裁程序，并寻求经济补偿。麦克杜格尔当时正艰难维持生计。美国传媒公司可以摧毁她。"当时，我觉得我说什么都会惹上麻烦。"她告诉我。谈到特朗普，她表示："我甚至不敢提他的名字。"[1]但是，随着我收集到更多证据，包括她与美国传媒公司的协议，以及其他参与其中的人的口述事实，麦克杜格尔开始分享她的故事。

* * *

麦克杜格尔在密歇根州的一个小镇长大，在开始模特生涯之前曾当过幼儿园老师，她是在花花公子大厦的一个泳池派对上认识特朗普的。那是 2006 年 6 月，他在那里拍摄真人秀《学徒》（*The Apprentice*）的一期节目。"过来，"他对几个穿着紧身衣、缀着兔子尾巴的模特招呼道，"哇，真漂亮。"节目的摄像师把镜头拉近、平移，就好像他们是自然风光摄影师，而乳房是濒危物种一样。当时特朗普与斯洛文尼亚模特梅拉尼娅·克瑙斯·特朗普（Melania Knauss Trump）结婚还不到两年。他们的儿子巴伦（Barron）出生才几个月。但特朗普似乎并没有受制于新的家庭义务。麦克杜格尔记得他"一直缠着"她，恭维她很漂亮。然后他要了她的电话号码。两人开始频繁交谈，不久之后，两人在比弗利山庄酒店的私人套房共进晚餐。"我们聊了几个小时——然后就'开始了'！我们脱光了衣服，发生了性关系。"
麦克杜格尔记录下了这段风流韵事，我后来得到了她的笔记。
麦克杜格尔穿好衣服准备离开时，特朗普给了她钱。"我看着他
（感觉有点受伤）说，不，谢谢——我不是'那种女孩'。"之后，"每
次他去洛杉矶的时候（他去的次数很多），麦克杜格尔都会去
见他"。

在这段婚外情期间，特朗普带着麦克杜格尔参加了在美国
各地举办的公共活动，但隐瞒了他为她支付旅费的事实。"他没
有留下任何纸质证据，"她在笔记上写道，"每次我飞去见他，
都是由我订机票和酒店，并支付这些费用，他会给我报销。"在
两人交往过程中，特朗普还带麦克杜格尔认识了他的家人，并
带她参观了他的房产。麦克杜格尔还记录下了在特朗普大厦特
朗普指给她看梅拉尼娅的独立卧室。他说"她喜欢自己的独立
空间"，麦克杜格尔写道。

2007 年 4 月，在与特朗普交往 9 个月后，麦克杜格尔结束
了这段婚外情。对特朗普家庭的了解逐渐让她产生了一种内疚
感。特朗普的行为也惹得她这个讲究礼节的中西部人不快。有
一次，他称呼麦克杜格尔的妈妈为"老巫婆"，而她的妈妈与他
年纪相仿。还有一次，在环球小姐选美大赛当晚，她和一名女
性朋友与特朗普一起乘坐他的豪华轿车，特朗普在车上对阴茎
大小发表了一通评论，并强迫麦克杜格尔的女性朋友说说她的
经历和喜好——追问了有关"小鸡巴""大鸡巴"和"黑鸡巴"
的问题。

* * *

　　麦克杜格尔的朋友约翰尼·克劳福德（Johnny Crawford）首先提议拿这段婚外情换钱。2016年，当他们看到关于特朗普的选举季报道时，克劳福德说道："如果你和他发生过肉体关系，那可就值钱了。"在他的鼓动下，麦克杜格尔写下了关于这段婚外情的笔记。她一开始并不想讲自己的故事。但当她曾经的朋友、同为《花花公子》模特的凯莉·史蒂文斯（Carrie Stevens）开始在社交媒体上发帖谈论这段婚外情时，麦克杜格尔觉得自己应该在别人曝光这件事之前说出来。

　　克劳福德请来色情明星詹娜·詹姆森（Jenna Jameson）的前夫杰伊·格迪纳（Jay Grdina）帮助推销这个故事。格迪纳一开始安排了麦克杜格尔和J.J.伦登（J.J. Rendón）的两次面谈。J.J.伦登是拉美裔政治活动人士，当时有媒体曝光他在社交媒体上虚构支持者，并入侵对手的电子邮箱账户[2]，但他对此予以否认。伦登对此事表示不感兴趣之后，格迪纳转而求助于基思·M.戴维森（Keith M. Davidson），戴维森是一名律师，有过推销风流韵事的记录。[3]戴维森联系上美国传媒公司。佩克和霍华德先后提醒了特朗普的律师迈克尔·科恩。特朗普很快就给佩克打电话，寻求帮助。[4]

　　2016年6月，麦克杜格尔和霍华德见了一面。霍华德开了价：一开始只有1万美元，但在特朗普赢得共和党提名后，他出的价就远高于这个数了。2016年8月5日，麦克杜格尔签署了一份条件有限的生活故事权利协议，授权美国传媒公司独家拥有她与任何"当时已婚男人"的情感故事。她与戴维森的雇佣关系清楚表明，协议中所指的男人就是唐纳德·特朗普。作为交换，美国传媒公司同意支付她15万美元。参与此事的三个男人戴维森、克劳福德和格迪纳从这笔钱中分走45%作为报酬，麦克杜格尔最后拿到82,500美元。签协议当天，麦克杜格尔给戴维森发了一封电子邮件，表示自己对于所签协议内容以及如何回答记者提问的困惑。"如果你否认，你就是安全的，"戴维森回复道，"我们真的需要签这份协议，结束……"[5] 麦克杜格尔告诉我："我签的协议，所以我也有错。但是，我并不是很理解整件事的性质。"

2016年选举日当天，当选民前往投票站时，霍华德和美国传媒公司的法律总顾问给麦克杜格尔及其代表律师事务所打了电话，承诺会帮助麦克杜格尔发展事业，表示会请一名公关协助她处理采访事宜。这名公关就是马修·希尔特兹克，他是伊万卡·特朗普的公关[6]，曾经代表韦恩斯坦给我打电话，不过我最终没有接受他的建议。当记者们试图采访麦克杜格尔的时候，美国传媒公司迅速做出回应。2017年5月，《纽约客》的杰弗里·图宾请麦克杜格尔就她与美国传媒公司和特朗普的关系发表评论，当时他正在撰写有关大卫·佩克的文章。霍华德和另一名公关合作，给麦克杜格尔转发了一份回复草稿，邮件主题写着"发这个"。[7] 2017年8月，佩克和麦克杜格尔一起飞往纽约，两人一起共进午餐，佩克对麦克杜格尔的忠诚表示了感谢。

＊　＊　＊

2017 年年末到 2018 年年初这段时间，我们正在准备这篇报道，美国传媒公司则致力于执行协议规定。1 月 30 日，美国传媒公司的法律总顾问给麦克杜格尔发了一封电子邮件，主题是"麦克杜格尔协议延期"，提出续签协议，为增加协议吸引力，还表示可以让她拍摄新的杂志封面。[8]

2 月，麦克杜格尔克服了恐惧，第一次同意公开谈论此事，我们的报道顺利推进。多年前，她开始信奉宗教，因此变得非常无私。"每个发声的女孩都在为另一个女孩铺路。"她告诉我。她自己的沉默是因为一段双方自愿的婚外情，但她可以帮助揭露更深入、更广泛的压制报道的系统行为，这一系统行为有时候被用来掩盖更严重的行为，有时候甚至是犯罪行为。

白宫称这则报道"只是更多假新闻"。[9]美国传媒公司法律总顾问也表示，这篇报道是"虚构的诽谤之词"，我和"麦克杜格尔及其律师合谋，妄图从美国传媒公司榨取更多钱"。霍华德也公开攻击《纽约客》。美国传媒公司坚称拒绝发表麦克杜格尔的故事是因为他们认为它不可信。它只是没有达到《国家问询报》严格的新闻标准。

第51章

卓柏卡布拉*

在我们发表有关麦克杜格尔报道的同时，我还听说了另一笔交易。这笔交易显示，麦克杜格尔签署的协议可能只是美国传媒公司为特朗普压制新闻的手段之一。迪伦·霍华德的朋友和同事都联系我，透露霍华德曾吹嘘说他有证据证明特朗普可能在20世纪80年代末与他的前任管家育有一子。他的一个朋友告诉我，霍华德"有时喝醉或嗑嗨的时候，会抖出些东西。他曾告诉我，为了保护某些人，他们会给钱阻止新闻报道。如果有人说：'哦，顺便说一下。可能成为总统的那人有个私生子。'你是不会忘记他说的话的"。

2018年2月，我在大卫·雷姆尼克的办公室向他讲了这件事。"你知道如果有人发现你正在报道这件事，他们会怎么说吗？"

---

* 传闻中生活在美洲的吸血怪物，会吸食家禽或家畜的血。——译者注

他故作惊讶地问道。我们都大笑起来。我对有关父亲身份的传言可是再熟悉不过了。

没有证据表明关于"私生子"的传言是真的。但那年春天，越来越多的文件和内部消息表明，美国传媒公司的确花钱买下了相关报道权，并且竭尽全力阻止这一消息的曝光。

2015年年底，曾做过特朗普大厦门卫的迪诺·萨尤丁（Dino Sajudin）将有关私生子的事告诉了美国传媒公司，其中包括孩子母亲以及孩子本人的名字等信息。[1]《国家问询报》的记者花了几周的时间追踪调查此事。报社还雇了两名私家侦探：负责调查家庭档案的达诺·汉克斯（Danno Hanks），以及前刑事侦查员迈克尔·曼库索（Michael Mancuso），他负责对萨尤丁进行测谎测试。一些记者怀疑萨尤丁的可信度。（他的前妻后来称他为寓言家。她说："他见过卓柏卡布拉，还见过大脚怪。"[2]）但这名前门卫通过了测谎测试，信誓旦旦地表示包括安全主管马修·卡拉马里（Matthew Calamari）在内的特朗普高级雇员曾对他说过这件事。

大卫·佩克却突然命令记者们停止调查。2015年11月，萨尤丁签署了一份协议，以3万美元卖出这条消息的独家所有权。不久之后，他在宾夕法尼亚州的一家麦当劳与一名美国传媒公司的记者见面，签署了一份补充协议，协议规定，如果这名前门卫在未经美国传媒公司允许的情况下披露相关信息，将被处以100万美元的罚款。这名记者告诉萨尤丁他会拿到属于他的钱。萨尤丁表现得很高兴，表示将度过"一个非常愉快的圣诞节"。

特朗普的律师迈克尔·科恩全程操控了这一事件，就像他后来在麦克杜格尔一事中所做的那样。"毫无疑问，这是为了继续保护特朗普，"一名美国传媒公司前员工告诉我，"这是绝对的。"

＊　＊　＊

后来，当记者们试图报道这个传闻时，《国家问询报》横加阻挠。2017 年夏天，美联社的记者杰夫·霍维茨（Jeff Horwitz）和杰克·皮尔逊（Jake Pearson）就此事准备了一篇详细报道。临近发表前，霍华德召集了一支强大的法律团队，威胁要起诉美联社。7 月，在美国传媒公司的督促下，美联社执行编辑萨莉·布兹比（Sally Buzbee）及其法律总顾问一起见了霍华德及其团队。他请来了韦恩斯坦的代表律师：博伊斯-席勒的律师和兰尼·戴维斯。

接下来的一个月，布兹比对内宣布将不会发表相关报道。"经过激烈的内部讨论，美联社新闻负责人一致认为，当时的报道不符合美联社严格的消息来源要求。"布兹比后来为这一决定辩解道。而美联社的好几名记者认为消息来源可靠，并对这一决定表示惊讶。霍维茨好几天没有上班，后来在老板的劝说下才返工。[3] 这之后差不多过了一年时间，这篇报道仍然没有任何动静。

但到了第二年春天，情况有所变化。《国家问询报》的知情人开始透露消息。到 2018 年 3 月初，有人差点就要分享萨尤丁在 2015 年年底签署的补充协议副本。后来我和这个知情人约在洛杉矶一家破旧的中东餐厅见面，我花了几小时说明分享这份文件的好处。当天晚上，回到乔纳森在西好莱坞的住处时，我手里拿着那份副本。

"你什么时候意识到——"我进门时，乔纳森夸张地说道。

"——我知道，我知道，我讨厌你。"我说道。我们之前玩过这套把戏。

"我们一起吃晚饭。"他说道。

"抱歉，我有很多事要做。"

"你昨天也很忙。"他说道，接着我们为此争吵起来。我不知道我们这样的状态还能持续多久，我总是分身乏术，身心疲惫，压力重重。后来，乔纳森匆匆上床睡觉，我则出门去见一个送货员。我发现一个 30 多岁的男人站在街对面的一辆汽车旁盯着我看，他肤色苍白，头发稀疏，下巴胡子拉碴。我又生出那种被人监视的不安感。

*   *   *

我从未停止应付媒体的好奇心，所以我并不想去打扰传闻中那家人的生活。但出于对卷入谣言中的人的意愿的尊重，我必须知道他们是否想说些什么。3月中旬，我敲开萨尤丁家的门，他家在宾夕法尼亚州乡下的一处树林里。"我不免费开口。"他说完就当着我的面砰的一声关上了门。而我给那位所谓的"私生子"的电子邮件和电话也没有得到任何回应。当然，那个孩子现在早已不再是孩子。3月末，我对照最近收集到的地址，在加利福尼亚州旧金山湾区搜寻了一圈。我只找到其中一个家庭成员，但这人说："我不应该和你说话。"我也试过工作地址。传闻中的私生子受雇于一家基因检测公司。

最后，我试着去了这家人在皇后区的家。房子很小，外墙都已褪色，贴着护墙板。房子外的草地上放着一个小神龛，里面有一尊石膏圣母像。我在那里来回走了几次，终于遇到一个中年男人，我认出他就是传闻中出轨的那个女人的丈夫。我走近他时，他举起双手。"她不会跟你或任何人说话。"他说道。他说话简单直接，带着拉丁美洲口音。他深信谣言是假的。《国家问询报》的交易行为让这家人陷入了困境。"我不明白他们为什么要付钱给那个家伙，我才是孩子的爸爸。"他说道。

"我知道了。"说完我同情地看向他。我告诉他，如果他们愿意，我会让他们有机会说出真相。我说我理解媒体围着你家转的感觉有多糟糕。

他点了点头说道："我明白。你是法罗。"

"是的。"

"嗯，我知道。"

然后，换成他同情地看向我。

＊　＊　＊

4 月初，我们手里已经有 6 名美国传媒公司现任和前任员工的口述材料，美国传媒公司达成协议时的短信、电子邮件记录和萨尤丁在麦当劳签署的补充协议，这些给了我们的报道极大的支持。与对待麦克杜格尔的指控一样，白宫方面也否认了这起绯闻，对于针对其与问题公司之间有问题的合作的质疑，他们则补充说明道："我建议你去找美国传媒公司。"

来自中西部的年轻男子肖恩·莱弗里（Sean Lavery）被指派来对这篇报道进行事实核查，他给霍华德发了一份详细的备忘录。没过半小时，美国传媒公司旗下网站"雷达在线"就发布了一个帖子，确认收到了我们的备忘录。帖子写道："《纽约客》的罗南·法罗正在给我们的员工打电话，似乎认为所谓《国家问询报》……抹杀关于总统特朗普的报道的行为是对国家安全的威胁。"[4]

几分钟后，霍华德开始发电子邮件。就像他对麦克杜格尔所说的那样，他辩称纯粹是站在新闻角度考虑才这么做，并且否认与特朗普有任何合作。"你会把《纽约客》搅得天翻地覆，"他给雷姆尼克发邮件道，"罗南过分关注我们的报道（以及我本人——或许是因为我的微笑？），这会让你陷入危险境地。"他还补充提到我："他会成为《国家问询报》的绝佳素材。"[5]（迪伦·

霍华德在邮件中使用了很多斜体字。）

霍华德在"雷达在线"发布澄清帖之后，美联社迅速跟进。美联社重新发表了之前的稿子 [6]，我们也在晚上发表了我们的报道。

*　*　*

美国传媒公司代表特朗普所做的努力并非全部有所收获。我后来听说，该公司曾与特朗普的助理密切合作，联手调查一件事。2016 年年初，一个匿名女人对特朗普提起诉讼，这个女人在最初的法律文件中被称为"凯蒂·约翰逊"（Katie Johnson），但在随后的法律文件中都被称为某女。原告称，1994 年，年仅 13 岁的她刚到纽约从事模特工作，有人出钱让她去参加亿万富翁投资人杰弗里·爱泼斯坦（Jeffrey Epstein）举办的派对，特朗普也参加了这场派对。随后出现了令人发指的性暴力指控：诉讼称原告和其他未成年人被迫对特朗普和爱泼斯坦做出性行为，最终引发特朗普"野蛮的性攻击"；特朗普曾威胁原告及其家人，如果她把这件事说出去，就会受到人身伤害；而特朗普和爱泼斯坦都曾被告知，涉案女孩都没有成年。[7]

从这件案子中我们能看到这样一个事实：爱泼斯坦是唐纳德·特朗普的密友。"我和杰夫认识 15 年了。他是个很棒的家伙，"2002 年，特朗普曾对一名记者坦言，"和他在一起很有意思。甚至有人说他和我一样喜欢漂亮女人，其中许多都很年轻。毫无疑问,杰弗里很享受他的社交生活。"[8]《迈阿密先驱报》(*Miami Herald*) 记者朱莉·K.布朗 (Julie K. Brown) 后来就爱泼斯坦性侵未成年人的指控发表了一篇强有力的报道。[9] 2019 年,联邦特工以性交易罪逮捕了他,并撤销了保护这位投资人的认罪协议。这份仁慈的协议是由检察官亚历山大·阿科斯塔 (Alexander Acosta) 签发,后来在特朗普执政期间,他担任了劳工部长。他后来因为这件事而辞职。不久之后,爱泼斯坦就被发现死在狱中,死因是上吊自杀。

但是,就像萨尤丁说出私生子一事一样,匿名强奸指控也没有令人信服的证据支持。诉讼最初在加利福尼亚州提起,因程序原因被驳回,后来重新在纽约提起诉讼,结果再次被撤销。《杰瑞·斯普林格秀》(*The Jerry Springer Show*) 前制片人诺姆·卢博 (Norm Lubow) 曾推动过曝光几起名人丑闻,他帮助策划了这次诉讼,并充当了原告与媒体的中间人。[10] 媒体很难联系上原告本人。她的一名代表律师告诉我,即使是他有时候也很难找到她。少数几个记者尝试联系过她本人。其中一个叫埃米莉·舒格曼 (Emily Shugerman) 的记者透露,这个女人的律师取消了几次约好的 Skype 或 FaceTime 采访,然后仅用简短的电话交流代替。舒格曼和大多数记者一样,对这个故事和这个难以捉摸的女人持怀疑态度。[11] 她可能因为受到威胁才躲避媒体。她也有可能只是受人操控的木偶。

但还有一件事从未公之于众。据美国传媒公司的几名员工和特朗普的一名高级助理透露,当时与特朗普联系紧密的佩克在诉讼提起后不久就得知了此事。后来，霍华德就与特朗普的私人律师科恩通了电话，向他保证他们会追查那个指控强奸的女人，看看他们能对她做些什么。"迪伦一直在跟科恩打电话，"一名美国传媒公司员工回忆道，"这成了他的首要任务。"在科恩的监督下，霍华德派了一个美国传媒公司的记者前往一个初审法庭文件中提到的地址。但这个记者只在加利福尼亚州寂静的二十九棕榈村沙漠化社区发现了一处法拍房。一个邻居告诉记者，去年秋天以后，这里就没人住过了。

没人相信这个故事。然而，在匿名诉讼事件发生初期，还没有什么媒体关注这件事的时候，美国传媒公司就发表了好几篇文章驳斥诉讼中的指控。其中一篇文章的标题还引用了特朗普的话，称整件事"令人恶心"，另一篇则直言指控是"无中生有"。[12]

2016年年末，这个指控强奸的匿名女人重新露面，并且更换了新的代表律师。她的新律师丽莎·布鲁姆自诩为女性权益卫士，但霍华德后来称其为"多年的朋友"。霍华德得知布鲁姆接手这个案子后，就联系了她，警告她不要插手。最终，布鲁姆在最后一刻宣布取消原定与原告一起召开的新闻发布会，并最终撤销诉讼。

* * *

其他媒体报道这件事的时候也强调特朗普和美国传媒公司

之间达成了某种协议。早在报道麦克杜格尔的时候，我就听说色情女星斯托米·丹尼尔斯（Stormy Daniels）签署了一份保密协议，禁止其谈论与特朗普发生性关系的相关事宜。我与麦克杜格尔展开对话两个月后，《华尔街日报》报道称，丹尼尔斯的确在迈克尔·科恩的安排下签署了相关协议。[13]《华尔街日报》的报道中没有提到的是，丹尼尔斯的律师基思·戴维森一开始就此事给迪伦·霍华德打过电话，而这个戴维森之前曾是麦克杜格尔的律师。霍华德告诉戴维森，美国传媒公司正在转达有关丹尼尔斯的事情。佩克刚向特朗普伸出援手，对于可能出现的后果越来越感到不安。但霍华德让戴维森去找迈克尔·科恩，后者成立了一家空壳公司，付给丹尼尔斯13万美元，让她保持沉默。双方在协议中都使用了假名：丹尼尔斯是"佩吉·彼得森"（Peggy Peterson），特朗普则是"大卫·丹尼森"（David Dennison）。

"你知道谁真的被耍了吗？"戴维森后来告诉我，"大卫·丹尼森。他是我高中曲棍球队的队友。他气疯了。"

美国传媒公司在选举期间买下并封藏了很多消息，包括萨尤丁和麦克杜格尔的故事，以及更早之前他们与科恩达成交易的一些消息，比如丹尼尔斯和匿名指控者的事情，这一系列操作引发了棘手的法律和政治问题。选举期间，在特朗普披露的财务信息中看不到任何相关费用信息。我们的报道发表后，一家非营利性监督机构和一个左翼政治团体正式抗议，要求司法部、政府道德办公室和联邦选举委员会审查向丹尼尔斯和麦克杜格尔付钱是否违反了联邦选举法。[14]

法律专家表示，这么做可能已经违法。在选举期间付钱就是很好的间接证据，表明美国传媒公司有意帮助竞选，与科恩谈判更证明了这一点。媒体公司享受着各种各样的竞选财务法豁免保护。但法律专家补充说明，如果一家媒体公司不是出于新闻报道考虑，而是为权力人物进行公关，其行为可能就不适用相关规定保护。

* * *

美国传媒公司的所有员工都表示，与特朗普的结盟已经扭曲了这家公司及其商业模式。美国传媒公司前高级编辑杰里·乔治坦言："我们从未在未经特朗普同意的情况下发表过任何有关他的文章。"好几名员工告诉我，佩克从这种结盟中得到了实实在在的好处。他们透露，与特朗普关系密切的人向佩克引荐了有意向投资美国传媒公司的人。2017年夏天，佩克拜访总统办公室，在白宫与一名法国商人共进晚餐，这名商人以撮合与沙特阿拉伯的交易而闻名。[15] 两个月后，这名商人和佩克一起与沙特王储穆罕默德·本·萨勒曼（Mohammed bin Salman）见了面。

一些员工认为，对于美国传媒公司来说，最大的回报是公司不断积累了对特朗普进行敲诈的资本。霍华德向朋友们吹嘘说，他之所以拒绝电视台的工作邀请，是因为他觉得他目前的职位及其向公众报道负面新闻的能力，给了他比任何传统新闻职业更大的权力。"理论上说，你会认为特朗普在这段联盟关系中掌控一切，"美国传媒公司老员工马克辛·佩奇告诉我，"但实际上佩克才是那个掌控者——他有权力报道这些故事。他知道那些秘密都藏在哪里。"在我与麦克杜格尔谈话的过程中，她表达了这种担忧。提到特朗普时她说道："某个身居高位的人控制着我们的国家，如果有人能影响他，那就不得了了。"

美国传媒公司与特朗普之间的关系是个极端的例子，说明媒体有可能从独立监督员蜕变成报道对象的盟友。但对美国传媒公司来说，这也是其熟悉的身份。多年来，这家公司已经多次达成类似协议，搁置了与阿诺德·施瓦辛格（Arnold Schwarzenegger）、西尔维斯特·史泰龙（Sylvester Stallone）、泰格·伍兹（Tiger Woods）、马克·沃尔伯格（Mark Wahlberg）等众多名人相关的报道。乔治表示："我们手里有些故事，我们把它们买下来，知道它们永远都不会与公众见面了。"

美国传媒公司的员工一个接一个地使用相同的话语来讲述购买相关消息，然后搁置报道的故事。小报行业有个传统术语描述这种做法："捕杀"。

第五部

遣散

第52章

连环套

　　曾与迪伦·霍华德一起工作过的 10 个人都告诉我，霍华德十分记仇。他手下的前雇员后来向美联社透露，他"在新闻编辑部公开讨论他的性伴侣和女员工的性生活，并强迫女性观看或旁听色情资料"。[1] 2012 年，为了给投诉的女同事一个交代，美国传媒公司发起了一项由外部顾问主导的内部调查。公司坚称调查报告显示公司内部没有"严重的"不当行为。公司法律总顾问证实，有女性员工投诉霍华德，其中一条投诉内容是说他曾表示要为一个同事的阴道创建脸书主页。美国传媒公司资深员工马克辛·佩奇坦言她曾代表多名女性员工投诉。该公司另一名前记者利兹·克罗金（Liz Crokin）则表示，在她告诉调查此事的外部顾问霍华德曾骚扰她后，她认为霍华德对她进行了报复，不给她分派任何实质性工作，只让她做一些琐事。霍华德后来否认了所有不当行为的指控，一名发言人表示，这两名女性只是在"发泄不满"。

我的报道发表后，霍华德的几名同事说他似乎被激怒了。有两人回忆说，他说他要"毁掉"我。有人警告他说这么做太愚蠢，报复得太明显。但霍华德没有被吓倒。

有一段时间，《国家问询报》总是用全部大写的无衬线字体来讲述我的故事，把我描述成一个大反派。门卫的故事曝光后没几天，他们就向我发来第一个采访邀请，让我就一个我不记得是否见过面的舅舅的事情发表评论，韦恩斯坦在他的法律威胁信中提到过这个人："《国家问询报》打算发表有关罗南·法罗的舅舅约翰·查尔斯·维利尔斯-法罗被判性侵两名10岁男孩的事。"[2]这之后没多久，中间人开始不停地发来信息，咄咄逼人地要求我发"鸡巴照片"。我没有发照片，《国家问询报》就发表文章，对我的拒绝表示不满。当我回应那些看起来很无礼或赤裸裸的要求时，霍华德也会发表相关文章。霍华德和他的同事们还让我对编造的故事发表评论，其中包括暗示我和另一名记者玩巴西式性爱游戏的故事（要是我的生活真的如此精彩就好了），他们提到的这名记者曾撰写过一篇批评美国传媒公司的著名文章。

霍华德和他的同事们不停地打电话、发邮件。他们的行为十分公式化。对于接收方，他们也有设定剧本：回应，讨好霍华德，交换条件。遭受霍华德打击的另一名记者通过一名人脉很广的律师与《国家问询报》接上了头，这名律师可以与霍华德一方私下沟通，促成双方达成协议，确保美国传媒公司不公开这名记者的姓名。但另一名记者没有继续回应这一话题。这个人就是我。一年前有关韦恩斯坦的报道差点被扼杀，正是因为我们在怀有敌意的报道对象的威胁面前退让。我什么也没做，继续报道。

打电话、发邮件只是霍华德反击行动中最微不足道的。美国传媒公司的几名员工透露，他还安排了一名与名人摄影服务公司科尔曼-雷纳有关系的分包商监视远在洛杉矶的乔纳森，而科尔曼-雷纳就是为韦恩斯坦进行秘密录音的公司。他的家和他的一举一动都受到监视。霍华德手下的一名员工回忆说，霍华德会"走进来说'我们要派人跟踪罗南的男朋友'"。然后他还说："我已经找人跟踪他，我们要知道他去哪儿。"霍华德否认了员工们的这种说法。最后，员工们都表示，乔纳森的日常生活太无聊，分包商不得不放弃监视。

"我很有趣！"当我把这件事告诉他时，乔纳森抗议道，"我是个非常有趣的人！我去玩了密室逃脱！"

* * *

那时候，美国传媒公司已成为众矢之的。好几家媒体仍在调查该公司在选举期间代表特朗普进行的大宗交易，《华尔街日报》尤其卖力，而媒体的曝光也引起了执法部门的注意。2018年4月，联邦调查局特工突击搜查了科恩的酒店和办公室，想要找到付钱给麦克杜格尔的相关记录 [3]，以及科恩、佩克和霍华德之间的通信记录。执法部门不断向佩克和霍华德施压。在回应我的报道内容时，他们否认了一切指控，表示"捕杀"的说法纯属无稽之谈，声称他们所做的一切都是出于新闻报道的考虑。但仅过了几个月，他们之间就达成协议，以此逃脱包括违反竞选财务法在内的一系列潜在犯罪引发的起诉，同时对所作所为供认不讳。他们承认，在特朗普竞选初期，佩克曾与科恩和竞选团队的另一名成员见过面。"佩克提出帮助处理有关这位总统候选人与女性关系的负面报道以及其他相关麻烦，协助竞选团队确认类似事情，以便他们买下报道权，搁置报道。"双方约定不起诉的协议里写道。[4] 他们捕捉到了一些东西，然后"杀掉"了这些东西，目的则在于左右总统选举。

作为与检察官达成协议的一部分，美国传媒公司承诺在三年内"无论如何都不犯罪"。结果不到一年，《国家问询报》就面临是否违反这一条款的质疑。霍华德使出浑身解数，全力报道亚马逊创始人兼首席执行官杰夫·贝佐斯（Jeff Bezos）对妻子不忠一事。这一次，霍华德弄到了他经常想找的"脏图"。（除了贝佐斯的妻子和情人，迪伦·霍华德似乎比这个星球上的任何人都对这个男人的阴茎感兴趣。）熟悉的套路又来了：美国传媒公司威胁要发表相关报道，并向贝佐斯施压，迫使其接受交易。但贝佐斯发起了反击。"不，谢谢你，佩克先生，"他在一封公开信中写道，"我不想屈服于敲诈勒索，我决定公开他们发给我的东西，尽管这会让我付出他们所威胁的个人代价，让我颜面扫地。"[5]

2019年年初，联邦检察官开始调查霍华德是否违反了不起诉协议, 以及美国传媒公司是否负债累累[6], 与此同时,《国家问询报》及其姊妹刊《环球报》和《国家调查报》则被当成废品出售。买家詹姆斯·科恩 (James Cohen) 的父亲是哈德逊新闻 (Hudson News) 创始人, 他本人则以收藏艺术品和豪掷百万美元为女儿举办成年礼而闻名。[7] 人们纷纷质疑科恩是否真的自己出钱完成这笔交易, 还是有人在幕后操控一切。《纽约邮报》几乎是幸灾乐祸地报道了此事, 该报援引一位熟悉美国传媒公司消息人士的话说: "整件事看起来就像个大的连环套。"[8]

* * *

霍华德的盟友哈维·韦恩斯坦也被媒体包围。在《纽约时报》和《纽约客》的报道发表后的几个月里, 又有数十名女性指控韦恩斯坦性骚扰或性暴力。一开始是 30 人, 后来是 60 人, 然后是 80 人。[9] 包括卡诺萨在内的一些人提起了诉讼。伦敦、洛杉矶和纽约的执法部门也一起行动。《纽约客》的报道发表后的第二天, 纽约警察局悬案调查组的克里·汤普森 (Keri Thompson) 警官开始在东海岸地区寻找露西娅·埃文斯, 汤普森警官曾负责数年前古铁雷斯一案中的诱捕行动, 而埃文斯则告诉过我韦恩斯坦曾于 2004 年在其办公室性侵她。当警察找到埃文斯时, 他们告诉她, 如果她提起诉讼, 有助于把韦恩斯坦送进监狱。埃文斯想帮忙。但她很害怕。她意识到, 刑事诉讼将给她带来极大伤害, 而警察也承认了这一点。韦恩斯坦的律师会玩阴招。他们会想尽一切办法对付她。她表示："每个人在做这样重大的人生决定时，自我保护机制会自动发挥作用。这么做对你来说意味着什么？这么做将对你的生活、家人和朋友带来什么样的影响？"她一连几个月夜不能寐，最后她决定起诉韦恩斯坦。

2018 年 5 月 25 日清晨，一辆黑色运动型多用途汽车悄悄驶入纽约警察局第一分局。无数镜头闪动，汤普森和另一名警探尼克·迪高迪奥（Nick DiGaudio）在车门口等待哈维·韦恩斯坦，并将他带进警察局。在这种被迫屈服的场合下，韦恩斯坦被打扮成温文尔雅的教授模样，他外面穿着一件黑色轻便上衣，里面是一件浅蓝色 V 领毛衣。他手上还拿着几本关于好莱坞和百老汇的书。韦恩斯坦消失在警察局，他将面对的是强奸和犯罪性行为的指控。他被带出警察局时，手上的书不见了，取而代之的是一副手铐。

陪同韦恩斯坦一起到警察局的是他最新聘请的律师本杰明·布拉夫曼（Benjamin Brafman）和一个名叫赫尔曼·韦斯伯格（Herman Weisberg）的私家侦探。韦斯伯格曾是纽约警察局的警探，他的公司圣智情报与安全公司（Sage Intelligence and Security）自诩能与辉煌时期的以色列情报机构摩萨德相媲美。他加入韦恩斯坦的团队已经有一段时间，去年秋天，就在我的报道发表之前，他一直在盯着麦高恩，在一次与韦恩斯坦的会议中，他宣布发现了一项尚未公开的警方调查——警方在调查她是否携带毒品。"我们能把这个消息捅出去吗？"韦恩斯坦当时兴奋地问道。韦斯伯格的前同事形容他就像"警犬"。[10]
他尤其擅长搜寻和审问证人。

虽然去了一趟警察局，但韦恩斯坦那天交完 100 万美元保
释金就被允许回家了。不过他被要求戴上脚镣，行动范围也仅
限于其在纽约和康涅狄格州的住所之间。接下来的几个月里，
纽约警察局调查的女性从两名增加到三名，新增加的女性是前
制片助理米米·哈勒伊（Mimi Haleyi），她指控韦恩斯坦"强迫
性侵犯"，称 2006 年韦恩斯坦在其公寓对她实施性侵犯。[11] 但
韦恩斯坦也加强了反击，同意参与此案的人和正在办理此案的
人都成为他的攻击目标。

面对媒体和检察官，布拉夫曼怒斥韦恩斯坦收到过来自哈
勒伊的示好信息，其中一条是在所谓性侵事件发生后发送的，
对方要求与韦恩斯坦见面。[12] 而在韦斯伯格的努力下，他们也
找到许多降低警探迪高迪奥可信度的办法。露西娅·埃文斯案
中的一名次要证人声称，她向迪高迪奥提供了新的细节，而他
却向检察官隐瞒了这些细节。迪高迪奥否认了这一说法，但这
正是布拉夫曼需要的结果。[13] 他传达了公众的愤怒，并指控执
法部门阴谋对付韦恩斯坦。迪高迪奥因此失去了办案资格。露
西娅·埃文斯对韦恩斯坦的指控被撤销。"有两件事可能是真的，"
地方检察官办公室的一名知情人告诉我，"你可以相信受害者，
但同时同意驳回其指控，因为在这一过程中发生的一些事情，
维持她的指控会影响对其他指控的审理。"

布拉夫曼认为这一切离不开私家侦探的帮助。"无论我在韦

恩斯坦案中取得什么样的成功，赫尔曼都功不可没。"[14] 布拉夫曼说道，同时解释说明韦斯伯格帮助"发现了"几名重要控方证人的"相关材料"。[15]

很快，针对韦恩斯坦的种种指控似乎都将不了了之。在埃文斯的指控被撤销几个月后，有报道称韦恩斯坦和韦恩斯坦公司的前董事会正在考虑以4400万美元的代价达成全面和解，一次性解决目前的民事诉讼。

针对韦恩斯坦的指控仍然很多。在纽约还有几项刑事诉讼等着他。洛杉矶和伦敦当局仍在继续立案调查。几名提起民事诉讼的女性对于能否轻易达成和解表示怀疑，并公开表示将继续提起诉讼。[16]

在韦恩斯坦忙于应付刑事诉讼之时，八卦媒体"第六页"发表了一则关于他的不起眼的报道。[17] 报道中配有一张照片，照片拍摄的地点是中央车站夹层的奇普里亚尼·多尔奇餐厅，照片中，韦恩斯坦正倾身靠在餐厅前台。他穿着一件宽松的黑色T恤，露出一截粉色的脖子。松垮的牛仔裤里露出一小截内裤边。他看起来比以前消瘦、衰老，身形也更加佝偻。几个身着深色西装的男人围着他，低头专注地说着什么。报道称，其中一人是私家侦探，另一人是律师。[18]

无论他表现得如何落魄，哈维·韦恩斯坦还是哈维·韦恩斯坦，他没有放弃与他的雇佣兵们密谋，为即将到来的战斗做准备。对于韦恩斯坦和其他像他一样的人来说，间谍大军仍然是有效反击手段。

第 53 章

公理

事情发生在私生子事件之后的又一个夏天，那段时间，我无意中发现了有关黑魔方按照韦恩斯坦指示行动的第一批线索。我刚挤进闷热不通风的地铁车厢就接到一通电话。来电显示"公理"。过了一会儿，我收到一条信息："我正想办法直接私下联系你。是关于防刮煎锅的事。我有时候做饭，黑色涂层会吓到我。"

我最近在社交媒体上发了一张煎锅的照片，加的标签是"黑魔方"。同时写道："防刮。或许可以使用假身份和空壳公司来获取信息。"（"哈哈哈！"安布拉·古铁雷斯直截了当地评论道。）

在地铁开进隧道之前，我回复道："你能说说你是谁吗？"

"我可以说我做监视工作，"后来这个神秘人拒绝向我提供更多信息，"我们需要谨慎安排见面，确保没人跟踪我们。"

几天后，我在剧院区的人群中穿梭行走，大家都汗流浃背。我之前建议我们在古铁雷斯给我录音的那家巴西餐厅见面。我准时赶到，要了一张两人桌，坐下来等待。电话响起，来电显示是加密电话。"公理"再次出现在手机屏上。

"不要点餐。"电话那头传来一个男人的声音。

我又四处打量了一圈，没看见任何人。

"你背着个邮差包，穿浅蓝色衬衫，颜色稍微有点深的牛仔裤。"他继续说道。他让我离开餐厅，慢慢地走。

"请逆行。"

我伸长脖子四处张望。

"不要到处看，"他继续说道，听起来有点生气，"我马上就要到距离你半个街区外的地方，所以请在十字路口停1~1.5分钟。我要确保没有跟我一样的人出现在那里。"

当他指引我绕道穿过"地狱厨房"*时，我想再确认一下周围情况。"别到处看，自然向前走就好。逆行。很好，继续走，"他让我在一家没有手机信号的地下秘鲁餐厅停下，"要一张靠里的桌子，靠近最里面。"

我照他说的做了。10分钟后，一个男人坐在了我面前。他有一头黑色卷发，佝偻着身子。他有很重的乌克兰口音。

"我是参与者。"伊戈尔·奥斯特洛夫斯基说道。他推给我一部手机。他示意我浏览上面的照片。手机里的照片中有我住的街区、我住的大楼前门、门口的大楼管理员。我还在照片里

---

* "地狱厨房"的正式行政区名为克林顿，俗称为西中城，是美国纽约市曼哈顿岛西岸的一片行政区域。——译者注

看到了那辆尼桑车，两个男人坐在车里：黝黑微胖的奥斯特洛夫斯基和苍白秃头的凯金，后者眼神犀利。

奥斯特洛夫斯基说他们为纽约当地的一家私家侦探公司工作。"但黑魔方会在我们的工作成果、最终报告上冠上他们的名字。"

"你为什么这么做？"我问道。

虽然分包商大多数时候都是做一些常规事情——追踪出轨的配偶或挖掘监护权案中一方的丑闻，都是些"可能不合乎道德，但却合法的工作"，但他们为黑魔方做的事却是另一回事。奥斯特洛夫斯基私下当面或通过电话把他们追踪我的事都告诉了我。我回想起那些垃圾短信——天气预报更新，还有我在世界贸易中心收到的有关政治调查的信息。他不知道这两者之间是否有关联，但表示差不多就在我收到调查短信的同一时间，他得到了关于我位置的准确信息。奥斯特洛夫斯基对我坦言道："我担心这可能是非法的。"对于针对我的追踪手段，他有不同看法。而且他们不只是在追踪我。分包商还在为黑魔方追踪其他人。奥斯特洛夫斯基想知道原因。

他给我念了一份目标名单，以及监视他们行动的日期和时间。分包商们在一家又一家高档餐厅监视了黑魔方特工与目标人物的会面，后者似乎是一些技术与网络犯罪方面的专家。其中几人擅长侵入和监控手机的全新侵略性解决方案，比如以色列网络情报公司 NSO 集团创造的飞马软件，之前"沉睡者"也曾担心被这款软件监控。

奥斯特洛夫斯基称他掌握的有限信息"都可以溯源到我身上"。他担心自己被人监视。他甚至在进入餐厅前检查过了周围的区域。

我也开始警惕起来。我让一个同事在几条街外跟着，然后牢牢盯着餐厅里的动静。这个同事名叫李恩金（Unjin Lee，音译），是个身材瘦小的韩裔美国人，她身高才1.5米出头，并不擅长什么近身格斗，但她能识别任何"尾巴"。

我和奥斯特洛夫斯基分头离开餐厅，前后相隔10分钟。当我走到一个安全距离，李打来电话。她说有个男人好像在跟踪我们，我们进去餐厅后他在门口逗留了一个多小时。

* * *

事实证明，什么都无法确定，除了死亡、税收和纽约南区的调查。2017年年末，在我发表有关间谍机构的报道后，那里的联邦检察官联合复杂欺诈和网络犯罪调查小组，针对黑魔方展开特别调查。[1]没过多久，正在调查哈维·韦恩斯坦和美国传媒公司的检察官就希望我以证人而非记者身份与其见面。

2018年2月，在麦克杜格尔报道发表后的几天里，我源源不断接到南区检察官的电话和信息，这种情况一直持续了好几个月。南区检察官和包括前联邦检察官普里特·巴拉拉（Preet Bharara）在内的中间人都对此事表示关心。他们纷纷向我和《纽约客》律师贝尔托尼打听情况。

我的一位在执法部门工作的法学院同学也发来信息，询问最新进展。在我和奥斯特洛夫斯基第一次见面后不久的一天，我冒着酷暑去世界贸易中心附近的一家小餐馆吃晚饭。

我坐在吧台前，衣服不甚整洁，汗流浃背，这时我听到一个声音："你好。"

我的目光从手机上移开，眼前映入一排闪亮的完美牙齿。他长得像目录模特一样标致。甚至连他的名字也是演员的艺名，就像 20 世纪 50 年代郊区最值得信赖的医生的名字。

他挪近了些，再次露出灿烂的笑容："好久不见！"

我有点摸不着头脑地回应道："我一直很忙。"

"想不到你在忙什么。"

他给我俩点了喝的，然后我们在一个隔间坐了下来。

这顿晚饭吃得很愉快，我们聊了很多"某某怎么样"的话题。我都忘了多久没有这样聊自己的生活了。如果不是因为那些无处不在的监控，我根本就不会有社交生活。

他说他已经结婚。

"怎么会这样？"

他耸耸肩说道："一言难尽。你呢？"

"很好。他很好。"接着就是一阵沉默。我想起跟乔纳森一起度过的紧张而漫长的一年。

"但也一言难尽？"他问道。

"嗯，异地恋很辛苦。"

他同情地看着我："你压力很大。"

"现在没那么糟了。你压力一定也不小。"

他倾身向前。他不再摆出目录模特模样，而是露出最温暖的笑容。"你知道的，没必要非这样。"他说道。隔着窄小的桌子我能感觉到他的呼吸。"你没必要独自应对这一切。"

他稍微调整了一下面前的一把餐刀，一根手指伸到银色的刀刃上。

"你是在说——"

"你应该加入进来。"

"哦。"

"充当证人。你不需要透露任何你不想透露的线人信息。"

我坐直身子，说道："你知道你无法保证这一点。"

"那又怎么样？"他说道，"如果你是受害者，你应该说出来。"

他本人似乎是充满善意地关心此事，与职业要求无关。但两种立场相互冲击，令人不安。我们走出餐馆拥抱道别，他停顿了一会儿说道："如果你的想法有任何改变，给我打电话。"说完他露出佳洁士广告般的招牌笑容，消失在夜色中。

我和贝尔托尼讨论了目前的困境。对任何新闻机构来说，与执法部门合作都令人不安。某些情况下，记者显然应该主动寻求警方帮助，比如在得知任何人即将遭受身体伤害时报警。但在目前这种情况下，没那么容易做出这样的决定。我的电话曾被追踪，有人为获取我的报道材料而设下骗局，我曾是犯罪受害者，这并不是什么令人难以置信的事情。但我不确定这些威胁是否大到足以让我自己或其他人坐到检察官面前，说出我承诺保密的线人和相关报道的信息。保护包括奥斯特洛夫斯基在内的线人是我的首要任务。而且这件事并非只关系到我一个人。贝尔托尼担心与执法部门的任何对话都会为《纽约客》开一个危险的先例。一旦我们同意了这件事，我们以后还能轻易拒绝有关政府部门吹哨人的讯问吗？

第 54 章

飞马

一开始，奥斯特洛夫斯基不肯告诉我他老板的名字，但我得到的线索已经够多了。在他给我看的一张照片中，甚至能看清尼桑车的车牌。我在搜索栏输入了一个我想起来的名字，打开了一段宣传视频。"我是远离权力核心的人。我是行动派，"视频中一个带俄罗斯口音的秃头男人在说话，"我叫罗曼·凯金。我是信息战略集团创始人。"[1]

视频中传出欢快的电子舞曲。纽扣摄像头拍摄的画面中出现字幕卡片"最佳高科技监控设备"，凯金在人群中穿梭自如，表现得像詹姆斯·邦德或伊森·亨特。老套的花招。信息战略集团不过是家不入流的公司，只有几个自由职业者，其中多数都有正职。尽管如此，在过去一年为黑魔方工作的工程中，凯金还是竭尽全力突破极限，不仅进行了电话追踪，还夸耀了自己有能力非法获取财务记录。

在视频中，凯金非常看重自己的技能。他透露："小时候刚开始学习阅读的时候，我就能记住我最喜欢的书《夏洛克·福尔摩斯》的内容，这引起了我的父母的极大关注。"

奥斯特洛夫斯基一直在分享信息战略集团正在为黑魔方执行的项目信息。我有时会到指定地点亲自观察，有时会派不太容易被发现的同事在远处监视情况。黑魔方的秘密特工总是在豪华酒店和技术与网络犯罪专家见面。

我和奥斯特洛夫斯基也会见面，不过通常是约在简陋的餐馆见，碰头之后就立即离开餐馆，在迷宫般的小巷里穿来穿去，边走边聊。有一次，我们坐在一家酒店大堂的昏暗角落里聊了半个小时，他突然起身离开，然后一脸焦急地回来，说我们必须赶紧离开。他怀疑坐在附近的两个人在跟踪我们。他们看起来像这方面的专业人士。他们盯得太紧。我们打了辆出租车，然后又换了一辆。他让一辆出租车在西侧高速公路靠边停下，等待盯梢车辆开过去或是减速暴露身份。要是在一年前，我会以为他是偏执狂。

*   *   *

2018 年剩下的时间里，我继续报道以色列私人情报世界的事情，持续关注黑魔方的动态。我经常联系埃多·明科夫斯基，他是个性情温和的自由职业者，主要负责黑魔方公共关系事务。"罗南，宝贝！"我给他打电话时他会这么称呼我。当我就最新报道向他提问时，他会闪烁其词道："别离间我。"2019 年 1 月，他终于同意在纽约定期停留期间跟我喝一杯。

就在我们见面前几个小时，奥斯特洛夫斯基打来电话。黑魔方命令罗曼·凯金和他的信息战略集团找到一种可以秘密录音的笔。奥斯特洛夫斯基发来了他们找到的间谍笔的照片。笔身漆黑，有个银色笔夹：如果你不特意观察，完全不会注意到它的特别之处，但它也有容易暴露的地方，在笔杆的某个特定高度有个小小的铬合金环。

我和明科夫斯基约在地狱厨房的一家酒吧见面。我到的时候看见他懒洋洋地躲在角落里。明科夫斯基点了一杯鸡尾酒，像往常一样先恭维我一番，然后才宣布要对我的采访问题做笔记。他从上衣口袋里掏出一支带银色笔夹的黑色钢笔。

"真巧，我也有一支一模一样的笔。"我说道。

他勉强挤出个笑容。"这支笔很特别，"他说道，"来自明科夫斯基公司。"

我问明科夫斯基是不是在录音。他露出一副受伤的表情。当然，他把每一次见面情况都告诉了黑魔方创始人佐雷拉。他必须这么做，他要定期接受测谎。但是他还是答道："罗南，我永远不会录音。"

后来，明科夫斯基坚称他是无意取出那支笔，他不知道那支笔有问题。但那天晚上结束见面后的回家路上，我给奥斯特洛夫斯基发信息问道："你知道那支笔是给谁的吗？"他回了我一堆照片，照片里的人都是明科夫斯基。就在我们见面前，他站在一个角落里接过那支间谍笔。

＊　＊　＊

几天后，黑魔方似乎在最新行动中再次启用间谍笔。一个留着整齐白胡子的中年男人与约翰·斯科特-雷尔顿（John Scott-Railton）相约一起吃午饭，这个中年男人自称迈克尔·兰伯特（Michael Lambert），斯科特-雷尔顿则是监督机构公民实验室（Citizen Lab）的研究员。兰伯特表示自己是为总部位于巴黎的农业技术公司 CPW 咨询公司工作，想看看斯科特-雷尔顿利用风筝上的相机创建地图的博士研究项目，后者当然已经有研究成品。

但等到上菜的时候，兰伯特已然转移了话题。[2] 公民实验室致力于追踪国家支持的黑客和监视记者的行动，最近该机构报道称，NSO 集团的飞马软件破解了记者贾迈勒·卡舒吉（Jamal Khashoggi）一个朋友的苹果手机 [3]，不久之后，沙特特工就用骨锯将卡舒吉锯成了碎片。针对该事件的调查引发了对 NSO 集团的尖锐批评，该集团否认其软件被用于针对卡舒吉的行动，但同时也拒绝回答其软件是否被卖给沙特政府的相关问题。兰伯特想了解公民实验室针对 NSO 集团的相关工作。他问斯科特-雷尔顿该机构如此关注以色列的公司是否涉及任何"种族因素"。他还追问斯科特-雷尔顿本人对大屠杀的看法。就在他俩交谈期间，兰伯特拿出了一支有银色笔夹的黑色钢笔，笔杆上还有个铬合金环。他把笔放在身前的便签本上，笔尖正对着斯科特-雷尔顿。

这一幕太眼熟。在斯特拉·潘·佩查纳克参与的一系列针对西面资本员工和 Am 信托金融服务公司的批评者的行动中，黑魔方特工也曾想套出目标人物的反犹太言论。[4]但这一次，目标人物识破了他们的诡计：因为怀疑是在套话，斯科特-雷尔顿也动用了录音设备。他全程都在录音。

这是一场面对面的间谍战，双方都有后援。与斯科特-雷尔顿一起工作的美联社记者拉斐尔·萨特（Raphael Satter）带着相机赶来，开始向这个假迈克尔·兰伯特提问。黑魔方的伪装暴露了。奥斯特洛夫斯基也一直在监视并拍照记录两人的这次见面。提前赶到的凯金此时离开餐厅，开始打电话，他愤怒地说道：“我们的人暴露了！马上去大堂！他得离开！”

黑魔方特工从服务生通道落荒而逃。奥斯特洛夫斯基接应了这名特工，带着他的行李一起驾车离开，他们四处绕路，想要甩掉可能盯梢的尾巴。在开车过程中，这名特工疯狂地打电话，想要预订最早离开纽约的航班。他的行李箱上贴着一个标签，上面写着“阿尔莫格”和一个以色列的住址。这个名字是真名：这名特工叫阿哈龙·阿尔莫格-阿苏利纳（Aharon Almog-Assouline），是一名退休以色列安全官员，后来有报道称其参与了黑魔方的一系列行动。[5]

黑魔方和 NSO 集团后来否认与针对公民实验室的行动有关。但在之前几个月与奥斯特洛夫斯基的多次交谈中，他告诉我，阿尔莫格-阿苏利纳参与了相关行动，针对的目标就是批评 NSO 集团以及认为其软件被用于追踪记者的人。

＊　＊　＊

这次行动的失败让黑魔方火冒三丈。公司下令立即对所有知道此事的人进行测谎。奥斯特洛夫斯基打来电话，担心他迟早要暴露。他想找人谈谈，而且不想只跟记者谈。他清楚间谍行动就是由与外国政府有密切联系的特工在美国领土上进行的相关活动。他已经给联邦调查局打过电话，但电话只转给了对此事表示怀疑的特工，最后也不了了之。他问我在执法部门有没有更值得信任的联系人。我给贝尔托尼打了电话。他仍然坚持最好不要直接联系检察官。但他同时也认为，指导知情人如何找到当局相关人士没有错。

在金融区的另一家餐厅，我最后一次和我的老同学讨论相关问题。我狼狈地从倾盆大雨中走进餐厅。而他全身干净整洁，再次露出完美微笑，并点了喝的。

"你应该好好考虑一下。"他又劝说道。他的一只手放在桌子上，差点就要碰到我的手。"你不必独自应对这一切。"

我认真思考了一番，然后把手向后缩了缩。我说我不会说什么，但我的线人也许会说些什么。我问他要了相关对接人的联系方式。

不久之后，我给奥斯特洛夫斯基发了纽约南区一名检察官的名字。奥斯特洛夫斯基请了约翰·泰伊做代表律师，开始了自愿做证的流程，而泰伊就是我曾咨询过的那个吹哨人律师。

第 55 章

崩溃

在经历过韦恩斯坦报道事件后的一年里，NBC 新闻前景堪忧。2017 年 11 月底，萨凡纳·格思里突然宣布马特·劳尔被解雇，当时格思里身穿一件黑色印花裙，非常适合出现在早间电视葬礼上。就在格思里宣布解雇劳尔前两天，NBC 内部开始流传"一名同事关于工作场合不当性行为的详细投诉"。格思里表示自己"心痛不已"，称劳尔为"我亲爱的朋友"，并强调"这里很多人都爱着他"。

格思里宣读了安迪·拉克的一份声明，表示管理层对劳尔的行为极为震惊。这名不愿意透露姓名的同事"是他在 NBC 新闻工作 20 多年来的第一个投诉他的人"。新闻网迅速采取行动，在众多媒体上强调这一点。

消息公布后，奥本海姆将调查小组成员召集到四楼会议室。他表示，虽然这名匿名同事指控的行为"无法让人接受"，但这种行为只是违反了职业行为标准，而不是刑事行为标准。"有些行为发生在工作场合。马特·劳尔就是马特·劳尔。"他说道，"所以这显然存在权力差异因素。"但奥本海姆强调，与匿名同事交谈的新闻网员工"没有报告说她使用了'犯罪'或'攻击'之类的词"。很快，NBC公关团队的公关稿也传达出相同讯息。当新闻网与《人物》杂志合作，在其封面故事中宣布霍达·科特布（Hoda Kotb）接替劳尔主持时，标题写道："霍达和萨凡纳：'我们心痛不已'"，十分明确地统一宣传口径。文章中写道："多名消息人士称，中止合作是因为一桩违反NBC雇用条款的婚外情。"[1]"第六页"则报道称："消息人士一开始向《纽约邮报》透露，劳尔被控性侵，但后来又称是不当性行为。"[2]当时与NBC联系过的媒体表示，NBC并不想改变此事被定性为婚外情的说法。

奥本海姆也附和了拉克的说法，称新闻网直到两天前这名不愿透露姓名的同事站出来，才知道有关劳尔的投诉。这一声明令当时在场的几名记者感到奇怪。《综艺》和《纽约时报》几周以来一直在发表有关指控劳尔不当性行为的文章，在此过程中多次联系新闻网的工作人员。新闻网的许多人很久之前就听说过针对劳尔的投诉。见到奥本海姆的时候，麦克休再次发声："坦白说，周一之前，我们很多人都听说过有关马特的传言。周一之前，NBC是否对任何针对马特不当性行为的指控有所了解？"

"没有，"奥本海姆回应道，"我们回顾了过去的情况，正如我们在声明中说的那样，20年来新闻网内部从没有出现过类似指控，也从没有过类似记录。"言外之意就是：我们只能假设像劳尔这样重要的人物，不会有正式的人力资源记录。韦恩斯坦也曾坚称，在他的个人档案中也没有关于不当性行为指控的"正式"记录。福克斯新闻的比尔·奥莱利也是如此。但这不是问题所在。麦克休并没有追问正式记录问题，他的重点在于NBC是否早就"知情"。而在这一点上，奥本海姆的回答就模棱两可了。"我们都看过《纽约邮报》的报道，经过超市收银台的时候也会看到《国家问询报》的相关报道，"他说道，"你对此无能为力，尤其是当有关各方都说《国家问询报》在胡说八道的时候。"

奥本海姆是对的：我们稍后从美国传媒公司员工和内部记录会得知，2017年至2018年，《国家问询报》对劳尔可谓兴致勃勃。该报内部流传的一封电子邮件中甚至有那名最终导致劳尔被解雇的匿名同事的简历。

不久之后，格林伯格把麦克休叫到他的办公室，麦克休怀疑他是要确认自己是否在向媒体爆料。麦克休坦言，他所了解到的NBC的内部问题以及这些问题对韦恩斯坦报道所产生的影响让他感到不安。"大家都在谈论这个，他们都在说——"

"他们在包庇马特·劳尔。"格林伯格说道。

"是的。"麦克休回应道。

"你真的觉得他们早就知道马特·劳尔的问题？"格林伯格问道。

麦克休直视着格林伯格答道："我就是这么想的。"

*　*　*

在接下来的几个月里，NBC 没人知道劳尔的任何消息。2018 年 5 月，NBC 环球宣布一项内部调查的最终结果："我们发现没有证据表明 2017 年 11 月 27 日之前，NBC 新闻或《今日秀》的领导层、NBC 新闻人力资源部或新闻部门的领导收到过任何有关劳尔职场行为的投诉。"[3] 这就是自查报告的结论。新闻网还拒绝了公司内部和媒体提出的独立调查要求。[4] 新闻网聘请了外部律师来审查调查结果，但审查是由金·哈里斯的团队负责，其成员包括负责公司劳动法方面问题的高级副总裁斯蒂芬妮·佛朗哥（Stephanie Franco）。内部报告公布的当天，奥本海姆和哈里斯召集调查组成员又开了一场危机会议。参会的记者们提出许多疑问。麦克休也是其中一员。"NBC 有没有付钱给投诉马特的员工，让她签署保密协议？"他问道。哈里斯眨了眨眼才答道："嗯，没有。"

他接着又问了在过去"六七年"里，公司是否与员工就性骚扰问题达成过任何和解。哈里斯犹豫了更长时间，最后答道："据我所知没有。"

会议进行期间，哈里斯一度对记者提出独立审查的要求失去耐心。"似乎无论来自外部的调查是否会得出相同的结论，都会让这件事更快结束，"在场的一位女士说道，"这件事实在是让人心灰意冷。"

"嗯，如果媒体停止报道这件事，它就会结束。"哈里斯说道。

会场一阵沉默，然后又有一名调查记者开口道："但我们就是媒体。"

* * *

从一开始，其他媒体发表的报道就与奥本海姆和哈里斯对于新闻网所知情况的描述不一致。NBC宣布解雇劳尔几小时后，《综艺》杂志报道称"几名女性……向新闻网管理层投诉劳尔的行为，但考虑到《今日秀》丰厚的广告收入，管理层对此置若罔闻"。文章还暗示，有关劳尔的投诉是公开的秘密。他曾送给同事性玩具，并附上一张便签，明确说明他希望在她身上玩这个玩具。在节目广告时间，他会通过麦克风玩"上床／结婚／击杀"游戏。[5] 类似内容的视频陆续曝光，其中包括一段2006年的视频，视频中劳尔似乎在对梅雷迪思·维埃拉（Meredith Vieira）说："继续那样弓着身子。看起来不错。"[6] 2008年在弗莱阿斯俱乐部（Friars Club）举行的劳尔私人庆祝会中，凯蒂·库里克献上了一段令人难忘的大卫·莱特曼（David Letterman）风格的表演，影射了劳尔和安·库里以及当时NBC环球负责人杰夫·扎克（Jeff Zucker）之间的暧昧关系，并表现了劳尔的妻子因为他的不检点而将他赶去睡沙发。当时还是真人秀《学徒》主持人的唐纳德·特朗普也参加了这场庆祝会。"整个表演的主题就是，他做了这个节目，然后他跟包括员工在内的很多人发生了关系，"乔·斯卡伯勒（Joe Scarborough）公开表示，"所以这件事是大家关上门悄悄传的？不是。有人在山顶上大声喊出这件事，听到的人都一笑置之。"[7]

《今日秀》的几名年轻工作人员透露，劳尔曾在其办公室厚颜无耻地向她们提出性要求。该节目的前制作助理阿迪·科林斯（Addie Collins）告诉我，2000 年，劳尔几乎着魔似的公然挑逗过她，当时她才 24 岁。她保存了许多他通过工作邮件或用于显示节目提要的软件发给她的信息。内容基本上都是"你迷死我了……你今天看起来美极了！让我难以集中精力"。[8] 由于劳尔在工作中拥有极大权力，科林斯坦言，当他命令她去更衣室，甚至有一次为了偷欢命令她去浴室隔间时，她很难拒绝。虽然接受了这样的命令，但她也感到十分恶心，同时还担心丢掉工作，害怕被报复。虽然无从证明，但她还是怀疑后来她失去一些发展机会与劳尔不无关系。

一些女性声称，其在工作场合与劳尔的不当接触并非出自自愿。NBC 的一名前员工告诉《纽约时报》，2001 年，劳尔把她叫到他的办公室，然后按下了桌子上的一个按钮，遥控关上了办公室的门，大楼里许多高管的办公室里都有这样的按钮。她说当他脱下她的裤子，把她压在椅子上发生性关系时，她感到很无助。[9] 后来劳尔的助理带她去接受了治疗。

2018 年，我知晓了 7 起与劳尔共事过的女性提出的不当性行为指控。大多数女性表示有相关资料或曾向其透露实情的知情人可以为此做证。几名女性表示她们曾将此事告诉过同事，坚信新闻网知晓这些情况。

$*\qquad*\qquad*$

我也开始了解到提出指控的女性所面临的和解模式。在2011年或2012年之后的几年里，NBC实际上与至少7名在公司内部遭受性骚扰或歧视的女性达成了保密协议，而哈里斯曾声称这段时间内NBC从未与任何员工就性骚扰问题达成和解。相关保密协议要求这些女性放弃起诉权。大多数情况下，这些女性都获得了一大笔钱，参与交易的各方都表示，这笔钱远远超出任何传统离职补偿标准。当哈里斯表示对性骚扰和解协议毫不知情时，她似乎是在玩弄术语：新闻网将许多支付给这些离职女性的钱称为"加强型遣散费"。但涉及此事的个人——包括从公司立场看待这一事件的人——都对这一说法提出了异议，称这些协议都旨在限制提出指控的女性发表相关言论。

签署保密协议的几名女性曾提出过与劳尔无关的投诉，投诉对象是NBC新闻其他男性领导人。根据哈里斯的说法，开始几年里，公司曾与两名女性达成和解协议，这两名女性声称遭受了两名高管的骚扰，而这两名涉事高管随后就离开了公司。"公司内部的人都知道他们被解雇的原因。"一名曾参与两人离职事件的NBC领导层成员坦言。2017年，NBC还与指控科沃性骚扰的女性达成了协议，科沃是《日界线》节目的制片人，曾负责监督有关韦恩斯坦报道的审查工作。

新闻网声称对女员工指控劳尔一事一无所知，但相关协议的曝光让这一说法受到质疑。

＊　＊　＊

　　曾在 2012 年签署保密协议的一名主持人透露，在她给同事看劳尔和一名后来离开公司的高管发给她的信息后，NBC 就来找她谈条件。同事们都回忆说，这两人在直播期间曾通过麦克风对主持人开黄腔。"我就像一条任人宰割的鱼，"她说道，"当我走进办公室时，难受得想吐。我回到家会难受得大哭。"在她拒绝接受这样的玩笑后，她感到自己的工作任务减少了。"我受到了惩罚，"她表示，"我的事业一落千丈。"她决定不向公司正式报告这件事，因为她对公司人力资源部门的作用表示怀疑，同时也担心这会对她的职业生涯造成进一步伤害。不过，她开始跟同事说这件事，并打算离职。

　　就在她准备离开的时候，NBC 抛出了保密协议，她回忆她的经纪人当时说："我这辈子从没见过这种事。他们想让你签保密协议。你手里肯定有能威胁他们的东西。"经纪人告诉我，他也记得这笔交易。我后来看到了这份保密协议，协议规定，这名主持人放弃提起诉讼的权利。协议还禁止她发表有关 NBC 环球的负面言论，"除非因真实新闻报道需要"。协议用纸上有 NBC 新闻的抬头，上面有她和她口中骚扰过她的那名高管的签名。

＊　＊　＊

　　2013 年，NBC 新闻与另一名对劳尔提起严重指控的女性员工达成和解。劳尔的事情曝光几个月后，我与曾跟他联合主持节目的安·库里在格林尼治村的一家意大利餐厅见了面。她紧挨着我坐在吧台的高脚凳上，一脸担忧的表情。她对我说，在她做联合主持人时期，劳尔在办公室口头骚扰女性的事情人尽皆知。2010年，一名同事把她拉进一间空办公室，崩溃地告诉她，劳尔在自己面前暴露隐私部位，向其求欢。"一个女人就那么痛苦地在你面前崩溃，离你那么近。"库里回忆道。

后来，我才知道那个女人就是梅丽莎·隆纳，她曾是《今日秀》的制片人，离开 NBC 新闻去电台工作后，她曾与我见面。隆纳把这件事告诉了同事们，在她在库里面前崩溃之前，她和劳尔一起在办公大楼参加了一场工作活动。活动进行过程中，劳尔让她一起去一下他的办公室，她以为是为了工作上的事。当他们走进他的办公室之后，他关上了门。

她记得自己满怀期待地站在那里对劳尔说："我就觉得你会找我聊聊。"劳尔让她坐在沙发上，开始闲聊起来。他开玩笑说他有多不喜欢刚刚参加的那种工作酒会。后来，她告诉同事们，他突然拉开裤子拉链，露出勃起的阴茎。

隆纳与她的丈夫分居了，但并没有离婚。她出生在曼谷的贫民窟，她十分努力奋斗才获得当时的工作。她记得被劳尔的提议吓蒙了，不安地笑起来，想用笑话来摆脱窘境，她说自己不想在一个"其他人都做过这种事的"办公室跟他亲热。

隆纳还记得劳尔说他知道她想做，在听到她说的关于办公室情事的玩笑话后，他认为她喜欢开黄腔，对她说两人的这一次"会是你的第一次"。根据她的描述，他开始生气，说："梅丽莎，你他妈就是在挑逗我。这可不好。你让我'性奋'起来了。"

劳尔身边的知情人告诉我，他对她的说法提出了质疑，说他只记得自己做了个下流的玩笑动作，但没有露出隐私部位或是向她求欢。但这件事显然让隆纳心慌意乱，第二天就开始详细讲述她的遭遇，并且在随后的几年里一直重复她的故事。她请求库里和另一名主持人不要说出她的名字，说她知道劳尔会毁了她的职业生涯。但库里的确告诉了公司的两名高管，认为他们需要对劳尔做点什么。"我告诉他们得解决劳尔的问题。他有涉及女性的问题。他们必须得盯着他。"然后，据库里所知，什么都没发生。

隆纳告诉同事，这件事发生后她很痛苦。劳尔好几周没跟她说话。由于害怕被解雇，她开始另谋出路。但是当她接到CNN 的工作邀请时，奇怪的事情发生了：NBC 新闻的几名高管把她叫到他们的办公室开了几次会，他们都传达了同样的信息。每个人都说劳尔坚持留下她。"我不知道你和他之间发生了什么，"其中一名高管告诉她，"但我得让他高兴。"

她留在了新闻网。几年后她的合约快到期时，她莫名地被解雇了。她对同事们说，从来没有人告诉她这是为什么。她咨询的一名律师指出，由于诉讼时效规定，推迟离职让她无法提出骚扰索赔。隆纳离开 NBC 新闻后，她的经纪人给她打电话说了一件不同寻常的事：除了标准保密和互不诋毁条款，新闻网还开价 6 位数，让她签一份放弃相关权利的协议。"我从来没有见过这种事，"经纪人告诉她，"你一定捏着他们的命脉。"隆纳认为 NBC 新闻支付这笔钱的主要目的是防止她向媒体爆料。

尽管隆纳只是幕后工作人员，但关于她的八卦消息还是传开来，报道称她在工作中很难相处。隆纳告诉朋友，她认为自己之所以被泼脏水，就是因为拒绝了劳尔的提议。

当我问隆纳关于 NBC 的事情时，她告诉我她不能对她在那里发生的事情发表评论。NBC 否认给隆纳的钱跟她对劳尔的投诉有关，但新闻网方面看起来是想掩盖两者之间的关联。2018 年，"每日野兽"记者拉克伦·卡特赖特（Lachlan Cartwright）准备报道 NBC 长期寻求与性骚扰受害者达成和解一事，与此同时，NBC 环球的高级职业律师斯蒂芬妮·佛朗哥联系了隆纳的律师，提醒她双方签署过协议及其执行效力。NBC 的法务团队后来表示，这通电话是为了回应隆纳律师的询问，并提醒隆纳签署了放弃相关法律权利的协议，并没有提到什么保密条款。

此后几年，和解模式继续。2017 年，我一年前在片场见到的失声痛哭的《今日秀》团队的资深员工得到了一笔 7 位数的巨款，以此换来她签署保密协议。在我就相关协议进行的交流中，律师们强调封口是这些协议的主旨，而不是什么附带条款。随着她与新闻网的合同到期，她表达了对性骚扰和歧视问题的担忧，尽管新闻网方面表示支付这笔钱与任何具体投诉无关。她还向一位高级副总裁提到了劳尔和性骚扰问题，不过她并没有把我后来看到的材料给他们看，这些材料显示，劳尔给她留过语音邮件，发过短信，在她看来，这些都是他在向她调情的证据。当他认为自己在她那里吃了闭门羹时，她开始感受到他的报复——在办公室散布有关她的负面谣言。

第 56 章

健康

导致劳尔被解雇的投诉也以同样的方式结束——一笔钱和一份保密协议。当我们第一次交谈时,那位不愿透露姓名的同事布鲁克·内维尔斯(Brooke Nevils)怀疑她是否能将此事公之于众,之前 NBC 和媒体都认为她遭遇的性侵属于双方自愿。我冒着大雨来到她在纽约的公寓时,她一直越过我的肩膀盯着房门,直到房门关上。"我一直生活在恐惧中,"她解释道,"你讲了有关间谍的事情后,我更加害怕了。我知道自己在跟谁对着干,同时也知道他们做过些什么肮脏的事。"

她 30 岁出头,身材瘦削,散发着青春气息。"大高个,笨手笨脚,平胸。"她笑着说道。她的公寓里随处可见艺术品和各种书籍。而且就像村上春树的小说里描写的那样,这里也到处都是猫。截至那天早晨,内维尔斯一共有 6 只猫,之前有一只猫由于肾衰竭不得不接受安乐死。

她用一种饱经摧残的人才有的平淡语气向我讲述了这件事。过去两年里，内维尔斯曾试图自杀。她曾有严重的创伤后应激障碍，继而发展为酗酒，后来入院治疗才恢复正常。她瘦了十几斤，10 个月内看了 21 次医生。"我失去了我在乎的一切，"她说道，"我的工作，我的目标。"

　　内维尔斯在密苏里州切斯特菲尔德的郊区长大。小学成绩单上写着，她爱说话，爱笑，很有幽默感。她的父亲曾随海军陆战队在越南服役，后来获得了市场营销博士学位，成为五角大楼的民用承包商。她的母亲是环球航空公司的空姐，在我俩见面的一年多前死于心脏病。内维尔斯告诉我，她的母亲"就是那种希望世界变得更好的人"。

　　内维尔斯从 13 岁起就想成为记者，那时她就知道海明威为《堪萨斯城星报》撰稿。"你因为相信真相而进入新闻业。人们的故事很重要。"她皱着眉头说道。雨点敲打着窗户。"我相信我们是好人。"从约翰斯·霍普金斯大学毕业后，她曾在几家报社实习。2008 年，她得到了梦寐以求的工作，加入了 NBC 职业发展项目。在接下来的几年里，她从跑腿打杂，一路做到协助重大报道，为明星人物服务。

＊　＊　＊

　　2014 年，她就在做这样的事情，当时她正为她心目中的英雄梅雷迪思·维埃拉工作，她希望以后者的职业生涯为榜样。

当维埃拉在 2014 年受邀报道奥运会时，两人一起前往俄罗斯海滨度假城市索契。一天，在结束漫长的工作后，维埃拉和内维尔斯去了 NBC 团队下榻的豪华酒店的酒吧。她们一边喝着马提尼，一边说说笑笑。大约午夜时分，劳尔走了进来，扫视了一圈酒吧，寻找熟悉的面孔。"我一直很怕他。他在工作中真的很强势。如果当时我们没那么开心……"说到这里，她的声音低了下去。但两个女人当时正开心。她们一直在喝酒。她拍了拍身旁的矮座，邀请劳尔加入。

劳尔在她身旁坐下，打量了一眼马提尼，说道："我更喜欢冰伏特加。"他点了几杯白鲸伏特加。内维尔斯喝了 6 杯。"敬健康！"劳尔叫道。当劳尔拿出苹果手机开始拍照时，内维尔斯开心的同时又有点担心。大家都知道劳尔喜欢在节目开玩笑地公开同事们下班后的照片，这也属于他主持的《今日秀》节目的恶作剧文化的一部分。

三人互道晚安后，劳尔回了他自己的房间，两个女人也回到位于酒店高层的房间。维埃拉笑着拿出劳尔的官方媒体证件，有了它劳尔才能进入需要报道的活动现场。维埃拉和劳尔之间就像兄妹一样融洽，彼此经常开玩笑。这次不过是双方长期恶作剧史上最新的一笔。两个喝醉的女人笑嘻嘻地给劳尔打电话，问他是否丢了什么东西。内维尔斯还记得劳尔当时问她有没有找过她自己的证件。劳尔拿了她的证件。

内维尔斯去劳尔的房间取自己的证件，那是一间巨大的套房，可以看到辽阔的黑海。她发现他仍然穿着职业装，两人就互拿证件一事互相调侃了几句。他精致的信纸引起了内维尔斯的注意，信纸上用藏青色墨水写着"马修·托德·劳尔"的名字，她想在下面随便接一句"糟透了"，作为另一个酒后恶作剧，但最后还是没这么做。劳尔有时对于像她这样资历较浅的员工表现得一本正经，态度强硬。她从 13 岁起就一直在电视上看到他。她担心这么做会惹麻烦。

内维尔斯回到楼上自己的房间，她和维埃拉互道晚安的时候，也给劳尔发了条消息，开玩笑地说到她们正东倒西歪地把房卡插进门里。几分钟后，内维尔斯正在刷牙，她工作用的黑莓手机响了起来。劳尔用工作邮箱给他发了封邮件，建议她下楼去。她回答说如果他能删掉她在酒吧喝醉的照片，她就会下去。他告诉她他只等她 10 分钟。后来，与劳尔关系密切的知情人告诉我，他认为她对照片的担心只是个借口，她发的消息则是在引诱他。内维尔斯则表示无法想象与劳尔调情。她发那些消息只是在闹着玩，因为劳尔跟她和维埃拉一整晚都相处融洽。回忆这段往事，她意识到晚上独自去一个男人的房间是非常不明智的决定。她说她当时喝醉了，没想那么多，而且根据之前的经验，她没有理由怀疑劳尔的人品。"他总是像对待小妹妹一样对待我，"她说道，"我去过他的房间很多次。"她下楼之前还没有完全清醒。她仍然穿着上班时穿的衣服，优衣库的栗色牛仔裤、塔吉特的宽松绿毛衣，还有 NBC 给员工发的耐克索契冬奥会的夹克。她已经好几周没刮腿毛。她说她以为自己马上就能回去。

*　*　*

多年以后，在她的公寓里，内维尔斯努力不让自己哭出来，但还是忍不住哭起来。"我接受了创伤后应激障碍治疗,知道吗？每周都有不同的事情让我崩溃。我只是很愤怒，这件事让我的生活完全偏离了正轨。"

内维尔斯来到劳尔房间门口时，他已经换上了 T 恤和短裤。当他把她推到门上并开始吻她时，她才意识到自己醉得很厉害。她回忆起当时感觉到房间在旋转。"我觉得我要吐了,"她说道，"我一直在想，我要吐到马特·劳尔身上了。"她说，松垮垮的衣服和没刮腿毛的腿都让她感到非常难堪。

她记得劳尔把她推到床上，把她翻过来,问她喜不喜欢肛交。她说她多次拒绝，一度对他说："不，我不喜欢。"内维尔斯说她还在对他说对肛交不感兴趣时，他"就直接做了"。她说劳尔没用润滑剂，这次性交十分痛苦。"太疼了。我记得我当时想，这正常吗？"她告诉我，她停止反抗，只是捂着枕头默默哭泣。

内维尔斯记得劳尔做完后还问她喜不喜欢。

"喜欢。"她机械地答道。她感到羞耻和痛苦。她告诉他，她需要他删除她喝醉时的照片，他把手机给了她，让她自己删。

"你对梅雷迪思说了什么吗？"她记得他问过一句。

"没有。"她答道。

"什么都别说。"他告诉她。内维尔斯不知道这是建议还是警告。

回到自己的房间，内维尔斯吐了。她脱掉裤子，晕了过去。当她醒来的时候，到处都是血，浸透了她的内衣和床单。"走路疼，坐着也疼。"她不敢用工作设备搜索相关问题。后来，她害怕去做性传播疾病的检查——她交往五年的男朋友会怎么说？她流了好几天血。

内维尔斯说，不管劳尔对他们之间事前和事后的交流如何解读，在他房间里发生的一切都不是双方自愿的。"从某种意义上说，这都不是双方自愿的，因为我喝得太醉，没法表示同意，"她说道，"我说过很多次，这不是双方自愿的，我并不想肛交。"

* * *

第二天，劳尔给他发了一封邮件，开玩笑地说她既不给他发消息，也不给他打电话。内维尔斯告诉他一切都好。她告诉我，她害怕激怒他，当她发现在接下来的工作中他似乎有意忽视她，她更加担心了。当她终于鼓起勇气给他打电话，他则表示他们可以回纽约再谈。

回到纽约后，内维尔斯说劳尔请她去他位于上东区的豪华公寓，他们在那里又发生过两次性关系，在他办公室则发生过更多次。劳尔身边的知情人强调，她有时会主动与劳尔联系。无可争议的是，就像我采访过的其他几名女性一样，内维尔斯也与她所说的侵犯过她的男人继续发生过多次性关系。"我因此最为自责，"她说道，"这完全是种交易。这并不是什么正常男女关系。"内维尔斯当时告诉朋友，她觉得自己被困住了。她的男朋友的兄弟为劳尔工作，劳尔在她和她男朋友面前的权威地位让她感到无法拒绝。她表示所谓的性侵事件发生后的头几周，她试图传达出这样的信息：她对这样的性关系感到很舒服，甚至充满期待。她甚至试图说服自己相信这种想法。她欣然承认她与劳尔的交流看起来友好而亲切。

但她也表示，她一直害怕劳尔会危及她的事业，这样的性关系让她感到痛苦和羞愧，最终导致她与男朋友分手。她说有几个月的时间她成功避免了发生这样的性关系。但最终，她发现由于职业原因，她不得不与劳尔打交道。2014 年 9 月，当维埃拉用同事们的照片装饰其脱口秀节目的布景时，劳尔的助理让内维尔斯去劳尔办公室拿照片。早上 9:30，在《今日秀》演播室上层的一间小办公室里，他指向萨凡纳·格思里给他的一个电子相框，相框就放在纵深较深的一个窗台上。"就在那儿。"他对她说道。她不得不弯腰才能够到相框。她说当她翻看照片并通过电子邮件把它们发给自己时，他抓住了她的臀部，并开始抚摸。她对我说她只想做好本职工作。"我一动不动。我输了，因为我没有说不。"内维尔斯的皮肤很容易瘀青。劳尔强迫她打开双腿，在她身上留下了暗紫色的瘀痕。她哭着跑向她刚开始交往的新男朋友，她的新男朋友是个制片人，那天早上正好在控制室工作，她把刚发生的事情告诉了他。

那年 11 月，她自愿为即将离职的前男友制作了一段告别视频。为离职同事做这样的视频是常事，而且通常都会录制明星同事的祝福。当她找劳尔要祝福语时，他让她亲自去他的办公室录制。她说当她来到他的办公室时，他让她给他口交。"我真的很愤怒。我感觉糟透了，"她对我说道，"我只想做件美好的事，而我不得不给马特口交才能让他录一段告别视频。我觉得很恶心。"她回忆起当时问了劳尔一句："你为什么要这么做？"他答道："因为好玩。"

这次之后，他们再也没有发生过性关系。她说一个月后，当时她正在与抑郁症作斗争，对他和自己的关系感到恐惧，于是给他发了一条短信，问他是否在纽约。他回答说他不在纽约。

内维尔斯跟"无数人"讲过劳尔的事。她告诉过她最亲密的朋友们。她告诉过 NBC 的同事和上级。但就像我报道过的许多故事一样，内维尔斯并没有对所有人讲述完整的故事，她略过了一些细节。但她讲述的故事从没有前后矛盾，她清楚表明了所发生事情的严重性。她后来在公司内部调换了新岗位，成为孔雀制作公司的制片人，她向新上级报告了有关劳尔的事情。她觉得他们应该知道这件事，以防有一天这件事被公之于众，她成为麻烦人物。她的事并不是什么秘密。

此后好几年的时间里，再没有发生什么。她不知道公司处理内部性骚扰指控的常规方法，也不清楚什么封口费和其他安抚措施。具体来说，她不知道孔雀制作公司曾交由指控科沃的人掌管。

＊　＊　＊

　　"如果不是指控韦恩斯坦的人跟你聊过，我根本不会说一个字，"内维尔斯对我坦言道，"我在那些故事里看到了我自己。当你在《纽约客》上看到你生活中最糟糕的部分时，你的生活因此而发生改变。"随着韦恩斯坦事件的升温，同事们开始询问内维尔斯有关劳尔的问题。在大家一起喝酒的时候，《今日秀》的一个同事问内维尔斯这件事给她带来多大的冲击。内维尔斯以前就像她的小学成绩单上描述的那般自信、率真，现在则变得沉默寡言。她放弃了很多工作机会，害怕一旦做出改变，她与劳尔的关系就会曝光。她开始酗酒。多年来，她一直保持着长期稳定的感情生活，但现在却变得反复无常。

　　内维尔斯把一切都告诉了《今日秀》的同事。"这不是你的错，"内维尔斯还记得那个同事的话，一想起来就忍不住掉眼泪，"相信我，你并不孤单。"那个同事也有过与劳尔打交道的类似经历，后来也影响了她的职业生涯。这个同事告诉内维尔斯，她必须把这件事告诉维埃拉。内维尔斯很快来到维埃拉家，把整件事又讲了一遍。"是马特，对吗？"维埃拉在谈话一开始时就问道，"我一直在想这件事，他是唯一一个有足够力量让你这么做的人。"维埃拉情绪激动。她责怪自己没有采取更多措施保护内维尔斯，并且担心会有更多受害者。维埃拉说了一句："你应该为跟我一起共事过的其他女人想想。"内维尔斯只是不停地道歉。

两个女人都知道新闻网会不遗余力地保护其当家名嘴，但内维尔斯觉得自己必须做点什么来保护其他女性。维埃拉表示如果她打算做些什么，应该向 NBC 的人力资源部提交一份正式报告。于是，2017 年 11 月，内维尔斯请了个律师，跟他一起面对 NBC 环球两名女性工作人员，陈述了整件事。

她要求匿名，也得到了相关承诺。她和盘托出了整件事。她坦白告知了性侵事件发生后两人之间保持了联系，但明确表示那不是婚外情。她详细讲述了事情经过，明确表明她当时喝醉了，没法同意是否愿意与劳尔发生性关系，而且她反复拒绝了劳尔的肛交请求。当时她仍处于治愈创伤的早期阶段，因此没有使用"强奸"这个词。但她清楚讲明了整件事的性质。她的律师阿里·威尔肯菲尔德（Ari Wilkenfeld）一度打断谈话，重申两人之间发生的事情并非双方自愿。NBC 的一名代表回应对此表示理解，不过 NBC 后来表示官方并未就此事得出任何结论。NBC 环球的律师斯蒂芬妮·佛朗哥也参加了这次会议，她曾打电话提醒隆纳的律师不要忘记和解协议的法律效力。

几天后，正在工作的内维尔斯得知拉克和奥本海姆强调这起事件不是"犯罪"或"侵犯"时，她离开办公室，走进最近的洗手间，呕吐起来。当 NBC 公关团队开始将此事贴上"婚外情"的标签时，她感到更加痛苦。她的律师开始收到大量愤怒的来信。其中一封写道："你朝一个已婚男人撅起屁股。"

内维尔斯的工作成了一种折磨。她被要求和其他人一起开会，讨论新闻选题，向着劳尔的同事都对她的指控表示怀疑，并批评她的做法。在《日界线》的一次会议上，莱斯特·霍尔特质疑道："这算罪有应得了吗？"很快，同事们开始对她避之不及。在这段关系被定性为婚外情后，她当时的男朋友的态度迅速发生转变，不再像之前那么支持她，他曾问她："你怎么能这样？"NBC 管理层把她变成了一个"弃妇"。"你要知道，我被强奸了，"她对一个朋友诉苦道，"而 NBC 撒了谎。"

新闻网方面似乎没有采取任何措施来保护内维尔斯的身份。拉克宣布，这起事件发生在索契，将潜在的投诉者范围缩小到在那次出差过程中与劳尔交集紧密的一小群女性。公关部的一名同事在与其他同事的交谈中说出了内维尔斯的名字。知情人士后来透露，科恩布劳警告过团队成员不要这么做。威尔肯菲尔德公开指责 NBC 泄露内维尔斯的信息。他表示："他们十分清楚他们做过些什么，他们必须停止这么做。"[1]

内维尔斯一开始并没有要钱。她想为其他女性做些对的事情，然后继续自己热爱的工作。但随着公众对这件事和内维尔斯的关注越来越多，NBC 给了她一年的薪水让她离开，并让她签署了一份保密协议。内维尔斯觉得自己的名誉受到了损害。她不仅即将失去心爱的工作，还可能找不到新工作。她威胁要起诉 NBC，于是一场漫长而痛苦的谈判开始了。知情人士透露，新闻网的律师认为，内维尔斯的痛苦源于她母亲的去世，与所谓的性侵无关。最后，她的律师告诉她不要向其心理治疗师诉苦，担心 NBC 会要求调取她的治疗记录。新闻网方面后来否认做出相关威胁，或提及有关她母亲去世的事情。2018 年，双方一直在谈判，内维尔斯休了病假。终于，她因创伤后应激障碍和酗酒住院。

最后，NBC 想要彻底解决这个问题。它给了内维尔斯 7 位数的更优厚的和解金，条件就是让她保持沉默。新闻网方面要求她发表声明，表示她离开新闻网是为了寻求新的发展，她受到了优待，NBC 新闻在如何处理性骚扰方面做出了积极表率。清楚谈判过程的知情人士表示，新闻网方面一开始想增加一条规定，阻止内维尔斯与其他指控劳尔的人交流，但内维尔斯拒绝了这一要求。新闻网方面后来否认提出过相关要求。

律师们齐心协力迫使内维尔斯接受了新闻网的提议，就像他们对古铁雷斯和其他许多女性所做的一样。对康卡斯特而言，这笔钱不算什么。而对内维尔斯来说则事关生存。考虑到自己已经失去的职业前途和新闻网对其声誉所造成的损害之后，她觉得自己别无选择。NBC 还采取非常手段，让内维尔斯、她的律师以及与她关系密切的其他人都签署了放弃评论新闻网权利的协议。

第 57 章

杜撰

针对劳尔的指控并不是孤例。韦恩斯坦的事情曝光后的头几天，一直有人指控 NBC 男性高管人员。《纽约客》的第一篇关于韦恩斯坦的报道发表后不久，NBC 就解雇了 MSNBC 和 NBC 新闻最著名的政治分析家马克·霍尔珀林（Mark Halperin），先后有 5 名女性向 CNN 爆料，说他在工作场合骚扰或侵犯女性——对女性动手动脚，暴露自己的隐私部位，在一名女性身上摩擦勃起等，这些事情可以追溯至他十几年前在 ABC 工作期间。[1]

几天后，NBC 解雇了马特·齐默尔曼，他是负责《今日秀》预订业务的高级副总裁，也是劳尔的密友，解雇他的原因是发现他与两名下属发生了性关系。[2] 劳尔事件曝光后不到一个月的时间里，多家媒体报道称，新闻网方面在 1999 年向一名助理制片人支付了 4 万美元，在此之前，这名助理制片人指控 MSNBC

最大牌的明星之一克里斯·马修斯言语性骚扰。[3]

越来越多类似事件被曝光。在大卫·科沃卷入韦恩斯坦事件期间，指控他的人获得了大笔赔偿。有一件事让我个人感到极为震惊：多年前，有三名女性指控汤姆·布罗考非礼。[4]这些指控并不涉及性侵犯。但这些曾与其共事的女性表示，他向她们求欢，她们感到十分害怕。当时这些女性还很年轻，刚开启职业生涯，而布罗考则处于事业巅峰期。[5]布罗考对此感到无比愤怒，伤心不已，否认了所有指控。[6]

在 NBC 新闻的招牌人物中，布罗考几乎是唯一一个反对毙掉有关韦恩斯坦的报道的人。他曾告诉我他是如何向新闻网领导层提出抗议的。在给我的一封电子邮件中，他称扼杀这篇报道是"NBC 自残之举"。[7]但这两件事都可能是真的。汤姆·布罗考是新闻理念的坚定捍卫者，同时也是新闻网新闻文化的受益者，这种文化让女性感到不舒服、不安全，几乎可以让所有明星人物免于责难。

提到新闻网男性名人的性骚扰相关问题时，越来越多的在职员工和前员工对我讲述了类似的故事，表明那里对这种事情十分宽容。几名员工表示，她们认为多年来的和解模式纵容了这类行为。一些人表示，在安迪·拉克领导期间，问题变得更加严重。20 世纪 90 年代，在拉克担任 NBC 新闻总裁的第一段任期期间，"突然之间，情况从根本上急转直下，公司对性骚扰或言语骚扰等侮辱行为的容忍度大幅提高，"第一个投诉布罗考的琳达·韦斯特（Linda Vester）告诉我，"出现了很多针对女性的侮辱性言论。安迪·拉克任期的整体氛围就是如此。情况非常糟糕。"

所有员工都表示，他们担心投诉-和解模式会影响新闻网的新闻报道。韦斯特说，这种连锁反应是拉克的标志性手段之一。"他会杜撰一些关于女性的故事，"她告诉我，"这种事经常发生。"

＊　＊　＊

NBC深陷泥潭。2018年，《华盛顿邮报》[8]《时尚先生》[9]和"每日野兽"[10]先后发表调查性报道，详述新闻网的性骚扰文化。就在《华盛顿邮报》准备报道安·库里告诉过NBC高管们劳尔性骚扰女性一事时，参加过内维尔斯会议的NBC环球职业律师斯蒂芬妮·佛朗哥给库里打了电话。据库里回忆，佛朗哥想知道她对媒体说了什么。"她打这通电话就是想威胁我，"库里说道，"我就是这么认为的。"库里对于新闻网方面致力于让她保持沉默，而不是解决性骚扰问题感到心灰意冷，于是她直接说道："你得对这些女人负责，这是你的工作。你应该确保这些女人不受这个家伙的伤害。"

"他们让我做什么我就做什么。"佛朗哥回应道。[11]后来，关于劳尔的内部报告将给库里打电话列为调查工作的组成部分。库里说，佛朗哥没有提到这篇报告，也没有问任何关于新闻网内部性骚扰的问题。

新闻网几位前员工和在职员工提到了其他几个新闻网试图

阻止揭发的例子。在一个例子中，NBC 曾花钱雇了一个记者给新闻网的女性打电话询问性骚扰一事。这位记者联系的一位女性发短信跟我说："包庇。"

＊　　＊　　＊

没有任何刊物比《国家问询报》更密切关注针对新闻网和劳尔的性骚扰指控了。多年来，这家报社一直在纠缠指控劳尔的人。2006 年，阿迪·科林斯还在西弗吉尼亚州做新闻主播，有一次回家时发现有人在等着她：《国家问询报》的一名记者找到她，不停追问她有关劳尔的问题。在劳尔被解雇后，《国家问询报》又盯上了内维尔斯，当时她的名字还没有被公开。但我后来得知，当时在美国传媒公司的内部邮件中出现了她的简历。就在她投诉后不久，《国家问询报》就开始给内维尔斯的同事打电话，最后还给她本人打了电话。

在 2018 年 5 月的一次会议上，奥本海姆和哈里斯试图向质疑此事的调查小组解释针对劳尔的内部调查问题，该调查小组德高望重的成员威廉·阿金（William Arkin）感到十分不安，给我打了一通电话。他说有两个知情人告诉他，韦恩斯坦已经向新闻网方面表明，他知道劳尔的所作所为，并且有能力让这件事曝光。这两个知情人一个与劳尔有关系，一个是 NBC 内部人员。美国传媒公司的两个知情人后来告诉我，他们也听说了这件事。NBC 否认遭受过这样的威胁。

但毋庸置疑的是，在我们报道此事期间，针对劳尔的指控事件以及 NBC 对遭受性骚扰的女性普遍采用保密协议的做法，随时都有曝光的危险。这种危险的保密文化让 NBC 更容易受到哈维·韦恩斯坦的威胁和利诱，他曾通过律师、中间人给拉克、格里芬、奥本海姆、罗伯茨和梅耶打电话，而新闻网方面一开始隐瞒了这些情况。新闻网默许了韦恩斯坦的提议，关于他本人的类似协议的安全性必须得到绝对保障，不得对其进行报道，于是保密协议和强制执行模式得以一直继续。当韦恩斯坦与迪伦·霍华德私下碰面时，所有这些秘密都受到威胁。《国家问询报》调出劳尔的档案，挨个给 NBC 员工打电话，询问有关他的问题，并开始发表威胁到对这位代表新闻网价值的明星主播的未来的文章。

第 58 章

粉刷

里奇·麦克休也花了一年时间来消化这件事的影响。他与奥本海姆见面时，拒绝接受这位新闻网总裁对报道的说辞，然后眼看着奥本海姆变得焦躁不安，并开始咒骂他，他不知道这对他的未来会有什么影响。麦克休继续在小组会议上发言，同时表示："我应该是被盯上了。"人力资源部开始给他打电话，提出给他加薪，让他留下来。见过奥本海姆之后，他觉察到他们想拉拢他。另一方面，新闻网方面又提醒他，他的合同即将到期。

"没人知道我的名字，"我们一起坐在上西区离我住处不远的一家街角餐馆聊天时他对我说道，"他们想怎么说我都行。他们能让我找不到工作。"

"做对你的女儿们最好的选择。"我说道。

麦克休摇了摇头。"我不知道能不能做到。"养家糊口对他来说不是首要考虑因素，他的女儿们迟早会踏入这个世界，而他对这个世界的责任意识才是他首要考虑的原则问题。

最后，他决定不拿那笔钱。"我参加了那些会议，他们在会上对其他人撒谎，"麦克休说道，"我当时忍着没说什么。后来决定不能拿他们的钱。"

在被要求压下关于韦恩斯坦的报道一年后，麦克休提出辞职。然后，他接受了《纽约时报》的采访，在采访中说，报道是被"NBC 最高层"扼杀的，他被命令停止关于韦恩斯坦的报道，新闻网对发生的一切说谎了。[1]

*　*　*

马克·科恩布劳和 NBC 新闻的公关人员勃然大怒。与处理劳尔事件时的态度一样，拉克拒绝接受独立审查，他向媒体发表了另一份自述报告。我坐在《纽约客》的一间玻璃幕墙办公室里，仔细阅读这份备忘录，无法理解它的确切意思。后来，新闻网方面承认，没有对这份备忘录进行事实核查。备忘录发表几个小时后，其中提到的许多知情人都公开发表声明，对备忘录内容提出质疑。

"法罗接触过的受害者或证人都不愿透露身份"，备忘录中反复提到这一点。[2] 这显然与我在 NBC 进行相关报道时的事实不符。"安布拉一直都允许法罗提到她的名字，并使用她的录音材料，我拍摄的镜头中也出现了她的剪影。"拉克发表备忘录后不久，内斯特就愤怒地向媒体发表了一则声明。"在意识到这则报道可能没法公开后，罗丝·麦高恩选择退出，我和法罗商量了一下，我提出我可以以剪影方式出镜接受采访，或者甚至可以重新拍摄采访，我可以完全出镜。然而，他们对这个采访完全不感兴趣。"[3]古铁雷斯也进行了补充说明："在罗南离开NBC之前以及他离开之后，我都愿意接受他的采访。我从来没有放弃过。"[4]罗丝·麦高恩则在梅根·凯利的节目上重申，几个月以来她一直在参与拍摄工作。

在这份备忘录中，拉克和他的公关团队试图削弱和摧毁消息来源的可信度。他们驳斥了阿比·埃克斯关于韦恩斯坦以开会为名实施性骚扰的说法，称"她的说法是捕风捉影"。埃克斯也发表了一份声明，驳斥了NBC的说法。"他们说得不对，"她写道，"哈维多次要求我参加这些会议，我都拒绝了。但我目睹了这一切的发生，事实上，我也是他实施身体和语言骚扰的第一见证人，在接受罗南的采访时，他用镜头记录下了我的话。"拉克的备忘录还指出，营销主管丹尼斯·赖斯并没有提到韦恩斯坦，我引用他的话具有误导性。事实上，赖斯当时那么说是便于他在遭受报复时有借口脱身，对于我们引用他的言论的方式，他表示了同意。赖斯向一名记者透露，我和麦克休"没有断章取义。我一直都知道我在镜头前说的话会成为关于韦恩斯坦报道的一部分"。[5]《纽约客》后来也顺利使用了这部分采访素材。

拉克的备忘录"对事实的描述不准确，具有误导性"，埃克斯写道，对于新闻网方面在没有向当事人求证的情况下就攻击和曝光消息来源的行为，她感到不解。"这份列有消息来源信息的备忘录被泄露给媒体，但里面甚至没有提到我们的名字，也没有对相关报道进行完整、真实的陈述，我有一种被欺骗、被玩弄的感觉。"[6]

备忘录中还提到韦恩斯坦给拉克、格里芬和奥本海姆打过"很多"电话，发过"很多"电子邮件，这与NBC之前的说法前后矛盾，这种情况还是第一次出现。备忘录中对双方往来的描述，与我后来发现的相关记录以及在最后时刻垂死挣扎的人的辩词也有所不同。备忘录中没有提到格里芬向韦恩斯坦做出的保证，也没有提到一瓶灰鹅伏特加所暗示的密切关系。

新闻网的几名调查记者表示，他们发现这份备忘录的着重点在于批评当时尚在准备阶段的报道，这让他们感到十分不解。我咨询过的多名电视记者都认为，录音材料本身就具备播放价值。但我和麦克休当时既不确定这则报道最终是否会在NBC完成，更不清楚它是否会像《纽约客》接手几周后那样发展成更完整的报道。当时的我们面临的问题是，我们收到了停止深入报道的命令。拉克的备忘录中没有提到格林伯格命令我取消采访，而是把责任推到奥本海姆身上。它既没有提辞退麦克休一事，也没有说明奥本海姆是第一个建议将这则报道让给纸媒发表的人。"这些事无关紧要。"一名资深记者还记得当他们向奥本海姆和格林伯格抗议我们已经做了多少事时，两人如此回应。"我知道当我们想播一则报道时，我们想让它看起来什么样，我也知道当我们不想播一则报道时，它看起来又会是什么样。"这名资深记者透露，"私下流传的内部说法是我们搞砸了报道。"

其他媒体也对这份备忘录表达了类似质疑。在 NBC 自己的节目中，梅根·凯利就公开质疑了 NBC 的自述报告，并呼吁进行独立审查。她很快也会离开 NBC，在一场因为种族歧视言论而引发的轩然大波后被解雇。对新闻网而言，这次解雇还有额外的好处，据拉克身边的几名消息人士透露，凯利对韦恩斯坦和劳尔事件的关注加剧了双方的紧张关系，而解雇她可谓一劳永逸。

*   *   *

这份备忘录只是一系列改写新闻网历史的行动中的一个。NBC 还聘请了有"维基百科粉刷匠"之称的埃德·萨斯曼（Ed Sussman），在这个大众百科网站上切断奥本海姆、韦恩斯坦和劳尔之间的联系。在某次编辑过程中，萨斯曼辩解称"应该区别对待"[7] 劳尔的事。他按照对 NBC 有利的原则编辑各种素材，不过有时候也会犯些错误。在一次编辑过程中，他建议将《纽约客》批准韦恩斯坦的报道和正式发表报道之间的时间间隔从一个月改为"几个月"。还有一些时候，他干脆直接移除了所有提及相关争议的内容。

维基百科的一名资深编辑抱怨道："这是我在维基百科遇到的最明目张胆、最赤裸裸的企业公关行为。"但萨斯曼常常占据上风：他一遍又一遍反复提交编辑文档，其坚持不懈的精神是无薪义务编辑无法比拟的。他还配置了几个友好账户来维护他编辑的内容，确保其不被其他人改动。[8] 维基百科上的好几个相关页面都删除了新闻网方面阻止公开韦恩斯坦相关报道的内容，其中也包括奥本海姆的个人页面。这件事就好像从未发生过一样。

第 59 章

黑名单

在《纽约客》发表第一篇报道后，我陷入了与麦克休相似的困境。有一段时间，之前与奥本海姆和科恩布劳发生争执时，我曾艰难地承诺退让，现在面对相关报道在 NBC 的历史问题，我又开始回避。在 CBS 的节目中，当我说不希望自己与这件事扯上关系时，主持人斯蒂芬·科尔伯特（Stephen Colbert）认真地看了我一眼，然后就改变了话题。"这个故事的一部分已经很久没人提起，"他说道，"而你经历了没有被讲述的那部分故事。"

在我面对采访的态度最为消极的时候，我姐姐给我打来电话，她对我说："你在为他们找借口。"

"我没有撒谎。"我回应道。

"不。你忽略了某些事实。这是欺骗。"

我回想起我俩关系的低谷期。在我让她不要再谈论她的那些指控之后，我俩经历了一段艰难岁月：她出院后，走进她的房间变成一件难事；看见她用长袖盖住前臂上一道道血印；跟她说对不起，告诉她我希望自己能为她做更多事情。

整个秋天，新闻网方面都在跟进奥本海姆提出的新协议。"你应该做出有力反击。"他补充道。格里芬打电话给我的经纪人说："我站在他这边。我们要做些什么？"在针对他的指控出现之前，我接受了几次媒体采访，然后布罗考就给我发来了电子邮件，写道："这件事你处理得很好，现在，未来……"[1]他还打来电话，说新闻网方面请他说服我回去。"我知道他们的要求可能有点过分，但你应该考虑一下。那里仍然是做新闻的好地方。"他说他相信新闻网方面会同意发表一份声明，说明哪里有问题，并制定一套新的指导方针，防止干预编辑工作。我还是想要回我的工作。我相信 NBC 新闻最富代表性的价值观。我说服自己，或许阻止有关韦恩斯坦的报道只是偶然事件，并不是更深层次问题的体现。我说我会考虑新闻网的建议，同时也跟经纪人表达了相同的意思。

但麦克休拒绝妥协，而且每个知情人都打来电话控诉 NBC 习惯用和解协议解决性骚扰问题，这使得我与新闻网方面和解的难度增加了。韦恩斯坦事件曝光后，我就一直在与一群知情人交流，他们讲述了 CBS 的一系列不当性行为事件：据说一名高管与下属发生了性关系，并且骚扰和侵犯其他女性；同时也有付钱让当事女性保持沉默的惯例；数十名员工控诉掩盖相关事实真相让新闻机构忘记了其首要职责。最后，我觉得自己不能一边报道针对莱斯利·穆弗斯（Leslie Moonves）和其他 CBS

高管的指控，一边对洛克菲勒广场 30 号传出的铺天盖地的指控不闻不问。

我让经纪人放弃谈判。

报复突如其来。在接下来的几个月里，MSNBC 和 NBC 会随时邀请我上节目讲有关美国传媒公司的事，然后又突然临时变卦。直播主持人打电话抱歉地说因为上级的反对而取消邀请我，并且说这是格里芬的直接命令。新闻网的一名高管后来透露，拉克也发布了一项指令。"这些人很阴险，"一名主播写道，"我很生气。"当时我正努力完成那本被我忽略很久的有关外交政策的书，那些高管们都来找我，表示知道我有一本书要出版，如果我能回去签一份承诺不再重提旧事的协议，他们很乐意让我上节目宣传这本书。我给玛多打电话，她听完我的讲述后，对我说没人能指挥她怎么做节目。就这样，在韦恩斯坦事件过后 2 年，我上了她的节目，之后再也没上过 NBC 或 MSNBC 的其他节目。后来，当我写完这本书的时候，NBC 的诉讼部门开始联系出版商阿歇特（Hachette）。

*   *   *

这段时间，诺亚·奥本海姆给我打过一通电话，那是我和他的最后一次谈话。我一边和他说话，一边在切尔西区陌生的安全屋里走来走去，乔纳森在旁边听着我俩的对话。奥本海姆告诉我："我已经成了这件事的靶子。"他和科恩布劳对媒体记者发表的掩饰性声明所产生的反作用，已经演变成某种政治思潮。几天前，在福克斯新闻的节目中，塔克·卡尔森（Tucker Carlson）要求奥本海姆辞职，当时节目的背景图片就是奥本海姆的照片。卡尔森说道："我们必须清楚，NBC 在撒谎。许多有权有势的人知道哈维·韦恩斯坦在做什么，他们不仅无视其罪行，还积极站在他一边，针对许多受害者。这样的人很多，但站在最前面的是 NBC 新闻。"[2] 他似乎很享受这样一个同时攻击主流媒体、好莱坞自由主义者和性捕食者的机会。"新闻主管们是不允许说谎的。"他说得好像自己从来没见过说谎的新闻主管一样。

在我不停踱步的时候，奥本海姆说道："你知道吗，我今天早上刚接到 NBC 全球安全部门的电话，他们说由于网上有大量死亡威胁，他们要派辆警车到我家来。"他听起来很生气，而不是害怕。"我有三个小孩，他们都想知道为什么外面会有警察。"我说我很抱歉听到这样的消息。我是真心感到抱歉。

他补充道："即使你有权利认为 NBC 很懦弱，或是行为不当什么的，我还是希望你能认识到这件事变成了针对个人的事件，而且落到了我头上，这不公平，也不对。即使你相信这件事中有罪魁祸首，那个罪魁祸首也不是我。"

他很激动，一直不停地数落我。每个人似乎都对他现在所处的困境负有一定责任，除了他自己。当我告诉他，媒体记者告诉我他们之所以对此事口诛笔伐，是因为科恩布劳在媒体面前发表虚假言论，他哭诉道："科恩布劳为安迪工作！他为新闻集团工作！他不是为我工作！他不是为我工作！"然后他又说道："我不能指挥他做什么。我可以试着这么做，我的确也试过。"
当他说他从来没有威胁过我时，我提醒他苏珊·韦纳曾明确按
照他的命令威胁过我。他大声吼道："苏珊·韦纳是安迪的律师！
没人为我工作！"后来，其他卷入此事的人对于身为 NBC 总裁
的奥本海姆会说出这样的话表示怀疑。

"你一直说遭受打击的是你，而这一切都与你无关。那么，
这一切是谁指使的呢？"我最后问道。

"我的老板！行吗？我有老板。NBC 新闻并不是我一个人
说了算，"说完他似乎突然意识到自己说错话而停了下来，"你
知道的，每个人都参与了决策。你可以猜测金·哈里斯的动机，
你可以猜测安迪的动机，你可以猜测我的动机。我能告诉你的是，
那天结束的时候，他们就公司顺利发展的方向达成了共识。"

他两次提醒我，在我的节目被取消后，他重振了我的事业。
他强调我们一直是朋友。他希望几个月后我们就能一起喝杯啤
酒，所有恩怨一"杯"勾销。我努力想要理解他的意思。他渐
渐露出本意。他说道："我只想恳求你，如果你能说我不是这一
切的罪魁祸首，我感激不尽。"

他最后想要表达的意思是：他不仅不愿承担责任，也不愿
承认在某些地方有人应该对此负责。就公司顺利发展的方向达
成共识才是阻止报道的罪魁祸首；就公司顺利发展的方向达成
共识，所以要召集律师、发出威胁；正因为如此，他们才遮遮
掩掩，咬文嚼字，装聋作哑；也正因为如此，他们对多项有关
不当性行为的可靠指控视而不见，对认罪记录置之不理。正是

这种不痛不痒的话，这种不用负责的冷漠语言，在许多地方让人保持沉默。就公司顺利发展的方向达成共识保护了哈维·韦恩斯坦和像他一样的男人，充斥着律师事务所、公关公司、行政套房和各个行业，将女性生吞活剥。

诺亚·奥本海姆并不是罪魁祸首。

*　　*　　*

"我觉得再过几个月你也不会和诺亚·奥本海姆一起喝啤酒。"乔纳森后来面无表情地说道。他在一个阳光明媚的下午说出这话，当时我们已经返回他在洛杉矶的住处。

"我想也没什么早间节目了。"我回应道。我越来越强烈地感觉到，明年我要花时间追查有关 CBS 和 NBC 的线索。

"我会照顾你的，宝贝，"他说道，"我会给你买漂亮衣服和冰沙。"

他搂着我的腰把我揽入怀中，就像小孩子抱着毛绒玩具一样。我笑起来，双手也环住他的腰。这一年对我和我们来说都是漫长的一年，但我们坚持下来了。

后来，当我决定把报道的一部分写进书里时，我给他寄了一份草稿，并在这一页上提了一个问题："结婚吗？"无论是在月球上还是在地球上。他看了草稿，看到了我的求婚信息，回复道："当然。"

* * *

在这一连串事件爆发之后，我第一次与姐姐迪伦见面时，她也给了我一个拥抱。我们住在她乡下的小屋里，那里离我妈妈和其他几个兄弟姐妹的住处不远，当时地面积了厚厚一层雪——这是远离报道风暴的另一个世界。迪伦 2 岁大的女儿长得和她很像，身上穿着的还是迪伦小时候穿过的旧连体衣，她一边挥舞着小手，嘴里一边嘟哝着想要什么东西。姐姐递给她一个安抚奶嘴，上面还吊着一个毛绒小猴子，我们看着她摇摇晃晃地走去别的地方。

我脑海中浮现出我和迪伦仍然在穿连体衣的那些年以及后来的生活画面：为学校演出打扮，等公共汽车，一起建造一个不让其他人碰的魔法王国。我想起当我们摆好那些青灰色的国王和龙时，一个大人的声音响起，把她叫走了。我记得她因为害怕而惊慌失措的表情。她问我如果她出了什么事，我会不会陪在她身边。我还记得我做出的承诺。

她的女儿在一旁跑来跑去，她告诉我她为我的报道感到骄傲。她对此很感激。她的声音越来越低。

"没人写你的事。"我说道。无论是在幼年还是在这一切发生的前几年，她说出了她的遭遇，但她觉得大家对此充耳不闻。

"是的。"她回应道。

那个时代，媒体肩负着新的责任。有的故事被曝光，但更多故事被埋没。迪伦心灰意冷。她也很愤怒，她和许多知情人一样，莫名其妙地遭受强权的折磨，而现在我的收件箱里塞满了他们的故事。没过多久，她与来自各行各业的其他受害人一样，让全世界知道她也深受其害。她邀请了一个电视摄制组到她的乡村小屋，他们把这个地方弄得像手术室一样明亮。一名新闻主播示意她上前，迪伦深吸一口气，走到聚光灯下——这一次，大家都在听。

* * *

黄昏时分，我走进大卫·雷姆尼克在《纽约客》的办公室。他当时正在翻阅一份文件。"啊！"我红着脸说道，"那是给我的。"我让同事把它打印出来，等我来取。那是一些笔记，不是宣传资料。雷姆尼克的助理却把它拿给了他。

"有意思。"他说道。他露出一个恶作剧般的狡黠笑容。

我们在一扇大窗户前坐下，可以俯瞰哈德逊河。在我纠结下一步该怎么走时，雷姆尼克慷慨地给出建议。他认为我是"做电视的料儿"，他可能有点太执着于在屏幕上看到我的脸。不过，我也许真是做电视的料儿。"你不想永远做这个，对吧？"他指着办公室里的杂志问道。但我发现我其实想做杂志。

我指了指那些笔记，那里面有下一波可能曝光的故事。有些是关于性暴力的。其中有关于纽约州总检察长埃里克·施奈德曼的深入报道，我和《纽约客》作者简·梅耶（Jane Mayer）后来在文章中曝光了 4 项针对其身体虐待的指控，促使他辞职。

另外还有针对 CBS 的调查，后来发展成针对莱斯利·穆弗斯的 12 项性侵犯和性骚扰指控，导致他辞职，这是进入新世纪以来，《财富》500 强首席执行官首次因此类指控辞职，CBS 董事会和新闻部门也因此发生巨变。其他线索则是关于不同形式的腐败：媒体和政府的大肆挥霍、欺骗和掩盖真相的行为。有些你听说过，有些则没有。

他又看了看那份文件，然后把它交还给我。

"太多了？"我问道。此时，窗外的天空逐渐变暗。

雷姆尼克看着我说道："我想说的是我们还有很多工作要做。"

* * *

接下来的几个月里，我不确定有关 NBC 的性骚扰指控是否会出现在报道计划中。新闻网的工作依然按部就班地进行着：维基百科的文章已经被涂改，自述报告态度明确。那些可能提出指控的人要么已经得到封口费，要么不敢违背保密协议。NBC 新闻方面针对布鲁克·内维尔斯事件做出了最终表态，他们认为她的事就是婚外情，她没有遭受性侵，公司方面对她的事一无所知。

事实并非如此。2019 年年初，我又去找内维尔斯，再次坐在她摆满书的客厅。这一次，我还带去了《纽约客》的事实核查员莱弗里。午后的阳光从窗户照射进来。白色、黑色和灰色的猫围在内维尔斯身旁。其中有一只没见过的小猫，这只小猫取代了她之前失去的那只的位置。

内维尔斯翻阅着她已去世的母亲之前写给她的信。可以看出写信人很认真，漂亮的手写体勾画出母亲对女儿的爱。"我最亲爱的女儿，"其中一封写道，"每当一扇门关上时，就会有另一扇门打开。"

内维尔斯觉得说出自己的遭遇毁掉了她的生活，但她越来越相信这是正确的选择。"在我之前经历过类似事情的所有女性都觉得是她们的沉默导致了我的悲剧，"她说道，"而如果在我之后还有女性有类似的遭遇，我觉得那就是我的错。"她告诉我，她愿意再冒一次险，为那些尚未站出来的女性再次讲述她的故事。

在我准备离开时，她看着我的眼睛，重复着她对我所有关于 NBC 问题的回答。"我必须告诉你，我不能批评安迪·拉克、诺亚·奥本海姆或 NBC 新闻的任何其他员工。"

我点了点头。我看见她的嘴角露出一丝微笑。

最终，没什么能摧毁女性的勇气。那些重大、真实的故事，或许会被"捕获"，却永远不会被扼杀。

尾 声

在与内维尔斯见面后不久，我又和伊戈尔·奥斯特洛夫斯基在上西区的一家法式小酒馆重聚。阳光从他身后的窗户落到我们的小桌子上。他看起来很疲惫，好像几天没有睡觉。这几个月以来，他一直在向我透露消息，我问他为什么要这么做。

"我喜欢看新闻，不希望有人拿枪指着记者的脑袋，决定他们要写什么，"他说道，"在我出生的国家，新闻被当权者控制，这个国家给了我、我的妻子和儿子新生的机会，我永远不希望这里也发生这种事情。"

原来他的妻子刚生了孩子，这是这个家庭的第一代美国孩子。

"我碰巧可以做出选择，我看过我们跟踪的记者写的报道，我认为他们在做一些对这个社会有好处的诚实的事情。如果有人想攻击它，就是在攻击我的国家。这也是在攻击我的家。"

我认真打量着他。这个男人花了一个夏天跟踪我，想要阻止我的报道，现在他竟然说出这番话，这种感觉难以言说。

自从他拒绝接受黑魔方的测谎测试后，就再也没接到过信息战略公司的工作。现在他经营着自己的公司奥斯特洛情报公司。他仍然是私家侦探，但会从公共服务角度出发接活，他自豪且严肃地表示他是非常认真地在做这件事，并且希望我知道他是认真的。他或许可以帮助公民实验室这样的组织。"我会继续前进，希望更多地参与这样的事情，为了创造更美好的社会，挖出那些假面人，曝光他们，"他说道，"媒体和国会、行政部门、司法部门一样，都是民主的组成部分。它必须起到监督作用。当权力控制了媒体，或是让媒体变得没用，如果人民不能信任媒体，人民就输了。有权有势的人就可以为所欲为。"

奥斯特洛夫斯基面带笑容地翻看着手机里的照片。照片中的女人刚生完孩子，满面通红，一副筋疲力尽的样子。男人则似乎在想象他能为了家人变得多优秀，还有一只蓝灰色的猫瞪大双眼，好奇地打量着那个新生命。

顺便提一下，那只猫的名字叫间谍。

致　谢

　　《纽约客》资深事实核查员肖恩·莱弗里对《捕杀》进行了严格审核，他也曾多次参与我为该杂志进行的调查报道。如果没有他始终如一的判断力和废寝忘食的工作，就不会有这本书。努尔·易卜拉欣（Noor Ibrahim）和林赛·格尔曼（Lindsay Gellman）长期负责调查，他们的工作无可挑剔。才华横溢、不知疲倦的李恩金负责管理和协助调查团队，在我备感压力的低谷期给我提供了许多建议，她还负责了一些反监视工作。她仍然打算学习近身格斗。

　　在长时间的报道和事实核查过程中，利特尔＆布朗出版社（Little, Brown and Company）一直支持本书的出版。如果没有出版社愿意经受风暴洗礼，这样艰难的故事就无人知晓。我要感谢我杰出的出版人里根·阿瑟（Reagan Arthur），以及阿歇特图书集团的迈克尔·皮奇（Michael Pietsch）。我还要谢谢凡妮莎·莫布利（Vanessa Mobley），她编辑了每个作家的梦，也是这本书的坚定支持者。同时感谢萨布丽娜·卡拉汉（Sabrina Callahan）和伊丽莎白·加里加（Elizabeth Garriga）为捍卫这本书所传达的信息所做的努力。这本书的出版也离不开辛勤工作的产品编辑迈克·努恩（Mike Noon）、一丝不苟的文字编辑珍妮特·伯恩（Janet Byrne）和才华横溢的设计师格雷格·库里克（Gregg Kulick）的付出，他们齐心协力支持着我的工作。戴维斯·莱特·特里梅因律师事务所（Davis Wright Tremaine）的利兹·麦克纳马拉（Liz McNamara）和阿歇特的卡罗尔·费恩·罗斯（Carol Fein Ross）用他们的法律审查工作为报道保驾护航。业界传奇林恩·内斯比特（Lynn Nesbit）既是我的作品经纪人，也是我的好朋友，在我讲述韦恩斯坦故事以及创作这本书的漫长过程中，她一直支持着我。

我希望借《捕杀》向我敬佩的其他记者致敬。没有他们的付出，有权有势的人永远不会被追究责任。我每天都很感谢《纽约客》出类拔萃的团队，正是他们挽救了韦恩斯坦的报道，并且继续支持了一个又一个艰难的调查报道。

我不知道该怎么感谢大卫·雷姆尼克。无论是针对报道还是我本人，他都做出了非常正确的选择，改变了我对新闻和生活的看法。你应该看过奥普拉·温弗瑞（Oprah Winfrey）评价盖尔·金（Gayle King）的视频吧，她是这么说的："她是我从未有过的妈妈。她是每个人都希望拥有的姐妹。她是每个人都值得拥有的朋友。我找不到比她更好的人。"这一评价也适用于大卫·雷姆尼克。埃丝特·费恩是大卫·雷姆尼克的妻子，也是名出色的记者，她对我非常友善。我的编辑迪尔德丽·福利-门德尔松是个有着极高道德准则的天才。她为我们的《纽约客》报道付出了大量心血，同时还在工作、旅行和孕期对本书做了严格的注释。大卫·罗德是我无畏的盟友。他表示自己并非如书中所描述的那样是个天使，但我觉得他的这种说法难以令人信服。他和迈克尔·罗都是报道的重要捍卫者。

法比奥·贝尔托尼是很厉害的律师，他为人正直，富有常识，从容不迫地解决了我们面对的棘手的法律挑战和威胁。对于如何让团队达成一致意见，最好的媒体律师会给出谨慎、公正的建议。《纽约客》传讯部主管娜塔莉·拉伯一直站在为我们的报道辩护的最前线，竭尽全力对抗一些异常高效的宣传机器。该杂志的事实核查主管彼得·坎比、为促成韦恩斯坦首篇报道的发表而不辞辛劳的核查员 E. 塔米·金和帮助我解开黑魔方与美国传媒公司错综复杂关系的弗格斯·麦金托什都做出了巨大贡献。娜塔莉·米德（Natalie Meade）认真审查了后续报道。他们都在尽力确保报道严谨、准确和公正。帕姆·麦卡锡（Pam McCarthy）和多萝西·威肯登等该杂志的其他资深编辑在这一过程中也都表现得十分友善和慷慨。虽然不了解详情，罗杰·安杰尔（Roger Angell）还是非常大方地允许我使用他的桌子。我爱《纽约客》，也爱那里的人，他们激励我成为更好的记者。

我还要感谢我在家庭影院电视网（HBO）的上司们，包括理查德·普莱普勒（Richard Plepler）、凯西·布罗伊斯（Casey

Bloys）、南希·亚伯拉罕（Nancy Abraham）和丽莎·海勒（Lisa Heller），他们一直支持我的报道，并且在我停工创作本书的几个月里也一直支持着我。

除此之外，我还要感谢许多记者及其报道，他们帮助我开阔了与本书相关的视野。感谢那些追踪韦恩斯坦事件的记者，他们在不认识我也不需要认识我的情况下，出于一腔正义，就和我分享了很多信息。肯·奥莱塔是个中翘楚，如果没有他的协助，有关韦恩斯坦的报道的历史就会完全不同。本·华莱士也同样慷慨。贾妮思·闵、马特·贝罗尼和金·马斯特斯同样具有如此高尚的品质。我还要向朱迪·坎特和梅根·托伊表示感谢，她们有力的报道让我不再觉得那么孤单，也督促我加快报道速度。

同时还要感谢为美国传媒公司报道提供线索的记者们，包括美联社的杰夫·霍维茨、杰克·皮尔逊，以及《华尔街日报》的乔·帕拉佐洛（Joe Palazzolo）和迈克尔·罗特费尔德（Michael Rothfeld）。另外，我还要感谢《真相》（Uvda）调查节目的编辑沙哈尔·阿尔特曼（Shachar Alterman）、制片人艾拉·阿尔特曼（Ella Alterman），《名利场》杂志的亚当·希拉尔斯基（Adam Ciralsky），美联社的拉斐尔·萨特，公民实验室的约翰·斯科特-雷尔顿，以及我在《纽约客》的同事亚当·恩图斯（Adam Entous），他们为有关黑魔方的报道提供了许多帮助。

感谢那些曝光 NBC 新闻性侵丑闻的人，包括《综艺》杂志的拉明·赛图德（Ramin Setoodeh）和伊丽莎白·韦格美斯特

（Elizabeth Wagmeister），《华盛顿邮报》的萨拉·埃利森（Sarah Ellison）和"每日野兽"的拉克伦·卡特赖特，他们坚持深挖出 NBC 的和解套路。

我还想感谢 NBC 新闻的记者和制片人，他们坚持不懈追踪报道重要新闻事件，恪守承诺和原则。在高管们出面说情之前，里奇·麦克休和我的同事们对韦恩斯坦的报道给予了大力支持。我还想对以下几位表示感谢：安娜·舍希特尔（Anna Schechter）、特蕾西·康纳（Tracy Connor）、威廉·阿金、辛西娅·麦克法登、斯蒂芬妮·高斯克，以及其他调查组成员。雷切尔·玛多原则性极强。副制片人菲比·柯伦（Phoebe Curran）在报道早期协助进行了许多调查工作。

里奇·麦克休做出了正确的选择，即使这个选择对他自己非常不利，而且每次都是如此。如果没有他强烈的道德感和与生俱来的使命感，以及他的妻子丹尼（Danie）的强烈正义感，我们很可能输掉这场战争。他是个英雄，他住在新泽西。

最重要的是，我要感谢所有知情人。那些勇敢揭露不道德甚至是违法行为的局内人让我深受鼓舞。伊戈尔·奥斯特洛夫斯基将原则和爱国主义置于自我保护之前，一开始是向我透露各种消息，然后又同意我在这本书中写出他的名字。我还要感谢约翰·泰伊在这一过程中对奥斯特洛夫斯基的支持，以及在我处理自己的安全问题时给予我的帮助。这份好心人名单上还应出现以下人物：米拉麦克斯和韦恩斯坦公司、NBC 新闻、美国传媒公司、曼哈顿地区检察官办公室、纽约警察局以及纽约南区的许多员工。他们中的大多数人的名字我不能写进书中。我还欠以下几个人一句谢谢：阿比·埃克斯、戴迪·尼克森、丹尼斯·赖斯和欧文·赖特。

我想特别感谢那些冒着巨大风险艰难揭露重要真相的女性。罗姗娜·阿奎特克服恐惧，帮助完成了有关韦恩斯坦的报道，随后又继续斗争，鼓励一个又一个受害者站出来。在我有关韦恩斯坦的后续报道、针对CBS的调查以及其他尚未曝光的报道中，她起到了不可或缺的作用。

安布拉·古铁雷斯是极具代表性的知情人，勇气可嘉。书中有关她的故事本身就说明了一切。埃米莉·内斯特是我见过最富有同情心、最坚定的人。在报道尚未成型前，她就坚定地支持它。而且，即使有人不断试图抹黑她和其他知情人，她始终坚定不移地支持报道。

还有太多人值得感谢，可惜无法一一提及。但我还是要写出以下各位的名字：艾莉·卡诺萨、安娜贝拉·莎拉、艾莎·阿基多、布鲁克·内维尔斯、达丽尔·汉纳、艾玛·德考尼斯、简·华莱士、詹妮弗·莱尔德、凯伦·麦克杜格尔、劳伦·奥康纳、露西娅·埃文斯、梅丽莎·隆纳、米拉·索维诺、罗丝·麦高恩、苏菲·迪克斯和泽尔达·珀金斯。

最后，我想感谢我的家人。我的妈妈在面对诽谤、黑名单威胁和恐吓的时候，坚定地站在性侵受害者一边，不断鼓励我成为更好的人。我的姐姐迪伦的勇气激励我不断前进，帮助我理解难以理解的事，而且她还为《捕杀》创作了内页插图。

我因为忙于有关韦恩斯坦报道的收尾工作而错过了妹妹昆西（Quincy）的婚礼，她却对此表示十分理解。对不起，昆西！

乔纳森已经得到了献词，书中也多次引用他的话。他还需要多少关注呢？

注 释

第1章 磁带

1. David A. Fahrenthold, "Trump Recorded Having Extremely Lewd Conversation About Women in 2005," *Washington Post,* October 8, 2016.

2. Billy Bush's *Access Hollywood* tape with Donald Trump, 2005.

3. Billy Bush interview with Jennifer Lopez, *Access Hollywood*, 2002.

4. Jack Shafer, "Why Did NBC News Sit on the Trump Tape for So Long?" *Politico Magazine*, October 10, 2016.

5. "NBC Planned to Use Trump Audio to Influence Debate, Election," TMZ, October 12, 2016.

6. Paul Farhi, "NBC Waited for Green Light from Lawyers Before Airing Trump Video," *Washington Post*, October 8, 2016.

7. "Get to Know Billy Bush— from Billy Himself, As His Parents Send Special Wishes," *Today* show, August 22, 2016.

8. "Here's How the *Today* show Addressed Billy Bush's Suspension On-Air," *Entertainment Tonight*, October 10, 2016.

9. Michael M. Grynbaum and John Koblin, "Gretchen Carlson of Fox News Files Harassment Suit Against Roger Ailes," *New York Times*, July 6, 2016.

10. Edward Helmore, "Anti-Trump Protests Continue Across US as 10,000 March in New York," *Guardian*, November 12, 2016.

11. Emanuella Grinberg, "These Tweets Show Why Women Don't Report Sexual Assault," CNN, October 13, 2016.

12. Rose McGowan quoted in Gene Maddaus, "Rose McGowan Says a Studio Executive Raped Her," *Variety*, October 14, 2016.

第2章 上钩

1. Ronan Farrow, "From Aggressive Overtures to Sexual Assault: Harvey Weinstein's Accusers Tell Their Stories," *The New Yorker*, October 10, 2017. 来自这篇文章的报道也会在下面的章节中被引用。

2. Catherine Shoard, "They Know Him as God, but You Can Call Him Harvey Weinstein," *Guardian*, February 23, 2012.

3. Ken Auletta, "Beauty and the Beast," *The New Yorker*, December 8, 2002.

4. Harvey Weinstein quoted in Margaret Sullivan, "At 18, Harvey Weinstein Penned Tales of an Aggressive Creep. It Sure Sounds Familiar Now," *Washington Post*, October 17, 2017.

5. Edward Jay Epstein, "The Great Illusionist," *Slate*, October 10, 2005.

6. Donna Gigliotti quoted in Ken Auletta, "Beauty and the Beast," *The New Yorker*, December 8, 2002.

7. Leena Kim, "A Night Out with NYC's Former Police Commissioner," *Town & Country*, October 30, 2016.

8. Ashley Lee, "Weinstein Co. Sets Exclusive Film and TV First-Look Deal with Jay-Z," *Hollywood Reporter*, September 29, 2016.

9. Harvey Weinstein quoted in Zaid Jilani, "Harvey Weinstein Urged Clinton Campaign to Silence Sanders's Black Lives Matter Message," *Intercept*, October 7, 2016.

10. Ashley Lee, "Harvey Weinstein, Jordan Roth Set Star-Studded Broadway Fundraiser for Hillary Clinton," *Hollywood Reporter*, September 30, 2016.

11. Robert Viagas, "Highlights of Monday's All-Star Hillary Clinton Broadway Fundraiser," *Playbill*, October 18, 2016.

12. Stephen Galloway, "Harvey Weinstein, the Comeback Kid," *Hollywood Reporter*, September 19, 2016.

13. James B. Stewart, "David Boies Pleads Not Guilty," *New York Times*, September 21, 2018.

14. Email from Harvey Weinstein, October 16, 2016.

15. Black Cube website homepage, "What makes us unique," under "Cutting-Edge

Analytical Skills."

第3章　丑闻

1. Joe Palazzolo, Michael Rothfeld and Lukas I. Alpert, "National Enquirer Shielded Donald Trump From Playboy Model's Affair Allegation," *Wall Street Journal,* November 4, 2016.

2. "Cedars Sinai Fires Six over Patient Privacy Breaches After Kardashian Gives Birth," Associated Press, July 13, 2013.

3. David Pecker quoted in Jeffrey Toobin, "The *National Enquirer*'s Fervor for Trump," *The New Yorker,* June 26, 2017.

4. Maxwell Strachan, "David Pecker's DARKEST TRUMP SECRETS: A National Enquirer Insider Tells All!" *HuffPost*, August 24, 2018.

5. Jack Shafer, "Pravda on the Checkout Line," *Politico Magazine*, January/February 2017.

6. "迪伦·霍华德是你最忠实的粉丝之一。他每天都听你的节目。"伦尼·戴克斯特拉（Lenny Dykstra）写道，戴克斯特拉曾是棒球运动员，后来受到露阴、持有可卡因和盗窃汽车等多项指控（最后一项指控导致其被判重罪）。戴克斯特拉的邮件抄送了霍华德和琼斯，随后霍华德和琼斯商量了见面事宜。Email from Lenny Dykstra to Alex Jones, October 10, 2015.

7. "The Weinstein Company Partnering with American Media, Inc. to Produce Radar Online Talk Show," *My New York Eye*, January 5, 2015.

8. Ramin Setoodeh, "Ashley Judd Reveals Sexual Harassment by Studio Mogul," *Variety*, October 6, 2015.

9. Email from Dylan Howard to Harvey Weinstein, December 7, 2016.

第4章　按钮

1. Jared Hunt, "*Today* Show Host Left $65 in W.Va.," *Charleston Gazette-Mail*, October 19, 2012.

2. Emily Smith, "NBC Pays for Matt Lauer's Helicopter Rides to Work," Page Six, *New York Post*, September 3, 2014.

3. Ian Mohr, "Ronan Farrow Goes from Anchor's Desk to Cubicle," Page Six, *New York Post*, December 14, 2016.

4. Noah Oppenheim quoted in Mike Fleming Jr., "Rising Star *Jackie* Screenwriter Noah

Oppenheim Also Runs NBC's *Today*? How Did That Happen?" *Deadline*, September 16, 2016.

5. "Oppenheim to Lauer: 'There Is No Summer House,' " Today.com, October 16, 2007.

6. Noah Oppenheim quoted in Mike Fleming Jr., "Rising Star *Jackie* Screenwriter Noah Oppenheim Also Runs NBC's *Today*? How Did That Happen?" *Deadline*, September 16, 2016.

7. Noah Oppenheim quoted in Mike Fleming Jr., "Rising Star *Jackie* Screenwriter Noah Oppenheim Also Runs NBC's *Today*? How Did That Happen?" *Deadline*, September 16, 2016.

8. Alex French and Maximillion Potter, "Nobody Is Going to Believe You," the *Atlantic*, January 23, 2019.

第5章　坎大哈

1. Email from Avi Yanus to Christopher Boies, November 25, 2016.

2. Email from Avi Yanus to Christopher Boies, November 28, 2016.

3. PJF Military Collection, Alamy.com stock photo, photo of Rose McGowan and U.S. Navy Petty Officer 2nd Class Jennifer L. Smolinski, an intelligence specialist with Naval Construction Regiment 22, at Kandahar Air Field, Afghanistan, March 29, 2010.

4. Rose McGowan, BRAVE (New York: HarperCollins, 2018), 154.

5. Andy Thibault, "How Straight-Shooting State's Attorney Frank Maco Got Mixed Up in the Woody-Mia Mess," *Connecticut Magazine*, April 1, 1997.

6. Ronan Farrow, "My Father, Woody Allen, and the Danger of Questions Unasked," *Hollywood Reporter,* May 11, 2016.

第6章　欧陆式

1. Richard Greenberg, "Desperation Up Close," *Dateline NBC* blog, updated January 23, 2004.

2. Jennifer Senior (@JenSeniorNY) on Twitter, March 30, 2015.

3. David Carr, "The Emperor Miramaximus," *New York*, December 3, 2001.

第7章 幻觉

1. Bill Carter, "NBC News President Rouses the Network," *New York Times*, August 24, 2014.

2. Michael Phillips, " 'Brave': Rose McGowan's Memoir Details Cult Life, Weinstein Assault and Hollywood's Abuse of Women," *Chicago Tribune*, February 6, 2018.

第8章 枪

1. Michael Schulman, "Shakeup at the Oscars," *The New Yorker*, February 19, 2017; Jesse David Fox, "A Brief History of Harvey Weinstein's Oscar Campaign Tactics," *Vulture*, January 29, 2018.

2. Variety Staff, "Partners Get Chewed in UTA's Family Feud," *Variety*, January 15, 1995.

3. Gavin Polone, "Gavin Polone on Bill Cosby and Hollywood's Culture of Payoffs, Rape and Secrecy (Guest Column)," *Hollywood Reporter*, December 4, 2014.

4. Danika Fears and Maria Wiesner, "Model who accused Weinstein of molestation has sued before," Page Six, *New York Post,* March 31, 2015.

第9章 小黄人

1. James C. McKinley Jr., "Harvey Weinstein Won't Face Charges After Groping Report," *New York Times,* April 10, 2015.

2. Jay Cassano and David Sirota, "Manhattan DA Vance Took $10,000 From Head Of Law Firm On Trump Defense Team, Dropped Case," *International Business Times,* October 10, 2017.

3. David Sirota and Jay Cassano, "Harvey Weinstein's Lawyer Gave $10,000 To Manhattan DA After He Declined To File Sexual Assault Charges," *International Business Times,* October 5, 2017.

第11章 布鲁姆

1. Rebecca Dana, "Slyer Than Fox," *New Republic*, March 25, 2013.

2. Email from Lisa Bloom to Ronan Farrow, March 14, 2014.

3. Lisa Bloom on *Ronan Farrow Daily*, MSNBC, February 27, 2015.

第12章 风趣

1. Jason Zengerle, "Charles Harder, the Lawyer Who Killed Gawker, Isn't Done Yet," *GQ,* November 17, 2016.

第13章 小弟

Ken Auletta, "Beauty and the Beast," *The New Yorker,* December 8, 2002.

1. 2. Email from Diana Filip to Ronan Farrow, July 31, 2017.

3. Email from Diana Filip, forwarded by Lacy Lynch to Rose McGowan, April 10, 2017.

4. Email from Sara Ness to Harvey Weinstein, April 11, 2017.

5. Nora Gallagher, "Hart and Hart May Be Prime-Time Private Eyes but Jack & Sandra Are for Real," *People Magazine*, October 8, 1979.

6. Michael Isikoff, "Clinton Team Works to Deflect Allegations on Nominee's Private Life," *Washington Post*, July 26, 1992.

7. Jane Mayer, "Dept. of Snooping," *The New Yorker*, February 16, 1998.

8. Jack Palladino quoted in Seth Rosenfeld, "Watching the Detective," *San Francisco Chronicle*, January 31, 1999.

第14章 菜鸟

1. Manuel Roig-Franzia, "Lanny Davis, the Ultimate Clinton Loyalist, Is Now Michael Cohen's Lawyer. But Don't Call It Revenge," *Washington Post*, August 23, 2018.

2. Christina Wilkie, "Lanny Davis Wins Lobbying Fees Lawsuit Against Equatorial Guinea," *HuffPost*, August 27, 2013.

3. Email to Christopher Boies from Avi Yanus, April 24, 2017.

4. Phyllis Furman, "Proud as a Peacock," *New York Daily News*, March 1, 1998.

5. "The Peripatetic News Career of Andrew Lack," *New York Times*, June 9, 2015.

6. Email to Christopher Boies from Avi Yanus, May 5, 2017.

第15章 阻力

1. Email from Seth Freedman to Benjamin Wallace, February 8, 2017.

第16章　F.O.H.

1. Anna Palmer, Jake Sherman, and Daniel Lippman, *Politico Playbook*, June 7, 2017.
2. LinkedIn message from Irwin Reiter to Emily Nestor, December 30, 2014.
3. LinkedIn message from Irwin Reiter to Emily Nestor, October 14, 2016.

第17章　666

1. Email from Avi Yanus to Christopher Boies, June 6, 2017.
2. Email from Avi Yanus to Christopher Boies, June 12, 2017.
3. Email from Avi Yanus to Christopher Boies, June 18, 2017.
4. Email from Black Cube project manager, June 23, 2017.

第18章　魁地奇

1. Text from Lisa Bloom, July 13, 2017.
2. "Confidential memo to counsel Re: Jodi Kantor/Ronan Farrow Twitter Contacts and Potential Sources," psops report, July 18, 2017.
3. "JB Rutagarama," Black Cube profile, 2017.

第19章　线圈本

1. Zelda Perkins quoted in Ronan Farrow, "Harvey Weinstein's Secret Settlements," *The New Yorker*, November 21, 2017. 来自这篇文章的报道也会在下面的章节中被引用。
2. Peter Kafka, "Why Did Three Sites Pass on a Story About an Amazon Exec Before It Landed at The Information?" *Recode*, September 12, 2017.
3. Email from Diana Filip to Rose McGowan, July 24, 2017.

第22章　探路者

1. Email from Diana Filip to Ronan Farrow, July 31, 2017.

第23章 坎迪

1. Letter from Hillary Clinton, July 20, 2017.

第24章 暂停

1. Yashar Ali, "Fox News Host Sent Unsolicited Lewd Text Messages To Colleagues, Sources Say," *HuffPost*, August 4, 2017.
2. *Hollywood Reporter* Staff, "Jay-Z, Harvey Weinstein to Receive Inaugural Truthteller Award from L.A. Press Club," *Hollywood Reporter*, June 2, 2017.

第26章 男孩

1. Jon Campbell, "Who Got Harvey Weinstein's Campaign Cash and Who Gave It Away," *Democrat and Chronicle*, October 9, 2017.
2. Emily Smith, "George Pataki Fetes His Daughter's New Book," Page Six, *New York Post*, March 9, 2016.

第28章 孔雀

1. Noah Oppenheim, "Reading 'Clit Notes,' " *Harvard Crimson*, April 3, 1998.
2. Noah Oppenheim, "Transgender Absurd," *Harvard Crimson*, February 24, 1997.
3. Noah Oppenheim, "Remembering Harvard," *Harvard Crimson*, May 22, 2000.
4. Noah Oppenheim, "Considering 'Women's Issues' at Harvard," *Harvard Crimson*, December 17, 1999.
5. Noah Oppenheim, "The Postures of Punch Season," *Harvard Crimson*, October 9, 1998.

第29章 一团糟

1. Email from David Remnick to Ronan Farrow, August 9, 2017.
2. Email from Diana Filip to John Ksar, August 11, 2017.

第30章 瓶子

1. Dorothy Rabinowitz, "Juanita Broaddrick Meets the Press," *Wall Street Journal*, Updated February 19, 1999.
2. David Corvo quoted in Lachlan Cartwright and Maxwell Tani, "Accused Sexual Harassers Thrived Under NBC News Chief Andy Lack," *Daily Beast*, September 21, 2018.
3. David Corvo quoted in Lachlan Cartwright and Maxwell Tani, "Accused Sexual Harassers Thrived Under NBC News Chief Andy Lack," *Daily Beast*, September 21, 2018.

第31章 会合

1. Lachlan Cartwright and Maxwell Tani, "Accused Sexual Harassers Thrived Under NBC News Chief Andy Lack," *Daily Beast*, September 21, 2018.
2. Text message from Noah Oppenheim to Ronan Farrow, August 17, 2017.
3. Text message from Noah Oppenheim to Ronan Farrow, August 21, 2017.

第32章 飓风

1. "NBC Gives Sleazy Lauer One More Chance," *National Enquirer*, December 19, 2016.
2. "Hey Matt, That's Not Your Wife!" *National Enquirer*, September 25, 2017.

第33章 鹅

1. Email from Harvey Weinstein to David Pecker, September 28, 2017.
2. Email from David Pecker to Harvey Weinstein, September 28, 2017.
3. Email from Harvey Weinstein to David Pecker, September 28, 2017.
4. Email from David Pecker to Harvey Weinstein, September 28, 2017.
5. Email from Deborah Turness to Harvey Weinstein, September 20, 2017.
6. Email from Harvey Weinstein to Ron Meyer, September 27, 2017.
7. Email from Ron Meyer to Harvey Weinstein, September 27, 2017.
8. Email from David Glasser to Harvey Weinstein, September 27, 2017.

9. Email from David Glasser to Harvey Weinstein, September 27, 2017.

10. Email from Ron Meyer to Harvey Weinstein, October 2, 2017.

11. Email exchange between Harvey Weinstein and Noah Oppenheim, September 25, 2017.

12. Email to Weinstein staff, September 25, 2017. (一名熟悉奥本海姆的消息人士说，"如果"韦恩斯坦送了"灰鹅"，奥本海姆不会把它喝掉，而是会让助理转送出去。)

第34章　信

1. Email from Bryan Lourd to Harvey Weinstein, September 26, 2017.

2. Letter from Harder Mirell & Abrams, September 29, 2017.

第35章　变种DNA

1. Peter Jackson quoted in Molly Redden, "Peter Jackson: I Blacklisted Ashley Judd and Mira Sorvino Under Pressure from Weinstein," *Guardian*, December 16, 2017.

2. Jodi Kantor, "Tarantino on Weinstein: 'I Knew Enough to Do More Than I Did,'" *New York Times*, October 19, 2017.

3. "Rosanna (Lisa) Arquette," Black Cube profile, 2017.

4. Email from Harvey Weinstein to David Glasser, September 27, 2017.

5. Megan Twohey, Jodi Kantor, Susan Dominus, Jim Rutenberg, and Steve Eder, "Weinstein's Complicity Machine," *New York Times*, December 5, 2017.

第36章　猎人

1. Yohana Desta, "Asia Argento Accuser Jimmy Bennett Details Alleged Assault in Difficult First TV Interview," *Vanity Fair*, September 25, 2018.

2. Dino-Ray Ramos, "Asia Argento Claims Jimmy Bennett "Sexually Attacked Her", Launches "Phase Two" Of #MeToo Movement," *Deadline*, September 5, 2018.

3. Lisa O'Carroll, "Colin Firth Expresses Shame at Failing to Act on Weinstein Allegation," *Guardian*, October 13, 2017.

第37章　巧取豪夺

1. Lauren O'Connor quoted in Jodi Kantor and Meghan Twohey, "Harvey Weinstein

Paid Off Sexual Harassment Accusers for Decades," *New York Times*, October 5, 2017.

2. Claire Forlani quoted in Ashley Lee, "Claire Forlani on Harvey Weinstein Encounters: 'I Escaped Five Times,'" *Hollywood Reporter*, October 12, 2017.

3. Email from Meryl Streep to Ronan Farrow, September 28, 2017.

4. Amy Kaufman and Daniel Miller, "Six Women Accuse Filmmaker Brett Ratner of Sexual Harassment or Misconduct," *Los Angeles Times*, November 1, 2017.

第38章 名人

1. Email from Harvey Weinstein to Dylan Howard, September 22, 2017.

2. Megan Twohey, "Tumult After AIDS Fund-Raiser Supports Harvey Weinstein Production," *New York Times*, September 23, 2017.

第39章 放射性尘埃

1. Letter from Harder Mirell & Abrams, October 2, 2017.

2. Email from Harvey Weinstein's office to Dylan Howard, October 4, 2017.

3. Email from Fabio Bertoni to Charles Harder, October 4, 2017.

4. Kim Masters and Chris Gardner, "Harvey Weinstein Lawyers Battling N.Y. Times, New Yorker Over Potentially Explosive Stories," *Hollywood Reporter*, October 4, 2017.

5. Brent Lang, Gene Maddaus and Ramin Setoodeh, "Harvey Weinstein Lawyers Up for Bombshell New York Times, New Yorker Stories," *Variety*, October 4, 2017.

第40章 恐龙

1. Adam Ciralsky, "'Harvey's Concern Was Who Did Him In': Inside Harvey Weinstein's Frantic Final Days," *Vanity Fair*, January 18, 2018.

2. Lisa Bloom (@LisaBloom) on Twitter, October 5, 2017.

3. Lisa Bloom quoted in Nicole Pelletiere, "Harvey Weinstein's Advisor, Lisa Bloom, Speaks Out: 'There Was Misconduct,'" ABC News, October 6, 2017.

4. Statement from Harvey Weinstein to the *New York Times*, October 5, 2017.

第41章 刻薄

1. Shawn Tully, "How a Handful of Billionaires Kept Their Friend Harvey Weinstein in Power," *Fortune*, November 19, 2017.

2. Email from Harvey Weinstein to Brian Roberts, October 6, 2017.

3. Ellen Mayers, "How Comcast Founder Ralph Roberts Changed Cable," *Christian Science Monitor*, June 19, 2015.

4. Tara Lachapelle, "Comcast's Roberts, CEO for Life, Doesn't Have to Explain," *Bloomberg*, June 11, 2018.

5. Jeff Leeds, "Ex-Disney Exec Burke Knows His New Prey," *Los Angeles Times*, February 12, 2004.

6. Yashar Ali, "At NBC News, the Harvey Weinstein Scandal Barely Exists," *HuffPost*, October 6, 2017.

7. Dave Itzkoff, "SNL Prepped Jokes About Harvey Weinstein, Then Shelved Them," *New York Times*, October 8, 2017.

第42章 教导

1. Megan Twohey and Johanna Barr, "Lisa Bloom, Lawyer Advising Harvey Weinstein, Resigns Amid Criticism From Board Members," *New York Times*, October 7, 2017.

第43章 阴谋集团

1. Jake Tapper (@jaketapper) on Twitter, October 10, 2017.

2. Lloyd Grove, "How NBC 'Killed' Ronan Farrow's Weinstein Exposé," *Daily Beast*, October 11, 2017.

3. The *Rachel Maddow Show*, October 10, 2017.

第44章 充电器

1. Rielle Hunter, *What Really Happened: John Edwards, Our Daughter, and Me* (Dallas, TX; BenBella Books, 2012), loc 139 of 3387, Kindle.

2. Joe Johns and Ted Metzger, "Aide Recalls Bizarre Conversation with Edwards Mistress," CNN, May 4, 2012.

3. The *Today* show with Matt Lauer, Hoda Kotb, and Savannah Guthrie, October 11,

2017.

4. David Remnick on *CBS Sunday Morning*, November 26, 2017.

5. Megan Twohey, Jodi Kantor, Susan Dominus, Jim Rutenberg, and Steve Eder, "Weinstein's Complicity Machine," *New York Times*, December 5, 2017.

6. Lena Dunham quoted in Megan Twohey, Jodi Kantor, Susan Dominus, Jim Rutenberg, and Steve Eder, "Weinstein's Complicity Machine," *New York Times*, December 5, 2017.

7. Jeremy Barr, "Hillary Clinton Says She's "Shocked and Appalled" by Harvey Weinstein Claims," *Hollywood Reporter*, October 10, 2017.

8. "Harvey Weinstein a Sad, Sick Man—Woody Allen," BBC News, October 16, 2017.

9. Rory Carroll, "Rightwing Artist Put Up Meryl Streep 'She Knew' Posters as Revenge for Trump," *Guardian*, December 20, 2017.

10. Meryl Streep quoted in Emma Dibdin, "Meryl Streep Speaks Out Against Harvey Weinstein Following Sexual Harassment Allegations," *Elle*, October 9, 2017.

第45章　睡衣

1. Email from Diana Filip to Rose McGowan, October 10, 2017.

2. Annabella Sciorra quoted in Ronan Farrow, "Weighing the Costs of Speaking Out About Harvey Weinstein," *The New Yorker*, October 27, 2017. 来自这篇文章的报道也会在下面的章节中被引用。

第46章　伪装

1. Miriam Shaviv, "IDF Vet Turned Author Teases UK with Mossad Alter Ego," *Times of Israel*, February 8, 2013.

2. Seth Freedman, *Dead Cat Bounce* (United Kingdom, London: Cutting Edge Press, 2013), loc 17 of 3658, Kindle.

3. Mark Townsend, "Rose McGowan: "Hollywood Blacklisted Me Because I Got Raped," *Guardian*, October 14, 2017.

4. Adam Entous and Ronan Farrow, "Private Massod for Hire," *The New Yorker*, February 11, 2019.

5. Haaretz staff, "Ex-Mossad Chief Ephraim Halevy Joins Spy Firm Black Cube," *Haaretz*, November 11, 2018.

6. Adam Entous and Ronan Farrow, "Private Massod for Hire," *The New Yorker*,

February 11, 2019.

7. Yuval Hirshorn, "Inside Black Cube — the 'Mossad' of the Business World," *Forbes Israel,* June 9, 2018.

8. Hadas Magen, "Black Cube— a 'Mossad-style' Business Intelligence Co," *Globes,* April 2, 2017.

9. Email from Sleeper1973, October 31, 2017.

第47章　快跑

1. Agreement between Boies Schiller Flexner LLP and Black Cube, July 11, 2017.

2. Yuval Hirshorn, "Inside Black Cube— the 'Mossad' of the Business World," *Forbes Israel,* June 9, 2018.

3. Email from David Boies to Ronan Farrow, November 4, 2017.

4. Email from Sleeper1973 to Ronan Farrow, November 1, 2017.

第48章　煤气灯下

1. Ronan Farrow, "Israeli Operatives Who Aided Harvey Weinstein Collected Information on Former Obama Administration Officials," *The New Yorker*, May 6, 2018.

2. Mark Maremont, "Mysterious Strangers Dog Controversial Insurer's Critics," *Wall Street Journal*, August 29, 2017.

3. Mark Maremont, Jacquie McNish and Rob Copeland, "Former Israeli Actress Alleged to Be Operative for Corporate- Investigation Firm," *Wall Street Journal,* November 16, 2017.

4. Matthew Goldstein and William K. Rashbaum, "Deception and Ruses Fill the Toolkit of Investigators Used by Weinstein," *New York Times,* November 15, 2017.

5. *The Woman from Sarajevo* (2007, dir. Ella Alterman).

6. Yuval Hirshorn, "Inside Black Cube— the 'Mossad' of the Business World," *Forbes Israel,* June 9, 2018.

7. Rose McGowan quoted in Ronan Farrow, "Harvey Weinstein's Army of Spies," *The New Yorker*, November 6, 2017. 来自这篇文章的报道也会在下面的章节中被引用。

第49章　吸尘器

1. "Confidential memo to counsel, Re: Jodi Kantor/Ronan Farrow Twitter Contacts and Potential Sources," psops report, July 18, 2017.

2. Email from Dan Karson to Harvey Weinstein, October 22, 2016.

3. Email from Blair Berk to Harvey Weinstein, October 23, 2016.

4. Email from Dan Karson to Harvey Weinstein, October 13, 2016.

5. Email from Dan Karson to Harvey Weinstein, October 13, 2016.

6. Email from Dan Karson to Harvey Weinstein, October 23, 2016.

7. "Confidential memo to counsel, Re: Weinstein Inquiry, Re: Rose Arianna McGowan," psops report, November 8, 2016.

8. "Confidential memo to counsel, Re: Weinstein Inquiry, Re: Adam Wender Moss," psops report, December 21, 2016.

9. "Confidential memo to counsel, Re: Weinstein Inquiry," psops report, November 11, 2016.

10. "Confidential memo to counsel, Re: Jodi Kantor/Ronan Farrow Twitter Contacts and Potential Sources," psops report, July 18, 2017.

11. Email from Dylan Howard to Harvey Weinstein, December 7, 2016.

12. Email from Dylan Howard to Harvey Weinstein, December 7, 2016.

13. Email from Harvey Weinstein to Dylan Howard, December 6, 2016.

14. Email from Black Cube's UK-based law firm to Ronan Farrow, November 2, 2017.

15. Email from Avi Yanus, October 31, 2017.

16. Email from Sleeper1973 to Ronan Farrow, November 2, 2017.

第50章　玩伴

1. Karen McDougal quoted in Ronan Farrow, "Donald Trump, a Playboy Model, and a System for Concealing Infidelity," *The New Yorker*, February 16, 2018. 来自这篇文章的报道也会在下面的章节中被引用。

2. Jordan Robertson, Michael Riley, and Andrew Willis, "How to Hack an Election," *Bloomberg Businessweek*, March 31, 2016.

3. Beth Reinhard and Emma Brown, "The Ex-Playmate and the Latin American Political Operative: An Untold Episode in the Push to Profit from an Alleged Affair with Trump," *Washington Post*, May 28, 2018.

4. Joe Palazzolo, Nicole Hong, Michael Rothfeld, Rebecca Davis O'Brien, and Rebecca Ballhaus, "Donald Trump Played Central Role in Hush Payoffs to Stormy Daniels and Karen McDougal," *Wall Street Journal*, November 9, 2018.

5. Email from Keith Davidson to Karen McDougal, August 5, 2016.

6. Cameron Joseph, "*Enquirer* Gave Trump's Alleged Mistress a Trump Family Associate to Run Her PR," *Talking Points Memo*, March 27, 2018.

7. Email from Dylan Howard to Karen McDougal, June 23, 2017.

8. Email from AMI general counsel, January 30, 2018.

9. Ronan Farrow, "Donald Trump, a Playboy Model, and a System for Concealing Infidelity," *The New Yorker*, February 16, 2018.

第51章　卓柏卡布拉

1. Ronan Farrow, "The National Enquirer, a Trump Rumor, and Another Secret Payment to Buy Silence," *The New Yorker*, April 12, 2018. 来自这篇文章的报道也会在下面的章节中被引用。

2. Nikki Benfatto quoted in Edgar Sandoval and Rich Schapiro, "Ex-Wife of Former Trump Building Doorman Who Claimed the President Has a Love Child Says He's a Liar," *New York Daily News*, April 12, 2018.

3. Michael Calderone, "How a Trump 'Love Child' Rumor Roiled the Media," *Politico*, April 12, 2018.

4. "Prez Love Child Shocker! Ex-Trump Worker Peddling Rumor Donald Has Illegitimate Child," RadarOnline.com, April 11, 2018.

5. Email from Dylan Howard to David Remnick, April 11, 2018.

6. Jake Pearson and Jeff Horwitz, "$30,000 Rumor? Tabloid Paid For, Spiked, Salacious Trump Tip," Associated Press, April 12, 2018.

7. *Katie Johnson v. Donald J. Trump and Jeffrey E. Epstein*, Case 5:16-cv-00797-DMG-KS, United States District Court Central District of California, complaint filed on April 26, 2016 and *Jane Doe v. Donald J. Trump and Jeffrey E. Epstein*, Case 1:16-cv-04642, United States District Court Southern District of New York, complaint filed on June 20, 2016.

8. Landon Thomas Jr., "Jeffrey Epstein: International Moneyman of Mystery," *New York*, October 28, 2002.

9. Julie K. Brown, "How a Future Trump Cabinet Member Gave a Serial Sex Abuser the Deal of a Lifetime," *Miami Herald*, November 28, 2018.

10. Jon Swaine, "Rape Lawsuits Against Donald Trump Linked to Former TV Producer," *Guardian*, July 7, 2016.

11. Emily Shugerman, "I Talked to the Woman Accusing Donald Trump of Rape," *Revelist*, July 13, 2016.

12. "Trump Sued by Teen 'Sex Slave' for Alleged 'Rape' — Donald Blasts 'Disgusting' Suit," RadarOnline.com, April 28, 2016; and "Case Dismissed! Judge Trashes Bogus Donald Trump Rape Lawsuit," RadarOnline.com, May 2, 2016.

13. Michael Rothfeld and Joe Palazzolo, "Trump Lawyer Arranged $130,000 Payment for Adult-Film Star's Silence," *Wall Street Journal*, Updated January 12, 2018.

14. Greg Price, "McDougal Payment from American Media Was Trump Campaign Contribution, Watchdog Group Claims to FEC," *Newsweek*, February 19, 2018.

15. Jim Rutenberg, Kate Kelly, Jessica Silver-Greenberg, and Mike McIntire, "Wooing Saudi Business, Tabloid Mogul Had a Powerful Friend: Trump," *New York Times*, March 29, 2018.

第52章　连环套

1. Jake Pearson and Jeff Horwitz, "AP Exclusive: Top Gossip Editor Accused of Sexual Misconduct," Associated Press, December 5, 2017.

2. Email from AMI, April 17, 2018.

3. Michael D. Shear, Matt Apuzzo, and Sharon LaFraniere, "Raids on Trump's Lawyer Sought Records of Payments to Women," *New York Times,* April 10, 2018.

4. Letter from the United States Attorney for the Southern District of New York to American Media Inc., September 20, 2018.

5. Jeff Bezos, "No Thank You, Mr. Pecker." Medium.com, February 7, 2019.

6. Devlin Barrett, Matt Zapotosky, and Cleve R. Wootson Jr., "Federal Prosecutors Reviewing Bezos's Extortion Claim Against *National Enquirer*, Sources Say," *Washington Post*, February 8, 2019.

7. Edmund Lee, "*National Enquirer* to Be Sold to James Cohen, Heir to Hudson News Founder," *New York Times*, April 18, 2019.

8. Keith J. Kelly, "Where Did Jimmy Cohen Get the Money to Buy AMI's *National Enquirer*?" *New York Post*, May 14, 2019.

9. Brooks Barnes and Jan Ransom, "Harvey Weinstein Is Said to Reach $44 Million Deal to Settle Lawsuits," *New York Times*, May 23, 2019.

10. Lachlan Cartwright and Pervaiz Shallwani, "Weinstein's Secret Weapon Is a

'Bloodhound' NYPD Detective Turned Private Eye," *Daily Beast*, November 12, 2018.

11. Elizabeth Wagmeister, "Former Weinstein Production Assistant Shares Graphic Account of Sexual Assault," *Variety*, October 24, 2017.

12. Jan Ransom, "Weinstein Releases Emails Suggesting Long Relationship With Accuser," *New York Times*, August 3, 2018.

13. Tarpley Hitt and Pervaiz Shallwani, "Harvey Weinstein Bombshell: Detective Didn't Tell D.A. About Witness Who Said Sex-Assault Accuser Consented," *Daily Beast*, October 11, 2018.

14. Benjamin Brafman quoted in Lachlan Cartwright and Pervaiz Shallwani, "Weinstein's Secret Weapon Is a 'Bloodhound' NYPD Detective Turned Private Eye," *Daily Beast*, November 12, 2018.

15. Benjamin Brafman quoted in Lachlan Cartwright and Pervaiz Shallwani, "Weinstein's Secret Weapon Is a 'Bloodhound' NYPD Detective Turned Private Eye," *Daily Beast*, November 12, 2018.

16. Gene Maddaus, "Some Weinstein Accusers Balk at $30 Million Settlement," *Variety*, May 24, 2019, and Jan Ransom and Danielle Ivory, " 'Heartbroken': Weinstein Accusers Say $44 Million Settlement Lets Him Off the Hook," *New York Times*, May 24, 2019.

17. Mara Siegler and Oli Coleman, "Harvey Weinstein spotted meeting with PI in Grand Central Terminal," Page Six, *New York Post*, March 20, 2019.

18. Mara Siegler and Oli Coleman, "Harvey Weinstein Spotted Meeting with PI in Grand Central Terminal," Page Six, *New York Post*, March 20, 2019.

第53章 公理

1. Alan Feuer, "Federal Prosecutors Investigate Weinstein's Ties to Israeli Firm," *New York Times*, September 6, 2018.

第54章 飞马

1. Infotactic group promotional video, posted to the Infotactic group Facebook and Youtube accounts, March 3, 2018.

2. Raphael Satter, "APNewsBreak: Undercover Agents Target Cybersecurity Watchdog," Associated Press, January 26, 2019.

3. Miles Kenyon, "Dubious Denials & Scripted Spin," Citizen Lab, April 1, 2019.

4. Ross Marowits, "West Face Accuses Israeli Intelligence Firm of Covertly Targeting Employees," *Financial Post*, November 29, 2017.

5. Raphael Satter and Aron Heller, "Court Filing Links Spy Exposed by AP to Israel's Black Cube," Associated Press, February 27, 2019.

第55章　崩溃

1. Charlotte Triggs and Michele Corriston, "Hoda Kotb and Savannah Guthrie Are Today's New Anchor Team," People.com, January 2, 2018.

2. Emily Smith and Yaron Steinbuch, "Matt Lauer Allegedly Sexually Harassed Staffer During Olympics," Page Six, *New York Post*, November 29, 2017.

3. Claire Atkinson, "NBCUniversal Report Finds Managers Were Unaware of Matt Lauer's Sexual Misconduct," NBC News, May 9, 2018.

4. Maxwell Tani, "Insiders Doubt NBC Did a Thorough Job on Its #MeToo Probe," *Daily Beast*, May 11, 2018, and David Usborne, "The Peacock Patriarchy," *Esquire*, August 5, 2018.

5. Ramin Setoodeh and Elizabeth Wagmeister, "Matt Lauer Accused of Sexual Harassment by Multiple Women," *Variety*, November 29, 2017.

6. Matt Lauer quoted in David Usborne, "The Peacock Patriarchy," *Esquire*, August 5, 2018.

7. Joe Scarborough quoted in David Usborne, "The Peacock Patriarchy," *Esquire*, August 5, 2018.

8. Ramin Setoodeh, "Inside Matt Lauer's Secret Relationship with a Today Production Assistant (EXCLUSIVE)," *Variety*, December 14, 2017.

9. Ellen Gabler, Jim Rutenberg, Michael M. Grynbaum and Rachel Abrams, "NBC Fires Matt Lauer, the Face of *Today*," *New York Times*, November 29, 2017.

第56章　健康

1. Ari Wilkenfeld quoted in Elizabeth Wagmeister, "Matt Lauer Accuser's Attorney Says NBC Has Failed His Client During Today Interview," *Variety*, December 15, 2017.

第57章　杜撰

1. Oliver Darcy, "Five Women Accuse Journalist and *Game Change* Co-Author Mark

Halperin of Sexual Harassment," CNNMoney website, October 26, 2017.

2. *Variety* Staff, "NBC News Fires Talent Booker Following Harassment Claims," *Variety*, November 14, 2017.

3. Erin Nyren, "Female Staffer Who Accused Chris Matthews of Sexual Harassment Received Severance from NBC," *Variety,* December 17, 2017.

4. Emily Stewart, "Tom Brokaw Is Accused of Sexual Harassment. He Says He's Been 'Ambushed,'" Vox, Updated May 1, 2018.

5. Elizabeth Wagmeister and Ramin Setoodeh, "Tom Brokaw Accused of Sexual Harassment By Former NBC Anchor," *Variety,* April 26, 2018.

6. Marisa Guthrie, "Tom Brokaw Rips 'Sensational' Accuser Claims: I Was 'Ambushed and Then Perp Walked,'" *Hollywood Reporter,* April 27, 2018.

7. Email from Tom Brokaw to Ronan Farrow, January 11, 2018.

8. Sarah Ellison, "NBC News Faces Skepticism in Remedying In-House Sexual Harassment," *Washington Post*, April 26, 2018.

9. David Usborne, "The Peacock Patriarchy," *Esquire*, August 5, 2018.

10. Lachlan Cartwright and Maxwell Tani, "Accused Sexual Harassers Thrived Under NBC News Chief Andy Lack," *Daily Beast*, September 21, 2018.

11. Maxwell Tani, "Insiders Doubt NBC Did a Thorough Job on Its #MeToo Probe," *Daily Beast*, May 11, 2018.（NBC 新闻后来坚称，联系库里是官方针对劳尔的内部报告所做调查的流程之一。NBC 新闻在给"每日野兽"的一份声明中称："看到安·库里在《华盛顿邮报》发表的评论后，我们认为这与我们的调查密切相关，于是 NBC 环球的一名高级职业律师第一时间联系了她本人，她们于 2018 年 4 月 25 日进行了对话。"）

第58章　粉刷

1. John Koblin, "Ronan Farrow's Ex-Producer Says NBC Impeded Weinstein Reporting," *New York Times,* August 30, 2018.

2. Internal memo from Andy Lack, "Facts on the NBC News Investigation of Harvey Weinstein," September 3, 2018.

3. Emily Nestor quoted in Abid Rahman, "Weinstein Accuser Emily Nestor Backs Ronan Farrow in Row with 'Shameful' NBC," *Hollywood Reporter*, September 3, 2018.

4. Ambra Battilana (@AmbraBattilana) on Twitter, September 4, 2018.

5. former senior Miramax executive quoted by Yashar Ali (@Yashar) on Twitter,

September 4, 2018.

6. Abby Ex (@abbylynnex) on Twitter, September 4, 2018.

7. Ed Sussman, proposed edit to NBC News Wikipedia page, "Talk:NBC News," Wikipedia, February 14, 2018.

8. Ashley Feinberg, "Facebook, Axios and NBC Paid This Guy to Whitewash Wikipedia Pages," *HuffPost*, March 14, 2019.

第59章　黑名单

1. Email from Tom Brokaw to Ronan Farrow, October 13, 2017.

2. *Tucker Carlson Tonight,* Fox News, October 11, 2017.

译名对照表

Bonnekamp, Ulli 尤利·邦内坎普

Bourdain, Anthony 安东尼·伯尔顿

Brafman, Benjamin 本杰明·布拉夫曼

Bratton, William J. 威廉·布拉顿

Broaddrick, Juanita 胡安妮塔·布罗德
里克

Brokaw, Tom 汤姆·布罗考

Brown, Julie K. 朱莉·K.布朗

Brown, Tina 蒂娜·布朗

Burger, Corky 柯基·伯格

Burke, Steve 史蒂夫·伯克

Bush, Billy 比利·布什

Burstein, Judd 贾德·伯斯坦

Buzbee, Sally 萨莉·布兹比

C

Canby, Peter 彼得·坎比

Canosa, Ally 艾莉·卡诺萨

Carlson, Gretchen 格蕾琴·卡尔森

Carlson, Tucker 塔克·卡尔森

Carr, David 大卫·卡尔

Carr, Jill Rooney 吉尔·鲁尼·卡尔

Cartwright, Lachlan 拉克伦·卡特赖特

Cassidy, Eva 伊娃·卡西迪

Chapman, Georgina 乔治娜·查普曼

Chung, Steve 史蒂夫·钟

Chyna, Blac 布莱克·希纳

Clinton, Bill 比尔·克林顿

Clinton, Hillary 希拉里·克林顿

Cohen, James 詹姆斯·科恩

Cohen, Michael 迈克尔·科恩

Colbert, Stephen 斯蒂芬·科尔伯特

Collins, Addie 阿迪·科林斯

Connolly, Daniel S. 丹尼尔·S.康诺利

Corvo, David 大卫·科沃

Cosby, Bill 比尔·科斯比

Couric, Katie 凯蒂·库里克

Crawford, Johnny 约翰尼·克劳福德

Crokin, Liz 利兹·克罗金

Crudup, Billy 比利·克鲁德普

Cruise, Tom 汤姆·克鲁斯

Cruz, Ted 特德·克鲁兹

Cuomo, Andrew 安德鲁·科莫

Curry, Ann 安·库里

D

Dagan, Meir 梅厄·达甘

Daniels, Stormy 斯托米·丹尼尔斯

Dart, Leslee 莱斯利·达特

Davidson, Keith M. 基思·M.戴维森

Davis, Lanny 兰尼·戴维斯

de Caunes, Emma 艾玛·德考尼斯

del Toro, Guillermo 吉尔莫·德尔·托罗

Diesel, Vin 范·迪塞尔

DiGaudio, Nick 尼克·迪高迪奥

Dix, Sophie 苏菲·迪克斯

Doyle Chambers, Denise 丹尼斯·多伊
尔·钱伯斯

Dunham, Lena 莉娜·邓纳姆

E

Edwards, John 约翰·爱德华兹

Epstein, Jeffrey 杰弗里·爱泼斯坦

Evans, Lucia 露西娅·埃文斯

Ex, Abby 阿比·埃克斯

F

Farrow, Dylan 迪伦·法罗

Farrow, Mia 米娅·法罗

Fassbender, Michael 迈克尔·法斯宾德

Fawcett, Farah 法拉·福塞特

Fein, Esther 埃丝特·费恩

Feinberg, Scott 斯科特·范伯格

Feldman, Corey 科里·费尔德曼

Fili-Krushel, Patricia 帕特里夏·菲利 -
克鲁谢尔

Filip, Diana 戴安娜·菲利普

Firth, Colin 科林·费尔斯

Fitzgerald, Erin 艾琳·菲茨杰拉德

Foley-Mendelssohn, Deirdre 迪尔德
丽·福利-门德尔松

Forlani, Claire 克莱尔·弗兰妮

Franco, Stephanie 斯蒂芬妮·佛朗哥

Freedman, Seth 赛斯·弗里德曼

G

Galloway, Stephen 斯蒂芬·加洛韦

Gavrilo, Adriana 阿德里安娜·加夫里洛

George, Jerry 杰里·乔治

Gigliotti, Donna 唐娜·吉利奥蒂

Gillibrand, Kirsten 柯尔斯滕·吉利布
兰德

Giuliani, Rudolph 鲁道夫·朱利安尼

Glasser, David 大卫·格拉瑟

Gore, Al 阿尔·戈尔

Gosk, Stephanie 斯蒂芬妮·高斯克

Grdina, Jay 杰伊·格迪纳

Greenberg, Richard 理查德·格林伯格

Griffin, Phil 菲尔·格里芬

Guthrie, Savannah 萨凡纳·格思里

Gutierrez, Ambra Battilana 安布拉·巴蒂
拉娜·古铁雷斯

H

Haleyi, Mimi 米米·哈勒伊

Hall, Tamron 泰姆隆·霍尔

Halperin, Mark 马克·霍尔珀林

Hanks, Danno 达诺·汉克斯

Hannah, Daryl 达丽尔·汉纳

Hansen, Chris 克里斯·汉森

Harder, Charles 查尔斯·哈德

Harris, Kim 金·哈里斯

Heller, Carol 卡罗尔·海勒

Hicks, Hope 霍普·希克斯

Hiltzik, Matthew 马修·希尔特兹克

Hofmeister, Sallie 萨莉·霍夫梅斯特

Holt, Lester 莱斯特·霍尔特

Horwitz, Jeff 杰夫·霍维茨

Houdini, Harry 哈里·胡迪尼

Howard, Dylan 迪伦·霍华德

Hunter, Rielle 里埃勒·亨特

Hutensky, Steve 史蒂夫·胡滕斯基

I

Ilic, Diana 戴安娜·伊利克

J

Jackson, Peter 彼得·杰克逊

Jameson, Jenna 詹娜·詹姆森

Jay-Z Jay-Z

Johnson, Katie 凯蒂·约翰逊

Jones, Alex 亚历克斯·琼斯

Judd, Ashley 艾什莉·贾德

K

K2 Intelligence K2 情报公司

Kahl, Colin 科林·卡尔

Nestor, Emily 埃米莉·内斯特

Nevils, Brooke 布鲁克·内维尔斯

Nickerson, Dede 戴迪·尼克森

Norris, Ann 安·诺里斯

Novak, Eva 伊娃·诺瓦克

O

Obama, Barack 贝拉克·奥巴马

O'Connor, Lauren 劳伦·奥康纳

Oppenheim, Noah 诺亚·奥本海姆

O'Reilly, Bill 比尔·奥莱利

Ostrovskiy, Igor 伊戈尔·奥斯特洛夫斯基

P

Page, Maxine 马克辛·佩奇

Palladino, Jack 杰克·帕拉迪诺

Paltrow, Gwyneth 格温妮丝·帕特洛

Pataki, Allison 艾莉森·帕塔基

Pataki, George 乔治·帕塔基

Pearson, Jake 杰克·皮尔逊

Pechanac, Stella Penn 斯特拉·潘·佩查纳克

Pecker, David 大卫·佩克

Pen, Stella 斯特拉·潘

Perez, Rosie 罗茜·佩雷兹

Perkins, Zelda 泽尔达·珀金斯

Plank, Liz 利兹·普兰克

Polk, Davis 戴维斯·波尔克

Polone, Gavin 加文·勃劳恩

Previn, Soon-Yi 宋宜·普雷文

Price, Roy 罗伊·普莱斯

R

Raabe, Natalie 娜塔莉·拉伯

Rabinowitz, Dorothy 多萝西·拉比诺维茨

Racic, Monica 莫妮卡·拉契奇

Raffel, Josh 乔什·拉斐尔

Ratner, Brett 布莱特·拉特纳

Reiter, Irwin 欧文·赖特

Remnick, David 大卫·雷姆尼克

Rendón, J.J. J.J. 伦登

Reynolds, Ryan 瑞安·雷诺兹

Rhodes, Ben 本·罗兹

Rice, Condoleezza 康多莉扎·赖斯

Rice, Dennis 丹尼斯·赖斯

Roberts, Brian 布莱恩·罗伯茨

Rodriguez, Robert 罗伯特·罗德里格兹

Rohde, David 大卫·罗德

Rose, Charlie 查理·罗斯

Rotstein, Daniel 丹尼尔·罗特施泰因

Rutagarama, Jean-Bernard 让-伯纳德·鲁塔加拉玛

S

Sajudin, Dino 迪诺·萨尤丁

Sanders, Bernie 伯尼·桑德斯

Sarandon, Susan 苏珊·萨兰登

Satter, Raphael 拉斐尔·萨特

Scarborough, Joe 乔·斯卡伯勒

Schneiderman, Eric 埃里克·施奈德曼

Schwarzenegger, Arnold 阿诺德·施瓦辛格

Sciorra, Annabella 安娜贝拉·莎拉

Scott-Railton, John 约翰·斯科特-雷尔顿

Senior, Jennifer 詹妮弗·西尼尔

Shugerman, Emily 埃米莉·舒格曼
Singer, Bryan 布莱恩·辛格
Sleeper 1973 沉睡者 1973
Smith, Will 威尔·史密斯
Sorvino, Mira 米拉·索维诺
Spears, Britney 布兰妮·斯皮尔斯
Spielberg, Steven 史蒂文·斯皮尔伯格
Stallone, Sylvester 西尔维斯特·史泰龙
Stefani, Gwen 格温·史蒂芬妮
Stephanopoulos, George 乔治·斯特凡
　诺普洛斯
Stevens, Carrie 凯莉·史蒂文斯
Stone, Roger 罗杰·斯通
Streep, Meryl 梅丽尔·斯特里普
Sussman, Ed 埃德·萨斯曼
Sutherland, Sandra 桑德拉·萨瑟兰

T

Tambor, Jeffrey 杰弗里·塔伯
Tapper, Jake 杰克·塔珀
Tarantino, Quentin 昆汀·塔伦蒂诺
Thatcher, Margaret 玛格丽特·撒切尔
Thiel, Peter 彼得·蒂尔
Thompson, Anne 安妮·汤普森
Thompson, Keri 克里·汤普森
Toobin, Jeffrey 杰弗里·图宾
Truffaut, François 弗朗索瓦·特吕弗
Trump, Donald 唐纳德·特朗普
Trump, Ivanka 伊万卡·特朗普
Trump, Melania Knauss 梅拉尼娅·克瑙
　斯·特朗普
Turness, Deborah 德博拉·特纳斯
Twohey, Megan 梅根·托伊
Tye, John 约翰·泰伊

V

Vance, Cyrus, Jr. 小赛勒斯·万斯
Velshi, Ali 阿里·韦尔什
Vester, Linda 琳达·韦斯特
Vieira, Meredith 梅雷迪思·维埃拉
Villiers-Farrow, John Charles 约翰·查尔
　斯·维利尔斯-法罗

W

Wachtell, Herb 赫布·沃奇特尔
Wahlberg, Mark 马克·沃尔伯格
Wallace, Ben 本·华莱士
Wallace, Jane 简·华莱士
Weiner, Susan 苏珊·韦纳
Weinstein, Bob 鲍勃·韦恩斯坦
Weinstein, Harvey 哈维·韦恩斯坦
Weisberg, Herman 赫尔曼·韦斯伯格
Weisz, Rachel 蕾切尔·薇兹
Wickenden, Dorothy 多萝西·威肯登
Wilkenfeld, Ari 阿里·威尔肯菲尔德
Wise, Robert 罗伯特·怀斯
Wolfe, Katrina 卡特里娜·沃尔夫
Woods, Tiger 泰格·伍兹
Wright, Lawrence 劳伦斯·赖特

Y

Yanus, Avi 阿维·亚努斯

Z

Zemeckis, Robert 罗伯特·泽米吉斯
Zimmerman, Matt 马特·齐默尔曼
Zorella, Dan 丹·佐雷拉
Zucker, Jeff 杰夫·扎克